ein Ullstein Buch

DIE HERAUSGEBERIN: Claudia Gehrke (geboren 1953) ist seit 1978 Verlegerin des Konkursbuch Verlags in Tübingen, der unter anderem (seit 1982) ein Jahrbuch der Erotik, »Mein heimliches Auge«, herausgibt. Claudia Gehrke hat zahlreiche Publikationen über Frauen, Sexualität und Kunst verfaßt.

Purpurmund und Honiglippen

Erotika von Frauen

Herausgegeben von Claudia Gehrke

ein Ullstein Buch

ein Ullstein Buch
Nr. 22473
im Verlag Ullstein GmbH,
Frankfurt/M – Berlin

Umschlagentwurf:
Theodor Bayer-Eynck
Illustration: Lutz Ehrenberger

Printed in Germany 1991
Gesamtherstellung:
Ebner Ulm
ISBN 3 548 22473 3

April 1991

CIP-Titelaufnahme
der Deutschen Bibliothek

Purpurmund und Honiglippen: Erotika
von Frauen / hrsg. von Claudia Gehrke. –
Frankfurt/M; Berlin: Ullstein, 1991
(Ullstein-Buch; Nr. 22473)
ISBN 3-548-22473-3
NE: GT

Inhalt

Vorwort

Hrotsvitha von Gandersheim 25
*Gongolf**
*Agnes**
*Pelagius**
*Fides**
*Agape, Chionia und Irene**

Hildegard von Bingen 43
*Vom Geschlechtsverhalten**
*Dreifaltiges Leben**

Mechthild von Magdeburg 48
*Liebeserklärungen der Seele**

Mechthild von Hackeborn 52
*Wie sie mit dem Geliebten eins geworden ist**

Margarete Ebner 54
*Küsse, Kreuze und Kreuzlein**

Maria Maddalena de' Pazzi 58
*Ich will dich nackt**

Caterina von Siena 61
An Frater Raimondo von Capua

Margarete von Navarra 67
Seltsame Beichte
Die Verwechslung
Das Fest der Unschuldigen Kindlein

Madeleine de Scudéry 82
Cinesia und Artaxander

Christiana Mariana von Ziegler 92
Die ihrer Liebe unwissende Doris
*Schäferlied**
Daphne
Gespräche

Renée Vivien 111
Die paradoxe Keuschheit
Bona Dea

Natalie Clifford Barney 122
Die Geliebte

Dolorosa 128
Das veilchenblaue Taffetkorsett
*Tagebuch einer Erzieherin**

Marie Madeleine 148
Das Armband
Sklavenworte
Gedichte

Edith Cadivec 165
*Der Mann**
*Dionysia**

Laure 180
Erotischer Text (Fragment)

Catherine Godwin 184
Am Tisch

Ilse Gurlitt 189
Drei goldene Ringe

Unica Zürn 193
Ein netter Nachmittag
Schwärmerei

Dorothea Zeemann 200
*Mina**

Betty Binkow 205
Sommergewitter

Aldona Gustas 212
Gedichte

Gigi Martin 215
Ihr Hunger war andrer Art

Ann Quinn 225
Passagen

Joan Nestle 231
Für meine Papafrau

Angela Carter 237
Das Schneekind

Ulrike Bock 240
Die festliche (selbst) Befleckung

Cornelia Arnhold 242
Spermastory

Lynne Tillmann 257
Tagebuch einer Masochistin

Cuntessa de Mons Veneris 268
Bei der Friseuse

Fiona Cooper 274
Eine vollkommen Unbekannte

Elizabeth Cook 284
Liebesbriefe

Susanna von Moellendorff 294
*Vor den Spiegeln**

Krista Beinstein 298
Ich bin alles

Karin Rick 304
Vor der Abfahrt
Die Reifeprüfung

Natascha Rossmann 320
Eine Nacht im Chipi-Chipi
Mandelauge

Angela Hoffmann 340
Gedichte

Claudia Pütz 343
Lady-s

Yoko Tawada 345
*Zungenraub**

Carolin Schmidt 356
Toreinfahrt
Pervers?

Annette Berr 360
Mein lieber Schwan

Phoebe Müller 370
Zangengeburt

Rabea Graf 375
Das Mattenspringen

Bei den mit einem Stern * gekennzeichneten Texten handelt es sich nicht um einen Gesamtabdruck dieser Werke, sondern um Auszüge. Um den Charakter der Werke nicht durch neue Titel zu entstellen, haben wir uns entschlossen, die Originaltitel zu übernehmen. Anm. d. Hrsg.

Vorwort

Lust ist nichts als ein Trick der Natur zur Arterhaltung. Und Erotik überflüssig – purer Luxus. Dennoch hat sich der Mensch immer eine »ars erotica« geschaffen. Lust als Kunst, als Selbstzweck, nur inszeniert, um ekstatische Gefühle hervorzurufen. Zeitvertreib – anstelle jener ewig beschworenen sinnvollen Beschäftigung, die vor allem der Zukunft dient, und keinesfalls der Erfüllung der Wünsche im »Hier und Jetzt«.

Die christliche Kirche hat bekanntlich versucht, dieser (Lebens-)Kunst den Boden zu entziehen, hat riesige Theoriegebäude, Lebensvorschriften und inquisitorische Vernichtungsaktionen in die Wege geleitet, um eine von Anfang an doppelte Moral der Enthaltsamkeit durchzusetzen. Die Erfüllung der Wünsche, das wahre Glück gibt es erst im Jenseits – nach dem Tode. Und dieses Glück, so ist es versprochen, wird um so schöner, je mehr nach den Regeln der Kirche gelebt wird. Auch jenseits der Religion: Menschen sind leichter lenkbar, wenn Glücksgefühle als Belohnung *nach* getaner Arbeit versprochen werden und – möglichst kaufbar sind. Verlagerung der Wünsche und Lenkung ekstatischer Gefühle ist ein wichtiges Mittel jeder Herrschaft.

Dennoch hat sich mitten in der Religion die Lust erhalten – zumindest am Anfang des Christentums in unsrem Kulturkreis. Als mystische Ekstase zum Beispiel. Und es waren zuerst und besonders die Frauen, die in aller Deutlichkeit von derlei Ekstasen berichteten. Ekstasen, deren körperliche Begleiterscheinungen sich zumindest in ihrer Beschreibung in nichts unterschieden von den körperlichen Begleiterscheinungen sexueller Lüste. Diese Frauen gerieten mit ihrem Körper und ihrer Phantasie in Ekstase – und nicht zusammen mit anderen Menschen. Durch die Geschichte unsres abendländischen Kulturkreises hindurch waren es – entgegen der üblichen historischen Annahme, daß es Männer waren – vielfach die Frauen, die ihr sozusagen biologisch gegebenes Wissen um die Lust als Luxus weitergaben und kultivierten. Einer der »kleinen Unterschiede« – daß nämlich Frauen Orgasmen haben, ohne daß diese zur Zeugung *notwendig* sind, daß sie außerdem ein Organ, die Clit, haben, was nichts anderem als der Lust dient – bedeutet genau dieses Wissen: daß der Körper »von *Natur* aus« mit dem Instrumentarium der reinen Lust, des reinen Genusses ausgestattet, daß das Leben also nicht ausschließlich auf »Arterhaltung« ausgerichtet ist, sondern ebenso auf die »nur für sich« lustvolle Gestaltung, auf *Kultur*. Männer müssen dagegen einen Orgasmus haben, um zu zeugen. Ihre Lust ist also, biologistisch gedacht, notwendige Voraussetzung der Reproduktion, während Frauen *Lust aus Überfluß* haben. Frauen haben immer etwas von dieser Potenz gewußt. Was sie in den männlichen Philosophien so bedrohlich machte. Natürlich ging man(n) im Mittelalter noch davon aus, daß auch die weibliche Lust notwendig ist zur Zeugung. Doch sobald man(n) – spätestens im 18. Jahrhundert – erkannt hatte, daß die weibliche Lust überflüssig ist, wurde nur noch gegen sie gekämpft. Frauen brauchen keine Lust zu haben.

Frauen hüteten ihre Geheimnisse und wandten sie an. Darum wurden so viele von ihnen mit Hilfe kirchlicher Argumentation vernichtet. Vergehen, für die Frauen als Hexen verbrannt wurden, waren häufig Ratschläge zur Verhütung, Abtreibungen etc. Interessanterweise, das sei hier nur nebenbei bemerkt, betrafen die Verhütungsratschläge der Frauen vorwiegend Männer (Tröpfchen, die den Samen unfruchtbar machten, coitus interruptus etc.), während die moderne männliche Medizin alle Last der Verhütung (Pille, Spirale etc.) den Frauen zuschob.

Auf jeden Fall diente das verfolgte Wissen – wozu auch das Wissen um »widernatürliche Formen der Lust«, wie Homosexualität, zählte – der puren Ekstase, der überflüssigen Luxuslust beider Geschlechter.

Die Religion läßt sich kaum aus unsrem Bewußtsein streichen, ihre Geschichte hat – auch wenn wir ihr uns sehr fern glauben – sichtbare Spuren hinterlassen.
Noch vor der »mystischen« Literatur, im frühen Mittelalter, gab es im 10. Jahrhundert eine Nonne, die einem der beliebtesten Dichter lateinischer Sprache namens Terenz (er lebte 1000 Jahre früher) Konkurrenz machen wollte – wie sie selber schreibt. Hrotsvitha von Gandersheim übt sich in koketten Entschuldigungen in jedem ihrer Vorworte – um potentielle Kritik vorwegzunehmen. Diese Art entschuldigender Vorworte ist üblich im Mittelalter, aber sie wird vorwiegend Tradition weiblicher Literatur. Männliche Herausgeber mahnen noch im 18. Jahrhundert, Frauen sollten nicht »die Poesie zur Magd der Wollust machen«, und Frauen nehmen solche Vorwürfe augenzwinkernd vorweg, in dem sie auf dem Titelblatt ihrer Werke vorsorglich vermerken lassen, ihre Gedichte seien »bei häuslicher Arbeit entstanden«. Noch heute entschuldigen sich Frauen gerne – vor Vorträgen beispielsweise.
So schreibt also Hrotsvitha zur Begründung ihrer Literatur: »Viele rechtgläubige Christen gibt es – auch ich kann mich nicht völlig davon freisprechen –, die wegen der gepflegteren Sprache die weltlich eitlen Bücher der Heiden dem Nutzen der Heiligen Schriften vorziehen. Daneben gibt es auch andere, die zwar alle anderen heidnischen Werke verachten, aber die Phantasieschöpfungen des Terenz immer wieder lesen und, während sie sich in der Anmut seiner Sprache ergötzen, sich durch die Kenntnis des gottlosen Inhalts mit Sünde beflecken. Daher habe ich es mir nicht versagt, ihn in seiner Darstellungsweise nachzuahmen, und in der gleichen sprachlichen Form, in der die verwerflichen Laster geiler Weiber geschildert werden, die löbliche Keuschheit heiliger Jungfrauen, soweit meine geringe geistige Kraft reicht, zu rühmen. Das erregte nicht selten Scham in mir und ließ mich tief erröten, weil ich – durch diese Art der Darstellung gezwungen – den verabscheuungswürdi-

gen Wahnwitz derer, die unerlaubter Liebe frönen, und ihre schmeichlerischen Reden, die uns nicht einmal zu Gehör kommen dürften, bei der Darstellung in meinem Geist erwogen und mit dem Griffel niedergeschrieben habe. Doch hätte ich es aus Schamgefühl unterlassen, dann hätte ich weder an meinem Vorhaben festgehalten noch das Lob der Reinen so voll erklingen lassen, denn je verführerischer die Schmeichelreden der Betörten locken, desto größer ist die Herrlichkeit des himmlischen Helfers, und um so glorreicher erweist sich der Sieg der Triumphierenden, vor allem, wenn weibliche Schwachheit siegt und männliche Kraft schändlich unterliegt.«

Ausführliche Beschreibung der »geilen Weiber« und Männer, um zur Sittsamkeit zu führen! Und wie siegen nun die Keuschen? Hrotsvitha beschreibt schreckliche, meist sexuell getönte Folterqualen, die ihre Heldinnen mit Lust in Empfang nehmen, um in Keuschheit ihrem himmlischen Bräutigam zugeführt zu werden. Daß diese Foltern in der Vorstellungskraft Hrotsvithas Ekstasen waren, läßt sich nicht übersehen. Die Geschichte unserer Religion ist von Anfang an mit einer phantasierten oder realen Lust durch Schmerz verknüpft. Hrotsvithas Vorstellungskraft macht keinen Halt vor Beschreibungen, die wir heute in die verpöntesten Horrorvideos verbannen oder höchstens einem Autor wie Sade unterstellen würden. Das Mittelalter war der Gewalt auf ganz andere Weise nahe als wir »Modernen«. Öffentliche Hinrichtungen und Foltern waren Volksfest. Dennoch sind Hrotsvithas Geschichten, wie sie selber bemerkt, reine Dichtung. Ihr erklärtes Ziel, die Keuschheit zu erhöhen, schränkt die Lust nicht ein, die es ihr bereitet hat, variantenreiche Prüfungen dieser Tugend detailliert und witzig zu beschreiben. »Es freut mich, was ich geschaffen habe.« Und die Strafen für die »Unkeuschen«, von der »richtigen« Seite, den Christen, ausgeführt, waren nicht weniger grausam als die Foltern der Heiden. Daß die mystische Ekstase im Zusammenhang mit Blut sexuell empfunden wurde, macht auch Caterina von Siena deutlich.

Aber schon im »ganz normalen« Klosterleben, jenseits von Strafe und heidnischer Folter, spielte Schmerz eine Rolle. Die Mystikerinnen hatten sich tägliche »Disziplinen« – Selbstgeißelungen – verordnet, und die erst machten den Körper durchlässig für ekstatische Erfahrungen mit Gott. Andere Möglichkeiten, den Körper zu öffnen, waren Fasten und wochenlange Isolation in winzigen Klosterzellen. Ekstase durch »Flagellation«, um es mit einem Begriff des 18. Jahrhunderts zu benennen, war die selbstverständlichste Form – diese »Disziplinen« werden entsprechend nur beiläufig erwähnt.
Frauen haben eine andere Geschichte als Männer. Das Kloster war noch lange Zeit für viele die einzige Möglichkeit, relativ frei und jenseits der häufig nur als »Gefängnis« empfundenen Ehe zu leben. Natürlich gab es Ausnahmen. »Ich will lieber Sauer-Krauth und die ungeschmelzten Rüben in dem Kloster vor das Fleisch in dem Ehestandshaushalt lieben«, schreibt Sidonia Zäunemann in einem langen ironischen Gedicht gegen die Ehe anfangs des 18. Jahrhunderts. Diese Dichterin gehörte allerdings zu den Ausnahmen. Sie ging weder ins Kloster, noch heiratete sie. Man sagt ihr diverse Liebschaften nach. Sie reiste in Männerkleidung an Orte, die nur Männer betreten durften, und, passend zu ihrem Leben, kam sie auf einer Reise durch einen Unfall um. Sidonia Zäunemann lebte bei ihren Eltern und bewarb sich um finanzielle Unterstützung für ihre Dichtkunst, während Christiana Mariana von Ziegler, die jener Sidonia dichterisches Vorbild war, als reiche Witwe selbständig leben konnte. Sie machte sich trotz bissiger Literatur gegen die Vorherrschaft der Männerwelt in ebendieser einen Namen und wurde in eine Dichtergesellschaft aufgenommen. Thema ihrer Literatur waren – neben emanzipatorischen Gedichten und Reden – Liebesabenteuer aller Art. In der Unterhaltungsdichtung gab es ein eigenes Genre für »schlüpfrige« Literatur: Schäferlieder und Scherzgedichte. Im Milieu von Schäfern und besonders Schäferinnen spielten sich erotische Verwicklungskomö-

dien ab, von der sich erfolgreich verweigernden Schäferin bis zu der Schäferin, die sich allen Anbetern gerne hingibt. Kitsch, würden wir heute sagen, aber damals wurde er gerne gelesen – wie auch die Scherzgedichte, die allerlei erotische Boshaftigkeiten zum Thema machten. Und viele Frauen übten sich in diesen Literaturgattungen und schrieben neben tugendhaft romantischer Liebesanbetung immer auch jene frech-erotischen Texte. Insofern war erwähnte männliche Mahnung nicht ohne Hintergrund. 1715 erschien ein umfangreiches Werk über die vielen Frauen, die Erotisches schrieben, über »Teutschlands galante Poetinnen«.

Liebesabenteuer waren auch fast ausschließlich Thema der jeweils viele tausend Seiten umfassenden Romane der Madeleine de Scudéry, die ihrerseits ein Vorbild der Christiana Mariana von Ziegler war. Kurz nach dem Erscheinen in Paris erschienen diese beliebten Romane Mitte des 17. Jahrhunderts in Deutsch und wurden viel gelesen. In der französischen Gesellschaft war Madame de Scudéry berüchtigt, wie eine andere bekannte Französin der Zeit, Madame de Sévigné, in ihren Briefen anmerkt: Man könne ihr kein Geheimnis der unendlich vielen Liebestechtelmechtel zwischen Mitgliedern der vornehmen französischen Gesellschaft anvertrauen, da sie ja alles indiskret in ihren Romanen verwende. Natürlich wußte sie als Leiterin eines beliebten Salons fast alles, und es nutzte ihrem Ruf auch nichts, daß sie bei manchen Romanen ihren Bruder als Mitautor angab. Jeder schien zu wissen, daß nur sie diese erotischen Romane geschrieben haben konnte, weil diverse intime Details ihrem Bruder nicht bekannt sein konnten ...

Die Dichterinnen des 17. und 18. Jahrhunderts kannten viele ältere Dichterinnen aus Lektüren und einander häufig aus Briefwechseln. So erwähnt Christiana Mariana von Ziegler in ihrem Gedicht »Lob des weiblichen Regiments« alle ihre weiblichen Vorbilder voll Bewunderung, so Hrotsvitha, Madame de Scudéry, Margarete von Navarra ...

Was die Bürger erst Ende des 19. Jahrhunderts verachtungsvoll Pornographie nannten, war immer auch Mittel im Kampf gegen die Fassadenwelt des Klerus. Das »zärtliche Gedicht«, der »galante Roman« und früher der »Schwank« waren Unterhaltung und Entlarvung zugleich, waren Angriff auf kirchliche Doppelmoral und Gewalt. Schon Margarete von Navarras berühmte Geschichten aus der ersten Hälfte des 16. Jahrhunderts sind ein bitterböser Angriff auf die herrschende männliche Moral – auf allen Ebenen. Alle Varianten erotischer Verwicklungen sind Thema: die Frau, die ihren Mann betrügt, der Mann, der mit der Magd schlafen möchte und statt dessen, ohne es zu merken, mit der verkleideten Frau schläft, die Mutter, die mit dem Sohn, und vielerart scheinheiliger Mönche, die nichts anderes im Sinn haben, als Nonnen zu verführen – mit allerlei Tricks, beispielsweise der mit den Fingern zu vollführenden Prüfung, ob die Damen wirklich Jungfrauen seien.
Die männlich-galante Literatur entwickelte sich – trotz des auch im 19. Jahrhundert noch satirisch-kritischen Anspruchs, das verlogene Kirchen- und auch Adelsleben anzugreifen – zu dem, was sie letztlich zum großen Teil heute noch ist: unrealistische, immer funktionierende Lust.
Frauen schrieben und schreiben, liest man genau, anders. Sie konnten keine gänzlich von der Realität losgelöste Erotik beschreiben.
Mit der Geschichte des Bürgertums ändert sich selbstverständlich auch die Literatur. Im Verlauf der Industrialisierung und Gestaltung der modernen Familie unterscheiden sich die weiblichen und männlichen Lebenswelten immer mehr. Frauen wären auf bestimmte Weise eher »Realisten« zu nennen. Noch im Mittelalter gab es viele Frauen, die jenseits von Kloster oder Ehe oder Prostitution selbständig leben konnten. An die Trobaduras sei hier erinnert, die fahrenden Künstlerinnen – sie wählten ihre Liebhaber selber –, aber auch an die Geschichte der weiblichen Zünfte. Neben vielen Bereichen des Textilge-

werbes gehörte beispielsweise die Bierbrauerei in Frankfurt dazu. Und ledige Frauen hatten sogar einen Vorteil: Sie durften eine Magd mehr beschäftigen. Die christliche Männer-Moral setzte sich bekanntlich schnell durch: Frauen mußten heiraten oder ins Kloster oder galten als unsittlich. Aber noch war die Ehe reine Zweckgemeinschaft, ob adlig, zur Vermehrung des Reichtums, oder bäuerlich, als landwirtschaftlicher oder als handwerklicher Produktionsverbund. Liebe fand – für beide Geschlechter – außerehelich statt, und darüber wird auch in weiblicher Literatur nicht geschwiegen. Die »Spaßgalane« und die Lüste der Damen tauchen gern auf. Und noch Madame von Scudérys Romane wurden nicht ausschließlich als galanter Unterhaltungsstoff gelesen, sondern auch als Unterweisung in der Kunst erotischer Verführung. Wie – beispielsweise – wählt eine Dame den besten ihrer vielen Galane aus. Das ist Gesellschaftsspiel.

Klatsch und erotische Unterhaltung waren wichtiges soziales Ereignis.

Im Unterschied zu unsrer Zeit hatte beides einen hohen gesellschaftlichen Stellenwert. Sie waren ein Spiel, das ernst genommen wurde. Ein Lebensstil, zu dem sich heute kaum jemand mehr bekennt, es sei denn, man kokettiert – doppelt heuchlerisch – damit. Galante Künste werden psychologische Beziehungsgespräche, und Leidenschaft wird Hörigkeit. Das erotische Spiel gibt es nicht mehr, und der erotische Ernst wird nur allzuleicht unter die Psychokrankheiten subsumiert.

»Falls Sie das noch nicht verdreht genug finden, biete ich Ihnen noch Frau Paul, die den Kopf verloren und sich sinnlos in einen großen fünf- oder sechsundzwanzigjährigen Tölpel verliebt hat, der bei ihr Gärtnerbursche ist . . . Oft wünschen wir uns, Sie möchten hier hinter einer Hecke stehen und hören, wie wir über gewisse Länder reden, die wir entdeckt zu haben glauben . . .« Madame de Sévigné meint in ihrem Brief Länder auf jener berühmten »Landkarte der Zärtlichkeit« aus Madame de

Scudérys Roman Clelia, die jede/r kannte und die wie so manche Details aus den Romanen zu einem dieser beliebten Gesellschaftsspiele wurde, mit dessen Anspielungen man sich nur zu gerne unterhielt. – Das Ziel dieses Spiels ist, was sonst, die sexuelle Vereinigung mit dem/der Geliebten.
Dazu muß man ins »Land der Zärtlichkeit« gelangen und je nach gewähltem Ziel in diesem Land mehr oder weniger komplizierte Hürden überwinden, durch Länder wie »Aufmerksamkeit«, »Unterwerfung«, »Galante Botschaften« ziehen; man kann aber unterwegs auch gänzlich in den »Fluß der Verzweiflung« stürzen oder sich auf Umwegen ausweglos verirren in den Bereich der »Indiskretionen«, »Treulosigkeit«, »Verleumdung«. Doch genug der Abschweifung in galante Spiele des 17. Jahrhunderts.
Madame de Scudéry spottet über das Ideal der »Liebesehe«. Doch dieses Ideal setzt sich durch. Die gefühlsbetonte Gattin ist nur noch zu Hause. Männer lernen abzuspalten, nur noch eine Sache, und die dafür genau, ins Auge zu fassen. Der segmentierende männliche Blick entwickelt sich, die männliche Arbeit wird immer stärker spezialisiert und auf einen kleinen Bereich funktionalistisch eingeengt. Zu Hause Gefühl, bei der Hure Sex, und bei der Arbeit Spezialisierung – alles streng getrennt.
Die Frau als Mutter und Gattin lernt dagegen jenen umherschweifenden Blick: tausend Dinge gleichzeitig zu sehen, nichts einzelnes herauszutrennen aus der Gesamtheit des Arrangements. Sie war Alleinherrscherin in ihrem Bereich – einem Gefängnis zwar, aber einem luxuriösen. Denn die meisten der vielen weiblichen Dichterinnen (ein Lexikon »Deutscher Frauen der Feder« führt für den Zeitraum von 1848–1898 über 2000 auf) entstammen dem gutsituierten Bürgertum, so wie zuvor die meisten Dichterinnen dem Adel entstammten. Aber letztlich ist das heute nicht anders: Schriftsteller beiderlei Geschlechts kommen vorwiegend aus privilegierten und gebilde-

ten Schichten; die wenigen VorzeigeproletarierInnen ändern daran wenig.
Die Geschichte der unterschiedlichen Entwicklung eines weiblichen und männlichen Blicks und seine Auswirkungen auf kreative Produktionen könnte Bücher füllen, hier müssen Andeutungen genügen.
Schon vor ihrer »Degradierung« zur Ehefrau waren die Lebenswelten der Frauen niemals ganz identisch mit denen der Männer. Frauen waren nicht nur »geil«, sondern auch verletzlich. An ihnen wurde mit Sicherheit schon immer mehr sexuelle Gewalt verübt als an Männern. Und auch insofern – und nicht nur, weil Frauen lernten, vieles gleichzeitig im Auge zu haben und so auch in ihrer Literatur nicht säuberlich trennten wie die Männer in ihrer »galanten« Literatur – taucht in aller weiblich-erotischen Literatur ein Moment der Störung auf. Die Lust ist nicht zu haben ohne die Tücke der Realität – auch wenn diese noch so phantastisch, noch so surrealistisch, noch so erfunden in Szene gesetzt wird. Und die Figuren sind niemals jene reinen angebeteten Engel der männlich-galanten Literatur oder jene funktionierenden Sex-Maschinen der späteren männlichen Pornographie. Die Boshaftigkeit beispielsweise ist Bestandteil auch der Liebe. Und die Momente der Lust sind um so schöner, weil sie in eben dieser wirklichen und vielfältigen und durchaus bösen Welt auftauchen. Ob nun die diversen Ehefrauen nur des Geldes wegen heiraten und ihre Männer vergiften, während sie sich diversen Liebhabern und Liebhabereien hingeben – Sujet einiger Texte von Margarete von Navarra über Marie Madeleine hin zu Patricia Highsmith oder der hier abgedruckten Geschichte von Gigi Martin –; oder ob die Liebhaberin in Karin Ricks Geschichte Pickel hat und sich als (wer ist das nicht?) sehr eingeschränktes Wesen entpuppt; oder ob in Marie Madeleines Geschichte ein Mann nichts als Sklave weiblicher Abenteuerlust bleibt und Fiona Cooper über die Tücke der Sprache stolpert – alles Momente der Störung in jener nie-

mals glatten Lust. Literatur – auch die weibliche – ist niemals Realität, sondern immer Erfindung, doch die Erfindungen der meisten männlichen Autoren im Bereich der Erotika bleiben völlig losgelöst von der Realität, sind reine Abspaltung des Wunsches nach »heiler Welt«, nach glattem Funktionieren – während Frauen mischen: Kitsch und Kunst, Realität und Traum, Bosheit und Zärtlichkeit (Ausnahmen mag es wie überall geben).
Insofern ist keines dieser weiblichen Erotika Pornographie in dem Sinne, wie es die »Zensurgesetzgebung« sieht: Die »anderen Zusammenhänge« sind immer vorhanden – auch wenn das Erotische durchaus heftig und körperlich in den weiblichen Texten auftaucht. Vielleicht sogar körpernäher als in so manchen männlichen. Denn auch hier gibt es diese größere Nähe zur Realität: der Körper, wie er schwitzt und blutet, wie er sich verflüssigt und seine Grenzen verschwimmen, die Scham als Gebilde aus Fleischfalten und Haaren (und nicht als hübsches »Kleinod«), Gewalten im Bauch, Kräfte, Schmerzen auch und Lust und Geruch. Geburt und Blutung kennen nur die Frauen, innere Ereignisse der Lust – als einzigen Beweis ihrer Lust scheinen viele Männer nur die Abspaltung zu kennen, wie deshalb in allen Videos zu besichtigen. Natürlich haben Männer wundervolle erotische Literatur geschrieben, sie schwelgen in Anbetung des weiblichen Geschlechts – doch es bleibt diese Distanz, diese Unwirklichkeit, die mir als Leserin, als Betrachterin meist die Lust doch wieder nimmt. Nehmen wir zum Beispiel Donvilles »Zärtliche Freundinnen« und Dolorosas »Tagebuch einer Erzieherin« oder »Korsettgeschichten« – alle etwa zur gleichen Zeit, in den zwanziger Jahren unsres Jahrhunderts erschienen. Donville reiht eine Beschreibung erotischer Handlungen an die andere – zwischen Erzieherin und Schülerin, Tante und Nichte und deren Mägden, und immer neu auftauchenden Mädchen. Diese Mädchen haben alle wie die Hauptperson nichts anderes im Sinn als ihre gegenseitigen Entblö-

ßungen und die darauffolgenden ausführlichen Befriedigungen. Und das klappt auch ausnahmslos und in jeder Kombination, mal mit ein bißchen Flagellation, mal ohne, und immer unter Würdigung der vielschichtigen zauberhaften Unterwäsche. Auch in Dolorosas Korsett-Geschichten spielt, wie schon der Titel sagt, eine spezielle Unterwäsche eine wichtige Rolle. In einem ironischen Vorwort lobt die Autorin die Vorzüge dieses Kleidungsstückes vor den modernen häßlichen Frauenhosen – und in den Geschichten findet sich immer ein Schuß Ironie und Boshaftigkeit. Und das »Tagebuch einer Erzieherin« beschreibt Erotik und Flagellation in einem »realistischen« Romanzusammenhang, in dem es zu Entwicklungen kommt, zu Mißerfolgen, Leid und Liebe.
In den »Zärtlichen Freundinnen« tändeln Frauen und einzelne Männer miteinander für den (innerhalb der Geschichte selbstverständlich nicht vorhandenen) männlichen Voyeur – sie sind nichts als eine unendliche variierte weibliche Lust- und Unterwäsche*maschinerie*; so zauberhaft und dezent die Schilderungen auch sein mögen, will sich die rechte Lust der Leserin nicht einstellen. Und im »Tagebuch der Erzieherin« gibt es jenen Schuß an Realität und Tragik, der das ganze »Tändeln« erst mit dem Schimmer wirklicher Lust umgibt.
Die Rute spielt nicht nur bei Dolorosa und Cadivec eine wichtige Rolle, sondern in der gesamten erotischen Literatur. Wir finden sie auch schon bei Margarete von Navarra und – wie erwähnt – den Mystikerinnen. Die der christlichen Religion entstammende Moral akzeptierte Körpersensationen – wenn nicht zum Zweck der Zeugung – nur unter dem Aspekt der Geißel: ob als rituelle Selbstgeißelung und Geißelung in den Klöstern oder in der Erziehung als Strafe. Denn die einzig gestatteten stärkeren körperlichen Berührungen zwischen Kindern und Erziehern waren Strafen – bis noch vor einer Generation. Daß die Berührung eines erotisch geladenen Körperteils, des Pos, durch die Rute oder Hand, ausgeführt von meist geliebten Per-

sonen, in die erotische Phantasie und Realität eingehen muß, ist nicht weiter verwunderlich.

Heute gestattet man sich ohne jeglichen moralischen Zweifel ekstatische Erlebnisse durch eine andere Variante religiöser Geißelung: durch das Fasten. Im Gegenteil – anstatt verpönt, ist das Fasten unter den verschiedensten modernen Moralen hoch anerkannt: Gesundheit, Leistungsfähigkeit, alles moralische Imperative unsrer Zeit. Daß auch erzwungenes Hungern Gewalt ist und Folter – wie die erzwungenen Schläge –, wird dann gerne außer acht gelassen, wenn man sich aufregt über die angebliche Mode des inszenierten Sadomasochismus in erotischen Subkulturen unsrer Tage. Welche rituelle Methode ein Mensch benutzt, seinen Körper durchlässiger zu machen für die verschiedenartigsten ekstatischen Erlebnisse, ist jedoch jedermanns/jederfrau eigene Angelegenheit.

Nur nebenbei sei hier auch wieder eine mögliche Differenz der Geschlechter erwähnt: Der »normale« heterosexuelle und zumeist mächtige Mann, der Sadomasochismus praktiziert, spaltet perfekt ab und geht einmal im Monat ins Dominastudio und trägt ansonsten seinen Nadelstreifenanzug und cooles Gehabe zur Schau. Frauen aus inkriminierten lesbischen oder auch heterosexuellen Subkulturen dagegen integrieren das »Spiel« in den Alltag, durch entsprechende Kleidung – oder wie ein holländisches Liebespaar, zwei Lehrerinnen, in den Arbeitsalltag, indem sie ihre Klassenzimmer so wählten, daß sie durch die Fenster Sichtkontakt haben und mitten im Unterricht durch entsprechende Blicke miteinander umgehen ...

Daß die Lust am Schmerz – der Flagellation – keine Modeerscheinung ist, zeigt die gesamte erotische Literaturgeschichte – beider Geschlechter.

In jedem Fall geht es um eine *rituelle* Zufügung von Schmerzen mit dem Ziel der Lust. Um eine freiwillige Geißelung aus der Sehnsucht heraus, den Körper durchlässiger zu machen für Gefühle – ob von einem phantasierten Gott oder einem realen anderen. Und deshalb kann man diese Gewalt nicht vergleichen mit der sinnlosen Gewalt in »normalen« Beziehungen, mit brutal schlagenden Ehemännern oder Vergewaltigern. So wie die Gefühle beim Fasten auch nicht zu vergleichen sind mit den Empfindungen unfreiwillig Hungernder, mit der brutalen Gewalt des Hungers.

Daß die zumindest von vielen Menschen phantasierte Lust am Schmerz herrührt aus den Spuren, die die Geschichte der Religion und der Erziehung in uns hinterlassen haben, ist nur eine mögliche Erklärung. Spannend wäre zu wissen, ob Flagellation noch in einigen Jahrzehnten Thema erotischer Literatur sein wird, nachdem »Körperstrafen« vielleicht nicht völlig verschwunden, aber auf jeden Fall durch Verbote und moralische Ablehnung nicht mehr so allgegenwärtig sind wie noch vor einer Generation, ob auch Menschen darüber schreiben werden, die keine Körperstrafen kannten und die keinen Bezug zur mystischen Religiosität haben.

Vielleicht ist es aber auch so, daß, je länger zwei Menschen einander lieben, der Wunsch nach Auflösung der Grenzen zwischen ihnen immer größer wird und deshalb der sexuelle Sadomasochismus vielleicht doch nicht aus der Mode kommt. Denn der Wunsch nach Auflösung, nach Zertrümmerung von Grenzen bedeutet eine immer stärkere Hingabe beider – bedeutet auch den Wunsch, so viel zu spüren wie möglich, und Schmerz kann jene Auflösungslustgefühle steigern. Ein bemerkenswertes Beispiel einer solchen Entwicklung ist der Film »Im Reich der Sinne« von Oshima.

Andere Erklärungen müßten weiter in die Geschichte zurückgehen und nach so etwas wie der »Natur« der Erotik fragen – was ja Autoren und Autorinnen versucht haben. Erotik bedeutet, den Körper durchlässig zu machen für ekstatische Empfindungen, für erregende Glücksgefühle – die, auch wenn sie aus dem Körper selbst kommen, als etwas imaginiert und gefühlt werden, was von außen den Körper öffnet, ihm seine Grenze und Beschränkungen nimmt. Ein Körper, der durchlässig nach außen sein möchte, ist prinzipiell verletzlich. Die Grenze von Schmerz und Lust ist schwankend – beide sind intensive Gefühle und mit Körperlichkeit verknüpft. Glück empfinden wir, wenn wir keine Grenze mehr spüren. Auch das können Frauen vielleicht eher empfinden: im positiven wie negativen Sinne. In sie wird eingedrungen, sie wurden, wie nicht oft genug zu erinnern, häufig verletzt im Zusammenhang mit Sex, ihre Körpergrenze wurde nicht anerkannt – gegen ihren Willen, ihre Lust. Aber vielleicht haben sie auch dieses Glücksgefühl eher empfunden: daß es die Körpergrenze nicht mehr gibt, daß sie eins waren mit allem, mit der Welt, mit Gott, mit dem oder der Geliebten. Es gibt diese Momente völligen Glücks in der Auflösung, das wissen alle, die sie erlebt haben: beispielsweise in einer Landschaft sich eine Sekunde als Teil der schönen Natur zu fühlen, wenn die Seele sozusagen dasselbe wird wie eine wundervolle Anordnung außerhalb des Körpers, die vor unsren Augen aufscheint; nach einigen Tagen Fasten diese ekstatische Klarheit und Wachheit; und nach jenen die gesamte Haut erhitzenden Schlägen, nach denen wir glauben, daß sie nicht mehr da ist vor Hitze und Lust. Und die Sekunden des Verfließens mit den Geliebten.

Die moderne Geschichte erschwerte die Möglichkeit, dieses Glück zu empfinden – am meisten gilt, wer am einzigartigsten ist, wird also gerade in seiner Abgrenzung und nicht in seiner Auflösung geschätzt. Ein kleiner Vorteil sei auch hier neben den ganzen Nachteilen ihrer Geschichte den Frauen zugestanden: Für sie galt dieses Abgrenzungstraining der modernen Geschichte weniger, für sie beginnt es jetzt erst. Was im Bereich der Arbeit erst einmal ein Nachteil ist – mit Frauen zusammenzuarbeiten ist ungleich schwieriger (aber auch aufregender) als mit Männern –, ist im Bereich der Liebe ein großer Vorteil: Frauen erleben auch beim ganz normalen »Liebemachen«, sofern es gute Liebe ist, derartige Ekstasen der Auflösung leichter als Männer.

*

Es gibt – entgegen so mancher Vermutung – unendlich viele von Frauen geschriebene Erotika. Es mußte deshalb für ein solches Buch auf unendlich viele Autorinnen verzichtet werden, auf Marie de France, Marguerite Duras, Ninon de Lenclos, Hans von Kahlenberg (= Helene Keßler), Violette Leduc, George Sand, Monique Wittig, Elfriede Jelinek, Kathy Acker, Lea und so weiter. Als Verlegerin des »Jahrbuchs der Erotik« werde ich die Chance haben, noch einige von ihnen veröffentlichen zu können – sonst wäre das Vergnügen an dieser Arbeit auch getrübt. Denn: Die Arbeit hat viel Spaß gemacht, und Spaß wünsche ich allen Leserinnen und Lesern an diesem Buch, es – um zum Schluß noch einmal die zu zitieren, mit der das Buch beginnt – möge »erbauen und belehren«, denn »mein Talent, ist es auch klein, sollte nicht ungenützt sein, bedeckt mit Nacht, in des Busens Schacht, . . . sondern erklingen, und, ist ihm Gewinnbringendes auch versagt, wenigstens geringen Nutzen bringen . . . Darum, Leser, wer du auch seist, versage dich nicht diesen Seiten . . .« (Hrotsvitha von Gandersheim)

Hrotsvitha von Gandersheim

Gongolf

Er nun, ihr freundlich begegnend mit gütiger Rede,
mahnte sie ernsthaft und sprach die folgenden Worte:
»Mehrfach habe ich schlimme Gerüchte vernommen,
unsere Ehe hättest du schamlos geschändet, so heißt es.
Ungern, aus Mitleid, ließe ich deinen Fall vor dem Volk verhandeln,
eh' ich nicht sicher weiß, ob du fehltest.
Es widerstrebt mir, die Menge zusammenzurufen,
die dann von überallher zu dem Trauerspiel käme,
wenn die erfahrenen Richter die Schuld aufs Genaueste prüften
und für dein schändliches Tun die verdiente Strafe verhängten.
Daher rat' ich dir gut: deine Rechte
tauche ins eiskalte Wasser der Quelle;
wenn deine Hand keinen Schaden erleidet,
dann bedarf's keines anderen Richters Entscheidung.«
Sie nun in maßlosem Hochmut, bestärkt noch vom Teufel
in ihres Herzens böser Verhärtung,
taucht' die entblößte Rechte ins eiskalte Wasser,
fest überzeugt, es könne nichts Widriges ihr widerfahren.
Doch belehrt durch die Glut der eisigen Wellen erfuhr sie,
was zu bewirken vermag die Rechte des Höchsten.
Fürchterlich litt die Freche, sobald sie die Quelle berührte,
heftig brannte die Hand, versengt von den flüssigen Flammen.
Sie, die dem gütigen Zuspruch sich hatte verschlossen,
mußte nunmehr dem Urteil des ewigen Richters sich beugen.
O, die verwandelnde ewige Wunderkraft Christi,
o, wie gerecht ist das Urteil des göttlichen Richters!
Siehe, die Frevlerin tauchte verwegen die Hand in das Wasser,

schon verbrannten die glühenden Wellen die Haut ihres Armes;
und was zuvor sie vorschnell geleugnet,
zeigte nun deutlich die Wunde, Beweis ihrer Sünde.
Angst erfaßte sie da; überführt des Betruges,
durfte sie auf Verzeihung keinesfalls hoffen,
furchtbar drohte die sichere Todesstrafe;
anders vermochte sie nicht, das Verbrechen zu sühnen.
Gongolf, der Edle, bezwang jedoch Ingrimm und Trauer,
die ihn im Herzen erfüllten; als wahrhaft gütiger Richter
forderte er, daß der schändliche Pfaffe,
aus dem Lande verwiesen, sofort sich entferne,
und daß der Frevler, verbannt in die Fremde,
fern von der Heimat die Sünden beweine.
Seiner Gemahlin jedoch verzieh er aus Mitleid,
wenn er mit ihr auch nicht mehr die Lagerstatt teilte.
Bald verbreitete Gongolfs Ruhm sich im ganzen Lande,
überallhin drang der Ruf seines christlichen Wandels.
Freilich, dem uralten Feind, dem bösen Verführer,
den der gallige Neid stets aufs Neue
Listen ersinnen läßt in tückischer Schläue,
der versuchte nun hinterrücks zu zerstören
Gongolfs Namen, damit nicht das Volk, durch sein Vorbild
angefeuert, den stolzen Nacken ihm beuge.
Lange bemühte der Feind sich in teuflischer Bosheit,
Gongolfs Ruf zu verdunkeln, doch blieb er erfolglos,
denn die Verehrung wuchs und vermehrte sich täglich;
liebende Treue bewahrte das Volk ihm im Herzen.
Schließlich gelang es dem Bösen, den Pfaffen mit List zu umgarnen,
ihn, den Gongolf verwiesen hatte auf Grund des Verbrechens;
heftig dürstete der nach dem adligen Blute,
Schonung kannte er nicht für den frühern Gebieter.
Plötzlich erfüllt von giftiger Rachgier,

brannte der Arge darauf, den Frommen zu morden
und, mit der ruchlosen Buhlerin wieder verbunden,
tat er ihr kund, was verstohlen er plante.
Ohne zu zögern willfahrte sie seinem schändlichen Trachten –
ja, sie drängte sogar zu sofortigem Handeln,
selber legte sie heimliche Schlingen dem Frommen,
ohne der Großmut, die jener gezeigt, zu gedenken,
als er sie kürzlich bewahrt vor der drohenden Strafe
und es nicht zuließ, daß sie mit dem Tod ihren Frevel bezahlte.
Schlecht vergalt die Hündin des Ehemanns Güte,
glühte in flammender Leidenschaft nur für den Buhlen.
Als nun das nächtliche Dunkel, Mitwisser so manchen Verbrechens,
hüllte die Erde ein, da glaubte die Hure, die Stunde
sei nun gekommen, dem Leben des Gongolf ein Ende zu machen.
Unverzüglich entdeckt' sie's dem waffengerüsteten Buhlen,
der mit gezücktem Dolch nach des Heiligen Hüfte zielend
traf und den herrlichen Märtyrer tödlich verletzte.
Eilends entfloh mit dem Weibe der Mörder,
völlig betört von ihr, der zuchtlosen Herrin.
Doch er sollte sich nicht der verbotenen Liebschaft erfreuen,
denn es ereilte ihn bald schon die Strafe:
Gott vernichtete ihn; seine Eingeweide zerbarsten –
jene Organe, mit denen er stets gefrönt seinen Lüsten.
So verlor der Verbrecher, vom Arme des Richters getroffen,
die mit dem eigenen Leben erkaufte verworfene Dirne.

Agnes

»Da ich dem höheren Glauben zu folgen entschlossen,
Christus allein mein Bräutigam ist und auch von ihm mich gekannt weiß,

hoff' ich, von seiner Rechten verteidigt, daß niemals
sündige Makel mich schädigen können
und ich alle Gelüste vergänglichen Fleisches besiege.«
Diese Entgegnung entflammte zu größerem Zorn ihn.
Unverzüglich befahl er, der Braut des himmlischen Königs
abzustreifen die Kleider, sie ganz zu entblößen
und vor den Augen der zahlreich versammelten Menge
sie ins Bordell, in die finstere Lasterhöhle zu schleppen,
wo die verbuhlten und törichten Burschen
sich am Umgang mit unkeuschen Weibern ergötzen.
Christus gewährte jedoch seiner Braut seine Tröstung,
duldete nicht, daß Kränkungen sie verletzten.
Kaum war sie ganz entblößt, ohne Schutz des Gewandes,
als ihre Haare in dichtester Fülle zu wachsen begannen
und in üppigen Wellen vom Scheitel hernieder
flossen und, ihre lieblichen Füße berührend,
nun wie ein Kleid ihren Körper umhüllten.
Als sie den Fuß auf die Schwelle des sündigen Hauses nun setzte,
strömten von dort ihr süße Wohlgerüche entgegen,
und die Höhle des Lasters war ganz von strahlendem Glanz übergossen –
hell war's, wo eben noch nachtschwarze Finsternis herrschte.
Kaum war sie – nur gezwungen – im Innern der schmutzigen Höhle,
trat ihr auch schon ein Engel des Höchsten entgegen,
der ohne Zweifel gesandt, ihren Leib zu behüten,
ihr ein Kleid, das in schneeiger Weiße erglänzte,
reichte – genau ihren Maßen entsprechend.
Also bekleidet, erhob sie zum Himmel die Stimme.
Alsbald erschien, von blindem Verlangen getrieben,
eilends von überallher in Scharen die männliche Jugend;
heftig stritten in sündigem Leichtsinn die Burschen,
wer von ihnen zuerst ins Bordell gelangend erführe,

ob denn die Jungfrau, die fleischliche Lüste bisher so verachtet,
nun auf Christi göttlichen Beistand sich stützend,
weiter ihr einstig' Gelübde zu halten vermöchte.
Bald schon erkannten sie alle und konnten es nicht mehr bestreiten,
daß noch niemals ein Mensch auf ewig zuschanden geworden,
der seine Hoffnung gläubig auf Christus gesetzt hat.
Jedes nämlich, der siegesgewiß und verwegenen Mutes
prahlend den Fuß in die Höhle des Lasters nun setzte,
stand vom Anblick des wunderbar strahlenden Glanzes
und des von schimmernder Helle umgebenen Engels
gänzlich betroffen, betäubt von der Neuheit des Wunders,
und verlangte, der Jungfrau zu Füßen sich werfend,
frei von den Fesseln des Irrwahns zu werden –
ja, er versicherte eidlich, nur Gott verehren zu wollen,
ihn, der seinen Verehrern stets Tröstung gewähret.
So ward die Höhle des Lasters ein Ort des Gebetes.
Endlich erschien, ganz von Sinnen, der Sohn des Präfekten,
er, der verschuldet, daß Agnes Gewalt litt.
Frech und verwegen näherte bald sich der Ärmste,
ohne den christlichen Gruß zu entbieten und Ehre zu geben
Gott, dessen Gnade das dunkle Verlies mit Strahlenglanz füllte;
froh überschritt er die Schwelle des sündhaften Hauses,
voller Erwartung, bereit, seine Lüste zu stillen
bald am Leibe der frommen Jungfrau, nach der er sich sehnte.
Als nämlich dieser sich eiligst der Stelle genähert,
wo das Mädchen demütig flehend den Mächtigen lobte,
da versagten die Glieder den Dienst und er stürzte zu Boden,
unversehens dahingerafft durch die Wunderkraft Christi.

Doch vergeblich – Pelagius duldete keinerlei Einwand,
schmeichelnd beschwichtigte er des Vaters Besorgnis
und versuchte, ihn wankend zu machen in seinem Entschlusse.
Endlich fügte der würdige Greis sich den Bitten,
kaufte sich selber los und sandte den Ärmsten als Geisel.
Drauf gab der König Befehl, den Pelagius zu greifen;
freudig kehrt' er als Sieger zurück in die Heimat.

Keiner wird glauben, dies alles geschah, um den König,
wie er's etwa verdiente, mit Sieg zu belohnen,
nein – nach des obersten Richters geheimem Ratschluß
sollte das Volk, das so hart vom Himmel gegeißelt,
seine eigenen Sünden beweinen;
ferner sollte Pelagius, zum Tode für Christus ersehen,
dorthin gelangen, wo ihm der Opfertod winkte,
wo er sein Blut für Christus vergießen durfte
und seine Seele – im Tode geläutert – dem Ewigen schenken.
Kaum war der harte Tyrann zurück in der prächtigen Hauptstadt,
stolz auf den Sieg, in dem er das christliche Völkchen bezwungen,
als er auch schon befahl, den begnadeten Streiter für Christus
tief in dem nachtschwarzen Kerker in Ketten zu legen
und dem früher Verwöhnten nur spärliche Nahrung zu reichen.

Cordobas Karzer sind grausige Kellergewölbe
unter der Erde, von keinem Lichtstrahl getroffen –
vielen Beklagenswerten ein Ort der Verzweiflung.
Dorthin wurde auf strengen Befehl des Tyrannen
nunmehr Pelagius gebracht, der Freund des christlichen Friedens.

Bald schon besuchten den Jüngling die vornehmsten Männer,
trösteten mitleidig ihn mit gütigem Zuspruch,

und seine Worte vernahmen, die lieblich wie Honig,
wohlgeformt dem beredten Munde entflossen,
wünschten sie herzlich, sie könnten die Fesseln ihm lösen.
Ihren mächtigen Herrscher versuchten sie nun zu bereden,
wußten sie doch, daß der König auf Cordobas Throne
widernatürlichen Lüsten gern frönte,
daß er für schöngestaltete Knaben entbrannte
und sie durch Bande der Liebe zu halten versuchte.
Solches im Sinn und von Mitgefühl für den Jüngling bewogen,
gaben sie folgenden Rat ihrem König:

»Nicht ist es Eurer würdig, erlauchtester Herrscher,
einen so überaus schönen Knaben so hart zu bestrafen
und die jugendlich zarten Arme des Schuldlosen grausam zu fesseln.
Wenn Ihr die herrliche Schönheit des Jünglings
schauen könntet und seiner Rede Wohlklang genießen,
wahrlich, Ihr würdet versuchen, an Euch ihn zu fesseln
und ihm in Euerm Palast einen höheren Rang zu verleihen.
Euerm Hofe würde sein herrliches Ausseh'n zur Zierde gereichen.«

Durch diesen Zuspruch zur Milde bewogen,
gab der Herrscher Befehl, dem Pelagius die Fesseln zu lösen
und seine Glieder mit reinem Wasser zu waschen,
seinen gereinigten Leib in Purpur zu kleiden
und seinen Hals mit kostbaren Ketten zu schmücken,
also daß er als Ehrenwächter am Hofe zu dienen vermöchte.
Unverzüglich befreiten sie ihn aus dem finstern Verliese
und geleiteten ihn, den prächtig gekleideten, hin zum Palaste.

Als er nunmehr inmitten der Höflinge weilte,
übertraf er die andern an strahlender Schönheit.
Aller Augen richteten sich voller Staunen
nur auf sein Antliz; sie alle lauschten dem Klang seiner Rede –
Ja, auch des Herrschers Blick hing gebannt an dem Jüngling.
Rasch entbrannte sein Herz für den fürstlichen Sprossen.
Unverzüglich befahl er, Pelagius zum Throne zu bringen,
leidenschaftlich verlangt' ihn, des Knaben Nähe zu fühlen.
Sich zu ihm neigend bedeckt' er mit Küssen
ihn und umschlang den Hals des Begehrten.
Solche Beweise der widernatürlichen Neigung
wies entschieden zurück der Streiter für Christus;
listig bot er sein Ohr dem Gelüste des Königs,
hielt ihn zum Narren, indem er den Mund ihm versagte
und verwies ihm sein Tun mit vortrefflichen Worten:
»Nicht geziemt's einem Mann, der auf Christi Namen getauft ward,
seinen züchtigen Leib der Umarmung von Heiden zu schenken.
Nie darf ein Christ, der gesalbt mit dem Chrisam,
Küsse von einem Teufelsverehrer empfangen.
Geht und umarmt jene Toren, die mit Euch verehren
Eure nutzlosen Götzen mit Opfergeschenken,
habt Ihr doch Freunde genug, die vor heidnischen Bildern sich neigen.«

Drauf ermahnte der König, den Jähzorn bezwingend,
voller Sanftmut und mild den Begehrten:
»Lockeres Bürschchen, du rühmst dich straflos zu spotten
unserer huldvoll erlaß'nen Gesetze
und unsere Götter kühn zu verachten!
Fürchtest du nicht für dein jugendlich Leben,
rührt dich denn nicht der Schmerz der verwaisten Eltern?
Mitleidlos wird bestraft, wer immer die Götter beleidigt,
gnadenlos trifft ihn das Schwert und durchbohrt ihn,

wenn er die Lästerung nicht bereut und sich wandelt.
Höre auf mich, der väterlich gut dir gesonnen,
mäßige dich und zügle die kränkende Zunge!
Laß uns verbunden bleiben in dauernder Liebe!
Meide es, jemals unsern Geboten zuwider zu handeln,
bleibe bemüht, meinen Worten getreulich zu folgen,
da ich dich liebe; du sollst meine Gunst auch erfahren:
dich will ich ehren vor allen, die hier mit dir dienen,
mit mir vereint – dafür bürge ich – sollst du regieren.«
Also sprach er und zog mit der Rechten den Mund des
Pelagius
näher zu sich, mit der Linken ihn enger umschlingend,
um den ersehnten Kuß dem Geliebten endlich zu rauben.
Doch der listige Jüngling vereitelte rasch das Begehren,
zielte und schlug mit der Faust dem Tyrannen
mitten auf's Maul; und so gut traf der Schlag ins Gesicht ihn,
daß das Blut aus der Wunde sein Antlitz bespritzte,
ja, sogar seinen Bart und die Kleider.

Jetzt erst geriet das Blut des Tyrannen in Wallung.
Augenblicks gab er Befehl, den Zeugen für Christus
mit der Schleudermaschine, mit der man im Kriege
Felsblöcke warf, um die Feinde zu töten,
über die Mauern zu schleudern, so daß er im Flusse,
der die Stadt in riesigem Bogen umströmte,
furchtbar verstümmelt zugrunde gehe.
Alsbald gehorchten die Diener dem rasenden Herrscher
und vollzogen die unerhört grausame Strafe,
schleuderten mit dem Geschütz den dem Tode Geweihten
über die ragenden Mauern der prächtigen Stadt in die
Weite.
Doch es hielten die ringsum starrenden Felsen
den so herrlichen Körper des Märtyrers auf in dem Sturze;
unversehrt blieb der Leib des gläubigen Christen.

Rasch kam die Nachricht dem König zu Ohren,
unverletzt sei des Märtyrers Körper geblieben –
nicht, wie befohlen, zerfetzt von den spitzigen Felsen.
Heftiger noch ergrimmt, da er völlig besiegt war,
gab er sofort den Befehl, mit dem Schwerte
ihn zu enthaupten und so zu bestrafen.

Fides

HADRIAN Fides, sieh hier der Großen Diana Bild vor dir! Bringe der heiligen Göttin Opfer dar, damit du ihre Gunst zu genießen vermagst.

FIDES Wie töricht des Kaisers Befehl, wie verachtungswürdig!

HADRIAN Was murmelst du vor dich hin, mit spöttisch verzogener Miene?

FIDES Deine Torheit habe ich verlacht, mich über deine Unwissenheit lustig gemacht.

HADRIAN Über meine?

FIDES Über deine.

ANTIOCHUS Des Kaisers?

FIDES Gewiß.

ANTIOCHUS Welch' Frevel!

FIDES Was ist wohl törichter, was unvernünftiger, als uns zu ermahnen, den zu verachten, der geschaffen hat das All, und statt dessen zu verehren Metall?

ANTIOCHUS Fides, dich narrt ein Wahn.

FIDES Antiochus, du lügst uns an.

ANTIOCHUS Ist das nicht Geistesverwirrung und große Verirrung, wenn sie *den* unwissend schilt, der als Herscher über den ganzen Erdkreis gilt?

FIDES Ich habe es gesagt und werde es immer sagen und es solange ich lebe, wagen.

ANTIOCHUS Nur kurze Zeit wirst du noch hier verweilen, bald

soll der Tod dich ereilen.

FIDES Es ist mein Wunsch, in Christus zu sterben.

HADRIAN Zwölf Zenturionen sollen abwechselnd ihre Glieder mit Peitschenhieben zerfleischen.

ANTIOCHUS Nicht unverdient.

HADRIAN O tapfere Zenturionen, tretet an, um das Unrecht zu rächen, das man mir angetan.

ANTIOCHUS Gerechte Strafe.

(Die Soldaten peitschen Fides aus.)

HADRIAN Antiochus, frage sie doch, ob sie nicht nachgeben will.

ANTIOCHUS Fides, willst du fortfahren, den Kaiser zu kränken durch schmähliches Gebaren?

FIDES Warum jetzt weniger als zuvor?

ANTIOCHUS Weil die Peitschenhiebe dich daran hindern werden.

FIDES Peitschenhiebe können mir nicht das Reden verleiden, da sie mir keine Schmerzen bereiten.

ANTIOCHUS O unselige Frechheit! Unverschämte Verwegenheit!

HADRIAN Sinkt gleich ihr Leib unter den Folterungen kraftlos dahin, vor Hochmut schwillt ihr doch der Sinn.

FIDES Du irrst, Hadrian, wenn du glaubst, daß mir die Kraft schwindet. Ermattet sind nicht meine, sondern meiner Peiniger Glieder; vor Entkräftung rinnt der Schweiß an ihnen hernieder.

HADRIAN Antiochus, laßt ihr beide Brüste abschneiden, damit sie Scham zum Nachgeben zwingt.

ANTIOCHUS O könnte es gelingen, sie auf irgendeine Weise zu zwingen!

HADRIAN Vielleicht ist sie doch noch zu bezwingen.

(Die Soldaten führen den Befehl aus.)

FIDES Die keusche Brust hast du verwundet, aber mich nicht verletzt. Statt daß ein Blutstrom fließt, sieh, wie sich Milch ergießt.

HADRIAN Legt sie auf den Rost, über die Flammen, damit sie der glühende Qualm ersticke.

ANTIOCHUS Verdient hat sie diesen elenden Tod, da sie sich ohne Scheu widersetzte deinem Gebot.

(Die Soldaten vollziehen den Befehl.)

FIDES Was immer für Qualen du auch ersinnst für mich, sie verwandeln sich mir in Lust, denn ruhig vermag ich auf dem Rost zu liegen und mich wie in einem Schiffchen zu wiegen.

HADRIAN Einen Kessel voller Pech und Wachs auf die Flammen! Und hinein in die glühende Flüssigkeit mit dieser Infamen!

FIDES Freiwillig springe ich hinein!

HADRIAN Nur zu!

FIDES Wo sind deine Drohungen? Sieh, spielend schwimme ich in der feurigen Flüssigkeit und statt von der Glut erstickt, fühle ich mich von Morgentau erquickt.

HADRIAN Antiochus, was tun?

ANTIOCHUS Vorsicht, daß sie uns nicht entkommt!

HADRIAN Enthauptet sie!

SPES Strafe, strafe mich grausam, ersinne Todesqualen! Je mehr du rast gegen mich, um so größer die Schande für dich, wenn du unterliegst.

HADRIAN Hängt sie in der Luft auf! Zerfleischt sie mit Eisenhaken, damit sie mit ausgerissenen Eingeweiden und bloßen Knochen sterbe und Glied um Glied verderbe.

(Die Soldaten führen die Befehle des Kaisers aus.)

ANTIOCHUS Das ist ein Kaiserwort und die verdiente Vergeltung!

SAPIENTIA Du sprichst, ein lügnerischer Fuchs, nur heuchelnd, Antiochus, und wie ein schlauer Wolf so schmeichelnd!

ANTIOCHUS Schweig, Unselige! Mit deinem Redefluß ist Schluß!

SPES Nicht wie du meinst, werdet ihr siegen, du und dein Kaiser! Ihr werdet schmählich unterliegen.

HADRIAN Welche Süßigkeit mit einem Mal in der Luft? Was atme ich für einen berückenden Duft!

SPES Das werden meines Leibes Fetzen sein, sie duften paradiesisch rein, damit du wider Willen bekennen mußt, daß mich keine Folterstrafe verletzen kann.

HADRIAN Antiochus, was soll ich nur beginnen?

ANTIOCHUS Neue Marter für sie ersinnen!

HADRIAN So bringt einen Kessel her, gefüllt mit Öl, Fett, Wachs und Pech! Heizt darunter ein und werft sie gefesselt hinein.

ANTIOCHUS Wenn wir sie Vulkans Macht übergeben, bleibt sie schwerlich noch am Leben.

SPES Christi Kraft hat schon öfter Wunder vollbracht und des Feuers Eigenschaft verwandelnd, es unschädlich gemacht.

(Die kaiserlichen Befehle werden vollzogen.)

HADRIAN Was höre ich, Antiochus? Es klingt wie eines Wassers Erguß.

ANTIOCHUS Wehe, Herr!

HADRIAN Was ist geschehen?

ANTIOCHUS Die brodelnde Glut sprengte den Kessel und verbrühte die Knechte, doch die Hexe blieb unversehrt.

HADRIAN Ich muß gestehen, wir sind besiegt.

Agape, Chionia und Irene

Vor dem Kerker, Dulcitius, Soldaten,

DULCITIUS Führt sie vor, Soldaten, führt sie vor, die ihr im Kerker bewacht!

SOLDATEN Hier sind sie, wie befohlen.

DULCITIUS Potz! Wie schön, wie lieblich und fein, die Mägdelein!

SOLDATEN Ganz ungemein!

Dulcitius Ihre Schönheit nimmt mich ein!

Soldaten Das kann nicht anders sein.

Dulcitius Ich brenne darauf, sie zu meiner Liebeslust zu zwingen.

Soldaten Das wird dir kaum gelingen.

Dulcitius Warum nicht?

Soldaten Sie sind im Glauben fest.

Dulcitius Wie, wenn ich sie mit Schmeicheleien betöre?

Soldaten Das trägt dir nur Verachtung ein.

Dulcitius Wie, wenn ich sie mit Folterstrafen schrecke?

Soldaten Das nehmen sie gleichmütig hin.

Dulcitius Was ist also zu tun?

Soldaten Bedenk' es zuvor.

Dulcitius Haltet sie in Gewahrsam im Innenraum der Vorratskammer, wo die Köche ihr Geschirr aufbewahren.

Soldaten Und warum dort?

Dulcitius Damit ich sie des öfteren aufsuchen kann.

Soldaten Wie du befiehlst.

Nachts vor dem Gefängnis: Dulcitius. Soldaten.

Dulcitius Was treiben die Gefangenen jetzt in der Nacht?

Soldaten Sie singen fromme Hymnen.

Dulcitius Gehen wir näher heran.

Soldaten Den hellen Klang ihrer Stimmen hört man schon von fern.

Dulcitius Haltet mit euern Lichtern vor dem Eingang Wache; ich gehe hinein und werde meine Lust in ihren Armen stillen.

Soldaten Geh hinein; wir warten hier.

Im Kerker: Agape. Chionia. Irene.

Agape Wer lärmt da vor der Tür?

Irene Der unselige Dulcitius. Er kommt herein –

CHIONIA Gott schütze uns!

AGAPE Amen.

CHIONIA Was bedeutet dieser Lärm von Töpfen, Tiegeln und Pfannen?

IRENE Ich will nachsehen. Kommt her, ich bitte euch! Späht durch die Ritzen!

AGAPE Was geht denn vor?

IRENE Seht nur den Tropf, ganz verwirrt im Kopf! Er bildet sich ein, uns in den Armen zu halten!

AGAPE Was tut er denn?

IRENE Bald kost er die Töpfe im weichen Schoß, bald umschlingt er die Pfannen und Tiegel und drückt ihnen süße Küsse auf.

CHIONIA Wie spaßig!

IRENE Gesicht, Hände und Gewand sind so befleckt und mit Ruß bedeckt, daß der schwarze Tor aussieht wie ein Mohr.

AGAPE Nur recht, daß er auch leiblich ein Abbild des Teufels ist, der seine Seele besitzt.

IRENE Jetzt wendet er sich zum Gehen – laßt uns spähen, wie ihn die Soldaten empfangen werden, die vor der Türe stehen.

Vor dem Kerker: Dulcitius. Soldaten.

SOLDATEN Wer kommt da heraus? Ein Besessener! Oder gar der Teufel in eigener Person? Auf und davon!

DULCITIUS Wohin Soldaten? Verweilt! So wartet doch! Bis zum Schlafgemach leuchtet mir noch!

SOLDATEN Das ist die Stimme unseres Herrn, die da spricht, aber des Teufels Gesicht!

SOLDATEN Nur nicht stehenbleiben – fort, flieht! Das Schrekkensgespenst will uns vernichten.

DULCITIUS Ich eile in den Palast; dort will ich mich bei den Herren beklagen über die Schmach, die ich ertragen.

Vor dem kaiserlichen Palast: Dulcitius. Türhüter.

DULCITIUS Türhüter, führt mich in den Palast; ich habe dem Kaiser eine geheime Mitteilung zu machen.

TÜRHÜTER Was will das greuliche und abscheuliche Ungeheuer in den zerrissenen und schwarzen Lumpen? Mit Fäusten drauf los! Wir wollen es schlagen und von der Treppe jagen! Es soll sich hier nicht vorwagen.

DULCITIUS Weh, weh! was ist geschehen! Ist mein Gewand nicht schön? Bin ich nicht prächtig anzusehen? Und dennoch – wie vor einem Ungeheuer erschrickt jeder, der mich erblickt! Ich eile zu meiner Frau; sie soll mir sagen, was sich mit mir zugetragen. Ah, da kommt sie mit aufgelöstem Haar heraus und ihr folgt in Tränen das ganze Haus!

Dulcitius und seine Frau.

FRAU O weh, Dulcitius, mein Herr und Gemahl! Was ist geschehen? Du bist nicht bei Sinnen; das Christenvolk hat seinen Spott mit dir getrieben.

DULCITIUS Jetzt endlich merke ich's – sie haben mich mit ihren Zauberkünsten verhext.

FRAU Am meisten schäme ich mich, am ärgsten grämt es mich, daß du nicht einmal merktest, was dir geschah.

DULCITIUS Ich befehle, die dreisten Mädchen öffentlich zu entkleiden und nackt dem Volk vorzuführen; dann sollen sie ihrerseits die Macht unsrer Scherze spüren.

Auf einem öffentlichen Platz: Dulcitius sitzt schlafend auf dem Richterstuhl. Die Soldaten stehen ratlos vor den gefangenen Mädchen.

SOLDATEN Vergebens vergießen wir Schweiß! Umsonst ist unser Fleiß! Seht nur, die Kleider haften fest wie Haut an den Leibern der Jungfrauen, und er, der darauf drang, sie zu entblößen – der Statthalter –, sitzt da und schnarcht und ist durch nichts aus dem Schlaf zu wecken. Laßt uns zum Kaiser gehen und ihm melden, was geschehen.

SISINNIUS Ich werde euch ins Hurenhaus schaffen und dort euren Leib schändlich entehren lassen.

IRENE Besser ist es, der Leib wird mit Makeln bedeckt, als die Seele mit Götzendienst befleckt.

Hrotsvitha von Gandersheim

geboren ca. 935, Herkunft aus sächsischem Adel, wird von den Eltern für den geistigen Beruf bestimmt und kommt entsprechend damaliger Gebräuche mit zwölf Jahren in das Reichsstift Gandersheim. Hier wird sie umfassend gebildet, erhält Unterricht in Latein, vermutlich auch in Mathematik und Musik. Wie aus ihren eigenen Bemerkungen hervorgeht, hat sie sich auch selbst weitergebildet, die Stifte besaßen umfangreiche Bibliotheken. Die vielfachen politischen Ereignisse – 962 wurde nach vielen Wirren Otto I. zum Kaiser gekrönt – wurden in dem Stift mit Sicherheit reflektiert. Sie schrieb in Latein, durch die Jahrhunderte hinweg gab es viele Übersetzungen, die erste 1503. Außer dem, was aus ihren Texten hervorgeht, und je nach moralischer Auffassung diverser Herausgeber wechselnden Vermutungen weiß man nichts über ihr Leben. »Allein, es will uns doch scheinen, daß wir ihrer Nonnenhaftigkeit kaum zu nahe treten, wenn wir vermuten, daß sie, bevor sie ihre Komödien schrieb, sich nicht nur im Terenz, sondern auch in der Liebe umgesehen haben muß.« (Scherr, in 4. Auflage der dt. Kultur- und Sittengeschichte, 1879). Texte aus: Hrotsvitha, Werke, Schöningh Verlag Paderborn 1973).

Hildegard von Bingen

Vom Geschlechtsverhalten

Gleichwohl spürt auch jetzt noch der Mann jenen starken süßen Drang in sich, und wie sich der Hirsch nach der frischen Quelle sehnt, so eilt auch heute noch hurtig der Mann zum Weibe hin. Die Frau aber verhält sich ihm gegenüber mehr wie eine Getreidetenne, die von wuchtigen Schlägen erschüttert wird und die, so wie die Körner in ihr zerschlagen werden, sich tüchtig dabei erhitzt.

Wenn die Geschlechtslust sich in einem Menschen erhebt, wird sie zuvor von der feurigen Kraft des Markes in Erregung versetzt. Das Feuer des Markes vermag sich aber auf verschiedene Weise im Menschen zu erheben, sei es durch unpassende Ausgelassenheit, sei es durch unmäßigen Genuß von Speise und Trank oder schließlich rein aus einer zu üppigen Gedankenwelt heraus: und solchermaßen bringt es den Menschen außer sich. Das Feuer des Markes zündet nun die Geschlechtslust an, die noch den Geschmack der ersten Sünde an sich trägt; danach erregt die Geschlechtsgier zusammen mit diesem Lustgeschmack gleichsam wie ein Sturm die Glut im Blute, so daß das Blut einen Schaum hervorbringt und diesen Schaum, der Milch gleich, zu den Höhlungen der Geschlechtsorgane zusammen mit einer süßen Empfindung hingeleitet, weil er nämlich dann schon gekocht und reif ist. So wird ja auch jede Speise, wenn man sie gekocht und damit zur Reife gebracht hat, süßer als vor der Reife und vor dem Kochen. Der Mensch fühlt diese Süßigkeit an jener Stelle, an der die ganze Kraft der Gefäße zusammenkommt, weil ja die Süßigkeit, wie schon erwähnt, von den Gefäßen entwickelt wird. Das ist so zu verstehen, wie auch der Geruch und Geschmack und die gesamte Kraft eines Weines von einer Stelle des Gefäßes ausgehen.

Wenn sich ein Mensch mitunter in wollüstigen Gedanken erschöpft, gießt er, ohne daß es zu einer Berührung gekommen ist, einen solchen Schaum aus seinen Geschlechtsteilen aus wie ein Wasser, das, durch den Wind in Bewegung versetzt, Schaum hervorbringt. Wenn aber einer sich lediglich durch Berührungen selbst befriedigt, dann gießt er einen dünnflüssigen und trüben, nur halbgekochten Schaum, ähnlich einer dünnen Milch, aus, weil er nicht durch das Feuer eines anderen gekocht worden ist. Wie nämlich keine Speise rein aus ihrer natürlichen Wärme zum Kochen kommt, sondern ein anderes Feuer hinzugesetzt werden muß, so kann sich auch der menschliche Samen nicht zu einem vollkommen Gekochten entwickeln, wenn er nicht von dem Feuer eines anderen unterstützt wird. Wenn daher ein Mensch mit einem anderen Menschen oder mit einer anderen lebendigen und empfindsamen Natur zu einem Geschlechtsgenuß kommt, dann ergießt der Samen aus dem Feuer der beiden Teile ein Gekochtes, das dem Fett ähnlich und voller Mark ist. Wenn dann ein Mann bei jener Ausgießung seines Samens einer Frau beiwohnt, ergießt er seinen Samen an die rechte Stelle, wie jener es tut, der die gekochte Speise vom Ofen nimmt und in einer Schüssel zum Mahl vorsetzt. Wenn er aber nicht einer Frau, sondern auf eine widernatürliche Weise einer anderen Kreatur beiwohnt, dann ergießt er seinen Samen in einer schändlichen Art an die falsche Stelle, so wie einer es tut, der die gekochte Speise vom Ofen nimmt und in den Schmutz kippt. (CC 136–138; HK 204/5)

Das Weib steht so lange unter der Dienstbarkeit des Mannes, bis sie zu einer Einheit kommen. Dabei deutet die Frau auf die Vereinigung des männlichen Samens, mit dem weiblichen Blut hin, wodurch sie ein einziges Fleisch werden. Sobald der Samen des Mannes an seine Stelle fällt, nimmt das weibliche Blut diesen mit allem Verlangen seines Liebesvermögens auf und saugt ihn in sich hinein, gleichermaßen wie ein Atemzug etwas

in sich hineinschlürft. Auf diese Weise vermischen sich weibliches Blut und männlicher Samen: Es entsteht daraus zunächst ein blutartiges Gemisch, durch das dann auch die Gewebe des betreffenden Weibes genährt werden, wachsen können und zur Entwicklung kommen. Daher ist die Frau wirklich *ein* Fleisch mit dem Mann und eben durch diesen Mann geworden. Anderseits wird auch die fleischliche Materie des Mannes durch die Erhitzung und durch den Schweiß der Frau innen und außen durchgekocht; so nimmt auch er den weiblichen Schaum und Schweiß wirklich in sich auf.
Sobald nämlich die Kraft seines männlichen Begehrens in die äußerste Erregung gerät, wird sein Blut dünnflüssiger, verströmt leichter und wird wie in einer Mühle herumgewühlt, wobei es etwas vom Schaum und Schweiß des Weibes in sich aufnimmt. Dabei wird auch seine leibliche Substanz mit der des Weibes gemischt, so daß er ebenfalls mit ihm und durch es *ein* Fleisch wird.

Dreifaltiges Leben

Drei Flügel weisen hin auf das Geheimnis der heiligen Dreifaltigkeit. Und so hat auch der Mann bei seinem Zeugungswerk drei Vermögen: die Geschlechtsbegierde, die Geschlechtskraft und den Geschlechtsakt. Die Begierde (concupiscentia) steckt die Geschlechtskraft (fortitudo) erst in Brand, so daß in beiden der Geschlechtsakt (studium) in inbrünstigem Verlangen vor sich gehen kann. Das ist so zu verstehen: Bei der Erschaffung Adams erwiesen sich drei Beweggründe als wirksam: Gottes Wollen bildete den Menschen in aller Macht, und dies vollbrachte Er in großer Güte, da Er den Menschen zu Seinem Bild und Gleichnis schuf. Unter dem Wollen Gottes (voluntas) sollst du also die Geschlechtsbegierde des Menschen verstehen, in der Macht Gottes (potestas) des Mannes Geschlechtskraft, in der Güte Gottes (pietas), die Wollen und Können vereint, den Geschlechtsakt, der Begierde und Potenz in sich trägt. Auf diese Weise wird durch den Mann aus der Frau das menschliche Geschlecht hervorgebracht. So hat auch Gott den Menschen aus dem Lehm der Erde gebildet: Wie nämlich die Erde in der Kraft des Keimes aus fruchtbarem Ackerlande lebt, so ist auch die Frau der fruchtbare Acker zur Erzeugung von Menschenkindern.

Wie ist das noch genauer zu verstehen?

Die Frau hat eine Reifungsphase, in der ihr Säftesystem sich öffnet, indem sich das feuchte Vermögen in ihr unter der Glut des Begehrens ausbreitet; sonst könnte sie nicht freiwillig den Mann aufnehmen und würde – in inbrünstiger Übereinstimmung mit seinem Verlangen – keine Kinder in die Welt setzen. Besäße sie nämlich nicht diese Kräfte ihrer erhitzten Säfte, so würde sie unfruchtbar bleiben. So bleibt ja auch die Erde trokken, wenn sie nicht zum Zwecke der Fruchtbarkeit umgepflügt wird. Die Frau besitzt aber die erwähnte Kraft in ihrem Säftesystem nicht immer; sie gelangt vielmehr nur dann in den Zustand einer von der Begierde entfachten Glut, wenn sie zuvor mit dem Manne in Kontakt gekommen ist.

Hildegard von Bingen

geboren 1098, als zehntes Kind eines Edelfreien im Rheinhessischen, wird bereits als Kind einer geistigen Erzieherin anvertraut, erhält Unterricht auch in den sogenannten »freien Künsten«, wozu auch Naturwissenschaften und Medizin zählen. 1114 »nahm sie den Schleier«, d. h. wird Nonne, 1136 wird sie zur »magistra« ihres Frauenkonvents gewählt, zwischen 1147 und 1152 läßt sie bei Bingen ein Kloster bauen und gründet 1165 ein weiteres bei Rüdesheim. 1141 schreibt sie ihre erste Geschichte von der Schöpfung und Erlösung der Welt. Zwischen 1160 und 1170 macht sie Predigtreisen, vorher, zwischen 1150 und 1160 schreibt sie ihre natur- und heilkundlichen Lehrschriften, aus denen auch der zweite Ausschnitt stammt; der erste ist ihrem ersten größeren Werk über die Schöpfung entnommen. Sie stirbt 1179. (Texte aus: Hildegard von Bingen, Gott sehen, Walter Verlag, Olten 1978; auch als Piper-Taschenbuch)

Mechthild von Magdeburg

Liebeserklärungen der Seele

Gott vergleicht die Seele vier Dingen

Du schmeckst wie eine Weintraube, du riechst wie ein Balsam, du leuchtest wie die Sonne, du bist ein Zuwachs meiner höchsten Liebe.

Die Seele preist Gott in fünf Dingen

O du gießender Gott in deiner Gabe! O du fließender Gott in deiner Liebe! O du brennender Gott in deiner Begier! O du schmelzender Gott in der Einung mit deiner Geliebten! O du ruhender Gott an meinen Brüsten, ohne den ich nicht sein kann!

Gott sagt der Seele Liebes in sechs Dingen

Du bist mein Lagerkissen, mein liebliches Bette, meine heimlichste Ruhe, meine tiefste Begier, meine höchste Ehre. Du bist eine Lust meinem Gottsein, ein Trost meinem Menschsein, ein Bach meinem Brande.

Die Seele erwidert Gottes Lob in sechs Dingen

Du bist mein Spiegelberg, meine Augenweide, das Verlieren meiner selbst, der Sturm meines Herzens, der Zerfall und Untergang meines Wesens, meine höchste Sicherheit.

Von der Erkenntnis und dem Genuß

Liebe ohne Erkenntnis dünkt die weise Seele eine Finsternis. Erkenntnis ohne Genuß dünkt sie eine Höllenpein. Genuß ohne Sterben kann sie nicht verschmerzen.

Von Sankt Mariens Botschaft

Der süße Tau der anfanglosen Dreifaltigkeit hat sich gesprengt aus dem Quell der ewigen Gottheit in den Schoß der auserwählten Magd, und des Schoßes Frucht ist ein unsterblicher Gott und ein sterblicher Mensch und ein lebender Trost der ewigen Freude, und unsre Erlösung ist Bräutigam geworden. Die Braut ist trunken worden vom Anschauen des edlen Antlitzes. In der größten Stärke kommt sie aus sich selber, und in der größten Blindheit sieht sie am allerklarsten. In der größten Klarheit ist sie zugleich tot und lebendig. Je länger sie tot ist, um so fröhlicher lebt sie. Je fröhlicher sie lebt, um so mehr erfährt sie. Je kleiner sie wird, um so mehr fließt ihr zu. Je reicher sie wird, um so ärmer ist sie. Je tiefer sie wohnt, um so breiter ist sie. Je gebieterischer sie ist, um so tiefer werden ihre Wunden. Je mehr sie stürmt, um so liebreicher ist Gott gegen sie. Je höher sie schwebt, um so schöner leuchtet sie von dem Gegenblick der Gottheit, je näher sie ihm kommt. Je mehr sie arbeitet, um so sanfter ruht sie. Je mehr sie erfaßt, um so stiller schweigt sie. Je lauter sie ruft, um so größere Wunder wirkt sie mit seiner Kraft nach ihrem Vermögen. Je mehr seine Lust wächst, je enger er sie umschließt, um so größer wird das Glück der Braut. Je inniger die Umhalsung wird, um so süßer schmeckt das Mundküssen. Je liebreicher sie sich ansehen, um so schwerer scheiden sie. Je mehr er ihr gibt, um so mehr verzehrt sie, wieviel sie auch haben mag. Je demütiger sie Abschied nimmt, um so eher kommt sie wieder. Je heißer sie bleibt, um so eher entglimmt sie. Je mehr sie brennt, um so schöner leuchtet sie. Je mehr Gottes Lob verbreitet wird, um so weniger schwindet ihre Gier.

Ei, wohin fährt unser Erlöser-Bräutigam in dem Jubel der heiligen Dreifaltigkeit? Da Gott nicht mehr wollte in sich selber sein, da machte er die Seele und gab sich ihr zu eigen aus großer Liebe. Woraus bist du gemacht, Seele, daß du so hoch steigst über alle Kreaturen, und mengst dich in die heilige Dreifaltigkeit und bleibst doch ganz in dir selber? – Du hast gesprochen von meinem Ursprung, nun sage ich dir wahrlich: Ich bin an jener Stätte gemacht aus der Liebe, darum kann mir keine Kreatur nach meiner edeln Natur genugtun und keine mich öffnen als allein die Liebe.

Du sollst bitten, daß dich Gott minne gewaltig, oft und lang, so wirst du rein, schön und heilig
O Herr, minne mich gewaltig und minne mich oft und lang; je öfter du mich minnest, um so reiner werde ich; je gewaltiger du mich minnest, um so schöner werde ich; je länger du mich minnest, um so heiliger werde ich hier auf Erden.

Wie Gott der Seele antwortet
Daß ich dich oft minne, das habe ich von meiner Natur, denn ich bin selber die Liebe. Daß ich dich gewaltig minne, das habe ich von meiner Begier, denn auch ich begehre, daß man mich gewaltig minne. Daß ich dich lange minne, das ist von meiner Ewigkeit, denn ich bin ohne Ende.

Gott fragt die Seele, was sie bringe
– Du jagest sehr in der Liebe. Sage mir, was bringst du mir, meine Königin?
– Herr, ich bringe dir mein Kleinod: das ist größer als die Berge, es ist breiter als die Welt, tiefer als das Meer, höher als die Wolken, glänzender als die Sonne, mannigfaltiger als die Steine; es wiegt mehr als die ganze Erde.
– O Bild meiner Gottheit, erhöht mit meinem Menschtum, geziert mit meinem heiligen Geiste, wie heißt dein Kleinod?
– Herr, es heißt meines Herzens Lust, die habe ich der Welt entzogen, mir selber erhalten und allen Kreaturen versagt, nun kann ich sie nicht weiter tragen. Herr, wohin soll ich sie legen?
– Deines Herzens Lust sollst du nirgendhin legen als in mein göttliches Herz und an meine menschliche Brust. Da allein wirst du getröstet und mit meinem Geiste geküßt.

Mechthild von Magdeburg

geboren ca. 1210 in der Gegend von Magdeburg, stammte aus adligem Haus. Sie verließ um 1230 die Familie, ging nach Magdeburg ins Kloster und lebte dort 40 Jahre. 1270 ging sie ins Kloster von Helfta und stand dort in Verbindung mit Mechthild von Hackeborn und Gertrud der Großen. Die ersten sechs Teile ihres Werkes »Das fließende Licht der Gottheit« schrieb sie in Magdeburg, den letzten Teil dann in Helfta. Sie starb etwa 1281, in geistiger Verwirrung, wie aus den Schriften der Gertrud hervorgeht. (Text aus: Ekstatische Konfessionen, gesammelt von Martin Buber, Verlag Lambert Schneider, Heidelberg 1984)

Mechthild von Hackeborn

Wie sie mit dem Geliebten eins geworden ist

Sie war im Gebet und verlangte mit glühendem Herzen nach dem Geliebten ihrer Seele; plötzlich zog die göttliche Kraft ihre Seele mit solcher Heftigkeit an sich, daß es ihr schien als säße sie an der Seite des Herrn. Der aber drückte die Seele seinem Herzen in süßer, inniger Umarmung ein; und seine überströmende Gnade hat sie in so reichem Maße überschüttet und erfüllt, daß es ihr war, als flössen aus allen ihren Gliedern Bäche aus, hin in alle Heiligen, die alle, mit neuer und besonderer Freude durchpulst, ihre Herzen wie strahlend helle Lampen in den Händen hielten, angefüllt mit jener Gabe, die Gott der Seele eingegossen hatte. Und die Heiligen sagten mit großem Wohlgefallen und großer Freude Gott Dank für diese Seele.

MECHTHILD VON HACKEBORN

geboren 1241, entstammte einem einflußreichen Adelsgeschlecht aus Nordthüringen. Als Siebenjährige besuchte sie mit ihrer Mutter ihre ältere Schwester Gertrud im Kloster »Beatae Mariae Virgines«. Gertrud war Äbtissin dieses später wegen Wassermangels nach Helfta verlegten Klosters. Die siebenjährige Mechthild weigerte sich, nach Hause zurückzugehen, und blieb im Kloster, erhielt dort die übliche gute Ausbildung in der Klosterschule; weil sie sehr musikalisch war, wurde sie Vorsingerin, und schließlich Lehrerin in dieser Klosterschule. Sie war häufig krank, mußte viel im Bett liegen und um die sie pflegenden Schwestern zu unterhalten, berichtete sie ihnen von ihren Visionen. Ihre Schülerin und Freundin Gertrud die Große schrieb sie nieder, und später bestätigte Mechthild die Richtigkeit. Mechthild starb 1299. (Text aus: Erhebe dich meine Seele. Mystische Texte des Mittelalters, Reclam-Verlag, Stuttgart 1988)

Margarete Ebner

Küsse, Kreuze und Kreuzlein

I Ich habe ein Bild der Kindheit unseres Herrn in einer Wiege. Wenn ich dann von meinem Herrn so kräftig gezwungen werde mit so großer Süßigkeit und mit Lust und Begierde und auch von seiner gütigen Bitte, und mir auch von meinem Herrn zugesprochen wird: »Säugest du mich nicht, so will ich dir mich entziehen, wenn du mich am allerliebsten hast«, so nehme ich das Bild aus der Wiege und lege es an mein nacktes Herz mit großer Lust und Süßigkeit und empfinde dann die allerkräftigste Gnade mit der Gegenwart Gottes, daß ich mich danach wundere, wie unsere liebe Frau die stete Gegenwart Gottes je ertragen konnte: dann wird mir geantwortet mit den wirklichen Worten des Engels Gabriel »Spiritus sanctus supervenit in te«. Aber meine Begierde und meine Lust ist in dem Säugen, daß ich aus seinem lauteren Menschtum gereinigt werde und mit seiner inbrünstigen Liebe aus ihm entzündet werde und ich mit seiner Gegenwart und mit seiner süßen Gnade durchgossen werde, daß ich damit gezogen werde in das wahre Genießen seines göttlichen Wesens mit allen liebenden Seelen, die in der Wahrheit gelebt haben.

Am Sankt Stephanstag gab mir mein Herr eine liebreiche Gabe für meine Begierde, da mir aus Wien ein liebliches Bild gesandt wurde, das war ein Jesus in einer Wiege und dem dienten vier goldene Engel. Und von dem Kinde wurde mir eines Nachts gegeben, daß ich es mit Freuden und lebhaftem Gebahren mit sich selber in der Wiege spielen sah. Da sprach ich zu ihm: »Warum bist du nicht artig und läßt mich nicht schlafen? Ich habe dich doch gut gebettet«. Da sprach das Kind: »Ich will dich nicht schlafen lassen. Du mußt mich zu dir nehmen«. So nahm ich es mit Begier und mit Freude aus der Wiege und stellte es auf meinen Schoß. Da war es ein lebendiges Kind. Da sprach ich: »Küsse mich, so will ich es fahren lassen, daß du mich geplagt hast«. Da fiel es mit seinen Armen um mich und halste mich und küßte mich.

II Nun ward mir die Gnade zuteil, die mir aus dem Namen Jesus Christus und den Minnewerken unseres Herrn quillt. Darnach kam ich zu Tisch. Ich vermochte nicht zu essen, ja ich empfand die allergrößte Wonne und die allerübermäßigste Gnade, so daß ich nicht zu beten vermochte.

Jedes Kreuz, dessen ich füglich habhaft werden konnte, küßte ich so innig und oft, als ich nur vermochte. Ich drückte es nach Kräften an mein Herz. Und das tat ich so emsig, daß mich oft deuchte, ich könnte mich nicht lebend davon trennen. Solch große Gnade und solch überaus süße Kraft durchdrang mein Herz und alle meine Glieder, daß ich mich nicht entfernen konnte.

Wo ich ging, hatte ich ein Kreuz bei mir. Zudem besaß ich ein Büchlein, darin befand sich ein Bild des Gekreuzigten. Das schob ich, an dieser Stelle aufgeschlagen, heimlich in den Busen, und wo ich ging, drückte ich es an mein Herz mit großer Freude und mit unermeßlicher Gnade. Wenn ich schlafen wollte, so nahm ich das Bild des Gekreuzigten, das im Büchlein steht, und legte es unter mein Antlitz. Ich trug auch ein Kreuz am Hals, das ging mir bis auf das Herz. Dazu stahl ich, wenn möglich, ein großes Kreuz und legte es auf mein Herz. Daran schmiegte ich mich, liegend, bis daß ich in großer Gnade entschlief.

Wir hatten ein großes Kruzifix im Chor. Ich hatte das größte Verlangen, es zu küssen und an mein Herz zu drücken wie die anderen. Es hing mir aber zu hoch und war zu groß. Von diesem Verlangen wußte nur eine Schwester, sonst niemand. Doch die wollte mir nicht helfen, weil sie fürchtete, es würde meiner menschlichen Schwäche zu viel.

Nun ist unser lieber Herr mild und gut. Er kann unserem Verlangen nichts abschlagen. Was mir im Wachen nicht zuteil werden konnte, das gewährte er mir barmherzig eines Nachts im Schlaf. Mir war, als ob ich vor jenem Bilde stände mit dem Verlangen, das wie gewöhnlich in mir brannte. Und wie ich also vor ihm stand, da neigte sich mein Herr Jesus Christus herab von dem Kreuz und ließ mich einen Kuß tun in sein geöffnetes Herz, und er tränkte mich mit dem daraus fließenden Blut. Und da empfing ich so große, kräftige Gnade und Süßigkeit, daß sie lange an mir währte.
Als ich meine Paternoster sprach, da war mir die Gnade wieder so gegenwärtig wie vorher bei dem Bilde.

Margarete Ebner

geboren 1291 in Donauwörth in einer Patrizierfamilie, trat mit fünfzehn in ein Kloster ein. Ab 1311 hatte sie innere Visionen und »Zungenreden« und lebte in strengster Askese. Sie hatte Kontakt mit Wanderpredigern, besonders Heinrich von Nördlingen, durch diesen erfuhr sie von den anderen Mystikerinnen. Sie schrieb ihre Offenbarungen nieder, außerdem ist ein langer Briefwechsel mit Heinrich von Nördlingen überliefert. Sie starb 1351. (Text 1 aus: Ekstatische Konfessionen, aaO, Text 2 aus: Erhebe dich meine Seele, aaO)

Maria Maddalena de' Pazzi

Ich will dich nackt

Außer der beständigen Inbrunst, die ihr das Herz schmelzen, sie unablässig an Gott denken, von Gott reden, für Gott wirken machte und sie oftmals von Sinnen brachte und ganz in Gott setzte, kam sie zuweilen in eine so große Glut, daß sie sich nicht mehr in ihrer Brust verschließen ließ, sondern sich über ihr Angesicht, in ihr Tun ergoß und in ihren Worten ausbrach. Sie, die gewöhnlich infolge der Bußeübung schwach, hinfällig, bleich und abgezehrt war, erstarkte ganz, wenn sie von diesen Flammen der Liebe überrascht wurde, und ihr Angesicht wurde voll und glühend, ihre Augen wie zwei glänzende Sterne, und der Blick heiter und froh wie eines seligen Engels. Sie fand keine Ruhe, kein Bleiben. Um diese Glut auszuschütten, die sie in sich nicht halten konnte, war sie gezwungen, sich zu regen und in wunderbarer Weise zu bewegen. Daher sah man sie in diesen Ausbrüchen schnell von Ort zu Ort laufen; wie rasend vor Liebe ging sie durch das Kloster und rief mit lauter Stimme: »Liebe, Liebe, Liebe.« Und da sie einen so großen Brand der Liebe nicht ertragen konnte, sprach sie: »O mein Herr, nicht mehr Liebe, nicht mehr Liebe« . . . Zu den Schwestern, die ihr folgten, sagte sie: »Ihr wisset nicht, teure Schwestern, daß mein Jesus nichts anderes ist als Liebe, ja toll von Liebe. Toll von Liebe, sage ich, bist du, mein Jesus, und stets werde ich es sagen. Du bist ganz lieblich und fröhlich, du erquickst und tröstest, du nährst und vereinigst, du bist Pein und Kühlung, Mühe und Rast, Tod und Leben in einem. Was ist nicht in dir? Du bist weise und mutwillig, erhaben und maßlos, wunderbar und unsäglich.«

Andere Male brannte sie vor Begier, daß dieser liebende Gott von den Menschen erkannt und verehrt werde, und zum Himmel gewendet sprach sie: »O Liebe, o Liebe! Gib mir eine so starke Stimme, o mein Herr, daß wenn sie dich Liebe nennt, sie gehört werde vom Osten bis zum Westen und von allen Teilen der Welt bis in die Hölle, damit du erkannt und verehrt werdest als die wahre Liebe. O Liebe, du durchdringst und durchbohrst, du zerreißest und bindest, du regierst alle Dinge, du bist Himmel und Erde, Feuer und Luft, Blut und Wasser: du bist Gott und Mensch.«

Einem Bilde des Jesuskindes die Zierate abstreifend, sprach sie: »Ich will dich nackt, o mein Jesus, denn ich könnte dich in der Unendlichkeit deiner Tugenden und Vollkommenheiten nicht ertragen; ich will deine nackte, nackte Menschheit.«

»Ich sah, daß Jesus sich seiner Braut mit engster Einung vereinigte, sein Haupt auf das Haupt seiner Braut legte, seine Augen auf die ihren, seinen Mund, seine Hände, seine Füße, alle seine Glieder auf die ihren, so daß die Braut Ein Ding mit ihm wurde und alles wollte, was der Bräutigam wollte, alles sah, was der Bräutigam sah, alles kostete, was der Bräutigam kostete.«

Maria Maddalena de' Pazzi
wurde 1566 geboren und starb 1607. Weitere Daten über ihr Leben waren leider nicht ausfindig zu machen.

Caterina von Siena

An Frater Raimondo von Capua

Diesen Brief schickte Caterina ihrem Seelenführer, Frater Raimondo, um ihm mitzuteilen, daß sie eine besondere Gnade erwirkt hatte für einen jungen Perugianer, der in Siena enthauptet wurde und dessen Haupt sie in ihre Hände empfing.

Im Namen Jesu Christi des Gekreuzigten und der süßen Maria.

An Euch, liebster und teuerster Vater, mein lieber Sohn in Christus Jesus! Ich, Caterina, Dienerin und Magd der Diener Gottes, schreibe an Euch, und empfehle mich Euch im kostbaren Blute des Gottessohnes, mit dem Wunsche, Euch in diesem überaus süßen Blut des Gottessohnes, das mit dem Feuer seiner glühendsten Liebe vermengt ist, entbrannt und versenkt zu sehen. Darnach verlangt meine Seele, nämlich Euch in diesem Blute zu gewahren; Euch und Nanni und Giacomo Sohn. Ich sehe kein anderes Mittel, durch welches wir zu jenen Haupttugenden gelangen können, die uns notwendig sind. Eure Seele, liebster Vater, die sich mir zur Speise gemacht hat – und fortwährend nehme ich diese Speise vom Tische des holden Lammes, das mit so stark glühender Liebe sich opferte –, Eure Seele, sage ich, könnte nicht zur stillen Tugend der wahren Demut gelangen, wenn Ihr nicht versenkt wäret im Blute; und diese Tugend entspringt aus dem Hasse und der Haß aus der Liebe. Und wie das Eisen geläutert aus dem Schmelzofen hervorgeht, ersteht so die Seele in vollkommener Reinheit.
Ich will also, daß Ihr Euch einschließt in die geöffnete Seite des Sohnes Gottes, die ein offener Ladenraum ist, von Duft so erfüllt, daß selbst die Sünde darin wohlriechend wird. Dort ruht die Braut auf dem Bette des Feuers und des Blutes; dort wird

sichtbar und eröffnet sich ihr das Geheimnis des Herzens des Gottessohnes. O angezapftes Faß, aus dem du zu trinken reichst und berauschest jedes lieberfüllte Verlangen! Und Licht und Freude gibst jedem Geiste, jedes Gedächtnis erfüllst, das sich um dich bemüht, bis daß es nichts anderes behalten, noch anderes begreifen, noch anderes lieben kann, als diesen liebsten und guten Jesus! Blut und Feuer, unfaßbare Liebe! Und da meine Seele beglückt sein wird, Euch so versenkt zu sehen, so will ich, daß Ihr es machet wie der, welcher das Wasser mit dem Eimer schöpft und es über alles ausgießt; und so gießt aus das Wasser des heiligen Verlangens über das Haupt Eurer Brüder, die unsere Glieder sind, eins in dem Körper der holden Braut. Und sehet zu, daß Ihr durch keine Vorspiegelungen Satans – von dem ich weiß, daß er Euch Hindernisse bereitet hat und bereiten wird –, noch durch das Gerede irgend eines Menschen Euch nach rückwärts ziehen lasset, sondern harret um so standhafter aus, je schwieriger es um die Sache steht, auf daß wir das Blut sich vergießen sehen mit süßem und liebendem Verlangen.

Auf denn, mein geliebtester Vater! Und schlafen wir nicht länger. Denn ich höre Dinge, daß ich keine Ruhe mehr finden will. Schon habe ich den Anfang gemacht, indem ich ein Haupt in meine Hände empfing, das mir so süßen Trost bereitete, daß es das Herz nicht zu begreifen, die Zunge nicht zu sagen, das Ohr nicht zu hören vermag. Dem allen ging das Verlangen Gottes unter mancherlei geheimnisvollen Geschehnissen voraus, wovon ich nicht berichte, da es zu lang würde. Ich habe den besucht, von dem Ihr wißt: und es stärkte und tröstete ihn so sehr, daß er beichtete und in guter Verfassung war. Er bat mich um Gottes Willen zu versprechen, daß ich, wenn die Zeit des Gerichtes gekommen wäre, bei ihm sei; ich versprach und hielt es. Am Morgen, vor dem Zeichen der Glocke, begab ich mich zu ihm; und es verschaffte ihm starken Trost. Ich führte ihn zur Messe, und er empfing die heilige Kommunion, die er nie mehr empfangen hatte. Sein Wille war ergeben und unterworfen dem Willen Gottes, und es war ihm nur die Furcht geblieben, nicht stark zu sein im letzten Augenblick. Aber die unendliche und glühende Güte Gottes überlistete ihn, indem sie durch mich ein so großes Verlangen nach Gott in ihm erweckte, daß er ohne ihn nicht mehr sein konnte. Er sagte: »Bleibe bei mir und verlasse mich nicht, so geht es mir nur gut, so sterbe ich zufrieden.« Und er legte sein Haupt an meine Brust. Da fühlte ich ein Frohlocken und einen Geruch seines Blutes, und es war nicht ohne den Geruch des meinen, das ich vergießen möchte für den liebsten Bräutigam Jesus. Während das Verlangen in mir wuchs und ich die Furcht fühlte, die ihn bewegte, sagte ich: »Mut, mein lieber Bruder! Denn bald wird Hochzeit sein. Du wirst hinkommen, getaucht in das Blut des göttlichen Sohnes, mit dem süßen Namen Jesus, von dem ich nicht will, daß er je deinem Gedächtnis entfalle. Und ich werde dich am Richtplatz erwarten.«

Nun denkt, mein Vater und Sohn, daß sein Herz jede Furcht verlor, die Trauer auf seinem Angesicht sich in Freude wandelte, er sich freute und frohlockte und sagte: »Woher kommt mir so große Gnade, daß die Wonne meiner Seele an der heiligen Stätte des Gerichtes mich erwarten will?« Seht, zu solchem Lichte war er gelangt, daß er die Stätte des Gerichtes heilig nannte. Und er sagte: »Voll Kraft und Freude will ich hingehen; und es scheinen mir tausend Jahre bis dahin, wenn ich denke, daß ihr mich dort erwartet.« Und so liebreiche Worte sprach er, daß es zum Bersten war, wie Gottes Güte in ihm wirkte.

Ich erwartete ihn also am Richtplatz; und wartete dort in stetem Gebet und der Gegenwart von Maria und Caterina, der Jungfrau und Märtyrerin. Bevor er ankam, kniete ich mich selbst hin und legte den Hals auf den Block; aber es gelang mir nicht zur vollen Wirkung zu kommen dort drauf. Ich bat und bedrängte Maria, daß ich die Gnade wolle, die ihm im letzten

Augenblick Licht und Herzensfriede gebe, und er sich am Ziele anlangen sähe. Meine Seele war da so erfüllt von der holden Verheißung, die mir geschah, daß ich von dem vielen Volk ringsum niemanden gewahrte.
Dann kam er wie ein sanftes Lamm; Und als er mich sah, lächelte er und wollte, daß ich das Zeichen des Kreuzes über ihn mache. Und nachdem ich es getan hatte, sagte ich: »Wohlan! Zur Hochzeit mein liebster Bruder, denn bald wirst du zum ewigen Leben gelangt sein!« Er kniete nieder mit großer Sanftmut; ich entblößte ihm den Hals und beugte mich zu ihm nieder und erinnerte ihn an das Blut des Lammes. Nichts anderes brachte sein Mund hervor als »Jesus« und »Caterina«. Und so empfing ich sein Haupt in meine Hände und sein Auge schloß sich in der göttlichen Güte mit den Worten: »Ich will.«
Darauf erschien der Gottmensch wie die hellichte Sonne. Er öffnete seine Seite und nahm dies Blut zu seinem Blut: den Funken, den er aus Gnade in seine Seele gegeben und dort verborgen hatte, nahm er in das Feuer der Gottesliebe auf. Und wie er dessen Blut und Verlangen aufnahm, so nahm er auch seine Seele und schloß sie in die offene Kammer seiner Seite, voll von Barmherzigkeit. So offenbarte er die Grundwahrheit: daß er ihn allein aus Gnade und Barmherzigkeit empfing und nicht ob irgendeines anderen Werkes. O, wie süß und unaussprechlich war es, die Güte Gottes wahrzunehmen, die mit so großer Zuneigung und Liebe der aus dem Leibe geschiedenen Seele harrte und das Auge der Barmherzigkeit ihr zuwandte, da sie, überströmt von Blut, in die Seite einging, vom Blut, welches erkauft war mit dem Blute des göttlichen Sohnes. So wurde er von Gott aufgenommen – durch seine Allmacht war er mächtig, es zu tun –, und der Sohn, das menschgewordene Wort der Weisheit, beschenkte ihn und ließ ihn teilhaben an der gekreuzigten Liebe, in der er den schweren und schimpflichen Tod ertrug, im Gehorsam, den er dem Vater erzeigte, um die Natur und das Geschlecht der Men-

schen zu befreien. Und die Hände des heiligen Geistes schlossen ihn dort ein.

Er aber machte eine liebliche Bewegung, tausend Herzen mitfortzuziehen – es erstaunt mich nicht, kostete er doch schon Gottes Süße: er wandte sich, gleich einer Braut, die angekommen ist an der Schwelle ihres Bräutigams; und den Blick und das Haupt zurückgewendet, grüßt er die, die ihn begleitet hatte und gibt ihr ein Zeichen des Dankes.

Und wie er dahingeschieden war, ruhte meine Seele in so großem Frieden und in solchem Dufte des Blutes, daß ich es nicht ertragen mochte, das Blut wegzuwaschen, das von ihm auf mich gekommen war. O weh mir armen Elenden! Mehr will ich nicht sagen: ich blieb auf Erden mit peinvoller Sehnsucht zurück.

Nachdem nun der erste Stein gelegt ist, wundert Euch nicht, wenn ich um nichts anderes Euch bestürme, als daß Ihr in das Blut und das Feuer aus der Seite des Gottessohnes Euch versenkt. Wohlan denn, keine Nachlässigkeit mehr, meine teuersten Söhne, da das Blut anfing vergossen zu werden und Leben zu empfangen.

Caterina von Siena

wurde 1347 als 23. Kind in die Familie des Besitzers einer Färberei geboren, in Camporeggio. Sie wurde von der Mutter besonders geliebt und angeblich als einziges der Kinder von der Mutter selbst gestillt. 1348 gab es eine große Pestepidemie, und das Kind Caterina sorgte sich schon früh um »das Los der Menschheit«. Ebenso früh hatte sie visionäre Erlebnisse. Mit zwölf wollte sie, verkleidet als Knabe, in ein Männerkloster eintreten, und sie spielte mit ihren Freundinnen das Leben der ägyptischen Wüstenväter nach. Ihre Mutter wollte aber, daß sie heiratete bzw. zumindest sexuell »normal« lebte, und sie mußte noch eine Zeitlang dafür kämpfen, ihre missionarischen Ambitionen durchzusetzen. Eine Menge Legenden ranken sich um ihr Leben. Sie soll zum Beispiel, nachdem sie endlich in ein eher aus älteren Damen bestehendes Kloster aufgenommen werden sollte, zu ihren Verehrern gesagt haben: »Du kannst doch auch Gott so wohlgefällig sein«. 1370 beginnt sie ihre Bekehrungsreisen, zunächst in die Umgebung von Siena. Sie muß sich dabei wohl auch der Kirche gegenüber sehr kritisch geäußert haben, denn sie wurde 1375 vom Ordenskapitel der Dominikaner nach Florenz geladen, konnte dort aber offensichtlich überzeugen und erhielt für ihre Missionarsreisen danach sogar drei Beichtiger. 1375 empfing sie die Stigmata, damit ihre mystische »Vermählung« mit Christus auch körperliche Spuren hatte. Sie schrieb zahlreiche Briefe und das »Buch von Gottes Vorsehung« und starb 1380. (Text aus: Caterina von Siena, Gottes Vorsehung, Walter Verlag, Olten 1980, auch als Piper-Taschenbuch)

Margarete von Navarra

Seltsame Beichte

In dem Jahr, da Madame Marguerite von Österreich im Auftrag ihres Neffen, des Kaisers, nach Cambray kam, um über den Frieden zwischen ihm und dem allerchristlichsten König zu verhandeln, weilte dort in dessen Namen und Vertretung seine Mutter, Madame Louise von Savoyen. Im Gefolge der Madame Marguerite befand sich auch die Gräfin von Aiguemont, die in dieser erlauchten Gesellschaft den Ruf davontrug, sie sei die schönste aller Fläminnen. Als die hohe Versammlung auseinander ging, kehrte die Gräfin von Aiguemont auf ihr Schloß zurück, und da die Adventszeit gekommen war, schickte sie in ein Franziskanerkloster und bat, ihr einen frommen und hinlänglich beschlagenen Priester zu senden, der sowohl predigen als auch ihr und ihrem gesamten Hausgesinde die Beichte hören könne. Der Guardian wählte den aus, den er für den würdigsten hielt, dieses Amt zu versehen; denn das Kloster empfing große Wohltaten von den Häusern von Aiguemont und Fiennes, dem die Gräfin entstammte.
Also entsandten die Mönche, die vor allen andern Klöstern die Wertschätzung und Gewogenheit der mächtigen Häuser zu gewinnen trachteten, den tüchtigsten und berühmtesten Prediger ihres Stifts, der die ganze Adventszeit über trefflich seine Pflicht tat, so daß die Gräfin überaus zufrieden mit ihm war.
In der Christnacht verlangte es die Gräfin danach, den Leib des Herrn zu empfangen, und sie ließ ihren Beichtvater kommen. Nachdem sie ihm in einer abgeschlossenen Kapelle gebeichtet hatte, damit ihr Beichtgeheimnis noch besser gewahrt würde, überließ sie ihren Platz ihrer Ehrendame, die gleichfalls ihre Sünden bekannte und hernach ihre Tochter hinschickte, damit der wackere Beichtiger auch sie vornehme. Nachdem diese

alles bekannt hatte, was sie bedrückte, erriet der fromme Vater manches von ihren heimlichen Gelüsten, und diese Erkenntnis erweckte in ihm allerlei sündige Gedanken und gab ihm die Kühnheit, ihr eine recht ungewohnte Buße aufzuerlegen. Er sprach zu ihr: »Meine Tochter, Eure Sünden sind so groß, daß ich Euch, um sie Euch vergeben zu können, als Buße auferlege, meinen Strick um Eueren nackten Leib zu tragen.« Das Fräulein, das ihm nicht den Gehorsam verweigern wollte, antwortete ihm: »Gebt ihn mir nur, ehrwürdiger Vater, ich werde nicht versäumen, ihn zu tragen.«

»Meine Tochter«, versetzte nun der fromme Pater, »die Buße wäre nicht wirksam, wenn Ihr Euch den Strick mit Euren Händen umbinden wolltet. Nein, ich muß Euch mit meinen eigenen Händen, von denen Ihr die Absolution empfangen sollt, damit erstmals gürten. Alsdann werdet Ihr von all euren Sünden losgesprochen sein.«

Unter Tränen gab ihm das Mädchen zur Antwort, das werde sie nimmermehr zulassen. »Wie?« schalt der Beichtiger, »seid Ihr denn eine Ketzerin, daß Ihr Euch weigert, die Buße auf Euch zu nehmen, die Gott und unsere heilige Mutter, die Kirche, verordnet haben?«

»Ich gehe zur Beichte«, erwiderte das Mädchen, »wie es die Kirche befiehlt, und will gerne die Absolution empfangen und Buße tun; aber ich will nicht, daß Ihr dabei Eure Hand im Spiel habt; denn diese Eure Art von Buße verweigere ich.« – »So kann ich Euch auch nicht die Absolution erteilen«, versetzte der Beichtvater.

Das Fräulein erhob sich von ihrem Platz vor ihm mit arg unruhigem Gewissen; denn sie war noch so jung, daß ihr bange war, sie habe erneut gesündigt, als sie dem Pater widersprach.

Als die Gräfin von Aiguemont nach der Messe das Corpus Domini empfing, wollte ihre Ehrendame nach ihr auch zum Tisch des Herrn gehen und fragte ihre Tochter, ob sie bereit sei. Weinend gab ihr die Tochter zur Antwort, sie habe nicht ge-

beichtet. »Ei, was habt Ihr denn so lange bei dem Priester gemacht?« fragte die Mutter. – »Nichts«, erwiderte die Tochter; »denn ich habe die Buße, die er mir auferlegte, nicht angenommen, und da hat er mir die Absolution verweigert.«
Da drang die Mutter vorsichtig weiter in sie und erfuhr so von der sonderbaren Buße, die der fromme Pater ihrer Tochter hatte auferlegen wollen. Sie schickte sie darauf zu einem anderen Priester zur Beichte, und danach empfingen sie alle gemeinsam den Leib des Herrn. Als die Gräfin aus der Kirche kam, beklagte sich die Ehrendame über den Priester. Die Gräfin war darüber sehr erstaunt und aufgebracht, denn sie hatte von ihm eine gute Meinung gehabt. Aber trotz ihrem Zorn mußte sie über diese neuartige Buße laut lachen. Das Lachen hielt sie allerdings auch nicht ab, ihn festnehmen und in ihrer Küche gehörig auspeitschen zu lassen, und als man ihn lange genug mit Ruten gestrichen hatte, bekannte er schließlich die Wahrheit. Hernach schickte ihn die Gräfin, an Händen und Füßen gebunden, seinem Guardian zurück mit der Bitte, er möge ein andermal würdigeren Leuten den Auftrag erteilen, das Wort Gottes zu predigen.

Die Verwechslung

Zur Zeit König Ludwigs XII., als ein Neffe des päpstlichen Legaten in Frankreich, Georges mit Namen, aus dem Hause Amboise, päpstlicher Gesandter in Avignon war, lebte im Languedoc eine Dame, deren Namen ich ihrer Sippe zuliebe verschweigen will und die mehr denn viertausend Dukaten an jährlichen Einkünften besaß.
Sie war sehr jung schon Witwe geworden und Mutter eines einzigen Sohnes; und sowohl aus Herzeleid um den Verlust ihres Gatten wie auch aus Liebe zu ihrem Kind beschloß sie, sich nicht wieder zu verheiraten. Um jeglicher Versuchung und

Gelegenheit aus dem Wege zu gehen, wollte sie keinerlei Umgang mehr pflegen, es sei denn mit lauter frommen, gottesgläubigen Menschen; denn sie glaubte, Gelegenheit führe zur Sünde, und wußte nicht, daß die Sünde sich die Gelegenheit schafft.
Die junge verwitwete Dame ergab sich mit ganzer Hingabe dem Dienst Gottes, mied gänzlich jede weltliche Gesellschaft und ging so weit, daß sie sich ein Gewissen daraus machte, einer Hochzeit beizuwohnen oder dem Orgelspiel in einer Kirche zuzuhören.
Als ihr Sohn sieben Jahre alt wurde, nahm sie einen Mann von frommem Wandel als Lehrmeister ins Haus, der sollte ihn in allen heiligen und gottgefälligen Lehren unterweisen. Doch der Sohn kam ins Alter von vierzehn oder fünfzehn Jahren, und da lehrte ihn die Natur, die ein im Verborgenen wirkender Lehrmeister ist, eine andere Lehre, als sein Erzieher sie ihm beizubringen pflegte; denn sie fand ihn wohlgebildet und dem Müßiggang ergeben. Er begann die Dinge, die er schön fand, zu betrachten und zu begehren, unter anderm auch ein Fräulein, das im Zimmer seiner Mutter schlief. Diese ahnte nichts davon, denn man nahm sich vor ihm nicht mehr in acht als vor einem kleinen Kind. Zudem hörte man im Hause immer nur von Gott sprechen. Das junge Blut begann heimlich dem Fräulein nachzustellen, und die meldete es ihrer Herrin; doch die Mutter liebte ihren Sohn so sehr und schätzte ihn so hoch, daß sie dachte, die Jungfer sage das nur, um ihn verhaßt zu machen. Das Fräulein jedoch lag ihrer Herrin so lange mit ihren Klagen in den Ohren, bis diese zu ihr sagte: »Ich will schon in Erfahrung bringen, ob das wahr ist, und werde ihn strafen, wenn ich herausfinde, daß Ihr ihn zu Recht beschuldigt. Wenn Ihr aber falsch wider ihn gezeugt habt, dann sollt Ihr auch die Strafe tragen.« Um sich Gewißheit zu verschaffen, befahl sie ihr, sie möge ihren Sohn anweisen, um Mitternacht mit ihr im Zimmer der Dame zu schlafen, und zwar in einem Bett nahe bei der Tür, wo das Fräulein stets allein nächtigte.

Das Fräulein gehorchte; und als die Nacht hereinbrach, legte sich die Dame an ihren Platz, fest entschlossen, falls sich deren Anschuldigung bewahrheiten sollte, ihren Sohn so gründlich zu strafen, daß er nie wieder mit einer Frau schlafen würde, ohne daran zu denken.
Während sie noch solchen zornigen Gedanken nachhing, kam ihr Sohn und legte sich zu ihr. Obwohl sie sah, wie er zu ihr ins Bett kam, konnte sie doch nicht glauben, daß er etwas Unzüchtiges im Schilde führe. Sie wartete also ab und sprach kein Wort, bis sie aus irgendeinem Anzeichen erkennen mochte, daß er böse Absichten hätte, konnte sie doch nach ein paar unschuldigen Liebkosungen einfach nicht glauben, daß sein Verlangen sich zu sündhaftem Begehren versteigen würde. Ihre Langmut war aber so groß und ihr Fleisch so schwach, daß ihr Zorn sich in eine schändliche geile Lust verkehrte und sie darob ihre Mutterschaft völlig vergaß. Und so wie das gewaltsam gestaute Wasser, sobald man ihm freien Lauf läßt, ungestümer und reißender dahinströmt, als wenn es unbehindert fließen kann, so setzte die arme Dame vorerst ihre ganze Ehre darein, sich durch ihre Fleischeslust nicht anfechten zu lassen. Als sie aber von ihrer Züchtigkeit die erste Stufe heruntergestiegen war, fand sie sich unversehens auch schon bis zur letzten mitgerissen. In dieser Nacht ward sie schwanger von ihrem eigenen Sohn, den sie doch davor hatte bewahren wollen, andere zu schwängern.
Die Sünde war kaum begangen, so befielen sie so entsetzliche Gewissensqualen, daß die Reue über ihre Missetat sie ihr Leben lang nicht mehr verließ. Schon jetzt litt sie solche Pein, daß sie sich von der Seite ihres Sohnes erhob, der die ganze Zeit gemeint hatte, er liege bei ihrem Fräulein, und sich in einem Kämmerchen einschloß. Dort überdachte sie immer wieder, wie gut ihr Vorsatz gewesen und wie schlecht er ausgegangen war, und verbrachte die ganze Nacht allein unter Weinen und Klagen.

Doch anstatt sich zu demütigen und die Schwachheit unseres Fleisches zu erkennen, das ohne Gottes Hilfe nur sündigen kann, wollte sie aus eigener Kraft und durch ihre Tränen das Vergangene sühnen und durch ihre kluge Vorsicht künftiges Unheil vermeiden. Sie gab einzig den Umständen Schuld an ihrer Sünde und nicht ihrer Anfälligkeit und Schwäche, der nur die Gnade Gottes abhelfen kann. So sann sie auf Mittel, wie sie künftig nicht mehr in solches Ungemach geraten könnte; und als ob es nur eine Art Sünde gäbe, die zur Verdammnis führt, bot sie all ihre Kraft auf, diese eine zu vermeiden.
Doch die Wurzel des Hochmutes, den die äußere Sünde eigentlich austreiben sollte, wuchs und wuchs, so daß sie zwar das eine Übel vermied, dafür aber mehrere andere eintauschte. Denn am nächsten Morgen, kaum daß es tagte, ließ sie den Erzieher ihres Sohnes rufen und sprach zu ihm: »Mein Sohn wächst heran, und es ist Zeit, daß wir ihn aus dem Haus geben. Ich habe jenseits der Berge einen Verwandten, der im Dienste des Großmeisters von Chaumont steht. Er heißt Hauptmann von Montesson und wird ihn gern in sein Gefolge aufnehmen. Macht Euch darum ohne Verzug auf und nehmt ihn mit, und damit mir der Abschied nicht so schwer wird, sorgt dafür, daß er mir nicht Lebewohl sagt.« Mit diesen Worten gab sie ihm das nötige Reisegeld und schickte schon am nächsten Morgen den Jüngling in die Fremde. Der freute sich sehr darüber, denn nachdem er nun mit seiner Liebsten seine Lust gebüßt hatte, wünschte er nichts sehnlicher, als in den Krieg zu ziehen.
Die Dame lebte lange Zeit in großer Trauer und Schwermut, und hätte sie nicht ihre Gottesfurcht abgehalten, sie hätte manchesmal die unselige Leibesfrucht, die sie in sich trug, zu beseitigen gewünscht. Sie schützte eine Krankheit vor, damit sie sich ständig in ihren Mantel hüllen und so ihre Schwangerschaft verbergen konnte, und als die Zeit ihrer Niederkunft herankam, bedachte sie, daß sie keinem Menschen auf der Welt so vertrauen könne wie ihrem Bastardbruder, dem sie viel Gutes

erwiesen hatte. Ihm erzählte sie, was ihr widerfahren war, sagte ihm aber nicht, daß ihr eigener Sohn sie geschwängert habe, und bat ihn, ihr zu helfen und ihre Ehre zu bewahren. Einige Tage, bevor sie niederkommen sollte, bat er sie denn auch, aus ihrem Haus in das seine überzusiedeln, da sie nach einer Luftveränderung eher wieder gesund werden könne. Sie begab sich mit ganz wenigen Bedienten dorthin und fand eine Hebamme vor, die für die Frau ihres Bruders gekommen war und sie eines Nachts, ohne sie zu kennen, von ihrem Kind entband. Es war ein schönes Mädchen. Der Edelmann gab es einer Amme und ließ es als das seine aufziehen.

Nachdem die Dame einen Monat lang dort geweilt hatte, kehrte sie völlig genesen in ihr Haus zurück, wo sie ein strengeres Leben denn je zuvor führte, fastete und sich kasteite. Als ihr Sohn erwachsen war und sah, daß zur Zeit in Italien kein Krieg geführt wurde, sandte er einen Boten zu seiner Mutter und ließ sie inständig bitten, sie möge ihm doch erlauben, nach Hause zu kommen. Sie fürchtete aber, sie könnte aufs neue dem Übel verfallen, das sie überstanden hatte, und wollte es ihm nicht gestatten. Doch zuletzt setzte er ihr mit Bitten so sehr zu, daß sie keinen Grund mehr wußte, ihm die Erlaubnis zu verweigern. Aber sie ließ ihm sagen, er dürfe ihr erst unter die Augen treten, wenn er mit einer Frau vermählt sei, die er von ganzem Herzen liebe; auch dürfe er nicht auf Geld und Gut sehen, sondern nur darauf, daß sie von Adel sei. Das sei ihr genug.

Während dieser Zeit sah ihr Bastardbruder, daß das Mädchen, das er in seiner Obhut hatte, groß und bildschön geworden war, und er dachte daran, sie in ein weitentferntes Haus zu geben, wo niemand sie kannte. Auf den Rat der Mutter hin gab er die Pflegetochter der Königin Katharina von Navarra. Das Mägdlein wuchs heran, es wurde zwölf, dreizehn Jahre alt und war so schön und züchtig, daß die Königin von Navarra sie ins Herz schloß und sie gern mit einem reichen und vornehmen

Gatten vermählt hätte. Da sie jedoch arm war, fanden sich wohl viele Freier, aber kein Ehemann.
Da geschah es eines Tages, daß der Edelmann, ihr unbekannter Vater, von jenseits der Berge zurückkehrte und in das Schloß der Königin von Navarra kam, und kaum hatte er seine Tochter erblickt, so verliebte er sich in sie. Weil er nun von seiner Mutter die Erlaubnis hatte, die Frau zu heiraten, die ihm gefiel, erkundigte er sich nur, ob sie adligen Geblüts sei, und als man ihm das bestätigte, hielt er bei der Königin um ihre Hand an. Sie gab ihm das Mädchen von Herzen gern; denn sie wußte wohl, daß der Edelmann reich und außerdem noch schön und rechtschaffen war.
Als die Ehe vollzogen war, schrieb der Edelmann abermals an seine Mutter und hielt ihr vor, sie könne ihm künftig die Tür ihres Hauses nicht mehr verschließen, bringe er ihr doch eine Schwiegertochter heim, wie sie sich eine bessere nicht wünschen könne. Die Dame erkundigte sich, welche Verbindung er eingegangen sei, und fand, daß er ihrer beider eigene Tochter geheiratet hatte. Darob geriet sie in solche Trauer und Verzweiflung, daß sie meinte, sie müsse auf der Stelle tot umsinken, denn sie sah, je mehr sie ihr Unglück abzuwenden versuchte, desto größer wurde es durch ihre Schuld.
Sie wußte sich nicht anders zu helfen und begab sich zum päpstlichen Legaten in Avignon, dem sie ihre ungeheuerliche Sünde beichtete. Sie bat ihn um Rat, wie sie sich verhalten solle. Um ihrem Gewissen Ruhe zu schaffen, ließ der Legat mehrere hochgelehrte Theologen zusammenrufen und unterbreitete ihnen den Fall, ohne jedoch die Personen mit Namen zu nennen. Auf ihren Rat entschied er, die Dame dürfe niemals ihren Kindern gegenüber etwas von dieser Sache verlauten lassen, denn sie hätten, da sie ja ahnungslos seien, nicht gesündigt; sie aber müsse ihr Leben lang dafür Buße tun, dürfe sich jedoch vor ihnen niemals etwas anmerken lassen.
Also kehrte die arme Dame in ihr Haus zurück, und bald da-

nach kamen auch ihr Sohn und ihre Schwiegertochter dorthin. Die beiden liebten sich mit solcher Leidenschaft, daß niemals Mann und Frau größere Liebe zueinander hatten, noch sahen sich je Eheleute so ähnlich, denn sie war ja seine Tochter, seine Schwester und seine Gattin, und er war ihr Vater, Bruder und Gatte. Sie lebten zeit ihres Lebens in inniger Liebe zusammen, und die erbarmungswürdige Dame sah sie in ihrer harten Buße sich nie herzen und küssen, ohne nicht hinausgehen und sich ausweinen zu müssen.

Das Fest der Unschuldigen Kindlein *)

In der Stadt Tours lebte ein Mann, ein witziger und durchtriebener Geselle, der war Tapezierer des vormaligen Herzogs von Orleans, welcher ein Sohn des Königs Franz I. war. Obschon dieser Tapezierer infolge einer Krankheit ertaubt war, hatte er dennoch kein bißchen seines Verstandes eingebüßt; denn keiner war geschickter in seinem Handwerk und auch in andern Dingen als er. Ihr werdet gleich sehen, wie er seinen Witz zu nutzen verstand.

Er hatte eine ehrbare und rechtschaffene Frau geheiratet, mit der er ein einträchtiges und geruhsames Leben führte. Er scheute sich, etwas zu tun, was ihr mißfallen konnte, und auch sie trachtete nur danach, ihm in allen Dingen zu gehorchen. Doch bei aller aufrichtigen Zuneigung, die er ihr entgegenbrachte, war er doch so mildtätig veranlagt, daß er oftmals seinen Nachbarinnen zukommen ließ, was eigentlich seiner Frau allein zustand. Allerdings tat er das so heimlich wie nur möglich.

*) Nach einem alten Brauch suchten am Morgen des 28. Dezember, dem Fest der Unschuldigen Kindlein, die jungen Männer die Frauen im Bett zu überraschen; gelang es ihnen, die Langschläferinnen dort zu finden, durften sie sie mit Ruten streichen, um sie für ihre Faulheit zu bestrafen (Anmerkung des Übersetzers).

Sie beschäftigten in ihrem Haushalt eine Stubenmagd, ein dralles, molliges Ding, in die sich der Tapezierer verliebte. Da er aber befürchtete, seine Frau könnte ihm auf die Schliche kommen, tat er oft, als rügte und tadelte er sie, und sagte, sie sei die faulste Schlampe, die ihm je begegnet sei, doch nehme ihn das nicht wunder, weil ihre Herrin sie ja doch nie durchbleue. Und eines Tages, als sie von dem alten Brauch am Tag der Unschuldigen Kindlein sprachen, sagte der Tapezierer zu seiner Frau: »Es wäre eine wahrhaft gottgefällige Tat, wenn man der faulen Schlampe, die Ihr habt, den Morgengruß der Unschuldigen Kindlein entbieten könnte. Doch dürfte es nicht von Eurer Hand geschehen, denn die ist zu schwach, und Euer Herz ist gar zu weich und mitleidig. Wenn ich sie aber unter die Finger nehmen dürfte, wären wir künftig bestimmt besser bedient als bisher.«

Die gute Frau, die sich nichts Böses dabei dachte, bat ihn, das ins Werk zu setzen; denn – so gestand sie ihm – sie habe weder die Kraft, noch bringe sie's übers Herz, ihre Magd zu schlagen. Der Mann übernahm also willig diesen Auftrag, spielte den blutrünstigen Henker und ließ die feinsten und geschmeidigsten Ruten einkaufen, die aufzutreiben waren. Um aber zu zeigen, wie sehr ihm daran gelegen war, sie nicht im geringsten zu schonen, ließ er die Ruten noch in Salzwasser einlegen, so daß die gutherzige Tapeziererin mehr Mitleid mit ihrer Stubenmagd empfand als Argwohn gegen ihren Mann.

Als das Fest der Unschuldigen Kindlein gekommen war, stand der Tapezierer früh am Morgen auf und schlich in die Dachkammer hinauf, wo die Magd allein schlief, und dort bot er ihr den Morgengruß der Unschuldigen Kindlein, doch auf eine ganz andere Art, als er seiner Frau gesagt hatte.

Die Magd brach in bitteres Weinen aus, aber das half ihr nichts. Aus Angst jedoch, seine Frau könnte sie überraschen, fing er an, so heftig mit den Ruten gegen die hölzerne Bettstatt zu schlagen, daß er sie völlig zerfaserte und knickte. Dann

brachte er sie gänzlich zerbrochen seiner Frau und sagte: »Liebste, ich glaube, Eure Stubenmagd wird das Fest der Unschuldigen Kindlein nicht so bald vergessen.«
Nachdem der Tapezierer das Haus verlassen hatte, kam die bedauernswerte Stubenmagd zu ihrer Herrin, warf sich vor ihr auf die Knie und klagte, ihr Gatte habe ihr den größten Schimpf angetan, der jemals einer Magd zugefügt worden sei. Doch ihre Meisterin, die glaubte, sie spreche von den Rutenstreichen, die er ihr, wie sie meinte, verabreicht hatte, ließ sie gar nicht ausreden, sondern sprach zu ihr: »Mein Mann hat recht daran getan; denn schon seit gut einem Monat liege ich ihm damit in den Ohren und bitte ihn darum, und wenn es Euch weh getan hat, soll's mich freuen. Ich allein bin dafür verantwortlich, und dabei hat er seine Sache noch lange nicht so gründlich besorgt, wie er hätte müssen.«
Als die Stubenmagd sah, daß ihre Herrin eine solche Missetat gar noch billigte, dachte sie, das sei doch keine so große Sünde, wie sie geglaubt hatte, hatte doch eine Frau, die allgemein für so tugendhaft galt, den Anlaß dazu gegeben; und so wagte sie seither nicht mehr davon zu sprechen. Ihr Herr aber, der merkte, daß seine Frau ebenso froh war, betrogen zu werden, wie er es war, sie zu betrügen, beschloß, ihr den Gefallen noch öfters zu tun, und gewann seine Stubenmagd so weit, daß sie nicht mehr weinte, wenn sie den Morgengruß der Unschuldigen Kindlein zu spüren bekam.
Dieses Leben führte er noch eine gute Weile fort, ohne daß seine Frau dahinterkam. Als aber die großen Schneefälle eintraten, wollte der Tapezierer, wie er's auf dem grünen Gras getan hatte, das Fest der Unschuldigen Kindlein auch im Schnee feiern, und eines Morgens in der Frühe, als im Hause noch niemand auf war, führte er die Magd im bloßen Hemd hinaus in den Garten. Dort sollte sie auf dem Schnee das Kruzifix machen, und während sie sich miteinander vergnügten und sich gegenseitig mit Schnee bewarfen, vergaßen sie darüber auch

nicht das Spiel der Unschuldigen Kindlein. Das sah eine ihrer Nachbarinnen, die an das Fenster getreten war, das auf den Garten hinausging, und nachschauen wollte, wie das Wetter sei. Als sie nun dies unzüchtige Treiben gewahrte, geriet sie darüber in solchen Zorn, daß sie sich vornahm, es ihrer guten Gevatterin zu hinterbringen, damit sie sich nicht länger von einem so schlechten Gatten betrügen oder von einer so nichtsnutzigen Schlampe bedienen lasse.

Nachdem der Tapezierer sein munteres Spiel getrieben hatte, schaute er um sich, ob ihn auch niemand sehen könne, und da erblickte er seine Nachbarin am Fenster. Das verdroß ihn sehr. Doch verstand er sich ja meisterhaft auf das Färben der Teppiche und dachte daher, er werde wohl auch diesen Vorfall so schönzufärben wissen, daß seine Gevatterin ebenso gründlich hinters Licht geführt werden sollte wie seine Frau. Sobald er wieder im Bette lag, hieß er seine Frau im bloßen Hemd aufstehen und führte sie in den Garten hinaus, wie er es schon mit seiner Magd getan hatte. Dort scherzte er lange mit ihr im Schnee, genau wie mit der andern, und dann mußte sie wie die Magd mit ihm das Spiel der Unschuldigen Kindlein spielen, und hernach gingen sie beide wieder zu Bett.

Als dann die gute Frau zur Messe ging, fand sich natürlich auch ihre Nachbarin und gute Freundin dort ein und bat sie höchst erbost und aufgeregt, ohne ihr aber mehr sagen zu wollen, sie müsse ihre Stubenmagd ohne Verzug aus dem Haus jagen; denn sie sei eine bodenlos schlechte und gefährliche Dirne. Das wollte aber die gute Frau nicht tun, ohne zuvor zu wissen, warum ihre Nachbarin so gegen sie aufgebracht sei. Zu guter Letzt erzählte ihr diese, wie sie der Magd und ihrem Mann am frühen Morgen zugeschaut habe.

Da lachte die wackere Frau laut auf und sagte: »Herrje, Frau Gevatterin, liebe Freundin, das war ja ich!«

»Wieso denn, Gevatterin? Sie war im bloßen Hemd, frühmorgens um fünf Uhr!«

Doch die gute Frau antwortete ihr: »Wahrhaftig, Gevatterin, ich war's!«

Allein die andere ließ nicht locker: »Sie rieben einander mit Schnee ein, dann griff er ihr an die Brüste, dann noch anderswohin, so schamlos wie nur möglich.«

Und abermals erwiderte ihr die gute Frau: »Ei, ei, Gevatterin, ich sag Euch doch: ich war's!«

»Aber, Gevatterin«, meinte nun die andere, »ich habe sie nachher im Schnee Dinge treiben sehen, die mich weder schön noch anständig dünken.«

»Liebe Gevatterin«, versetzte die gute Ehefrau, »ich habe Euch doch schon gesagt und sage es Euch noch einmal: ich war es und keine andere; ich habe das alles gemacht, was Ihr da sagt. Mein guter Mann und ich, wir treiben zuweilen miteinander solchen Schabernack. Ich bitte Euch, stoßt Euch nicht dran. Ihr wißt ja, wir Frauen müssen eben unsern Männern zu Willen sein.«

Damit trollte sich die gute Gevatterin, begieriger, einen solchen Gatten zu besitzen, als den Mann ihrer wackeren Nachbarin darum anzugehen. Als der Tapezierer zu seiner Frau heimkehrte, erzählte sie ihm des langen und breiten, was die Gevatterin ihr berichtet hatte. »Nun seht einmal, Liebste«, antwortete ihr der Tapezierer, »wäret Ihr nicht eine so rechtschaffene und einsichtige Frau, wir wären längst schon geschiedene Leute. Aber ich hoffe, Gott wird uns noch lange in gutem Einvernehmen erhalten, zu seinem Ruhm und zu unserer Zufriedenheit.«

»Amen, liebster Freund«, sprach die gute Frau. »Hoffentlich werdet Ihr, soviel an mir liegt, nie Grund zur Klage haben.«

Margarete von Navarra
wird 1492 als Kind eines Grafen im Schloß von Angoulême geboren. Ihr Bruder Francois ist potentieller Thronfolger, falls Louis XII. keinen männlichen Nachkommen mehr zeugt, was er tatsächlich nicht tut. Also wird Francois König, und Margarete, die gegen ihren Willen mit Louis XII. verheiratet wird, geht zu ihm an den Hof. Sie hat von ihrer »alleinerziehenden« Mutter Spanisch und Italienisch gelernt, außerdem Latein, Philosophie und Geschichte studiert. Sie kümmert sich nun um Kunst, Literatur und Wissenschaft. Und wird, zusammen mit ihrer Mutter, Beraterin des Bruders in allen politischen Entscheidungen. Ihr ungeliebter Mann stirbt nach einer Schlacht, bei der auch ihr Bruder in die Gefangenschaft Karls V. gerät; sie reist zum Kaiser, um Freiheit für ihren Bruder zu erreichen. 1529 gibt es den berühmten »Damenfrieden« zwischen Frankreich und Habsburg, den Margarete, ihre Mutter und eine Tante Karls V. aushandeln.
Margarete heiratet ein zweites Mal aus Liebe, Henri d'Albret, den König von Navarra, einem kleinen Reich im Südwesten Frankreichs. 1531 stirbt die Mutter, und es wird für Margarete immer schwieriger, den Bruder zu beraten.
Ihr erstes Buch wird von den Sorbonne-Theologen in die Liste der verbotenen Bücher aufgenommen, sie versucht sich politisch für die Reformation einzusetzen, was ihr mißlingt, ihr Bruder läßt als einen der ersten ihren Verleger verbrennen. Sie zieht sich in ihr Königreich zurück, ihr Mann betrügt sie. 1542 beginnt sie mit dem »Heptameron«, 1547 stirbt der Bruder, den sie trotz allem immer noch beraten hatte,

1549 stirbt sie selbst. (Texte aus: Margarete von Navarra, Das Heptameron, Winkler Verlag München 1960)

Madeleine de Scudéry

Cinesia und Artaxander

Nachdem sich derhalben Filiontes und Artaxander voneinander theileten / weil deren Zimmer nicht in einem Hausstocke waren / gienge ihr jeder dem seinigen zu. Artaxander verwunderte sich / als er seinem nahete / daß er solches halb offen / und ein Liecht darinnen sahe. Aber seine Verwunderung wuchse / als er auf dem Tische adeliche Weibskleider ligen fande / und noch mehr / als er die Augen auf sein Bette schiessen ließe / und einer der schönsten Personen in der Welt gewar ward / welche eben schiene / als habe sie sich zufleisse in eine vortheilhafte Stellung bequemt / noch schöner zuscheinen / und den Artaxander verliebt zumachen. Dann / weil es heiß ware / ware ein rohter Atlasener Fürhang / so das Bett bedeckte / auf einer Seiten aufgeschlagen / und gabe seinem einsehen den Zutritt / die jenige Schönheit zuerkennen / die ihn desto wunderhafter bedunkte / je unvorsehener sie ware. Cinesia / welche groß von Leibe ware / lage halb auf der rechten Seiten / also daß / weil die Decke gar dünn ware / man ihre ganze Leibs-gestaltung sahe / als wie an theils Bildern von tapferen Meistern / die solche ungehindert der Gewand-brüche / so wohl fürbilden / daß sie dem Auge keinen Platz lassen / die genaue Austheilung des Leibes /den sie bilden wollen / zuerkennen. Zudem stützte Cinesia das Haubt auf den einen Arm / und liesse die Hand über den Polster herabhangen / der ihr an stat eines Haubtküssens dienete: und weil sie sich eilends ausgezogen / hatte sich ein Theil ihrer Haarlocken aufgelöst / also daß man fünf oder sechs dicke schwartze Haarringe sahe / die ihr unachtsamer weise auf die schöne Brust herabhiengen/ die halb entblöst ware / weil ein schwarzes Band / so ein Florhalstuch hefften sollen / sich aufgelöst hatte. Ihr linker Arm ware verlassener-weise aufs Bette ausgestreckt / daß man gnug sehen konte / sie habe die schönsten Arme / die man glauben mag. Auch sahe Artaxander / daß alle ihre Gesichtsstriche wundersam schön waren: und wiewohl er die Augen an selbiger nicht offen sahe / so konte er doch wohl schliessen / daß sie schön seyn müsten. Also fande er sie gar holdseelig schlaffend. Und wiewohl man unter währende Schlaffen keine schöne Farbe pflegt zuhaben / so ware doch selbmals Cinesia so schön gefärbt / als man in einer sonderbaren Gemüts-zufriedenheit zuseyn pflegt. Sie hatte so rohte Lippen / daß sie gar schön mit der Antlitzfarbe und mit den schwarzen Haaren einstimmten. Artaxander ward von so schönem Anblicke übereilt / den er schier eine Erscheinung konte nennen / daß er nicht wuste was er ihm gedenken solte / sonderlich weil ihm die Person ganz unbekannt ware. Nichts desto minder urtheilte er / sie müste eine Standsperson seyn / massen es die Kleidung auswiese / und ein kleines demantenes Kettlein / so sie am Halse hangen / und abzulegen vergessen hatte. Am linken Arm / hatte sie ein kleines Ebenbild-büchslein an einem schwarzen Bande hangen: und wiewohl solches nicht zu köstlich / ware es doch also / daß man wohl darbe konnte abnehmen / die es truge / sey etwas adeliches / weil gemeine Leute dergleichen Dinge nicht tragen. Als sich nun Artaxander in diesem Stand sahe / wußte er nicht / was ihm zuthun wäre. Er hätte sie gerne aufgeweckt / ihre Augen offen zusehen / förchtete sich aber / er möchte sie erzörnen / wann er ihr eine Mannsperson so nahe / und in dem Stande / wie sie ware / zeigete. Also besanne er sich auf etwas mehr-ehrerbietiges und knappers / und weil er ein viel schöner- und reicheres Ebenbild-büchslein im Sacke hatte / als das ware / so an der Cinesia Arme hienge / nahete er gemach hinzu / kniete beym Bette nieder / löste ganz geschicklich das schwarze Band ab / nahme das Ebenbild-gehäuse herab / und machte seines an dessen Stelle / knüpfte auch das Band so artig wieder zu / daß Cinesia nicht ernst munter ward. Ich hatte vergessen euch zusagen / des Artaxanders Gehäuse ware gemacht worden / der Pasitheen Ebenbild drein zuthun / welches er ihr hernach / als er sich mit selbiger enzweyt / wiedergegeben / dahero nichts drinnen ware. Weil er aber reisen konte / und fortan einen Bleystifft bey sich truge / schriebe er / als sehr Sinnreich / diese vier Reimen in das leere Schächtelein:

Ich bin glücklicher bey Nacht /
als beym Tage / weil sie macht
das mein Abgott eh mein brennen
wird als mein Gesichte kennen.

Unterdessen schlieffe die schöne Cinesia ruhig / und konte man sagen / sie bereitete / durch solchen Schlaff / neue Waffen / den Artaxander vollends gar zuüberwinden: dann sie erwachte / mit besser abgesetzter Farbe und mit finklerendern Augen. Indem sie aber erwachte / verwunderte sie sich nicht wenig / daß sie an stat des mit Smaragden versetzten Ebenbildkästleins / so sie am Arme getragen / ein anderes mit Demanten besetztes und viel reichers / als das ihre / am Arme sahe. Derhalben sasse sie im Bette auf / streckte den Arm gegen dem Liechte / gleichsam zweiflend / ob sie anfangs recht gesehen / und beriehte sich mit der Sonnen / ob sie sich geirrt oder nicht. Jemehr sie aber das Büchslein betrachtete / jemehr muste sie schliessen / es müste nothwendig unter währendem ihren Schlaff jemand im Zimmer gewesen seyn / und zwar / wie sie ihr wohl einbilden konte / ein Mannsbild: weil ihr ungläublich fiele / daß ein Weibsbild diesen Scherz solte fürgekehrt haben. Daher geschahe es / daß sie eine Zeitlang sich darüber bekümmerte. Nachdem sie dem Handel ein wenig nachgesonnen / machte sie diesen vernünfftigen Vorwahn / es müsse / der diesen nachtheiligen Tausch gethan / eine Person edles Gemütes seyn. Dahero der Vorwitz bey ihr grösser ward als die Unruhe. Artaxander fande unterdessen die Cinesia liebbarer wachend /

als schlaffend / gienge mit seinem Freunde heim / ganz bereit / selbige zulieben / und merkte seine beginnende Liebe würklich. Dann / wiewohl ihme solche Liebs-leidenschaft sonst den Schlaff nicht viel zunehmen pflegt / so schlieffe er doch selbige Nacht fast nichts: ursach / wann er sich erinnerte / daß er eben in dem Bette läge / in deme er die Cinesia gesehen / zugeschweigen in selbigem Zimmer / und sie ihm seine Einbildung vollkommen schön darstellte / konte er keine Ruhe finden / wiewohl seiner Gedanken Entzuckungen ergetzlich waren.
Anderseits als Cinesia vernommen / Artaxander habe jederzeit beym Frauenzimmer Liebe gefunden / achtete sie ihn für liebbarer als den Clidamus / welcher niemals keine Gunst angetroffen / und misfiele ihr keineswegs / daß sie diese neue Kundschaft bekommen. Weil sie aber sein Ebenbild-kästlein nicht behalten wolte / sandte sie es ihm des folgenden Tages wieder / und so schlau / daß er es nicht ausschlagen konte:
Pasithea auf der anderen Seiten / die an ihren Liebhabern nie mehr / als eine Unterhaltung die Zeit knapp zuvertreiben / wechselte / und meinte sie sey von Clidamus geliebt / tröstete sich ob des Artaxanders Verluste: wiewohl ihr des Tages öffter als einmal die Reue einfiele / indem sie an dem neuen Liebhaber die jenige edele Anmutigkeit nicht fande / wie an dem Verlorenen. Clidamus aber / ware der Unglückseelige / weil er nicht geliebt ward / wo er verlangte / und in einer Person Gunst stunde/ vor die er ganz nicht entzündt ware. Also hatte er schier alle Begünstigungen / so die Liebe ertheilen kan / ohne Vergnügungs-fühlung / und alle Schmerzen / die selbige Leidenschaft kan fühlen machen: dann er liebte ungeliebet / und eiferte / sonder seines Eifers genaue Ursache zuwissen. Ihme mißfiele Artaxanders neue Kundschaft / und daß selbigem der Pasithea Ebenbild in die Hände gerahten. Er wußte nicht / solte er unterlassen / sich zustellen / daß er sie liebe / oder ob er sich stellen solle / als liebe er die Cinesia nimmer /

zusehen / ob sie ihn werde wiederberuffen. In summa er ware dermassen verwirrt / daß er es mehr nicht seyn können.
Cinesia hatte gleichfalls einigen Lärmen im Herzen: weil es aber nichts mißfälliges ware / liesse sie sich solches anfänglich nicht verdrüssen. Artaxander aber / ware so vergnügt ob deme / daß er sie liebte / daß er solche Gemütsregung nicht konte bey sich allein behalten / sondern selbige den vierdten oder fünften Tag seiner Kundschaft völlig der Cinesia offenbarte.
Dahero er immer fortfuhre / ihr zusagen / daß er sie liebte / und sagte ihr solches so oft / daß er sie es zuglauben beredte. Und weil Artaxander / wie frölich er auch ist / gleichwohl in etwas ernstlich ist / wann er wil / so fande er an der Cinesia alles / was er bedorffte / daß sie ihm gefallen solte: dann sie hat einen gewissen solchen Geist in welchem man findt / was man zufinden verlangt. Es ist darinnen die Frölichkeit / nebst einer süssen Schwermütigkeit / und zwar einer so verliebten / daß man unmöglich dergleichen anderwärts kan antreffen. Sie ist zugleich bescheiden / doch mit solcher Eingezogenheit / die sie nicht quält / und ihre Einbildung eine ehrliche Freyheit überlässt / welche ihre Gesellschaft ganz anmutig macht. Sie hat doch darneben etliche Grillen / in kleinen Freundschaftsgenauigkeiten / die wundersam zur Liebesvermehrung dienen / die man gegen ihr gefast. Aber diese angenehme Quinten werden nur von ihren Liebhabern verstanden / aber in gemeinem umgehen mit selbiger / nie vermerkt. Was schlimm an der Cinesia ist / ist dieses / daß sie geneigt ist / sich ihre eigene Neigungen ganz einnehmen zulassen.
Clidamus ward von der Cinesia / von der Stunde an ihrer Kundschaft mit Artaxandern / so übel gehalten / daß selbiger sich bemühte / weil er sich nicht konte geliebt machen / ihr in allewege zuschaden. Pasithea unterliesse ingleichen nicht / einige boshafte Erfindung zuversuchen / dem Artaxander und der Cinesia einigen Trotz zuthun. An stat dieses Verlangens aber / machte sie ihnen eine Kurzweile / weil ihn freute / daß

er verspürte / er stecke ihr tieffer im Herzen / als er gedacht hatte. Cinesia sahe gern / daß sie dieser schönen frölichen einen Leibeigenen abspänstig gemacht hatte. Diese kleine Sachen / machten alle zusammen / daß zwischen der Cinesia und dem Artaxander eine knappe jederman bekante Liebs-innigkeit enstunde / Ihr sollet wissen / daß zu Creta ein Kerl ist / Alfimedontes genannt / der von niemanden geachtet wird. Pasithea sprach / mit etwas gifftiger Zunge zu Artaxander: ich versichere euch / es sey euch eine grössere Ehre / daß ihr den Clidamus zum Nachfolger habet / als daß ihr dem Alfimedontes nachfolget.

Dazumal trate viel Frauenzimmer zum Lusthause ein / welches Alfimedontes aufführete / und im hineingehen sagte selbiger soviel ungereimtes Dinges / daß Artaxander gezwungen ward wegzugehen / um zuerfahren / ob es wahr sey / daß Cinesia / als ein Fräulein von soviel schönen Gaben / habe einen solchen Menschen lieben können.

Also gienge Artaxander des folgenden Tages hin / Gelegenheit zusuchen / die Cinesia allein anzutreffen.

Sie empfienge Artaxandern aufs allerfreundlichste / wie sie sonst pflegte: er aber hatte eine sonderbare Unfreundlichkeit in den Augen / und ein sauers Gesichte / welches die Cinesia fürwitzig machte / ihn um dessen Ursache zubefragen. Worauf er / ohne grossen Wort-umschweiff / sein Verlangen innen zuwerden / ihr fäst ins Gesichte schauend / also antwortete: mein Fräulein / ich bitte euch redet aufrecht mit mir / und versprechet mir / daß ihr mir unfehlbarlich dasjenige sagen wollet / worum ich euch fragen werde. Ich verspreche es euch / (sagte sie erröhtend/) dann ich bin versichert / ihr werdet mich um nichts fragen / das ich euch nicht dörffte sagen. Nein / nein / mein Fräulein (versetzte er/) betrüget euch nicht: dann das / worum ich euch wil fragen / ist also beschaffen / daß man es nie sol sagen / man werde dann eidlich darzu gedrungen.

Artaxander sprach diese Wort mit einem so groß- und zornigem Gesichte aus /. daß solches der Cinesia misfiele. Und weil sie wuste / sie habe Artaxandern nichts zuwider gethan / entschlosse sie sich endlich / selbigem zuversprechen / ihm alles aufrichtig zusagen / worum er sie befragen werde. So beschwere ich euch nun / mein Fräulein / (versetzte er alsbald/) mir zugestehen / ob es wahr / daß ihr den Alfimedontes geliebet habet? Alfimedontes sprach sie / ganz feuerrot im Gesichte / hat mich so jung gesehen, daß man schier sagen kann, wir haben den Tag miteinander kennenlernen.

Ja ich wil euch nur die Warheit sagen / daß ich selbigen im Anfange meines Lebens so geneigt gewesen / daß ich gern gelitten / daß er mich geliebt. Und mich eurer Verträulichkeit im höchsten Staffel zugebrauchen / wil ich euch bekennen / daß die Länge und Anhäbigkeit seiner Neigung die meinige vermehrte. Ich bin / zu meiner Rechtfertigung / auch schuldig zusagen / die Welt thue ihm unrecht / indem er weit liebbarer ist / als andere wohl meynen / sonderlich einer Person / welche liebet. Er ist sehr höflich / sanftmütig / und unterthänig. Ich will euch mit eben der Aufrichtigkeit / mit der ich euch bekant / daß ich ihm hold gewesen / sagen / daß ich es ihm nimmer bin. Ich wil es euch glauben / (antwortete er/) es ist aber schon gnug / daß ihr ihn geliebet habet / mich zum Unvergnügtesten aus allen Menschen zumachen.

Mein Fräulein / ich kan nicht begreiffen / wie ich euch habe das Herz rühren können / weil solches Alfimedontes erstlich gerührt hat: sintemal ich ja ganz nicht bin / wie er.

In diesem / (sprache sie/) stimmen wir nicht zusammen: dann ich wil euch die Neigung auslegen / die ich zum Alfimedontes getragen habe / und die ich jezt zu euch trage. Ich sage / ich habe jenen aus blosser Zuneigung geliebt: euch aber liebe ich aus Zuneigung und aus Erkantnis. Ach um Gottes willen / (sprach er/) thut mir diese Neigung weg / weil ich mit dem Alfimedontes ganz nichts mag gemein haben. Cinesia sprach zorniglich / ob des Artaxanders Red-art entrüstet: So wil ich euch auch mein Herz wegnehmen / Durch diese Reden befande sich Cinesia verletzt / und wolte im Zorne darvongehen / weil sie keine sattsame Ursache fürbringen können / die sie wegen der gegen dem Alfimedontes getragenen Neigung entschuldigte. Doch zanketen sie fort miteinander / bis Fillira heimkommen / dahero sie das Gespräche ändern musten.

Artaxander giene von dort aus zur Cesisa.

Entzwischen verliesse Clidamus / der diese Veränderung bald innen worden / die Pasithea / und kehrte wieder in der Cinesia Haus / die / an ihm keinen Trost ob des Artaxanders Verluste findend / selbigen übel hielte / wähnend / Artaxandern einen Dienst mit zuthun. Pasithea ware anderseits grimmig / daß sie Clidamus verlassen / und Artaxander eine Lust darob hätte / den sie gern wieder gelockt hätte. Cinesia folgends / wuste weiter kein Mittel zuersinnen / des Artaxanders Grillen zuheilen / weil sie nimmer laugnen konte / daß sie den Alfimedontes geliebt / nachdem sie es ihme bekant: sie konte auch nicht machen / daß Alfimedontes höher geachtet würde / als er ware. Also konte sie nichts anders thun / als sich ob des Artaxanders Zurucktritte verachtend erzeigen. Dieser aber ware in Löffeley-sachen nicht untröstlich / und konte sein Gemüt mit der Cesisa Unterhaltung aufrichten.

Madeleine de Scudéry

geboren 1607, war eine namhafte und erfolgreiche Schriftstellerin zu ihrer Zeit – ihre Samstagsgesellschaften waren berühmt, und alle bekannten Personen des französischen Adels, zu dem sie auch gehörte, nahmen daran teil. Sie schrieb einige mehrere tausend Seiten lange Romane, deren Rahmenhandlungen sie der Geschichte entnahm, in denen sie aber das Leben in den Salons und in der französischen Gesellschaft detailliert schilderte, und zwar so, daß sich die einzelnen Personen gut darin erkennen konnten. Diesen Romanen nach schien das Leben des Adels vorwiegend aus Liebesbegegnungen zu bestehen, die kultiviert und gepflegt wurden. Wichtig waren kunstvoll geführte galante Gespräche und Briefe. Diese Gespräche wurden in den Salons geübt und geführt. Auch Hochzeiten waren öffentliche Ereignisse – samt Hochzeitsnacht, in der Braut und Bräutigam von der Festgemeinschaft ins Brautbett geführt und dann nur die Vorhänge zugezogen wurden, während die Gesellschaft blieb. Frauen und Männer übten sich auch in der Kunst, neben dem Ehepartner – Liebesehe war noch nicht üblich – mehrere Liebhaber zu haben: 1653 erschien ein Buch mit dem Titel »Die geteilte Liebe, worin bewiesen wird, daß man zur gleichen Zeit und mit derselben Vollständigkeit mehrere Personen lieben kann«. Madeleine de Scudéry wurde zu den »preziösen« Dichterinnen gezählt.
Die preziösen Frauen vertraten die Auffassung, daß es zwischen den Geschlechtern gleichberechtigte Freundschaft nicht-sexueller Natur geben kann, sie waren Rebellinnen gegen die männliche Tyrannei. Manche von ihnen sprachen und schrieben sehr frei-

zügig über die Liebe, was so manchen Skandal verursachte. Auf Madeleine de Scudéry verfaßte 1665 ein männlicher Kritiker eine bitterböse Satire, eine völlige Verurteilung ihrer Person und ihrer Werke. Sie starb 1701; sie war zeitlebens ledig und ein halbes Jahrhundert »zärtlich« befreundet gewesen mit einem Mann namens Paul Pellison. (Texte aus: CLELIA, Herins von Scuderi, Verteutsch durch »den Unglückseeligen«, Nürnberg, in Verlegung Michael und Joh. Friedrich Endtern, 1664)

Christiana Mariana von Ziegler

Die ihrer Liebe unwissende Doris

Hiermit beschwer ich dich, mein Herze, du sollst sagen,
Was mich im Schlafe stört, und meinen Geist besiegt.
Ich kann mich wachend zwar nicht über dich beklagen,
Weil die Empfindung stets der Einsicht unterliegt;
Allein so bald der Schlaf die matten Glieder strecket;
Und mich zum Träumen bringt, so weis ich selber nicht,
Wer mich zur Zärtlichkeit und Schmeichelung erwecket.

Mein Herze, rede doch, gieb mir hierinn ein Licht.
Was hab ich dir gethan, und was ist mein Verbrechen,
Daß du dich gegen mich so fromm und fremde stellst?
Ach willst du denn nicht mehr, wie sonst, vertraulich sprechen:

Entdeck das Urtheil frey, das du itzt von mir fällst.
So klagte Doris jüngst; drauf schwanden Furcht und Kummer;

Der Schlaf befiel sie gleich den ersten Augenblick;
Sie lag in süsser Ruh; im angenehmsten Schlummer,
Und dachte nicht auf das was sie gestört, zurück.
Doch eh sie es geglaubt, vergnügte sie ein Schatten;
Sie rief voll Ungeduld; Ach – – bist du da?

Schäferlied

Leg ich mich des Abends nieder,
Spiel ich auf dem Haberrohr;
Bleibt der Innhalt meiner Lieder,
Thyrsis Name, wie zuvor.
Ach! du wohnst in meiner Hütte,
Wenn du gleich entfernet bist.
Denn ich spühr auf jedem Schritte,
Daß mein Thyrsis bey mir ist.

Soll ich mich mit deinem Schatten,
Weil mein Schicksal widerspricht,
Unterdeß im Traume gatten?
Wohl! ich weigre mich auch nicht.
Endlich schlägt die frohe Stunde,
Endlich kommt der frohe Tag,
Da ich dich aus Herzens Grunde,
Wie ich wünsche, küssen mag.

Ach ihr Sterne! was geschicht,
Ist es möglich, daß ein Schatten,
Mich, die doch kein Schlaf anficht,
Läßt mit meinem Thyrsis gatten!
Wahrlich, es ist nur ein Traum
Und ein blosser Schein gewesen,
Daß ich zuckersüssen Schaum
Von des Schäfers Mund gelesen.

Rede Doris nicht zuviel,
Da dich Zorn und Eifer treibet,
Weil auch bey dem Schattenspiel
Thyrsis doch dein Liebling bleibet!

Wohl, ich will zufrieden seyn,
Find ich ihn nicht in der Nähe,
Wenn ich nur von ihm den Schein
Träumend in dem Schlafe sehe.

Braune Nacht! verlängre dich,
Laß den Hesper lange wachen,
Daß ich ihn, mein ander ich
Seh im Geist und Bilde lachen.
Hat man doch wohl ehr gesehn,
Daß ein Traum was prophezeyet.
Hoffe fest, es kann geschehn,
Daß die That dich bald erfreuet.

Daphne

Aria.

Weg mit dem schlechten Zeitvertreib
Der mir so sehr verhaßten Liebe!
Winkt, tolle Nymphen, dem Gespielen,
Um Glut und Sehnsucht abzukühlen,
Der eure Neigung ausgespürt.
Leimt bey der Tilgung wilder Flammen
Im Küssen Mund und Mund zusammen;
Mein Herz wird nicht dabey gerührt.
Da Capo.

So sprach die Daphne dort, die auf dem fetten Gras;
Des stark belaubten Waldes saß;
Ihr fester Schluß, den sie gefaßt,
War dieser, daß sie sich der Last,
Dem Joch der Liebe stets entschlagen,
Und niemals; andern Thoren gleich
In Amors Sclavenvollem Reich
Auch harte Fesseln wollte tragen.
Der Forst, allwo sie sich
An ihrer Freyheit Schutz ergetzte,
Die sie weit mehr als alles schätzte,
Stellt ihr zwar an dem Wild
Und bey der vielen Thiere Schaar
Der liebe Musterbild
In ihrer Einsamkeit und stillen Ruhe dar;
Sie sahe, wie der Hirsch, den wohl was reizen mußte,
Der Hindin liebzukosen wuste,
Und wie das Flügelheer, das mit verliebter Art
Sich hier und dar auf Ast und Zweig gepaart,
Bey zart gestimtem Thon und Klange
Die süssen Liebeslieder sange;
Doch alles dies galt nichts in ihrem zarten Ohr;
Drum sang sie dies zum Spott den blinden Thieren vor.

Aria.

Buhlt euch nur satt verliebte Thoren!
Dergleichen Beyspiel reizt mich nicht.
Die Liebe kann aus meinen Augen
Nichts weniger als Nahrung saugen.
Auch Götter finden kein Gehör.
Wer Daphnen will durch Glut entzünden,
Der wird ein Herz von Felsen finden
Und wenns auch Ganymedes wär.
Da Capo.

Kaum, daß sie dies gesagt, drang Phöbus in den Wald,
Sie schloß sogleich aus der veränderten Gestalt,
Es müste dieser Gott von Amors Pfeil und Bogen
Gewiß gerühret seyn;
Sie fand sich auch hierinnen nicht betrogen;
Weil er sogleich ihr seine herbe Pein
Bey zärtlichen Beschwerden klagte,
Und ihr dabey viel schönes sagte.
Ach! holde Daphne, hob er an,
Wer ist, der deinen Lieblichkeiten,
Die mit den Gratien selbst um den Vorzug streiten,
Sein Auge wohl entreissen kann?
Die Liebe hat kein einig mal
In meiner feuchten Brust sonst Zunder fangen können,
Jedoch bey deinem Allmachtsstrahl
Scheint alles lichterloh zu brennen;

Der erste Blick raubt mir Zufriedenheit und Ruh:
Und endlich setzt er dies hinzu:

Aria.

Lösche, tilge Brand und Flammen,
Eh Phöbus gar zu Asche wird.
Der Thetis Flut, der Wellen spielen,

Reicht hier nicht zu, uns abzukühlen,
Auch Jovis Naß ist viel zu klein.
Der Perlen Thau der mich entzücket
Und deine süssen Lippen schmücket,
Löscht solches Feuer ganz allein.
Da Capo.

Die Daphne wuste nicht, weil sie sich nichts versah,
Wie ihr hierbey geschah.
Verwegner! fuhr sie auf, was störst du mich allhier,
Und sprichst mit mir
Von tollen Liebes Sachen
Die dich bethört, und mir den grösten Ekel machen?
Fleuch, schnöder Buhler, hin;
Entweyhe nicht der Daphne keuschen Sinn,
Der süß vermeynte Thon der geilen Liebeslieder
Und aller Männer Kuß ist mir zuwider.
Den Sternen ist bewust,
Daß sich in meiner reinen Brust
Kein Funken jemals blicken lassen;
Und daß mein fest gesetzter Geist
Auf ewig wird das Lieben hassen
Weil dieses meine Losung heißt:

Aria.

Lieber leblos und entseelt,
Als im Arm des Buhlers liegen.
Eh laß ich meinen Leib die Furien zerfleischen,
Als mich vom blinden Gott gleich andern Nymphen teuschen.
Mich dünkt es schmeckt der Höllen Fluß
Weit süsser als ein Männerkuß.

Dies alles hielte nicht bey dem entbrannten Blicke
Den feurigen Apoll zurücke.
Die Sehnsucht ließ ihm keine Ruh.
Drum grif er frech und kühne zu,

Und wollte bey so schmerzlichem Verlangen
Die Schöne durch den Kuß umfangen.
Sie, voller Furcht und Zorn, floh bey dem Ungemach,
Er aber eilt ihr schleunig nach.
Hier gieng, wie man leicht schliessen kann,
Das Laufen an;
Sie beyde liefen um die Wette,
Als wenn ihr Fuß Mercurens Flügel hätte.
Doch endlich ward sie müd und matt.
Und kaum, daß dieser Feind sie eingeholet hat,
Schreyt sie dem Peneus zu: Er möcht als Vater handeln,
Und sie noch ungeküßt so gleich in was verwandeln.
Gesagt, und auch erhört: Sie ward zum Lorberbaum.
Und als sie nach und nach verspürte,
Daß die Verwandlungskraft ihr Zung und Lippen rührte,
Sang Sie dem Phöbus noch, eh sie den Geist verlohr,
So viel zum Abschiedslied bey seiner Liebe vor:

Verwegner Buler, hast du schon
Mein keusches Herz nicht rauben können,
So will ich deinem Helicon
Doch etwas zum Vermächtniß gönnen.
Wenn du forthin als Musenfürst
Die Pierinnen krönen wirst,
So soll mein Stamm die Lorbern schenken,
Damit du, wenn man Kränze flicht,
Die kahlen Epheublätter nicht
Darfst um so kluge Schläfe schränken.

Entweyhe nur nicht Zweig und Ast,
Der Saft und Wuchs von mir genommen;
Dieweil du selbst gesehen hast,
Wie schwer er mir ist angekommen.
Verschwende ja nicht, was hier grünt,
Gieb es nur dem, der es verdient;
Denn sollst du mich mit Schimpf entblättern

So wollt ich, daß in aller Eil
Der Zeus mit seinem Donnerkeil
Gleich Stamm und Wurzel ließ zerschmettern.

Gespräche

Brunet

I *Madame* hörete die zärtlichen Verpflichtungen mit einer distinguierten Mine an; sie renkete den Hals in die Höhe, sie zog die wallende, und vor Hitze weit entblössete volle Brust, ein mal über das andere, unter heftigem Athenholen herauf, und warf den Kopf *à la manière françoise* seitwerts über die Schultern, die Augen verdoppelten ihre Strahlen, und sie wuste den Mund sehr artig zu rümpfen. Bey einer andern hätte es spöttisch ausgesehen. Allein *Madame Brusque* gab dadurch ihrem Ansehen mehr *avantage*. Sie bewunderte, wie die beyden Verehrer mit Herz und Freyheit spieleten, und wuste durch eine wohlgesetzte Rede denselben vorzustellen, sie sollten damit nicht so *genereux* seyn. Sie stellete ihnen dabey die Last der beschwerlichen Dienste vor, so sie denselben als Sclaven auflegen würde, u.s.w. Jene höreten gelassen zu; hier aber fielen sie ins Wort, küsseten den Jupon und die Hand ihrer Gebietherin, mit dem Versprechen, mehr zu leisten als sie befehlen würde. Sie wuste sich mit einer so lieblichen und reizenden Mine zurück zu ziehen, als geschähe ihr mit so verpflichteten *Complimenten* kein Gefallen; Allein der Ausgang wies das Gegentheil. Denn sie suchet selbst alle Gelegenheit mit ihnen in *Compagnie* zu kommen, und wenn man sie ohngefehr in einem Garten oder einer Allee antrifft, hat sie ein ganz Heer Vasallen um sich. Denn zween Sclaven würden den Staat nicht vermehren; es müssen mehr *Domestiquen* dabey die Aufwartung haben. *Mon cher*, wenn ihr derselben begegnet, wenn sie Gallatag im *promeniren* hält, so siehet sie euch nicht ein mal über die Achseln an. *Madame* ist in ihrem *Lustre*, eine solche Menge Aufwärter um sich zu haben. *Ah quel plaisir* den Aufzug zu sehen! Ich will euch einmahl abholen, wenn so eine Versammlung bey einander ist.

Blondin

Ich danke vor eure höfliches Anerbiethen, und werde mir nicht die Mühe nehmen darnach zu gehen. Ihre Sitten sind mir so bekannt als ihr Ansehen; Ich kann unmöglich vor dergleichen Damen Hochachtung haben, welche in allen ihren Handlungen gefallen wollen. Es glaube doch jegliche, wenn sie Verstand und Ansehen besitzet, sie brauche sich nicht selbst Mühe zu geben, der Männer Herzen an sich zu ziehen. Wir kommen von uns selbst, und schreiben uns als Verehrer ein.

Brunet

Wenn *Madame Brusque* sich nur die Art der *Madame Badine* angewöhnete; die ist doch nicht so *affectirt*, und ihr freyes Wesen ist auch nicht wilde zu nennen; mit der bin ich gerne in Gesellschaft.

Blondin

Mir gefällt keine von beyden. Sie haben in ihrer Stellung einerley Absichten, und vor solchem Frauenzimmer fliehe ich. Meine Art ist nicht, mich in einer Frauenzimmer Gesellschaft verliebt und frey aufzuführen; ich sehe eine wie die andere an, und begegne jeder so wie es der Wohlstand erfordert. Ich war letzthin in einer Gesellschaft, es wird mir noch gelb vor den Augen, wie frey, verliebt und unverschämt sich Berille von dem jungen Nisander unterhalten liesse, der doch reichlich ihr Sohn heissen konnte. Ein Vernünftiger kann nicht anders als dergleichen Dinge verabscheuen.

Brunet

Ihr seyd in euren Lebensregeln auch allzu strenge. Junge Leute müssen auch ein *Contentement* haben. Wenn nun alles Frauenzimmer gleich geartet wäre, wie kämen die guten Leute auf Universitäten zu rechte? Die Welt ist einem Schauplatz zu vergleichen; und da darf das Theatrum nicht lange ohne agierende Personen gelassen werden; also müssen sich auch Zuschauer finden. Sonst könnte man den Werth von dergleichen Comödien nicht einsehen. Jene geben Geld ein Schauspiel zu sehen, und wir haben das Ansehen umsonst. Man muß über solche Handlungen mehr lachen als sich ärgern.

Brunet

II Ich erfreue mich, *mon cher* wohl zu sehen. Seyd ihr im Kegelschieben glücklich gewesen, so wird es mich *contentiren*; Wir haben mit unserer Lotterie rechte Lust gehabt.

Blondin

Wie so? Erzehlet mir doch eines und das andere, was sich dabey zugetragen hat. Ich bin nicht ausgegangen, weil ich Kopfweh hatte.

Brunet

Es kam mir gleich vor, ihr fändet mehr *plaisir*, zu Hause zu bleiben. Ich will euch doch die *Devisen* erzehlen, die in den Loosen gezogen worden. Es wurde manches getroffen. Sie möchten sich verstellen wie sie wollten, die *Couleur* im Gesichte nahm keine *raison* an, und dieses verursachete ein starkes Gelächter.

Blondin

Haltet mich mit eurer Erzehlung nicht so lange auf, ich erfreue mich etwas lustiges zu hören.

Brunet

Es wurde gezogen wie wir in der Reihe hoffen.

Monsieur Windhausen zog:

Par bleu! Das Grauenvolk? Ich mache mir nichts draus,
Machts gleich die Fenster auf, und rufet mich ins Haus.
So bald sich nur mein Fuß läßt auf der Strasse blicken,
So hab ich keine Ruh weil sie stets nach mir schicken.

Die ganze Gesellschaft verfiel in ein *extraordinaires* lachen: Denn sie wusten allerseits mehr als zu wohl, daß alles Frauenzimmer vor seiner *Connoissance* flohe. Der Praler rühmete sich ohne Aufhören, daß er von dem schönen Geschlechte besondere Gunst genösse. Man ließ es bey dem lachen bewenden. Der Herr von Wohllust zog vor *Monsieur le Comte* und bekam:

Um eines Weibes Blick verrückst du nicht den Fuß,
Du suchest stets den Kern auch bey der ältesten Nuß.

Dieses Loos traf *veritable* mit der Person über ein, und weil seine Sitten keinen weiteren Beweis braucheten, so dachte es sich jeglicher in der Gesellschaft. *Madame* Gutwillig zog und traf sie zum Unfall:

Madam, ihr könnt euch nicht beym Liebesspiel verstellen,
Wer nähme sich die Müh ein Vorurtheil zu fällen?

In der That wäre die Mühe übel angewandt. Derglechen Lute scheuen sich nicht, bey aller Gelegenheit ihre Schwäche zu entdecken.

Der niederträchtige Lysander wollte sich recht wohl vorsehen, ein gutes Loos zu ziehen, und er griff mit Ueberlegung folgendes:

Du bist nicht nur ein Näscher,
Du bist der gröste Wäscher.

Er bat sich zu Gaste, wo es möglich war anzukommen; seine gröste Schwachheit bestand darinn, daß er alle Weibermährchen anhörete, und einer jeden Zeitungsträgerin den Zutritt verstattete. Der längst in die ansehnliche Zunft eingeschriebene Niso erhielt dieses Loos:

Warum pflegt mancher Mann von seiner Frau zu schweigen?
Sie kann ihn selber oft des Fehlers überzeugen.

Herr Niso nahm eine Prise Schnupftobak, und nöthigte die andern auch, davon zu nehmen. Wer wollte sich geweigert haben? wir brauchten uns alle mit einer ernsthaften Mine zu versorgen. Die vorwitzige Doris bekam ihren Bescheid.

Ach bilde dir doch nicht, gepriesne Doris ein,
Als müste jedes Herz zu deinen Diensten seyn.

Gleich darauf bekam ihre Anverwandtin dies schöne Loos:

Sie ist recht wohl versorgt mir ihrem Spaßgalan.
Das sieht man an dem Staat den sie itzt machen kann.

Die guten Weiber verrathen sich vielmals mit dem Ausputz, daß sich ein barmherziger Bruder ihrer *pauvreté* annimmt: Staat machen kostet Geld, und auf die Art kann sie dasselbe ersparen, zu dem da sie die Sparsamkeit zu unrechter Zeit liebet. Es zog Plaudilte:

Laßt nur von eurer Lust die Wände Zeugen seyn,
Und gebet Goldtinctur den *Domestiquen* ein.

Diese Herzstärkende Arzeney war ihrem Werthe nach bekannt; man übergieng derselben Wirkung mit Stilleschweigen. *Lesbie* bekam ein sonderbares Loos:

Thalia lachte nächst die kühne Nymphe aus,
Wie ihren Spaßgalan; er traut sich nicht ins Haus.
Er schleicht die Wände hin, erschrickt vor seinem Schatten
Und denkt auf jeden Tritt, er findt den Ehegatten.

Madame Badine fiel ins Wort: Als Wirthin hatte sie zu befehlen, wir sollten eilen, weil das Essen bereits aufgetragen würde. Sie zog:

Durch Großmuth und Geduld besieget man den Neid;
Man spotte wie man will: zu letzt kommt doch die Zeit,
Da man den Sieg erhält, nach unsrer Feinde toben.
Alsdann so werden Sie uns ganz ausnehmend loben.

Dieses Loos war überaus gut angebracht.

Eh bien, ist das nicht eine Lust gewesen?

Blondin

Ich gestehe ganz gerne, ein ander mal gehe ich mit, und nehme Theil daran. Nur das will mir nicht in den Kopf, wie sich die Loose von ohngefehr auf jeder Person ihren Zustand so wohl geschicket haben.

Brunet

Mon cher, wir haben gezogen, *sans raillerie*, wie wir nach der Reihe gesessen. Man hält ja sonst dafür, es sey alles bestimmet; darum zweifele ich keines Weges, es hat sich so schicken müssen. Keiner hat sich beleidigt befunden, weil es ordentlich dabey zugegangen. *Je vous assure.*

Magdalis

III Meine allerliebste Belinde; du wirst doch nicht übel nehmen daß ich eine Stunde zeitlicher zu dir komme als ich mich habe melden lassen. Wo man gerne ist, da kann man es immer nicht erwarten, hinzukommen.

Belinde

Es ist mir ganz angenehm; du kannst mir nicht so zeitlich kommen, als ich dich gerne bey mir sehe.

Magdalis

Du bist immer so fleissig; und so besorge ich, daß du dich stören lässest. Man man kommen wenn man will, so trifft man dich über der Arbeit an. Gehest du denn kein Viertelstündchen müssig? Ungeachtet ich den Müssiggang hasse, so sitze ich dennoch nicht so beständig auf einer Stelle.

Belinde

Ein jeder machet es wie es ihm gefällt; da lieget mein Strickstrumpf; bin ich des Sitzens satt, so gehe ich damit in der Stube auf und ab. Der Müssiggang ist das ärgeste Laster. Betrachte nur unsere Nachbarinn, die Doris. Der Tag ist viel zu kurz, ihre lüsternen Begierden zu unterhalten. Ich sehe recht meinen Greuel an ihr.

Magdalis

Ich höre immer viel von ihrem wunderlichen Wesen erzehlen. Sollte aber auch alles wahr seyn?

Belinde

Mehr als man sagen kann. Es wird mir es die ganze Nachbarschaft Zeugniß geben: Um neun oder zehn Uhr stehet sie auf; hernach wird der Thee und vielerley balsamische Wasser hinein gebracht. Nachdem sie das aufgesottene Wasser getrunken, so muß ihr Aufwartemägdchen warme Tücher bringen und sie zärtlich und sanft reiben, darmit der balsamische Geruch in die Haut dringet. Wenn dieses vorbey ist, holen sie eine Englische Pomade, und da bestreichen sie Gesichte, Brust und Hände. Nach diesem werden die Oliteten so wohl in den Puder als in den Haarkopf der Schönen gerieben, damit man sie, wenn sie in das Zimmer tritt, so gleich an Ansehn, Geruch und Geschmack unterscheiden kann.

Magdalis

O welch ein schöner Ausputz! Ein reizendes Ansehen, eine lokkende Stimme, ein verliebtes Auge, ein ergebenes Herze. Das ist zu viel vor ein Frauenzimmer zu besitzen, sie könnte uns was abgeben. Erzehle mir doch weiter, wie sie alle Stunden des Tages eingetheilet hat.

Belinde

Der Anzug und die Balsamirung wird gegen elf Uhr vollbracht. Als dann werden die Vorhänge von den Fenstern geöffnet, und jedermann kann sich an der Schönen Anblick weiden. Doch die adelichen und unadelichen Pflastertreter wissen schon die Stunde da sie mit gebeugtem Rücken eine verliebte und dankbegierige Mine im Vorbeygehen, vor ihre Bemühung zu erhalten pflegen. Hernach kommt ein Uhr heran, da gehet die gedrechselte Puppe zur Tafel. So bald dieselbige aufgehoben, nahet sich wieder die Zeit Complimente einzunehmen. Dann und wann wird eine Mittagsruhe gehalten. Nach dieser fähret sie in Gesellschaft, und kömmt vielmals späte nach Hause. Denn in denselbigen findet sie meistentheils einen und den anderen von ihren Anbetern.

Magdalis

Das ist eine artige Lebensart und hat doch nicht viel gescheidtes in sich. Das würde ich den ersten Tag satt. Beständig am Fensterrahm zu kauen und auf einen Scharfuß zu warten, daraus wüste ich mir nichts zu machen: Und wenn mich dergleichen junge Herren noch so hochachteten. Wahrhaftig sie wissen ihre Bekanntschaften noch nicht recht zu unterscheiden, und rühmen sich vielmals des Bratens, wo noch nicht daran gedacht worden, dergleichen Kostgänger darauf zu Gaste zu bitten. Das heisse ich recht eitel.

Belinde

So jung und unwissend etliche aussehen, merke ich doch, daß sie manchmal einen rechten Spaß mit ihr treiben! Vermuthlich nehmen sie die Abrede, paar und paar vorbey zu gehen, und einander zwey oder drey Häuser davon wieder anzutreffen. Wenn sie nun den Gregorausgang hinwerts gethan, kommen sie wieder zurücke, und das etliche mal. Sie, welche glaubet, die Hochachtung und Ehrfurcht ziehet die Verehrer ihrer Schönheit zurücke, ist vor Freuden ausser sich, und eilet in ihr Zimmer, der angenehmen Sache weiter nachzudenken.

Magdalis

Das kann ich mir vorstellen, wie sich die jungen Herren auf ihre Rechnung lustig machen. Gewiß manche sind in dem Alter so verschlagen und listig, als ein anderer nicht ist, der noch so viele Jahre hat. Ich wundere mich keines weges, wenn ihre Aufführung so viel Aufsehens macht. Sie hat doch eine ziemliche Haushaltung. Mich dünket wenn sie sich derselben recht annähme, könnten ihr die abgeschmackten Einfälle aus dem Kopfe kommen.

Belinde

Ey was Haushaltung! dazu hat sie ihre Leute. Es bleibet nicht bey dem Fenster hinaus sehen. Sie hat noch vielmehr zu thun. Da fähret sie aufs Land oder in die Gärten. Kaum daß sie eingestiegen, kommt Philidor, Damon, Lisander und Brutus; die viere sind ihre ordentlichen Begleiter, damit sie im beyherreiten der Schönen so gleich an der Seiten seyn. Es könnte von ohngefehr der Schlag auffahren. Was geschähe? Sie wäre erschrokken; das Schrecken zöge ihr eine Ohnmacht zu, indem sie geglaubet, sie wäre gar zum Wagen hinaus gefallen. O was für Vorsicht gebrauchen die treuen Reisegefährten ihre Ergebenheit und Dienstbarkeit der Schönen zu bezeigen! und so gehet es alle Tage.

Magdalis

Eine wohlgesittete und erbauliche Lebensart von einer Person von Stande! Und der Thorheiten ungeachtet liebet sie ihr Mann doch, als hätte er eine Venus geheyrathet; das heisset sich recht dem sinnlichen Vergnügen ergeben. Was will sie denn anfangen, wenn die Jahre kommen, die von ihrer Jugend und Schönheit keine Spuren übrig gelassen.

Belinde

Da wird sie sich mit dem Andenken voriger Zeiten und dem Misvergnügen der gegenwärtigen unterhalten. Wenn wir sie sehen, gehet sie allezeit müssig das Zimmer auf und nieder. Aber wer weis, wie beschäftiget sie in ihren Gedanken ist. Es muß einem Wohllüstigen viele Unruhe verursachen, ehe er zu seinem Zwecke kommt.

Christiana Mariana von Ziegler
geboren 1695 in einer angesehenen Bürgerfamilie in Leipzig, ihr Vater, der seit 1701 Bürgermeister ist, kommt allerdings 1705 wegen eines angeblichen Staatsvergehens ins Gefängnis. Zwei Ehemänner der Christiana Mariana sterben, ebenso zwei Kinder, nach 1722 lebt sie wieder im Elternhaus und führt einen »musikalischen Salon«. Sie schreibt alle Arten von Dichtung und ist zwischen 1730 und 1740 in literarischen Kreisen sehr berühmt. Johann Sebastian Bach vertont einige Kantaten von ihr. Sie ist das erste weibliche Mitglied in der Deutschen Gesellschaft, wo sie vehement für die Rechte der Frau eintritt. Sie wird von der Universität zur Dichterin gekrönt, 1741 heiratet sie zum drittenmal und zieht sich dann aus dem öffentlichen literarischen Leben zurück. Sie stirbt 1760. (Texte aus: Christianen Marianen von Ziegler, gebohrenen Romanus, Vermischete Schriften in gebundener und ungebundener Rede, Göttingen im Verlag der Königl. privil. Universitets-Buchhandlung 1739)

Renée Vivien

Die paradoxe Keuschheit

Der Zufall hatte mich nach Genua geführt. Seit drei Tagen war ich Gast dieser Stadt. Die mühsame, langwierige Reise hatte aber meine Kraft und Unternehmungslust in keiner Weise gemindert. Ich nehme an, Sie verstehen mich ... Ein Weiser sagte einmal: »Ist der Mann nicht wie der läufige Hund?« Nun, die nächtliche Einsamkeit erregte meine Gefühle bis zum Unbehagen. Ich beschloß, mir eine Mätresse für eine Stunde zu suchen.

Einer meiner Freunde, dem ich meine Ratlosigkeit anvertraute, schlug mir vor, mich zu der Kupplerin Myriam zu führen, die für ihre genialen Vermittlungskünste berühmt war. Selbst Machiavelli hätte sie insgeheim bewundert. Sie hatte die beste Auswahl an Frauen und verstand sich königlich auf ihr Metier.

Ihr Palazzo galt als glanzvolles Feenreich.

Ich folgte meinem Freund zu der Kupplerin. Auf den ersten Blick stellte ich fest, daß mein Freund diesen Ort keineswegs übertrieben gelobt hatte. Wir stiegen eine Treppe aus reinstem Marmor empor, so weiß wie Firnschnee. Das Schmiedewerk des Bronzegeländers ließ erschauernde Dryaden erkennen, die sich über Flüsse und Brunnen beugten, um dem Flüstern der Najaden zu lauschen.

Zwei maurische Dienerinnen gingen mir voran in einen geräumigen, ganz in samtiges Dunkelrot gehüllten Saal. Ich bemerkte die Skulpturen an einem majestätischen Kamin. Reglose Vestalinnen hüteten sein Feuer. Alles Licht fiel auf ein Gemälde, das zwei Jägerinnen zeigte, wie sie gerade dem Abbild der Artemis Beuteopfer ihres siegreichen Bogens darbringen.

Die gedämpften Farbnuancen des Teppichs ließen ein längst vergangenes Persien lebendig werden. Die Vasen aus Ton, Fai-

ence oder getriebenem Metall waren Wunder handwerklicher Arbeit; sie waren der Blumen würdig. Ein flammender Rosensommer verzehrte sich in seinen Düften. Die breite Fensteröffnung wies auf das Meer hinaus, das ganz nahe vor unseren geblendeten Augen wie die von Kristallen übersäte Kräuselung geschmolzenen Silbers schillerte.
Eine Frau trat ein. Nie sah ich eine edelmütigere Schönheit. Die orientalische Pracht schöner Jüdinnen ging von ihr aus. Blaß vor Ekstase betrachtete ich das rotbraune und bläuliche Aufflammen ihres schwarzen Haares. Ihre Augen hatten die Farbe der Trauben. Das Rot der Samtvorhänge und Tapeten umgab sie mit hellem Flackern und vertiefte die matte Glut ihrer Haut aus Amber und Narde. Ihr Mund glänzte in der frischen Röte der Wassermelone.
Diese Frau war eine lebendige Kostbarkeit . . . Sie glich dem Garten einer Königin, einem unschätzbaren Schmuck, einem von geduldigen Händen kunstvoll bestickten Tuch. Unbestimmter Ernst und etwas Fremdartiges in ihr erweckten oder vielmehr geboten unwillkürliche Achtung.
Mein Freund verneigte sich mit Ehrerbietung. »Dies ist einer meiner Freunde, Myriam«, sagte er.
Ich stand verwirrt. Dieses Geschöpf, schöner als die schönste Kurtisane, war also die Kupplerin!
. . . Sie lächelte. Jezabel selbst in ihrem Gold- und Edelsteinschmuck muß auf solch königlich unkeusche Art gelächelt haben.
»Sie werden betört sein, Signor«, versprach sie und verschwand hinter der roten Wolke der Vorhänge.
Mein Freund betrachtete mich neugierig.
»Diese will ich!« rief ich im Rausch der Bewunderung und Verwirrung.
Er zuckte die Achseln.
»Hüte dich, dein Begehren auf sie zu richten«, riet er, »sie ist unerreichbar wie hohe Eisgipfel.«

»Solch' scherzhafte Launen kenne ich nicht von dir, mein lieber Freund.«
»Ich scherze auch nicht im geringsten. Myriam ist keusch. Man glaubt sogar, sie sei eine Jungfrau. Sie treibt Handel mit der Tugend anderer, bewahrt dabei jedoch die ihre. Sie kennt den Wert dessen, was andere verkaufen oder mit zuviel Leichtsinn verschenken. Überdies mag dieses Gewerbe ihr Abscheu und Ekel vor den Männern eingeflößt haben. Ich sage dir deshalb noch einmal, denke nicht mehr daran.«
Ich verschmähte diesen dummen Spott und brachte meine Ungeduld zum Ausdruck. In diesem Augenblick öffneten sich die Türen weit, und eine Schar junger Frauen kam mit der Frische von Grazien wie ein summender Schwarm herein. Die Luft war mit Düften übersättigt. Doch ich sah nur Myriam, diese schwarze Sonne unter Sternen. Niemals zuvor hatte ich den prachtvollen Stolz dunkler Frauen mit solcher Tiefe, solcher Intensität empfunden, verstanden und geliebt.
»Hier ist Myrto, die Sizilianerin«, sagte Myriam, »ihre Haut verstrahlt den Duft reifer Äpfel. Hier eine Blume aus Spanien, Violante. Sie ist ebenso schön wie ihr Name. Und hier ist Lollia, die kunstvoller Gitarre zu spielen versteht als ein Venezianer. Und Neis, die wie eine Faunin tanzt . . . Hier ist Nemea, blond wie Gold in der Sonne.«
»Ich liebe blonde Frauen«, sprach mein Freund.
»Und diese ist so hellhäutig, wie man es sich nur wünschen kann. Weiß wie die Gischt der See.«
Er folgte Nemea, die ihn mit sich fortzog.
Als Myriam bemerkte, wie wenig ich von ihrem weiblichen Hof begeistert war, flüsterte sie mir ins Ohr:
»Wenn Sie sich nach einer sehr gut gestellten Dame sehnen, werde ich Sie mit einer Marchesa aus glorreicher Familie bekannt machen. Sie verlangt nur den Schwur vor der Madonna, absolutes Schweigen zu bewahren, bevor sie ihre Maske abnimmt. Sie ist sehr schön, aber mittellos.«

Mit einer Handbewegung lehnte ich ab.
»Ich errate Ihre Gedanken. Sie sind verliebt, und die Dame ist widerspenstig. Schöner Ritter, nennen Sie mir den Namen der Gleichgültigen. Niemand mehr als ich weiß, jene einschmeichelnden Worte zu finden, die überzeugen. In ein paar Tagen werde ich sie Ihnen zuführen, es sei denn, sie bleibt kühl wie eine Statue. Und wenn sie weiterhin in steinerner, kalter Gefühllosigkeit verharren sollte, werde ich ihr Ebenbild für Sie ausfindig machen – eine junge Frau, die ihr in allen Zügen ähnlich sein wird, jedoch sanfter und Ihren Gelüsten fügsam.«
Ich starrte sie an. Sie hatte ihre Hand auf meinen Arm gelegt, und diese kühle Hand brannte auf meiner Haut.
Myriams Stimme war schmiegsamer geworden.
»Ich möchte Sie sprechen, Sie allein«, unterbrach ich schroff.
Sie lächelte über ihr ganzes braunes Gesicht.
»Geht, meine Täubchen.«
Die anmutigen Gestalten verschwanden.
Ich zog einen sehr seltenen Rubin, schön wie das Blut einer Verwundeten, von meinem Finger und warf ihn samt meines schweren Geldbeutels auf den Onyxtisch.
»Nehmen Sie, Myriam. Und nehmen Sie auch noch diesen meerblauen Saphir. Als Gegenleistung werden Sie mir Ihre gekonntesten Küsse geben.«
Wieder lächelte sie, jedoch diesmal ein wenig spitzer.
»Sie irren sich, Signor«, antwortete sie sehr ruhig, »ich bin die Händlerin, nicht die Ware.«
Ich begegnete ihrem hochmütigen Blick.
»Sie sind eine Kokette ersten Ranges«, höhnte ich, »Sie gefallen mir. Alles Gold, das Sie von mir verlangen, werde ich in Ihre Hände schütten.«
»Ich verkaufe die anderen, nicht mich.«
Wahnsinnig vor Begierde zog ich sie an mich:
»Liebe mich, denn ich liebe dich!«
Und ich zwang diesen kalten Lippen meinen fieberhaften Kuß

auf. Sie wich zurück, riß sich aus meiner Umarmung los und ohrfeigte mich so heftig, daß ich schwankte.
»Gehen Sie!« befahl sie.
In mir aber protestierte die Eitelkeit des Mannes, und ich beschloß, diese Frau zu zwingen, meinen Willen über sich ergehen zu lassen.
Ich näherte mich ihr mit auf das Höchste, bis zur Vergewaltigung gesteigerten Sinnen. Meine Hand suchte ihre ungezähmten Brüste, die von einem zornerfüllten Atem stürmisch bewegt waren.
Doch schneller als im Schwalbenflug ergriff sie ein Stilett, eine Herrlichkeit aus Niello und Edelsteinen, das ihren Gürtel schmückte, und stieß es tief in meine Brust . . . Ich fiel . . . Ein über die Maßen stechender Schmerz bohrte sich in mein Herz . . . Ich versank in den Abgrund einer roten Nacht . . .
Nur mit großer Mühe entrissen mich die besten Ärzte der eisernen Umklammerung des Todes. Ich wurde wie durch ein Wunder meiner robusten Jugend schließlich gesund.
Nie wieder trat ich über die Schwelle der Kupplerin, dieser sonderbaren, zugleich perversen und unschuldigen, unkeuschen und unerreichbaren Frau . . .

Bona Dea

Der Tag stirbt. Dies ist der Frühlingsabend der Guten Göttin. Bedeckt das Bild meines Vaters mit einem undurchsichtigen Schleier, damit die Augen der Jungfräulichen Unsterblichen nicht durch den Anblick eines Mannes verletzt werden.
Heute nacht soll das Haus meines Vaters der Tempel sein, in dem die heiligen Riten vollzogen werden . . .
Wie schön sie ist, die Statue der Tochter Faunus'! Bona Dea, sei uns gnädig und senke deine Blicke lächelnd herab auf unsere Chöre und unsere Gaben.
Mit meinen eigenen Händen habe ich den Veilchenkranz ge-

flochten, der deine Stirn umgürten wird ... Wie feierlich ist deine hohe, marmorne Stirn, o Göttin!
Hier ist die Goldvase, in die ich den Wein aus Lesbos gegossen habe. Der Wein leuchtet wie Peithos Haar. Er ist purpurrot wie Appollo's Chlamys. Er wird die tanzende Seele der umschlungenen Frauen erfreuen.
... Amata, dreimal Teure, schließe deine dunklen, blumengleichen Lider. Überlasse meinen sehnsüchtigen Händen deine kindlichen Hände.
Ich liebe dich. Ich, Caia Venantia Paulina, Tochter des Caius Venantius Paulinus, liebe dich, kleine gallische Sklavin. Du warst ein schwächliches Kind ohne Anmut, und die Händler beachteten dich nicht. Ich aber habe dich für deine Müdigkeit, deine Zerbrechlichkeit sofort innig geliebt. Ich habe dir meine Arme geöffnet, und so sehr ich dich trösten wollte, so sehr begehrte ich, dich zu umarmen ...
Denn ich bin das Wesen, das beherrscht und beschützt. Ich liebe dich mit einer gebieterischen und zarten Liebe. Ich liebe dich wie ein Liebender und wie eine Schwester. Du wirst mir gehorchen, du mein Kummer! Und aus mir wirst du alles machen, was du willst. Ich werde zugleich dein Herr und dein Eigentum sein. Ich liebe dich mit der Inbrunst männlicher Liebe und mit der Hingabe weiblicher Zartheit.
... Einst öffnete ich dir meine Arme, um dich zu umfangen und zu trösten. Deine schaudernde Nacktheit, die ich noch nicht begehrte, bezauberte mich mit ihrer Unschuld. Ich liebte dich, weil du zittertest und schwach warst. Meine Kraft wurde von deiner Schwäche angezogen. Denn ich bin das Wesen, das beherrscht und beschützt.
Und heute bist du schön, Amata. Deine Brüste, die glatten Steinen gleichen, sind fest und kühl zu berühren. Deine grünen Augen spiegeln das smaragdene Laub der Eichen. Der weiße Glanz deines Körpers hat die Transparenz der Mistelbeeren. Dein loses Haar hat die Pracht des Herbstwaldes.

Und weil du schön bist, Amata, weil du die Anmutigste unter den Mädchen bist, werde ich dir die Macht und die Zartheit der Frauenliebe offenbaren.
Wenn du mir deinen einwilligenden Körper schenkst, werde ich dich die vielfältige Kunst der Lust lehren. Ich werde dich die weise Langsamkeit der Hände lehren, ihre leichten, lange hinausgezögerten Berührungen. Ich werde dich die zärtliche Beharrlichkeit der Lippen lehren. Du wirst die Allmacht zarter Liebkosungen kennenlernen.
Als du noch ein schwächliches Kind ohne Anmut warst, lehrte ich dich die Oden der Sappho von Lesbos, deren schöner dorischer Name Psappha ist. Du, meine schöne Sklavin, sollst wissen, daß Psappha – ruhend auf den Lotusblumen der Lethe – meine Liebe beschützt und lächelt, wenn ich sie beschwöre, denn ich bin ihre Priesterin. Sie wird mir helfen, dein unentschlossenes Herz zu gewinnen und zu bewahren, Amata. Ich liebe dich wie Psappha einst die unfaßbare und unbeständige Atthis liebte.
... Weil du die Anmutigste unter den Mädchen bist, Amata, werde ich dir die Macht und die Zartheit der Frauenliebe offenbaren.
Du bist frei, meine schöne Sklavin! Sieh, dies ist das Leinengewand, das ich für dich gewoben habe ... Es ist weiß, Amata, es verlockt zur Berührung – wie dein Körper selbst. Du bist frei. Du kannst die Schwelle dieses Hauses überschreiten, das deine Kindheit hütete. Du kannst in deine Heimat zurückkehren, ohne daß ich einen Tadel oder Vorwurf an dich richtete oder deine Freude mit Klagen minderte.
Denn die Liebe der Frauen ist der Liebe der Männer nicht ähnlich. Ich liebe dich um deiner selbst willen und nicht um meinetwillen. Nur das Lächeln deiner Lippen und deinen strahlenden Blick will ich von dir.
Warum bin ich schön in deinen Augen? Weil du schön bist – nicht ich. Mein Haar besitzt nicht das abendliche Gold deines Haares. Meine Augen haben nicht den fernen Glanz deiner Augen, meine

Lippen nicht die Ziselierung deiner Lippen. Ja, du bist die Schönste und nicht ich.
Nie sah ich eine so begehrenswerte Jungfrau wie dich, die ich ersehne! Nach der ich verlange! ... Neben dir bin ich nicht schön. Wenn eine anmutigere Jungfrau dir besser gefällt, besitze sie. Ich will nur das Lächeln deiner Lippen.
Ich liebe dich.
Um deinen Hals werden meine Perlen glänzender. An deinem Arm werden meine Berylle heller. Nimm meine Halsbänder, nimm auch meine Armbänder. So wirst du für das Fest der Guten Göttin geschmückt sein.
Sie ist einfach und sanft und barmherzig gegen die Frauen. Sie haßt die Männer, weil der Mann grausam und brutal ist. Der Mann liebt nur seinen eigenen Hochmut oder seine eigene Rohheit. Er ist weder gerecht noch aufrichtig. Nur in seiner Eitelkeit ist er ehrlich. Und die Göttin ist absolute Wahrheit, absolute Gerechtigkeit. Sie ist voller Erbarmen, so wie das Wasser, das die Lippen erfrischt, und wie die Sonne, die die Glieder erwärmt. Sie ist die großmütige Seele des Universums.
Sie ist es, die die ersten Blumen sprießen läßt. Die Blumen sind das Liebeswerk der Guten Göttin und Zeichen ihrer Gunst für die sterblichen Frauen.
Sie liebt nur Frauengesichter. Kein Mann darf durch seine Gegenwart den ehrwürdigen Tempel schänden, in dem sie ihr Orakel spricht. Und allein die Priesterinnen hören den göttlichen Klang ihrer Stimme.
Sie ist die Tochter Faunus'. Sie ist die prophetische und keusche Fauna. Ihren geheimen Namen aber, der nicht von den profanen Lippen eines Mannes ausgesprochen werden darf, werde ich dir in Verschwiegenheit sagen: Es ist Maia. Verbreite diesen heiligen Namen nicht!
Der Tag stirbt. Dies ist der Frühlingsabend der Guten Göttin. Mit ihren keuschen Händen haben Vestalinnen die Wände mit wohlriechenden Girlanden aus frischem Laub behängt.

Sollte man nicht meinen, es sei ein stiller Wald? ... Das letzte Licht des Tages verweilt in deinem blassen Haar ... Du scheinst eine von Schatten und grünem Laub umgebene Waldnymphe ...
Mit ihren keuschen Händen haben Vestalinnen die Wände mit wohlriechenden Girlanden aus frischem Laub behängt. Sie haben einfache Blumen und Kräuter ausgesucht, die Fauna lieb sind unter allen: Honigklee, Thymian, Kerbel, Fenchel und Petersilie. Und hier sind die Hyazinthen ... hier die Rosen ...
Die Gute Göttin ist glücklich über die Freude des Universums. Die barmherzigen Nymphen dienen ihr und ehren sie – jene Nymphen, die in fieberheißen Sommern in ihren hohlen Händen ein Wasser bringen, das süßer ist als Honig ...
Die Göttin hat die Apfelbäume karminrot gefärbt. Sie hat den jungfräulichen Krokus in den Gärten vergoldet. Sie hat das nächtliche Blau der Veilchen purpurn gefärbt.
Fauna lächelt zur Liebe der umschlungenen Frauen. Und so werden die Frauen, wenn die Nacht herabgesunken ist, ihre Lippen vor ihrer prächtigen Statue vereinigen, die die Griechin Theano kunstvoll geformt hat. Ihr Haar ist aus reinem Gold, ihre Gliedmaßen sind aus Elfenbein, ihre Augen aus Smaragd ... Doch dein Haar ist noch glänzender, deine Gliedmaßen sind noch glatter, deine Augen von einem noch tieferen Grün ...
Meine andächtigen Hände haben Weinranken um die göttliche Stirn gelegt ... Eine Schlange windet sich um ihre zarten Füße ... Denn sie ist die Ewige Zartheit, die Ewige Weisheit.
Die Gattinnen, die heute nacht kommen werden, haben sich gereinigt, indem sie sich der Umarmung ihrer Gatten entzogen. Doch liebt sie die Göttin nicht so, wie sie die heiligen Jungfrauen liebt.
Die Nacht bricht an, azurblau wie der Schleier, der das Göttliche Bild schützt und der nur von der Hand der Priesterinnen abgenommen werden darf. Denn die Göttin enthüllt sich erst

an jenem Frühlingsabend, an dem die umschlungenen Frauen sich andächtig vereinigen.
Komm, Amata, meine schöne Sklavin. Wenn du mich ein wenig liebst, wirst du mir den Kuß gewähren, den meine ängstlichen Lippen von deinen Lippen erwarten. Und du wirst meiner verlangenden Umarmung nachgeben. Du wirst dich meinen flehenden Liebkosungen hingeben ...
Aber ich werde dich weder mit meinem Begehren noch mit meiner Zärtlichkeit bedrängen, Geliebte ... Ich will nur das Lächeln deiner Lippen.

Renée Vivien (= Pauline Mary Tarn)

geboren 1877 in eine Londoner Kaufmannsfamilie, im spießigen und puritanischen viktorianischen Zeitalter. Sie geht jung nach Paris und schreibt von 1900 bis 1909, ihrem Todesjahr, zwölf Gedichtbände, einen autobiografischen Roman und die Erzählungen. Außerdem überträgt sie Sappho und unbekanntere griechische Lyrikerinnen aus dem Griechischen. Sie liebt hauptsächlich zwei Frauen, Violette Shillito, die stirbt, als Renée zwanzig ist, und Natalie Clifford Barney, die in Paris einen von vielen Schriftstellern geschätzten Salon führt. 1904 schreibt Natalie Clifford Barney eine Novelle mit dem Titel »Meine Geliebte«. Renée Vivien stirbt 1909 an Magersucht und Alkoholvergiftung.

(Texte aus: Die Dame mit der Wölfin, Verlag Micheline Poli, Berlin 1981; das einzige Buch dieser Verlegerin)

Natalie Clifford Barney

Die Geliebte

I Sie kam zu mir, weil ihr Leben zerbrochen war und nichts mehr zählte.
Man sagte mir, sie sei unglücklich, sie sagte gar nichts, sie lachte nur.
Ich verstand sie, weil sie schön ist und weil ich schöne Dinge immer verstehe.
Ich sprach zu ihr von ihrer Schönheit und daß ich dafür Sinn habe, sie hörte zu, und manchmal antwortete sie.
Vielleicht sagte ich ihr, daß ich sie liebte. Ich erinnere mich nicht, ich sage diese Worte leicht dahin, für mich haben sie keine Bedeutung mehr. Ich glaube, sie wußte das, und ich war etwas gekränkt und fühlte mich dabei wesentlich wohler.
Ich war froh, daß sie sich nichts aus mir machte, um so heftiger konnte ich entflammen; hätte sie das bemerkt, wäre es mir nicht lieb gewesen – es hätte meine Gefühle verantwortlich gemacht. Ich hasse Verantwortlichkeit; sie mag sie. Sie hat zwei Kinder. Sie sind ihr nicht sehr ähnlich; es sind kleine Jungen, und sie ist beinah eine Frau. Ich glaube, sie ist auch fast eine Mutter, doch empfinde ich sie nie als eine Mutter; vielleicht sollte ich, Frauen sind meist gute Mütter, auch zu denen, die nicht ihre Kinder sind. Ich mag ihre Kinder, wenn sie wie sie sind, oder wann immer sie sich wie kleine Mädchen benehmen. Das geschieht oft, denn sie haben empfindsame, phantastische Naturen und fürchten fast alles. Sie wissen nicht warum, aber sie weiß es – das ist der große Unterschied zwischen ihnen!

II Sollte sie viel gelitten haben, so hat sie zu niemandem darüber gesprochen, es ist in ihrem Schweigen enthalten, in ihrer Stimme, ihrem Lachen und der Schönheit ihres Gesichts.

Ich hasse eine Schönheit, die in Dur geschrieben ist, die anmaßend, sonnig ist, die dich anschreit. Ihre Schönheit ist ständig gegenwärtig, aber wie eine Sphinx, sie wartet, daß man sie anspricht. Ich will nicht ihr Geheimnis ergründen. Es genügt, wenn sie eins hat.

III Ich bin nicht neugierig, sie ist es auch nicht; weder sprechen wir über die Vergangenheit, noch haben wir das Bedürfnis, unsere Briefe zu lesen – auch jene nicht, die wir an andere schreiben. Unsere Gegenwart ist sich selbst genug und in sich selbst vollkommen. Aus purem Übermut gebe ich mich manchmal eifersüchtig, was töricht ist, denn sie liebt nichts und weiß, daß ich es weiß.
Wenn sie eines Tages etwas lieben sollte, würde ich sie verlieren, und doch, sollte ich deshalb eifersüchtig sein?

IV Seit einiger Zeit ist sie meine Geliebte, weil es ihr nicht so wichtig ist zu widerstehen – doch sie hat sich mir niemals hingegeben. Vielleicht wird sie sich niemandem je hingeben. Vielleicht ist sie zu grenzenlos, um besessen zu werden. Ich fürchte, daß es so ist, und manchmal hoffe ich es.
Ich liege viele Stunden neben ihr am Tag und in der Nacht, doch wage ich nie, ihre Lippen zu küssen, und sie drückt mich nie an ihr Herz. Dennoch nehme ich an, daß ich ihre Geliebte bin – und sie lebt mit mir. Sie hat das gesagt, um mich oder um sich selbst von dieser Wahrheit zu überzeugen: Manche Wahrheiten sind schwer auszuhalten. Ich wünschte, sie würde lernen, mich anzulügen, das würde die Dinge weniger wirklich machen: Leichter.
Würde sie mich anlügen, dann würde ich sie vergessen. Ich habe alle übrigen fast vergessen. . . . Ich habe viele Frauen geliebt, zumindest gehe ich davon aus. Gelegentlich schreiben sie und teilen mir mit, daß sie meine Liebe vermissen. Ihre vermisse ich nicht, ich liebe nur die Liebe, die ich gebe. Ich schätze

sie – sie ist mein; die Liebe, die andere geben, gehört uns nie oder nur für kurze Zeit. Und doch habe ich sie manchmal ersehnt, aber nicht gefunden, vor allem dann nicht, wenn sie vorhanden war.
Ich liebe die Liebe derer, die weit genug entfernt sind, sie wird dann, wie immer ich zu glauben wünsche.
Ich liebe die Liebe der Frau, mit der ich lebe: Sie ist immer weit genug entfernt.

V Wir haben keine Szenen: Uns kümmern nicht die gleichen Dinge.
Hin und wieder spielt sie für mich (sie lauscht der Musik – ich dem Ausdruck ihrer Augen). Wir beide mögen das – das haben wir gemeinsam – und die gleichen Dinge bringen uns zum Lachen; das genügt. In allem anderen hat man allein zu sein; so ist es am besten – und dennoch!

VI Sie wird mich verlassen. Ich fragte sie warum. Sie sagt, weil sie mich allmählich liebgewinnt und mich eines Tages vermissen könnte, wenn ich sie verlasse.
Ich werde sie verlassen – ich verlasse immer die Dinge, die ich liebe, genau wie die, die ich nicht mehr mag – Ersteres ist leichter. Es enthält Freude und Bedauern. Letzteres enthält nur das Bedauern der Gewohnheit.
Sie mag die Gewohnheit aus demselben Grund, aus dem ich sie nicht mag. Sie könnte älter sein als ich . . .: Sie will dem Leiden aus dem Weg gehen. Für mich ist Leiden noch eine Inspiration. Ich ziehe es dem Schmerz entschieden vor.

VII Sie kehrt wahrscheinlich zu ihrem Ehemann zurück, denn er ist die stärkste Gewohnheit ihres Lebens. Irgendwie beneide ich ihn nicht darum – wenn ich es mir auch wünsche, sie wäre meine Frau.
Ich habe sie gebeten, mich zu heiraten, und zum Spaß bat sie

mich, sie zu heiraten. Würde sie dies tun, wäre es bloß eine Art, mich loszuwerden. Sie könnte vielleicht einwilligen – aber dann würde ein anderer ihr Geliebter werden. Vielleicht sogar ihr Mann. Das könnte ich nicht ertragen. Es ist nicht schmeichelhaft, um die Hand angehalten zu werden. Ich habe viele Frauen gebeten, mich zu heiraten, und viele haben es getan. Es ist leichter, zu lieben als zu mögen. Ich liebe und mag die Frau, die mit mir lebt.

Ich liebe sie leidenschaftlich für den Genuß, den ich dabei empfinde. Meine Liebe ist eine egoistische, großartige und gottähnliche Sache. Sehr theatralisch. Sehr imposant. In der Liebe handhabe ich die Worte mit einer Virtuosität, zu der nur wenige Menschen, die so rückhaltlos sind wie ich, fähig sind. Ich bin dann voller Tränen und Zärtlichkeit, überredungsfreudig und tyrannisch, ich habe geniale Augenblicke. Die verschläft sie im allgemeinen, aber ich bin da, um zuzuhören und zu bewundern, und dies reicht aus. Ich bin trunken, ich bin wahnsinnig, ich bin glücklich. Wenn sie verstünde, wenn sie mit mir fühlte, könnten wir es beide sein – das wäre der einzige Unterschied.

Wie ich bereits sagte, meine Liebe – die Liebe, die ich gebe – ist sich selbst genug; ich wünsche mir sonst nichts, wenngleich es mir lieber wäre, sie bedeutete ihr mehr, dann könnte ich häufiger trunken, wahnsinnig und glücklich sein.

VIII Sie hat einmal gesagt: »Das Leben ist so, wie andere es uns verderben.« So ist Liebe. Das einzige Unverzeihliche wäre für sie, mir meine Liebe zu ihr zu verderben. Nichts sonst auf der Welt zählt für mich, solange es so bleibt.

Ich sagte, ich würde sie auch mögen, was stimmt, nur habe ich jetzt wenig Zeit, um darüber nachzudenken, ich bin zu sehr davon eingenommen, sie zu lieben, außerdem ist das andere ja da und wird fortdauern. Soll ich mir etwa Gedanken machen, ob ich sie mag oder nicht, wenn ich sie nicht mehr liebe? Es ist ge-

nauso wichtig, zu mögen, was man liebt, wie es unwichtig ist, zu lieben, was man mag.
Sie sorgt sich oft um Kleinigkeiten, aber nicht, weil ihre Natur kleinlich, sondern weil sie empfindsam ist. Trotzdem frage ich mich, warum sie nicht in mich verliebt ist! Ich frage mich dies häufiger, finde aber keinen Grund, warum sie es nicht sein sollte – es sei denn, dies allein wäre einer!

IX Letzte Nacht sagte sie zu mir: »Ich könnte es niemals ertragen, jetzt zu ihm zurückzugehen.«
Ich hoffte, erraten zu haben, was sie damit sagen wollte, fragte aber dennoch: »Warum?«
»Weil . . .« und sie hielt meine Hände ganz fest und küßte sie . . . und dann weinte sie.

Natalie Clifford Barney

geboren 1876 in Ohio, stammt aus einer Millionärsfamilie und zog mit 23 Jahren nach Paris – als Absage an das Ansinnen der Eltern, sich standesgemäß zu verheiraten. Dort führte sie einen berühmten Salon, sie war befreundet mit Djuna Barnes und anderen berühmten Frauen, ihre Lebensgefährtin von 1915–1967 war die Malerin Romaine Brooks. Natalie Clifford Barney starb 1972 mit 96 Jahren in Paris. »Die Geliebte« hat sie 1904 geschrieben, der Text erschien in deutscher Erstausgabe als bibliophiles zweisprachiges Buch in der Übersetzung von Brigitte Siebrasse im Verlag Bettina Wassmann, Bremen 1988.

Dolorosa

Das veilchenblaue Taffetkorsett

Alfred von Stadtländer war, was seine sämtlichen Freunde ohne Besinnen zugaben, ein ebenso scharmanter, wie vortrefflicher junger Herr. Seine stattliche, männlich-schöne Figur und Haltung, sein hübsches, ausdrucksvolles Gesicht zogen allerorten die Blicke, besonders der Damenwelt an; seine mannigfachen Talente machten ihn in jeder Gesellschaft angenehm, sein lauterer Charakter ließ den freundschaftlichen Verkehr mit ihm wünschenswert erscheinen; sein feines, adliges Betragen machte ihn Vätern und Müttern, Söhnen und Töchtern gleichmäßig liebenswert. Dazu kam ein beträchtlicher Reichtum, sowie eine bevorzugte Lebensstellung, die Alfred eine schöne Karriere versprach. Sind alle diese Eigenschaften nicht dazu angetan, einem jungen Mann die Augen und Herzen junger Fräuleins zuzuwenden? – Gewiß, und manches Mädchenauge leuchtete auf, manche rosige Wange färbte sich purpurn und manch ein Mädchenbusen hob und senkte sich stürmisch unter dem Mieder, wenn Alfred die Besitzerin dieser Reize auf der Promenade grüßte oder im Ballsaale zum Tanze holte. Aber Alfred war leider ein enragierter Junggeselle! –

Alle älteren Damen seiner Bekanntschaft und Verwandtschaft waren bemüht, den jungen Herrn unter den Pantoffel zu bringen. Alfreds Freunde halfen bei diesem Vorhaben treulich mit. Mitunter glaubten sie, nun wirklich ein passendes Fräulein für Alfred gefunden zu haben und begannen, die Reize der jungen Dame eifrig zu loben:

»Betrachten Sie nur das goldene Haar des Fräuleins Melanie, gleicht es nicht an Farbe und Zartheit den gelben Chrysanthemen? Was sagen Sie zu dieser Lilienhaut, zu diesen treuen Veilchenaugen, zu den frischen, roten Nelken dieser Lippen?«

Oder:
»Ist Fräulein Erika nicht ein allerliebstes, junges Mädchen? –
Wie klein ist ihr Füßchen, ihr Händchen, ihr Herzmündchen,
wie quellklar sprudelt ihr schelmisches Geplauder, wie edel
trägt das feine Köpfchen die rabenschwarze Flechtenkrone!«
Alfred war nicht rabiat. Er wollte sich gerne von den Vorzügen
eines Mägdleins überzeugen lassen und fragte nun voll Neu-
gierde und Erwartung:
»Nun, und – können Sie mir vielleicht sagen, wie viel die Tail-
lenweite dieses anmutigen Fräuleins beträgt? Und wissen Sie
vielleicht, wie die Büste dieser Dame beschaffen ist? Ich
schwöre Ihnen, daß ich mir alle Mühe geben werde, mich in
das Fräulein sterblich zu verlieben, wenn sie meinem Ideale
entspricht. Nie und nimmer aber werde ich einer korpulenten
Dame mit ungeschickter Taille oder einem mageren, dürren
Geschöpfe, welches lebhaft an eine hungrige junge Katze erin-
nert, die Hand zum Ehebunde reichen!«
Und er entwickelte immer wieder mit Verve und Begeisterung
folgende Idee von weiblicher Schönheit:
Die Taille einer Dame müßte so schmal und zierlich sein, daß
ein bequemes Halsband eventuell auch als Gürtel Verwendung
finden könnte! Um keinen Preis dürfte die Taille erheblich dik-
ker sein, als der Hals einer Dame! Dabei aber dürfte die Büste
nicht mager und unentwickelt sein, o nein! Rund wie halbe Äp-
felchen, müßten sich die schwanenweißen Hügel unterm Mie-
der wölben. Kurz, seine Erwählte, seine Geliebte, das Mäd-
chen, welches er anbeten und heiraten könnte, müßte die volle,
verlockende Büste einer Venus mit der jungfräulich feinen
Taille einer Diana vereinen!
So geschah es, daß Herr von Stadtländer sein Ideal noch nicht
gefunden hatte. Inzwischen liebte er jene graziösen Kleidungs-
stücke, welche der Schönheit seiner einstigen Angebeteten erst
die richtige Fassung geben sollten, die Korsetts!
Manche junge Männer sammeln Antiquitäten, bei deren An-

kauf sie mitunter abscheulich betrogen werden, andere sammeln pikante Bildchen und Photographien, wieder andere, Sinnigere, sammeln Haarlocken von allen Farben, umwinden sie mit seidenen Bändchen und betten sie in atlasgepolsterte Kästchen. Alfred aber sammelte Korsetts!

In Alfreds neunundzwanzigstem Jahre bestand die Sammlung schon aus siebenundachtzig Korsetts. Was hätte der junge Mann darum gegeben, wenn sich an jedes dieser siebenundachtzig Korsetts eine rührende oder galante Erinnerung geknüpft hätte! Aber zweiundachtzig der Korsetts waren neu, von ihm selbst gekauft, und nur fünf hatten bereits an dem hübschen Busen eines weiblichen Wesens gelegen.

Eines dieser fünf Mieder, die bereits in Gebrauch gewesen waren, hatte er seiner Schwester stiebitzt. Es war ein niedliches, himmelblaues Korsettchen, seine Schwester Elfriede hatte es zu Hause gelassen, als sie sich verheiratete. Vielleicht war es ihr zu eng geworden; es sah auch nicht mehr ganz neu aus. Elfriedens Korsett flößte ihm naturgemäß keine besonders zärtlichen Gefühle ein. Er hatte es nur seiner Sammlung einverleibt, um dieses immerhin hübsche Damenkorsett nicht ein unrühmliches Ende in dem großen Beutel eines Lumpenhändlers finden zu lassen. Soviel Pietät war er schließlich jedem Korsett schuldig! –

Da war ihm ein anderes Korsett schon lieber, als das hellblaue Atlaskorsett Elfriedens, obwohl es aus schlichtem, grauen Drell gearbeitet war. Es war ein ganz bescheidenes Mädchenkorsett, ohne Verzierung, aus derbem, grobem Stoff und am oberen Rande nur mit einer gewöhnlichen, billigen Baumwollspitze ausgeputzt. Es gehörte einstmals der hübschen Paula, dem Stubenmädchen seiner Mama. Paula war ein nettes, dralles junges Mädchen, welches sehr mundfertig dem jungen Herrn zu antworten wußte, wenn Alfred sich einen kecken Scherz erlauben wollte. Paula war lustig, aber grundsolide und gestattete dem Sohne ihrer Herrschaft auch nicht einmal das harmloseste

Küßchen! Da aber züchtige Sprödigkeit das Interesse jedes jungen Mannes an einem niedlichen Mädchen eher erhöht, als vermindert, so fühlte Alfred beständig eine lebhafte Zuneigung zu dem schönen Kinde und hätte viel darum gegeben, wenn er einmal den Arm um ihre festgeschnürte Taille hätte legen dürfen. Eines Morgens ging er an ihrer Kammer vorbei, deren Tür gerade offen stand; er warf einen neugierigen Blick hinein und sah auf der Kommode ein Korsett der blonden Paula liegen. Er konnte nicht widerstehen, mit einem Satze war er drinnen, nahm das Korsett und steckte es geschwind unter seinen Rock. Er eilte damit in sein Zimmer, rollte das Mieder auseinander, hakte die Schließen zu und stellte es so auf den Tisch, als ob es einen blühenden, warmen Mädchenkörper umfinge. Dann betrachtete er es mit verliebter Zärtlichkeit und sprach zu dem leblosen Gegenstande:

»Allerliebstes Mieder! glücklicher Schnürleib! dich muß man wahrhaftig beneiden, daß du oftmals das Vergnügen hast, die jugendlichen Formen der blonden Paula zu umspannen! Laß dich streicheln, du rührend einfaches, billiges Korsettchen! – Freilich muß man gestehen, daß die niedliche und dabei so tugendhafte Paula verdiente, ein reicheres, eleganteres Korsett anlegen zu können.«

Diese letzten Worte hörte Paula, die gerade eingetreten war, um Alfreds Zimmer aufzuräumen: Sie kreischte auf, als sie ihr Korsett in Alfreds Händen sah und wollte es ihm entreißen! Alfred aber schwor, daß er nur für ein Küßchen den geraubten Gegenstand zurückgeben werde.

»Niemals«, sagte Paula, »niemals werde ich mich entschließen, Ihnen ein Küßchen zu schenken! Ich liebe einen Sergeanten, und ich bleibe ihm treu. – Lieber behalten Sie das Korsett, wenn Sie es übers Herz bringen, einem armen Mädchen ihr Sonntagskorsett fortzunehmen.«

Alfred war ein echter Gentleman und erwiderte darum:

»Wenn es so steht, reizende Paula, daß Ihr Herz nicht mehr

frei ist, weil Sie einen Sergeanten lieben, so habe ich nicht den Mut, auf einem Küßchen zu bestehen. Aber lassen Sie mich das Schnürleibchen zum Andenken an ein so hübsches und tugendhaftes Mädchen wie Sie es sind, behalten und erlauben Sie mir, Ihnen dafür zur Entschädigung ein anderes Korsett zu widmen. Bitte, nennen Sie mir Ihre Korsettnummer.«
»Fünfundvierzig«, sagte das brave Stubenmädchen halb ärgerlich, halb lachend. Sie wunderte sich über das Interesse des jungen Herrn für ihr Korsett, war aber schließlich mit dem Handel nicht unzufrieden, da sie mit Recht vermutete, daß Alfred ihr ein nobles Korsett anstatt des Drellmieders bringen würde. In der Tat brachte der junge Herr ihr am folgenden Tage drei sehr kokette Korsetts aus der Stadt mit, die in zierlichen Schachteln verpackt waren. Paula benutzte die erste freie Nachmittagsstunde, um die Mieder eines nach dem anderen anzuprobieren; das erste war schwarz mit eingewebten roten Sternchen, mit roten Schnürlitzen und Strumpfbändern, das zweite war aus cremefarbigem Satin mit Streublümchen, das dritte, schönste, endlich war aus fliederfarbenem Atlas. An diesem entzückenden Korsett konnte Paula sich nicht satt sehen! Sie stand allein in ihrer Kammer, nur mit Strümpfen, Hemd und Beinkleidern, sowie mit dem allerliebsten lila Schnürleib angetan, den sie äußerst eng um ihren Körper anzog, so daß die Hüften ganz prall hervortraten, der Leib völlig verschwand und der Busen eine wahrhaft verführerische Form aufwies. Die hübsche Paula seufzte vernehmlich und dachte mit großer Sehnsucht an ihren Hochzeitstag, der ihr erlauben würde, sich in diesem pikanten Kostüm vor ihrem flotten Sergeanten zu zeigen.
– Von den drei übrigen der fünf bereits getragenen Korsetts aus Alfreds Sammlung muß ich leider berichten, daß sie nicht von ehrbaren Mädchen stammten. Er hatte sie galanten Theaterprinzessinnen abgekauft, deren hübsche Taille er auf der Bühne bewundert hatte. Die Schönen waren nicht wenig er-

staunt gewesen, als Alfred nur den Wunsch äußerte, ihr enges Korsett gegen einen hohen Preis zu erwerben, und alle drei hatten Lust gezeigt, dem artigen Kavalier noch eine ganze Masse süßester Zärtlichkeiten freiwillig in den Kauf obendrein zu geben. Aber Alfred dankte den allzu freigebigen Feen nur recht freundlich und trug das Sammelobjekt direkt nach Hause.

Alfred begnügte sich nicht damit, die Korsettchen einfach zu sammeln. O nein! Er kannte und liebte jedes einzelne von den siebenundachtzig. Er nannte sie seinen »Harem«, und in stillen Stunden kannte er keine angenehmere Beschäftigung, als eins oder mehrere der Mieder aus ihren Kästchen herauszunehmen, sie liebevoll zu betrachten und vor sich auf dem Tische aufzubauen. Er behandelte sie wie ein Kind, welches mit Puppen spielt, und dabei wie ein Verliebter, der seine Schöne ans Herz drückt. Er küßte die hohen und niedrigen, hellen und dunklen, seidenen und baumwollenen Mieder recht zärtlich, streichelte sie, schnürte sie auf und wieder zu, öffnete und schloß die Planchettes.

Bei dieser angenehmen und verliebten Beschäftigung wurde er eines Tages durch seinen Freund Hermann gestört. Hermann fragte fröhlich:

»Kommst du heute abend auf den Ball des Präsidenten?«

»Wenig Lust«, erwiderte Alfred lakonisch.

»Ach, komm nur!« redete Hermann ihm zu. »Deine Korsettsammlung wird dir inzwischen nicht gestohlen! – Überhaupt, diese Miederpassion . . . na, ich will ja nichts dagegen sagen! Aber ich würde lieber ein frisches Mädel in den Arm nehmen, meinetwegen ein Mädel in Korsett und Jupon, als so ein dummes, leeres Mieder!«

Endlich ließ Alfred sich bereden, den Ball aufzusuchen. Es war ein überaus vornehmer und eleganter Ball, und Alfred erntete wieder manchen heißen Blick. Aber er sah den Damen nur auf Büste und Taille. Jene Dame war ihm zu flach, diese zu korpulent. Er fürchtete schon, daß wieder keine einzige Dame seinem Ideal entsprechen möchte, als er plötzlich ein entzückendes Fräulein bemerkte.

Dieses graziöse Wesen war die achtzehnjährige Tochter des Präsidenten, Fräulein Eva von Stöttritz!

Ja, das war sie, die Sylphide seiner Träume!

Sie wiegte sich beim Tanz in der libellenschlanken Taille, wie die Blume auf dem Stengel, sie bog ihre anbetungswürdige Büste voll Leichtigkeit hin und wieder. Alfred verwandte kein Auge von ihr. Diese, nur diese konnte er lieben!

Zugleich befiel ihn eine tiefe Melancholie. Wie? Sollte die reizende Jungfer daß Herzchen, das unter diesem beneidenswerten Korsett klopfte, noch nicht verschenkt haben? Oder wodurch wären sonst die übermäßig deutlichen Huldigungen jenes schwerreichen jungen Fabrikanten gerechtfertigt, der nicht von Evas Seite wich und sie förmlich mit den Blicken verschlang! Und jetzt – jetzt wagte er sogar, die plumpe Hand beim Walzer an ihre wunderschlanke Taille zu legen!

Nein! Er konnte diesen Kummer nicht ertragen. Kein Zweifel, er hatte die zartgeformte Libellenjungfrau seiner Sehnsucht nur gefunden, um sie sofort an jenen Menschen zu verlieren, der seine Hände nach ihr ausstreckte, wie ein dicker Käfer seine Fühlhörner! In schmerzliches Sinnen versunken, wandelte Alfred durch die Räume und achtete gar nicht darauf, daß er die Gesellschaftszimmer bereits verlassen hatte. Gedankenvoll drückte er eine Klinke auf und stand im nächsten Moment in dem Mädchengemach der Haustochter, eben der zierlichen Eva.

Alsbald bemerkte er seinen Irrtum und wollte sich wieder zurückziehen, als er auf einer geschnitzten Truhe ein Korsett der Bewohnerin dieses Zimmers liegen sah. Dieser unerwartete und köstliche Anblick beraubte ihn nahezu seiner Sinne! Er stürzte, wie durch magnetische Gewalt gezogen, auf den Gegenstand zu, der auf dem Körper seiner Göttin geruht hatte, fest entschlossen, sich in den Besitz dieses Korsetts zu setzen. Aber ach! Das wäre ja Diebstahl! Im heftigsten Dilemma betrachtete er das Mieder. Es war aus veilchenblauem Taffet hergestellt! Die Innenseite war hellgrau mit aufgedruckten Veilchen! Und das köstliche Veilchenkorsett strömte einen nahezu berauschenden Duft aus, gemischt aus dem himmlischen Duft des jugendlichen Frauenleibes und dem feinen Geruch eines eleganten Modeparfüms.

Plötzlich nahten Schritte! In seinem namenlosen Schrecken flüchtete Herr von Stadtländer hinter einen rotseidenen Vol-au-vent, wobei er in seiner Verwirrung das Korsett mitnahm. Er kauerte sich zitternd nieder, voll unsäglicher Angst, entdeckt zu werden. Wie sollte er die eigentümliche Situation und überhaupt seine Anwesenheit in diesem Zimmer erklären?

Und schon traten die Ankömmlinge plaudernd ein; zwei Paar feinbeschuhte Damenfüße unter sorgfältig aufgehobenen Rökken waren das wenige, was Alfred durch einen schmalen Spalt zwischen den Bambusstangen des Vol-au-vent erblickte. Die Damen setzten sich auf einen hellen Doppelsessel von jener Art, die man »Tete-a-tete« nennt, und der bebende Lauscher vernahm folgendes Gespräch:

»Das war eine gute Idee, Eva, daß wir einen Augenblick uns in dein Stübchen flüchteten!«

»Wirklich, liebe Rottraut, ich mußte dich allein sprechen! Im Salon würde uns die Musik zu sehr stören.«

»Hat Herr Fiedler um deine Hand angehalten?«

»Ja, denke dir, Rottraut, beim Kotillon!«

»Und du willst ihn nicht erhören, Eva?«

»Aber, liebe Freundin, wo denkst du hin! Diesen plumpen Fabrikanten sollte ich heiraten! Nein, nimmermehr, und wenn er noch viel mehr Geld hätte!«

»Ach, ich dachte immer, daß er dir nicht ganz gleichgültig wäre, weil du seine Huldigungen nicht direkt ablehntest! – Oder – hat meine Eva vielleicht einen anderen im Köpfchen?«

»Liebe Rottraut, hast du vielleicht jenen hübschen Kavalier bemerkt, dem ich den Tischwalzer gegeben habe? Er war heute das erste Mal in unserem Hause! Aber ich habe ihn schon oftmals gesehen! Das darf er natürlich nicht wissen!«
». . . Herr von Stadtländer?«
»Sag, Rottraut, findest du ihn nicht reizend? Du hast ihn also auch bemerkt! Wenn du nicht meine beste Freundin wärst, möchte ich eifersüchtig werden!«
»Du liebst ihn also, Eva?«
»Ach, meine gute Rottraut!!!!« . . .
Hier brach das Gespräch ab, denn die schöne Eva warf sich nach diesem süßen Geständnis an die zarte Brust ihrer Freundin, weinte ein paar Tränchen erster Liebe, die Rottraut mit ihrem Battisttüchlein trocknete, und darauf küßten sich die beiden Freundinnen inniglich. Brust an Brust, Lippe an Lippe gepreßt, so hielten sich die zwei Jungfrauen eng umschlungen und tauschten Küsse der zärtlichsten Mädchenfreundschaft aus. Dann begann Rottraut von neuem:
»Sprich, meine gute Eva, hat er dir bereits einen Antrag gemacht? Liebt er dich auch?«
»Ach, Rottraut, nein!! O Gott, ich fürchte, er wird mich niemals lieben, und das wäre – mein – Tod –!«
Erneutes Schluchzen aus den Tiefen der zarten Brust Evas! Unsern Alfred, hinter seinem Vol-au-vent hockend, überlief es heiß und kalt vor Verlegenheit, Begierde, Neugier und Liebesleidenschaft.
»O, Eva, warum sollte er dich nicht lieben? Liebt er denn eine andere Dame?«
»Viel schlimmer, Rottraut! Er liebt nicht Mädchen, er liebt nur – Korsetts!!«
»Korsetts?!«
»Wie ich dir sage, liebe Freundin, Korsetts! Vetter Paul hat es mir erzählt. Erst heute nachmittag hat ihn sein Freund, der Baron Hermann Hallernburg, wieder über seinen Miedern ange-

troffen! Denke dir, er hat eine ganze Korsettsammlung, die er seinen Harem nennt!«

»O, wie originell, Eva! – Aber warum sollten deine Korsetts nicht die Favoritinnen dieses Harems sein?«

»Fassest du diese absonderliche Passion so auf, liebste Rottraut? Wie nett finde ich das von dir! Du bist die reizendste Freundin, die sich denken läßt! Ach, wenn er sich doch in mich verlieben wollte!«

»Er wird schon, Evchen! Ganz gewiß wird er! Wer sollte mein Evchen mit der Taille, so fein wie ein Blumenstengel, nicht lieben? Ich werde den Daumen für dich halten, das hilft immer! – Was guckt denn dort für ein blaues Band unter dem Vol-au-vent hervor?«

»Ach, das muß meine Korsettlitze sein! Da hat die Zofe das Korsett auf die Erde fallen lassen, statt es wegzupacken! Laß das dumme Korsett liegen und sage mir lieber, wie ich es anstellen kann, Alfreds Interesse zu erwecken!«

Aber Fräulein Rottraut hatte sich schon gebückt. Alfred in einer letzten Hoffnung, unentdeckt zu bleiben, ließ schnell das Korsett aus den Händen; er wußte nicht, daß er auf dem andern Ende der Schnürlitze kniete. Rottraut zog an dem Bande, – zog –, sprang hinter den Vol-au-vent, um zu sehen, an was das Korsett hing, und – tat einen leichten Aufschrei!

»Mein Gott, sind Sie es oder ist es Ihr Geist?!«

Keine Rettung! – Die Feder ist zu schwach, um die Gefühle zu schildern, welche die Brust des jungen Herrn in diesem kritischen Momente durchtobten! Aber so groß auch seine Scham und seine Verlegenheit war, noch viel größer war Fräulein Evas Scham und Schreck, als sie Alfred von Stadtländer hinter dem Vol-au-vent als *lupus in fabula* auftauchen sah! Sie dachte gar nicht an die peinliche Situation des jungen Mannes, sondern nur an ihre eigenen Liebesgeständnisse, die er hinter dem Schirm mit angehört haben mußte; sie wollte schreien, fortlaufen, aber die Füße

versagten ihr den Dienst und halb ohnmächtig sank sie auf den Sessel zurück.
Alfred hatte sich inzwischen gefaßt; sein Vergehen, daß er hier im Zimmer gefunden worden war, war schließlich verzeihlich, um so mehr, als, wie er voll Wonne erfahren hatte, ein liebendes Mädchenherz der Richter war, vor dem er sich verantworten mußte. Wenn Eva ihm vergab, hatte kein Mensch weiter das Recht, ihm aus seiner Anwesenheit in diesem Zimmer einen Vorwurf zu machen. Er trat also voll bescheidenen Anstandes vor Eva hin und sagte, indem er sich erst vor Eva und dann auch gegen Rottraut hin verneigte:
»Gnädiges Fräulein! Meine verehrten Damen! Ich kann nur erklären – und Ihnen die Entscheidung überlassen, ob Sie mir verzeihen wollen! – Ich hatte, gleich Ihnen, den Wunsch, mich für kurze Minuten aus dem Schwarm der Gäste zu entfernen und gelangte in tiefem Nachdenken bis an dieses heimliche Gemach. Erst als ich mich darin befand, wurde ich inne, daß ich mich zu weit gewagt hatte! Da – und hier fängt meine Schuld an – da entdeckte ich jenes intime, veilchenblaue Kleidungsstück, welches mir zum Verräter werden sollte! Ich ließ mich leider hinreißen, den anmutigen Gegenstand aufzunehmen – zu betrachten – – O, ich weiß, daß ich es nicht hätte tun dürfen!«
Er schwieg schuldbewußt. Eva, in keuscher, mädchenhafter Verwirrung, hielt die Blicke aufs Mieder gesenkt und wagte nicht, sie aufzuschlagen. Rottraut aber, die den Zusammenhang zu ahnen begann, lächelte schalkhaft und sagte, ohne ihre Heiterkeit zu verbergen:
»Sprechen Sie nur weiter! Ich glaube, Eva wird Sie bis zu Ende anhören! Hoffentlich stört meine Anwesenheit nicht?«
»Keinesfalls, gnädiges Fräulein! Im Gegenteil, ich bitte Sie, meine Verteidigung mit anzuhören ! – Ja, ich bekenne, der reizvolle Gegenstand verlockte mich zu näherer Betrachtung . . . Fräulein Eva, ich bemächtigte mich für kurze, glückliche Augenblicke des Mieders, weil ich in ihm Ihre hinreißende

Schönheit anbetete! Fräulein Eva, Ihr sanftes, weibliches Herz wird den Fehler eines liebenden Herzens verstehen und verzeihen! Hier vor Ihrer Freundin, dem gnädigen Fräulein, die den Einbrecher in seinem Versteck entdeckte, lassen Sie mich Ihnen meine Liebe gestehen! Ich liebte Sie sofort, als ich Sie erblickte, gnädiges Fräulein Eva, Sie habe ich unbewußt mein Leben lang gesucht... Ich will Sie auf Händen tragen und wie eine Heilige verehren, wenn Sie mich erhören! O, Eva, meine Göttin, machen Sie mich zum glücklichsten Sterblichen!«

Hingerissen, inbrünstig sank er auf beide Kniee nieder und blickte flehend zu der jungen Schönen auf. Eva schlug die braunen Rehaugen auf und lächelte selig – zärtlich – hingebend.... Mit seligem Lächeln streckte sie ihre beiden Händchen aus, die Alfred, überwältigt von Glück, an die glühenden Lippen führte...

Die muntere Rottraut trat dazwischen, fiel ihrer Freundin um den Hals und rief:

»Laß dich küssen, Liebste, und dir gratulieren! O Himmel, nun seid ihr verlobt!«

Und als Eva noch mehr errötete, fuhr sie keck fort:

»Wozu jetzt Komödie spielen? – Wir haben Herrn von Stadtländer ertappt und er hat uns ertappt... Er hat alles mit angehört... Daran ist nichts mehr zu ändern, und wir haben ja nichts Unrechtes gesprochen!«

»Fräulein Rottraut ist meine Fürsprecherin, heißgeliebte Eva!« sprach der junge Mann innig, »ja, ich habe mit glückbewegtem Herzen die holden Worte mit angehört, für die ich Ihnen ewig dankbar sein werde! Liebliche Eva, wollen Sie die Meine werden?«

Da reichte Eva dem Kavalier mit einer innig vertrauensvollen Bewegung die Hand und flüsterte:

»Sie haben's ja schon gehört... Ja, ich will!«

»O, Eva, mein ganzes Leben soll einzig deinem Glück geweiht sein! – Mache das Maß deiner Güte voll und spende mir hier,

vor den Augen deiner liebenswürdigen Freundin, den ersten seligen Kuß der Liebe von deinen Rosenlippen!«
»– Alfred –, ehe du mit meinen Eltern gesprochen hast . . .«
»Du hast recht, Geliebte, ich bin zu stürmisch! – Lasse mich nur deine reine Stirn mit meinen Lippen berühren! – O, habe Dank, Geliebte! – Ach, wäre erst die Nacht vorbei und der neue Morgen da, daß ich bei deinen Eltern um dich werben könnte!«
Mit rascher Bewegung zog er einen wertvollen Brillantring vom kleinen Finger und steckte ihn an das Händchen seiner Trauten, indem er verliebt flüsterte:
»Als Unterpfand meiner Liebe! . . .«
Die reizende Präsidententochter lächelte allerliebst, und indem sie sich halb nach Rottraut umwendete, flüsterte sie neckisch:
»Muß auch ich ein Unterpfand der Liebe geben? – Ja, ich tu's! – Morgen kommst du zu meinem Papa und inzwischen – nimm als Pfand meiner Liebe – das – veilchenblaue Korsett!«

Tagebuch einer Erzieherin

Christa Herz war ein wenig scheu, mißtrauisch und umständlich; Hanni aber flog der jungen Erzieherin mit dem ganzen zärtlichen, fröhlichen Ungestüm ihres Wesens jubelnd entgegen und gleich in die ausgebreiteten Arme der jungen Dame hinein. Hanni war kein hübsches Kind, aber so lieb! so herzig! Es wurde hell, wo ihre offenen, wilden, rötlichblonden Locken aufleuchteten.
Kamilla sagte sich immer wieder, daß sie den schmerzlichen Erinnerungen nicht nachhängen dürfe. Das tat sie auch am ersten Abend in dem neuen Heim, nachdem sie lange von Herzen geweint hatte. Sie schalt sich selbst, trocknete die Tränen und dachte mit tapferem Mute an die Zukunft, an ihre Zöglinge, deren Zutrauen und Neigung sie gewinnen mußte. Leicht

schien dies bei Hanni zu sein, was aber barg sich hinter Christas gesenkten Augenlidern? Im Laufe des Abends hatte Kamilla mehrmals einen halb scheuen, halb forschenden Blick aus Christas dunklen Augen aufgefangen, der ihr seltsam naheging. Vor dem Schlafengehen, als die jungen Mädchen ihrer Gouvernante gute Nacht wünschten, war Hanni ihr wieder mit naiver Selbstverständlichkeit an den Hals geflogen; Christa aber war ein wenig näher getreten und hatte ihr mit niedergeschlagenen Augen die Hand gereicht. In diesem Augenblicke empfand Kamilla plötzlich die Herzenseinsamkeit des dreizehnjährigen Mädchens, dessen Mutter ein bedauernswertes Leidensleben auf der Chaiselongue führte und ihren heranwachsenden Töchtern so wenig bieten konnte; sie zog Christa herzlich an sich: »Wir wollen recht gute Freunde werden, nicht, Christa?« Da sah sie ein jähes Erglühen über das Gesicht des Kindes fliegen; im gleichen Augenblicke beugte sich Christa nieder; sie sank ganz in sich zusammen und drückte die heißen Lippen fest und lange auf Kamillas Hand. Als sie sich aber wieder aufrichtete, war ihr Angesicht womöglich noch ruhiger und gleichgültiger als es zuvor gewesen. –

Trotz allen guten Willens und aller Tapferkeit hatte Kamilla Kramm sich das Leben in dem fremden Hause schwer und hart vorgestellt. In der Tat aber gestaltete sich alles überaus einfach, wie von selbst. Gleich in den ersten Tagen übersah das Mädchen mit seinen hellen Augen, die allen Menschen so merkwürdig klar und durchdringend ins Gesicht blickten, den ganzen Hausstand, der eigentlich ohne Hausfrau war; und ganz von selbst machte es sich, daß sie hier und da eine kritische Frage oder Anordnung dazwischenwarf, die den Dienstboten recht unbequem war. Frau Herz aber war entzückt von dem jungen, energischen Geschöpf, welches ohne vieles Reden hier zum Rechten sah und dort eingriff und in kurzer Zeit, ohne daß man sich dessen bewußt geworden war, die Zügel so vollständig in die kleinen, festen Hände genommen hatte, daß sich keiner mehr das Haus ohne Kamilla denken konnte. Das Merkwürdigste war, daß man ihr Regiment nicht sah, sondern nur fühlte. Die klaren, jungen Augen waren überall; und doch war Kamilla eigentlich immer in der Gesellschaft ihrer Zöglinge. – Hanni ging im Tanzschritt durchs Leben und blieb sich in allen Situationen gleich. Auch als Schülerin erwies sie sich als rasch, munter und gelehrig. Freilich ging ihr Können nicht tief, aber sie griff alles mit wahrhaft herzerfreuender Frische und Heiterkeit an. Kamilla hatte wenig Mühe mit ihr, nur Freude. Aber Christa, ach, Christa! Ohne Zweifel war sie unvergleichlich klüger als ihre Schwester, und manchmal überraschte sie die Lehrerin durch gediegene, wohlüberlegte Kenntnisse; doch ihre Seele war spröde wie Granit, während Hannis Gemüt weich war, wie ein Täfelchen von Wachs.

In den Unterrichtsstunden saß Christa Kamilla gegenüber; Hanni hatte ihren Platz zur Rechten der Erzieherin. Ihre munteren grauen Augen flogen bald hierhin, bald dorthin; aber sobald sie gefragt wurde, war sie dennoch immer bereit. Christa saß ruhig, das Gesicht ein wenig gesenkt, und blickte still vor sich hin; ihre Antworten wurden meistens so interesselos und schwerfällig gegeben, daß es Kamilla oft große Überwindung kostete, auf dieses Kind immer die gleiche freundliche Sorgfalt zu verwenden. Dann verdoppelte sie ihre Güte, redete Christa wie eine Freundin zu, weil sie hoffte, durch liebreiches Entgegenkommen die Starrheit dieses Mädchens zu überwinden; aber das junge Gemüt war und blieb unzugänglich. Zuweilen hatte Christa besonders schlimme Tage. Dann blickte sie düster und melancholisch vor sich auf den Tisch oder zum Fenster hinaus. Wenn Kamilla sie anredete, sah sie mit einem raschen, leidenschaftlich flehenden Blicke auf; das dauerte eine Sekunde; dann kam der trübe, gelangweilte Ausdruck wieder, und Christa sagte leise: »Ich weiß es nicht, Fräulein von Kramm . . .«

Am Abende eines solchen Tages saß Kamilla, als ihre Zöglinge schon lange zur Ruhe gegangen waren, in ihrem Zimmer und versuchte zu lesen. Die Mädchen schliefen auf der andern Seite des Korridors. Aber Kamillas Augen schweiften über das Buch weg; sie war traurig gestimmt und nachdenklich, denn die Sorge um Christa verdrängte jeden andern Gedanken. Plötzlich ließ sich an ihrer Türe ein ganz leises Pochen vernehmen; Christa trat rasch ein, ging auf Kamilla zu, sank vor ihr in die Kniee und flüsterte und weinte durcheinander, indem sie den dunklen Kopf in Kamillas Schoß barg: »O, Sie wissen gar nicht, Fräulein von Kramm, wie schlecht ich bin! So schlecht, daß ich mit Absicht faul und unaufmerksam bin! Ich weiß, daß ich Sie damit betrübe, und ich tue es doch ... Und das Schrecklichste ist, ich kann nicht anders! ... O ja, ich könnte doch anders sein! – Ach, und dabei habe ich Sie lieb ... Das glauben Sie nicht ...« Jetzt hob Kamilla mit sanfter Hand das aufgeregte, tränenfeuchte Gesicht des Kindes in die Höhe: »Christa! Wenn wir ein Unrecht einsehen, haben wir auch die Kraft, es gutzumachen. Und das willst du doch, Christa?« Aber das Kind in seinem fassungslosen Schluchzen war nicht imstande, zu antworten; der ganze junge Leib zitterte; das wilde Weinen erschütterte alle Glieder. Kamilla sah, selber bebend, die schrankenlose Gewalt, mit der die Leidenschaft des Schmerzes das junge Mädchen, das sich zu ihren Füßen wand, gepackt hielt; einen Herzschlag lang durchflutete sie ein dumpfes Lustgefühl, dann beugte sie sich gütig nieder: »Christa! meine liebe, kleine Christa! höre auf zu weinen – und gib mir lieber das Versprechen, in Zukunft gut zu machen, was du schlecht gemacht hast! Und nun nicht mehr weinen! Ich will es, Christa!«

Bei Kamillas letzten Worten richtete das junge Mädchen sich auf und trocknete ihre Tränen. Das schöne, verweinte Gesicht sah merkwürdig freudig aus; ein tiefes, heimliches Glück glühte die Erzieherin aus den scheuen, fragenden Augen an. Und wieder, wie am ersten Abende, den Kamilla im Herzschen

Hause verlebt hatte, neigte sich Christa und küßte mit heftiger Inbrunst die Hand der jungen Dame. Kamilla war im Herzen tiefbewegt; sie nahm das junge Mädchen in aufwallender Zärtlichkeit in die Arme und küßte sie auf die klare Stirne: »Liebe Christa!« . . . Die Erzieherin hatte dem Kinde nun noch manches sagen wollten; aber als sie sie aus ihren Armen freiließ, flüsterte Christa schnell: »Danke, danke – gute Nacht!« Und ehe die Erstaunte etwas erwidern konnte, war das Mädchen lautlos hinausgeschlüpft. Kamilla tat im ersten Impulse einige Schritte hinter ihr her, dann kehrte sie wieder um: »Besser, man läßt das erregte Kind allein, dann wird sie sich am leichtesten beruhigen und schlafen! Auch ist es besser, daß Hanni nichts merkt, und überhaupt niemand aus dem Hause!« –

Nun war es Kamilla erst recht nicht mehr möglich zu lesen; sie entkleidete sich langsam, löschte das Licht, legte sich nieder und versuchte, in Ruhe die seltsamen Erlebnisse der letzten Viertelstunde zu überdenken. – Wie ein Traum war es gewesen: Das Kind, welches wie eine Erscheinung zu ihr hereingeglitten war, nur mit dem Nachthemde angetan, das ihr schneeweiß bis auf die Füße niederwallte. Die Kinder hatten ihr vor mehr als einer Stunde gute Nacht gesagt; so lange also mußte Christa wach gelegen und mit sich selbst gekämpft haben. Und dieses heftige, leidenschaftliche Bekenntnis, und das Schluchzen und Zittern des sonst so ruhigen Kindes, und diese Demut, die sich bis zur Übertreibung erniedrigte! – Kamilla seufzte; das eigenartige, schwer zu lenkende Kind war ihr nach dieser tollen und eigentlich doch rührenden Szene noch rätselhafter als vorher geworden. – Christa Herz lag indessen tieferregt, mit heißen Wangen und weitoffenen Augen im Bette. Sie warf sich unruhig herum und konnte keinen Schlaf finden. Seltsame Wünsche quälten sie, die sie selbst nicht in Worte fassen konnte. Sie ängstigte sich unbeschreiblich vor irgend etwas, was sie sich in Gedanken vorzustellen versuchte; aber es war, als wollten die Gedanken eine gläserne Mauer erklettern: nirgends ein Anhalt. Dann dachte Christa mit lebhafter, schwärmerischer Zärtlichkeit an Kamilla Kramm. O, Kamilla mußte sie für böse und feindselig halten; aber sie hätte für sie ins Feuer gehen können, wenn Kamilla – ja, wenn sie es befohlen hätte! – Christa stöhnte: die erwachende Sinnlichkeit hatte sie zum ersten Male mit Krallen gepackt und schüttelte sie wie im Fieber; und alle ihre junge Leidenschaft glühte und flackerte für Kamilla Kramm, die blonde, die stolze. Wie hoch und aufrecht ging sie einher, wie hell und gebieterisch klang ihre Stimme, wie zwingend schauten ihre grauen, klaren Augen! Und wieder lächelte Christa Herz und flüsterte mit schauerndem Entzücken, indem sie an Kamillas helle, befehlende Stimme dachte, wohl dreißigmal die letzten Worte der junge Dame vor sich hin: »Ich will es, Christa!« –

Kamilla erwähnte diesen Abend dann niemals; auch Christa hatte sich wieder scheinbar zurückgezogen, und jenes Ereignis hatte nach außen hin gar keine Spuren hinterlassen. Christa war zwar in den ersten darauffolgenden Wochen aufmerksamer und liebenswürdiger, aber in der folgenden Zeit wurde sie launenhafter als je. Mitunter verhielt sie sich tagelang in mißmütigem Schweigen und gab eben nur die unumgänglichsten Antworten; dann sah man sie manchmal auch mit rotgeweinten Augen aus dem Garten kommen. Der Vater schickte Christa zum Arzt; der murmelte etwas von »Frühreife« vor sich hin und verschrieb eine Medizin gegen Bleichsucht. Aber sie half nichts. –

Denn Christa träumte allnächtlich in die Dunkelheit hinein und horchte auf ein Lied, das aus unbekannten Fernen an ihre Seele drang; wie im Fieber flammte ihr Gesicht, und in Frost schauern bebte ihr Leib, der sich nach schmerzhaften Küssen sehnte. –

Dann traf es sich einmal, daß Christa allein unterrichtet wurde, denn Hanni war krank, sie lag im Zimmer ihrer Mutter. Frau Herz sah die kleinen Unpäßlichkeiten ihrer Tochter nicht ganz ungern, weil sie, die allermeist an die Stube Gebannte, sich dann

vom Morgen bis zum Abend der oft schmerzlich entbehrten Gesellschaft eines lieben Kindes erfreuen konnte. – –
Purpurne Gedanken träumen zwischen Kamilla und Christa; heimliche Wünsche liegen in der Luft zwischen beiden Mädchen, die nur durch sechs Lebensjahre voneinander getrennt sind; einsame Sterne seid ihr, die allein im nächtlichen Dunkel schweben. Nur lange, zärtliche Lichtstrahlen schießen zusammen durch die Nacht; nur eure Blicke tauchen ineinander, ihr jungen Mädchen, und wenden sich zaghaft wieder ab, weil eines das andere nicht erkennt. –

Dolorosa (= Maria Eichhorn-Fischer)
geboren 1879 in Giersdorf als Tochter eines Oberförsters. Sie war in Breslau Privatsekretärin, dann Erzieherin, hatte in Berlin eine kurze Ehe mit Wilhelm Fischer und weilte nach 1908 in Konstantinopel. Viele Buchveröffentlichungen mit meist hohen Auflagen. Übersetzte auch ein Buch über Sadismus und Masochismus. (Texte aus: Tagebuch einer Erzieherin, Leipziger Verlag 1904, und Korsettgeschichten, Leipziger Verlag 1907)

Marie Madeleine

Das Armband

Baron Alfred, der »schöne Fredi« von den 24. Husaren, hatte seinen Abschied genommen, um nach Indien zu gehn.

Eigentlich merkwürdig, daß der schöne Fredi quittierte. In so rangierten Verhältnissen und eben Regimentsadjutant geworden. Und entschiedene Aussicht auf Karriere.

Freilich, vielleicht ist es der Unglücksfall an seinem Hochzeitsabend, der ihm das Leben verbittert.

Die arme, junge Frau! – War ein riesig schneidiges Mädel gewesen, die blonde Kommandeurstochter. So ein guter, norddeutscher Schlag, – blaue Augen und eine Fülle goldblonder Haare, – hoch und schlank und frisch. Famos hatte sie ausgesehn, wenn sie so auf ihrem Schimmelhengst daherkam oder wenn sie von der Höhe des Kutschbocks aus ihre Schecken fuhr.

Ihr Wesen war liebenswürdig und nett, – ihre Mitgift – *last not least* – für deutsche Verhältnisse stattlich, – kurz, es war kein Wunder, daß sie einen Heiratsantrag nach dem andern erhielt.

Aber einer nach dem andern wurde refüsiert. Und die Abgewiesenen hatten sehr bald heraus, daß die spröde Schöne einem gegenüber nicht spröde war, – daß sie errötete und erblaßte, sobald der schöne Fredi auftauchte mit seiner schlanken, eleganten Figur und dem hübschen, hochmütigen Gesicht.

Eine ganze Anzahl von Weiblichkeiten aus allen Kreisen waren verliebt in ihn, aber daß auch ein so verständiges Mädchen, wie Fräulein von Thol es sonst war – – –.

»Einfach unbegreiflich!« fanden die Kameraden. Sah sie denn nicht, was all die Herren sahen: daß der schöne Fredi recht oberflächlich war und ein bißchen sehr leichtsinnig, – daß er kokett war wie eine Frau und es liebte, sich interessant zu machen?!

Wie geheimnisvoll tat er immer, wenn man ihn nach dem Armband fragte, das sein linkes Handgelenk umschloß. Es war ein dickes Armband, in welchem Glieder aus Gold abwechselten mit solchen aus einer harten weißen Substanz.

Waren es Zähne? – Frauenzähne, diese wundervoll perlmutterfarbigen spitz geschnitzten Gebilde? –

Der schöne Fredi hatte auf solche Fragen nie geantwortet, sondern nur immer gelächelt mit seinem schwermütigen Lächeln, das die Kameraden affektiert fanden.

Nun, vielleicht war das mit dem Armband überhaupt nur eine Tuerei. Obwohl man allerdings nicht leugnen konnte, daß der Fredi einen kolossalen Dusel bei den Weibern hatte.

So manche heiße Träne floß an seinem Hochzeitstage, als er an Eva von Thols Seite sporenklirrend vor den Altar trat.

Und dann kam das Furchtbare, dieser sonderbare Unglücksfall an seinem Hochzeitsabend, durch welchen die junge Frau ihr linkes Auge verlor. Ihr schönes Gesicht sah jetzt seltsam verzerrt aus durch das starre Glasauge, und von der Nase zu den Mundwinkeln zogen sich zwei böse Linien von Schmerz, von Wut vielleicht. – – –

Es war im Regiment offnes Geheimnis, daß seit jenem ersten Abend Baron Fredi und seine Gemahlin verschiedene Zimmer bewohnten, daß sie sich nur zu offiziellen Gelegenheiten sahen, um einigermaßen den Schein zu wahren. Jetzt sollte auch das letzte äußere Band der Zusammengehörigkeit wegfallen.

Der Baron hatte den Dienst quittiert, um nach Indien zu gehn auf Löwenjagd. Vielleicht kam er in Jahren wieder, vielleicht nie. – –

Und kein Weib würde hier bleiben im Hause ihrer Eltern, würde weiterleben an dem Orte ihrer Liebe und ihres Elends. Und würde, umbrandet vom Kleinstadtklatsch, an den neugierigen Gaffern vorüberschreiten mit der unnachahmlich stolzen Haltung ihres schlanken Mädchenkörpers, – mit ihrer weißen Haut und ihren blonden Haaren und ihrem grinsenden, toten Glasauge. – – – – – –

Er aber fuhr durch weites, ödes Meer hinein in die Sonnenwunder Indiens, in die feuchten und grünen Urwaldunermeßlichkeiten, in denen der Tod lauert.
Und wenn Alfred auf Deck herumschlenderte, sah er oft auf das Armband nieder, daß er ums linke Handgelenk trug; er betrachtete es mit einem schwermütigen Lächeln, das seine Kameraden affektiert gefunden hätten. – – – –

Und warum das alles so kam, das ist eine sonderbare Geschichte. Damals, vor fünf Jahren begann es, als Baron Alfred drei Monate Urlaub genommen und sich an der Riviera amüsierte.
Er war ein ganz junger Leutnant gewesen, fast ein Jüngling noch mit seinen zweiundzwanzig Jahren.
Vielleicht war es gerade das Knabenhafte in seiner Erscheinung, was die Fürstin Vera Tetjanoff so toll gemacht. Als sie ihn zum erstenmal sah, lag sie in einem Korbsessel auf Deck eines Küstendampfers. Von Genua nach Monte Carlo ging's. Der Himmel flammte voller Sonne, und ihr Widerschein war in Milliarden von flimmernden Punkten auf dem leichtbewegten Spiegel des Mittelmeers. Die nahe Küste leuchtete mit ihren rosa Häuschen und weißen Villen, mit ihren Palmenalleen und den dunkelgrünen Orangebäumen, in welchen die goldenen Früchte schimmerten. Der weiße Dampfer, der langsam dahinglitt, war über und über in Sonne getaucht.
Der schöne Fredi bummelte seelenvergnügt auf Deck spazieren. Sein weißer Flanellanzug, sein weißer Strohhut und die Tuberose im Knopfloch paßten so recht zu ihm, zu seiner ein wenig geckenhaften, aber regelmäßig hübschen Erscheinung, und die Fürstin Vera Tetjanoff betrachtete ihn mit fiebernden Augen. Mit Augen, die alles gesehen hatten, die viel zuviel gesehen hatten und nie genug! Mit Augen, die sehr tief lagen hinter brutalen, slavischen Backenknochen und halbverdeckt waren von müden, schweren, bläulichen Lidern. Der Baron fühlte

den Blick dieser Augen, die sich festtranken an ihm. Er strich geschmeichelt das sprossende, goldblonde Schnurrbärtchen und interpellierte im Verlaufe der nächsten Viertelstunde den Kapitän, der ihm mittelte, daß die Dame die Fürstin Tetjanoff sei, welche noch vor einigen Jahren die gefeiertste Schönheit der Petersburger Hofgesellschaft gewesen. Seit ihrem Scheidungsprozeß, der sich zu einer wahren Skandalaffäre gestaltet, habe die Fürstin ihr Vaterland verlassen und reise in der Welt umher, meistens in Italien und Ägypten. Sie wäre auch wohl lungenkrank. – – Alfred sah interessiert zu ihr hinüber, die müde im Sessel lag, in einem Kleide, welches viel zu elegant war für eine Seefahrt. Diese Frau mußte sehr schön gewesen sein, – von einer seltsamen und wilden Schönheit.

Jetzt war ihr Körper von erschreckender Magerkeit, welche man unter den weichen Falten des duftigen Kleides erriet, ihr Gesicht war zerwühlt von Leidenschaften, – ihre schwarzen Haare schienen zu schwer für ihr mageres Gesicht, nur ihre Lippen waren überraschend jugendlich, waren voll und blühend rot, und hinter diesen Lippen leuchteten schimmernde, strahlende Zähne wie feuchte, schneeweiße Blumenknospen.

Ach, ihre Zähne – – –.

Ihre wunderschönen Zähne, die sie späterhin so oft in Baron Alfreds Hals gepreßt, – in den dunklen, süßen Nächten am Mittelmeer und in den fahlweißen Wüstennächten zu Füßen der Sphynx von Gizeh. Diese letzte Liebe der Fürstin Vera war voll Lachen und Weinen, voll Brunst und Qual. O, wie sie ihn anbetete, den schönen, blonden Knaben, diesen Normaljüngling im weißen Flanellanzug, der gar bedenkliche Augen machte zu ihren ausschweifenden Phantasien.

Vielleicht war es nur seine Jugend, die sie anbetete, seine Lebenskraft, seine Gesundheit. – Manchmal riß ihre wilde Seele ihn empor zu sich, daß er schauernd stand vor diesem Chaos von Leidenschaften, von Lebensgier, von Liebesverlangen und Todesangst.

Das war in einer Sternennacht am Nil, – da lag sie in seinen Armen und bat.
»Ich habe noch nie gebeten«, sagte sie in ihrem harten Deutsch, »aber jetzt will ich zum erstenmal in meinem Leben eine Bitte tun. Siehst du, Fredi, ich denke, daß ich bald sterben muß. – – Ach, nein sag' doch nichts, du weißt, manchmal geht es so schnell bei Schwindsucht. Ich werde sterben. Ich werde tot sein, – ich werde in der harten Erde liegen. Ach, wie ich Angst habe, – wie ich Angst habe – –«
Ihr Gesicht war ganz weiß geworden; sie verbarg den Kopf an seiner Schulter. Dann, mit tonloser Stimme fuhr sie fort, indes das Flüstern der heiligen Nilwellen durchs Fenster drang wie eine Liebkosung so sanft, – »ach, Fredi, du hast meine Zähne so geliebt. Nicht wahr, meine schönen Zähne, die so weiß sind, – meine wunderschönen Zähne – – die sollst du in einem Armband tragen, wenn ich tot bin, – ja? –« Er wollte entsetzt protestieren. Aber ihre Arme umschlangen ihn noch fester. »Wenn ich tot bin«, flüsterte sie mit einem schmerzlichen Lächeln, »dann soll ein Arzt kommten, ja, mit einer schrecklichen, blanken Zange, der soll mir meinen schöne Zähne ausziehn, – mit wunden Kiefern werde ich in meinem Grabe liegen, – aber es ist ja für dich, für dich will ich's ja so gern tun lassen. Dann sollst du sie in einem Armband tragen, damit du an mich denkst, – damit du mich nicht vergißt über anderen Frauen, – ach Gott, du sollst keine anderen haben, du sollst nicht – – –.«
Sie umklammerte ihn verzweifelt. Und war so wild und toll und unglücklich gewesen, daß er ihr versprach, was sie wollte. Als er nach einigen Wochen von ihr Abschied nahm, dachte er kaum mehr an ihre entsetzliche Bitte. Er mußte fort. Sein Urlaub war zu Ende. Sie warf sich immer wieder in seine Arme und küßte sein rosiges, junges Gesicht, wie wahnsinnig vor Schmerz und vor Liebe, und in seinen Hals, über den sich ein Flaum von goldnen Härchen hinzog, preßte sie ihre Zähne hinein, ihre wundervollen, weißen Zähne.

Nach einigen Monaten hatte Baron Alfred in seiner kleinen Garnisonstadt ein Paket bekommen, daß mit vielen ausländischen Marken beklebt war. Ein Armband lag darin, dessen goldene Glieder abwechselten mit den geschnitzten Zähnen der Fürstin Vera. Ein Brief, den die Kammerfrau dazugelegt, benachrichtigte ihn, daß die Fürstin seit mehreren Wochen tot sei und daß, ihrem Letzten Willen entsprechend, ihm dieses Armband übersendet wurde. Dann trug er es Tag und Nacht. Er hatte die wilde Fürstin wohl doch heißer geliebt, als er selber gedacht, und manchmal träumte er voll inbrünstiger Sehnsucht von den dunklen, süßen Nächten am Mittelmeer und von den fahlen, weißen Nächten am heiligen Nil. – – – – – –

Mit den Jahren verblaßten seine Erinnerungen.

Als die Liebe zu der frischen Tochter des Kommandeurs sich seiner bemächtigte, war ihm die Fürstin nur noch wie ein blasses Traumbild erschienen, wie eine Ausgeburt der Tropensonne.

Er dachte mit keinem Gedanken an die Tote, – er gehörte nur der süßen Gegenwart, als er sein jungfräuliches Weib ins Brautgemach geführt. Und selig schloß er sie in die Arme; er bedeckte ihr liebes Gesicht mit heißen Küssen; er wühlte seine heißen Hände in ihr blondes Haar. Sie machte eine Bewegung, um sich noch fester an ihn zu schmiegen. Und in demselben Augenblicke stieß sie einen Schrei aus, der nichts Menschliches mehr hatte. Einer der spitzen Zähne in dem goldnen Armband hatte sich in ihr Auge gebohrt. Sie fühlte die klebrige, weiche Masse dieses getöteten Auges über ihre Wange rinnen. Und in dem dämmrigen Lichte des Brautgemaches glänzten und gleißten die Zähne der Fürstin Vera.

Sklavenworte

Der ganze Herbstwald war in Sonnengold getaucht. Das bunte Laub leuchtete wild und märchenhaft; in bunten und brennenden Farben schimmerte es wie ein Kronschatz von farbigen Edelsteinen. Die dunklen Stämme der Bäume standen stolz und stark, als freuten sie sich ihrer kostbaren Last.

Und in dem leisen Windhauch, der durch die Baumkronen lief, schienen die Blätter zu leben, schienen den Sonnenstrahlen entgegenzubeben, diesen müden, zärtlichen, goldenen Sonnenstrahlen, die nicht mehr die Kraft hatten zu wärmen.

Durch die Ahornallee, die nach Schloß Brükk führt, ritt Frau von Birckenberg mit dem Besitzer von Brükk.

Die zwei Schimmel, die sie ritten, gingen im Schritt, trugen sie ruhig durch die flammende Pracht.

Sie ritten eine lange Weile schweigend nebeneinander.

»Nach dem Jagdschloß?« fragte Frau von Birckenberg endlich wie aus Träumen heraus.

»Ja.«

Sie bogen links ab in einen schmalen Seitenweg, auf dem die Pferde nicht nebeneinander Platz hatten.

»Bitte, voranreiten«, sagte er mit einem halben Lächeln zu ihr.

Sie ritt vor ihm und er trank mit den Augen die Schönheit ihrer Gestalt. Mit grenzenloser Liebe weilte sein Blick auf dem schmalen Streifen, den er von ihrem Gesicht sehen konnte, auf den schweren, goldbraunen Zöpfen, die im Genick aufgesteckt waren, auf der biegsamen, jungen und üppigen Gestalt, die sich unter dem Reitkleid verriet. – – –

Bald tauchte das Jagdschloß vor ihnen auf. Es war seit langem unbewohnt und halb verfallen. Die hohe Mauer, die einst den Schloßpark so fest umgrenzt, lag zum größten Teile in Trümmern, und durch eine breite Bresche ritten sie in den Schloßgarten, in welchem leuchtende Herbstbäume in ganzen Gruppen standen.

Der Freiherr von Brükk schwang sich vom Pferde, schlang die Zügel um einen Baumstamm und trat zu ihr, die langsam vom Pferde herunter in seine Arme glitt.
Einen Augenblick lang hielt er sie so in der Luft, eng an sein Herz gepreßt, und sie legte beide Arme um seinen Hals und ihre Lippen auf seinen Mund.
Dann trug er sie die paar Schritte bis zu der hohen Steintreppe, an deren Fuße zwei steinerne Löwen lagen.
Diese Löwen waren vom Alter zermürbt, Gras und Moos wuchs über sie hin, und dieses grüne Vlies gab ihnen das Ansehen von Fabelwesen, von Löwen aus alten, gespenstischen Märchen; sie sahen aus wie die Hüter dieser goldblühenden Wildnis, die sie zu schirmen hatten vor allen Lebendigen.
Und die beiden Lebendigen, die noch eingedrungen waren in diesen verwunschenen Garten, saßen so still und unbeweglich auf der verfallenen Treppe, als seien sie selbst eine Gruppe aus Stein, das Bild eines Mannes und eines Weibes, deren Lippen aufeinander lagen in einem Kusse, der nicht endete.
»Komm, ich will dir jetzt ehrlich alles sagen, was du wissen willst«, sagte die Frau endlich tief aufatmend.
»Bleib noch so«, bat er, und von neuem legte er seinen Mund auf den ihren . . .
»Aber du batest doch selbst so sehr um diese Aussprache.«
»Ja, aber wenn ich mit dir zusammen bin, kann ich doch nicht denken, – – – bloß dich fühlen, nichts als dich fühlen – – –«
»Immer noch so verliebt?« lachte sie in zärtlichem Spott, »sag', wie kann man nur so lange verliebt sein? Der skeptische Botho Brükk! Ja, alle Leute haben mir erzählt, wie skeptisch du warst, wie blasiert.«
»Ich war es auch.«
»Man hatte dich wohl immer sehr verwöhnt als beste Partie der Provinz?«
»Ach, es war nicht deshalb. Es war Naturanlage; ich habe nie viel Gefühle aufzubieten gehabt.«

»Nun, und als ich kam?«
»Da habe ich dir eben die Cour gemacht als der hübschesten Frau des Regiments.«
»Weiter nichts?«
»Nein, weiter nichts. Du warst mir ein Flirt wie ich dir nur ein Zeitvertreib war.«
»Und – – – wann wurde es anders?«
»Seit dem Augenblick, wo du mein eigen wurdest. Ja, und wenn du den Kopf auch noch so trotzig in den Nacken wirfst, – mein eigen bist du ja doch, seitdem du dich mir gabst. Ich weiß wohl, du tatest es nicht aus Liebe. Vielleicht weil du dich langweiltest in der Einöde dieser kleinen Garnison, vielleicht weil dich dein Mann langweilte – – oder weil du mich elegant fandest. – – – Ach, Kind, ich kenne dich ja so gut, dich und deinen holden Leichtsinn, deinen süßen, maßlosen Leichtsinn, deine spielerische Katzenart – – –«
»Na, du entwirfst ja ein sehr schmeichelhaftes Charakterbild von mir, lieber Botho. Warum liebst du mich denn eigentlich?«
Er sah sie schweigend an.
»Nun sag's doch, Botho! Weil du mich so hübsch findest?«
»Du bist sehr hübsch, Puppe! Du bist die hübscheste Frau, die ich je gesehen habe, aber das ist doch nicht der Grund meiner Liebe.«
»Na was denn aber?«
»Wie soll ich's nennen, jenes Gefühl, welches mich zu dir reißt, welches mich jede Stelle deines Körpers anbeten läßt! Seit dem Augenblick, wo du unter meiner ersten Umarmung erschauertest, fühle ich nichts als dich, – – – sehe ich nichts als dich, – – – und auf der ganzen Welt gibt es nur ein Wesen für mich: »Du!«
Sie schmiegte sich in seine Arme. »Ich liebe dich ja auch so«, flüsterte sie zu ihm auf, »so über alle Schranken, so sehr, wie du mich liebst.«
»Nein, nicht so sehr wie ich dich liebe«, sagte er, und ein Schat-

ten ging über sein schmales Gesicht, aber gleich darauf lächelte er mit dem verstehenden und verzeihenden Lächeln, das man für ein unartiges Kind hat, das sich der Tragweite seiner Handlungen nicht bewußt ist. »Nein, nicht so sehr, wie ich dich liebe. Oder mache ich dich etwa auch absichtlich eifersüchtig?«

»Ach, das tue ich doch bloß zum Spaß.«

»Ich tue es auch nicht mal zum Spaß, meine süße Katze.«

»Sag', soll ich es nicht mehr? Wenn es dir weh tut, tue ich es bestimmt nicht wieder.«

»Ach, du läßt es ja doch nicht. Denke mal an vorgestern.«

»Das Mittagessen beim Kommandeur? Da war ich doch kolossal brav.«

»Ja, sehr, du hast mich indessen zweimal darauf aufmerksam gemacht, wie ›bildschön‹ dein Mann in der Ulanka aussehe.«

»Ja, das ist doch bloß darum, weil wir früher Dragoner waren, und der Dragonerwaffenrock ist so häßlich.«

»Oh, darum hast du's gesagt?« lächelte er in resigniertem Spott.

»Ja, natürlich nur darum.«

»Und dein Flirt mit dem Kommandeur?«

»Ach, der brave alte Herr! Du sagst doch immer, du bist nicht eifersüchtig?«

»Ich bin's auch nicht; ich weiß ja, daß du mich doch liebst gegen deinen Willen fast – und doch – – und doch – –! Ich kenne dich ja so genau, weiß mit so tödlicher Sicherheit, wann du mir entgegenbebst, wann alle deine Sinne und all dein Leben mir entgegendrängen, – und ich weiß, wann dein Leichtsinn die Oberhand bekommt, wann du anfängst zu zweifeln, was wichtiger ist: der nächste Ball oder das nächste Rendezvous mit mir – – –«

»O Botho – –«

»Doch, mein Lieb, ich weiß, daß es schon solche Augenblicke gab, und ich weiß, es gab Augenblicke, in welchen du dir überlegtest, daß dein Mann doch eigentlich wirklich der schönste

Offizier des Regiments sei – – – und es hat Augenblicke gegeben, in denen du die Absicht hattest, mir mit Karl Bärenklau untreu zu werden – –«
»O, – – Botho – –«
»Nicht leugnen, Olga. Wo bleibt dein Stolz?«
Ein tiefes Rot überflammte ihr Gesicht; und wie so oft, warf sie den Kopf in den Nacken mit dem störrischen Ungestüm eines edlen Pferdes. »Ja, du hast recht, Botho; jedes Wort ist wahr, das du gesagt hast.«
Er zuckte zusammen.
Da musterte sie ihn hochmütig. »Warum zuckst du denn? Hast du selbst nicht geglaubt, was du sagtest? Desto schlimmer! An meinen Stolz hat man noch nie vergebens appelliert. Du wolltest die Wahrheit hören; es ist jedes Wort wahr, was du gesagt hast. Ja, in den zwei Jahren, seit ich dein bin, habe ich innerlich mich manchmal gebäumt gegen Zügel und Zaum, den mir diese Liebe auferlegt. Und manchmal habe ich gedacht: weg von dir und in die Freiheit! Wieder die leichtherzige Ballkönigin sein, der jedes Kompliment und jeder Flirt Spaß macht – –, wieder die sorglose Modepuppe sein, die so traumlos die Nächte hindurch schlief und für ›Sentiments‹ nur ein Achselzucken hatte. – – – Meine Ehe war mir keine Fessel, – – meine Liebe war's!
Wie oft habe ich gewünscht, zu werden wie früher, – – wie oft habe ich's versucht, – – – und dann warst du da. – – – Du hast mich nie mit einem Wort gehalten, nie mit einem einzigen Wort, – – aber ich fühlte eine stumme, dunkle Macht von dir ausströmen, die mich zu dir zog, – – – als ob du deine Lebenskraft verströmtest, um mich zurückzuholen an dein Herz. – – – Du hast mir nie ein Wort darüber gesagt, – – ich habe nie zu dir davon gesprochen, – – und doch wissen wir beide, wie oft du mich besiegt hast in diesem lautlosen Kampf. –
Ja, ich liebe dich! Deine Liebe hat mich erobert und hat mich so

manchesmal *zurückerobert*; – – – deine Liebe hat mir verziehen, wenn ich schlecht war, sie hat mich gewärmt, wenn mir kalt war, sie gab mir zu trinken, wenn ich dürstete, – – du liebst mich sehr, Botho, und ich möchte nicht leben ohne deine Liebe.« – –

Er umfing sie mit beiden Armen. »Mein einziger Liebling, komm mit, – – ich bat dich hierherzureiten, um dir noch einmal zu sagen, was ich dir so oft schon gesagt habe: Komm mit! Ich halte es nicht aus, daß du das Weib eines anderen heißt! Komm mit! Ahnst du denn nicht, wie selig wir sein werden? – – – Komm mit! Ich will dir in einem fernen Land, in einem Frühlingsland ein Liebesnest einrichten, das schön ist wie ein Traum. Und unser Leben soll ein Rausch von Liebe sein, – – komm!«

»Nein.«

»Warum nicht? Sag', warum nicht? Fürchtest du den Alltag? Einer Liebe wie der unseren kann die Gewohnheit nichts anhaben. Ich habe dich ja schon so viele hunderttausend Male geküßt, und ich begehre dich heißer als beim erstenmal! Komm mit! – – – hat mein stolzes Lieb denn nicht den Mut, die letzte Hürde zu nehmen, diese elende, letzte Hürde, die uns von unserem Glücke trennt?«

»Es ist kein Mangel an Mut.«

»Also du liebst ihn noch, deinen Mann.«

»Nein.«

»Aber hast du denn überhaupt keinen Grund zu deiner Weigerung? Die Sache ist doch wahrhaftig zu ernst, um als Kaprize aufgefaßt zu werden. Du scheinst die Situation nicht in ihrem vollen Umfang zu verstehen. Mein lieber Schatz, daß uns dein Mann noch nicht entdeckt hat, ist ein Wunder bei all den lieben Freunden und Nachbarn, die uns nachspionieren; lange geht es nicht mehr, das kannst du glauben.«

»Weißt du, Botho, er würde mich wohl totschlagen; er hat so mittelalterliche Anschauungen über Frauentreue.«

»Um Gottes willen«, rief er entsetzt, »nein, das ist ja eine absurde Idee. Wahrscheinlich würde es nur auf das Duell mit mir herauskommen, aber das wäre gerade unangenehm genug. Ich kann doch diesen netten, anständigen Kameraden, der mir nie etwas Böses getan hat, nicht totschießen, und wenn er mich niederstreckte, – – – nun, ich könnte mir wirklich etwas Schöneres denken! Ich will nicht sterben, – – sondern leben – – mit dir, mit dir! – – komm mit! Siehst du denn nicht ein, daß wir hier täglich und stündlich mit Tod und Leben spielen?!«
»Ja, ich weiß es«, sagte sie und ihre Augen leuchteten auf, »ganz genau weiß ich es – – und darum bleibe ich!« – –
Er starrte sie an; in ihren Augen war die große Freude der gierigen Spieler, der *va banque*-Spieler des Lebens, – denen es *au fond* gleichgültig ist, ob sie gewinnen oder verlieren, – – wenn sie nur spielen können, – – nur wagen! »Katze«, stieß er empört zwischen den Zähnen hervor und dann, indem er sich zu einem kühlen Tone zwang: »Jedenfalls, – ich spiele da nicht mit; ich werde mich versetzen lassen.«
»Ach, mein süßer Botho, das tust du ja doch nicht; ich will auch so lieb zu dir sein, – immer so lieb – –.«
Sie beugte ihr kindliches, rosiges Gesicht hernieder und küßte seine schmalen wunderschönen Hände. »Sage, daß du hier bleibst«, schmeichelte sie, »sage, daß du bei mir bleibst, sage, daß du mein Liebster bleibst, auch wenn ich nicht mitkomme! Sag': auch dann?«
Und seine stolzen Lippen, die sich so schwer daran gewöhnen konnten, Sklavenworte zu sprechen, sprachen tonlos: – – »auch dann!«
M.-M.

Crucifixa

Ich sah an einem hohen Marterpfahle,
an einem dunklen Kreuz dich festgebunden.
Es glänzten meiner Küsse Sündenmale
auf deinem weißen Leib wie Purpurwunden.

Wie hager deine jungen Glieder sind,
wie unentwickelt knospenhaft die Brüste! – –
In deinen Augen aber, blondes Kind,
da glüht der Fackelbrand der wilden Lüste.

Und warst du doch wie kühler, weißer Samt
und fleckenlos wie ein geschliff'nes Schwert,
als deine Kinderunschuld mich entflammt,
als ich so schrankenlos dich hab' begehrt.

Ich gab dir von dem Gift, das in mir ist;
ich gab dir meiner Leidenschaften Stärke,
und nun, da du so ganz entlodert bist,
graut meiner Seele vor dem eignen Werke.

Ich möchte knie'n vor einem der Altäre,
die ich zerschlug in frevelhaftem Wagen, – – –
Madonna mit den Augen der Hetäre,
ich selber habe dich ans Kreuz geschlagen!

Greisenworte

Ich kann nicht schlafen in der Nacht;
ich kann es nicht, und wenn ich kaum
die müden Augen zugemacht,
erscheint die Jugend mir im Traum.

Ein nacktes, hohes, blondes Weib,
in ihren Blicken wilde Lust,
so frühlingsblütenhaft ihr Leib,
so göttergleich die weiße Brust!

Sie schaut mich an und lacht so toll
mit übermütig hellem Schall,
so süß und so verachtungsvoll;
ich hör' das Lachen überall.

So frühlingsblütenhaft ihr Leib –
O, wie sie mich so wild verlacht!
Ein junges, junges, junges Weib – –
ich kann nicht schlafen in der Nacht.

Ich sah dein Bild die ganze Nacht,
und in mir stöhnte dumpf das Tier,
und meine Sehnsucht schrie nach dir
die ganze Nacht – die ganze Nacht.

Nach dir und deiner jungen Kraft,
die meiner Launen Trotz bezwungen,
O, wie du knieend mich umschlungen
in deiner tollen Leidenschaft.

Ich sehnte mich so sehr nach dir,
nach deiner Zimmer schwülen Düften,
nach deinen götterschlanken Hüften,
nach deiner Ringe goldner Zier.

Du lächelst stolz: »Ich hab's gewußt«,
und weißt doch nicht, wie ich mich sehne,
zu graben meine Raubtierzähne
in deine nackte Jünglingsbrust.

Marie Madeleine (= Marie Madeleine Freifrau von Puttkamer, geb. Günther)

geboren 1881 in Eydtkuhnen in Ostpreußen, seit 1900 mit dem Freiherrn verheiratet. Lebte in Berlin, Baden-Baden und Nizza. Veröffentlichte mehr als zwanzig Bücher, die oft mehrere Auflagen erlebten. Albert Soergel schreibt über sie und andere: ». . . die schamlose Lyrik der perversen Verse der Marie Madeleine, wie der Dolorosa und anderer Mädchen und Frauen in ihrem Gefolge . . . geile wüste überhitzte Pubertätserotik, erzählt von erträumten oder erlebten sadistischen oder masochistischen Gelüsten und Genüssen . . .«. Marie Madeleine stirbt 1944. (Erzählungen aus: Ausgewählte Werke, 2 Bände, Leipzig, Verlag der Literaturwerke »Minerva«, 1924, Gedichte: Auf Kypros, Berlin, Vita, Deutsches Verlagshaus, 14. Auflage ca. 1902; die erste erschien 1900. Teilweise sind die Gedichte auch abgedruckt in der schönen kleinen Sammlung der Texte von Marie Madeleine: Die rote Rose Leidenschaft, Verlag Matthes und Seitz, München 1977)

Edith Cadivec

Der Mann

Es war der erste Mai 1909. An diesem Tage spielte zum zweitenmal der Zufall eine Rolle in meinem Leben. Ein anziehendes Inserat in einer Tageszeitung erregte meine Aufmerksamkeit. Der Wortlaut war ungefähr folgender: »Junge Dame wird eingeladen, die Sommermonate in einem idyllisch mitten im Walde gelegenen Forsthause in Gesellschaft eines sich langweilenden jungen Herrn zu verbringen. Antwort erbittet Graf Kilsch, Schloß X. (Böhmen)«

Den Grund der Langeweile des Inserenten glaubte ich zu erraten, da ich mich ganz ebenso in derselben Weise langweilte. Ich entschloß mich gleich zu antworten und schrieb: ». . . nach zweijähriger Ehe kann ich mit meinem Mann nicht mehr zusammenleben und suche die Verbindung mit einem Menschen nach meinem Geschmack: modern, aber außergewöhnlich, mit tiefem Empfindungsleben und frei von beschränkenden Vorurteilen . . .« usw.

Zwei Tage später traf bereits die Antwort darauf ein, die lautete: »Über Ihren Brief habe ich mich gefreut, beiläufig aus denselben Gründen, die Sie selbst anführen. Übrigens erlaube ich mir, bei dieser Gelegenheit mich gleich etwas näher vorzustellen. Alter: Achtundzwanzig Jahre. Religion: ~ (meine guten Eltern haben mich taufen lassen, und ich schätze also, daß ich ein Christ bin). Höhe: 180 cm. Statur: Sehr schlank. Haare: Blond mit einem Stich ins Rötliche. Bart: Seit zwei Monaten gestatte ich meiner Oberlippe diesen Schmuck, früher immer glatt geschabt. Augen: Grün oder braun oder grau oder alles zusammen, weiß es wirklich nicht. Besondere Merkmale: Abstehende Ohren wie eine Fledermaus. Gesamteindruck: Jedenfalls berückend! Sprachen: Deutsch, Französisch, Englisch,

Spanisch – gut; Böhmisch, Holländisch, Zulu- und Indianersprache zum Dienstgebrauch. Reisen: Ganz Europa mehr oder weniger, Süd-Afrika, England, Süd-Amerika. Einkommen: Es langt, wird aber von Jahr zu Jahr besser, unberufen. Eltern: Leben noch beide. Geschwister: Eine verheiratete Schwester und ein lediger Bruder. – Das möchte ich gleich erwähnen, daß, falls Sie eine hübsche, junge, elegante Freundin haben, ein Vierzug sehr nett und ihm sehr willkommen wäre. Ja richtig! Ledig bin ich auch (unberufen!).
Und nun zum Hauptpunkte: Ich kann momentan unmöglich nach Wien kommen, habe aber hier alles vorbereitet, daß einem Herkommen von Ihnen nichts im Wege steht. Sie würden hier finden: Einige nette Zimmer in einem reizend gelegenen Försterhause mit recht guter Küche und Bedienung. Mitten im Tannenwalde gelegen. Einige Teiche in der Nähe. Vollständige Ruhe und Gemütlichkeit. Schloßbibliothek zur Verfügung.
Das Forsthaus liegt bei den Prachover Felsen, welche in ganz Böhmen wegen ihrer Reize (leider) bekannt sind – weil uns diese Touristen das ganze Wild beunruhigen. Selbstverständlich würde ich nicht gestatten, daß Sie die Reise hierher sich zu Lasten legen und wären Sie hier mein hochwillkommener Gast. Falls Sie an diesem Arrangement etwas auszusetzen haben, bitte schreiben Sie es mir ganz ungescheut. Wir könnten es jedenfalls auf mindestens einen Monat miteinander probieren, ca n'oblige à rien.
Wenn es Ihnen Ernst ist, mir ein Bild zu senden, so würden Sie mir eine große Freude damit machen. Auch bin ich gerne bereit, auf Wunsch Ihnen meine Photographie zukommen zu lassen.
Ihrer postwendenden Antwort freudig entgegensehend, bleibe ich inzwischen mit herzlichen Grüßen Ihr Franzl.«
Ich antwortete zusagend, schickte mein Lichtbild und schilderte im Brief ungefähr das, was ich bisher vom Leben erfahren

hatte und was ich von diesem künftighin erwartete. Franzl schickte postwendend seine Erwiderung, die folgenden Wortlaut hatte:
»Liebe Edith! – Herzlichsten Dank für Ihren so lieben Brief und das wunderschöne Bild! Beide erwecken in mir die Hoffnung, daß das Schicksal da wirklich einmal was Vernünftiges angestellt hat, indem es uns zwei bekannt werden ließ! Hoffentlich werden Sie nicht anderer Meinung, wenn Sie mein Bild sehen. Es ist vor vier Jahren aufgenommen, unmittelbar vor meiner Weltreise, von der ich voriges Jahr im Dezember zurückkam. Seither hatte ich so viel zu tun, daß ich nicht zum Photo-abknipsen-Lassen kam. Da ich aber inzwischen weder Pocken noch sonst eine entstellende Krankheit hatte, so dürfte sich nicht viel verändert haben, außer – wie schon erwähnt – der Bartkultus, den ich meinem guten Vater zuliebe betreibe. Er hat nämlich die englische Mode nicht gern, und in Kleinigkeiten gebe ich immer aus Prinzip nach. Ihr bisheriges Leben scheint nicht reich an Sonnenschein gewesen zu sein, und es ist höchste Zeit, daß Sie herkommen! Nein, im Ernst, wann gedenken Sie zu kommen? Die beste Verbindung ist folgende: ab Wien 9 Uhr 10 Minuten früh per Schnellzug nach Gitschin. Dort würde ich mir die Freiheit nehmen, Sie zu erwarten. Ist Ihnen das recht?
Ich freue mich schon riesig, Sie persönlich kennenzulernen! Also bitte, lassen Sie mich nicht allzu lange warten. Schade, daß Sie nicht eine Freundin haben, die mitfahren möchte; mein armer Bruder ist ein so lieber Kerl und hat hier so gar keine junge Aussprache.
Also bitte um baldige Nachricht, wann Sie eintreffen können, und um Angabe der Gepäckstücke, damit ich wegen der Wagen die nötigen Anordnungen treffen kann. Nehmen Sie warme Sachen mit, denn hier ist es manchmal recht frisch und windig. Wollen Sie Ihr Stubenmädchen mitbringen? Notwendig ist dies absolut nicht, aber wenn Sie es wünschen, natürlich. Die Frau des Försters kocht recht gut.

Also auf baldigste Nachricht und auf baldiges Sehen! Herzlichst Ihr Franzl.«
Nach diesem Brief telegraphierte ich meine Ankunft für einen der nächsten Tage, nahm Lina mit mir und reiste ohne alle Bedenken zu Franz Graf Kilsch junior nach Böhmen. Dieser stand bei meiner Ankunft am Bahnhof, der nur von Landvolk frequentiert war, und erwartete mich. Ungezwungen und vertraut traten wir auf einander zu, reichten uns die Hände und blickten uns offen in die Augen. Der Kontakt unserer Seelen war hergestellt, die gegenseitige Sympathie vorhanden, ohne daß ein Wort gesprochen wurde. Der Kutscher besorgte das Gepäck, und nach einstündiger Wagenfahrt durch die sommerliche Natur langten wir in dem mitten im Walde wirklich idyllisch gelegenen Forsthause an.
Wir gefielen uns auf den ersten Blick. Beide gleichaltrig, groß, schlank, offenherzig und ohne Mißtrauen, hatten wir ganz gefühlsmäßig Geschmack aneinander gefunden, ohne Zweck- und Hintergedanken, ohne irgendein anderes Motiv als die Lust am Leben selbst. Kein Phrasen, keine Umschweife, kein banales Wort von Liebe, kein Wunsch und keine Absichten störten oder beeinflußten im voraus die Ereignisse, die sich ganz von selbst entwickeln sollten. Wir verlangten nichts und alles vom Leben. Wir sprachen uns gleich mit »Du« an und nannten uns bei den Vornamen. Ich wohnte von der ersten Stunde an mit Franz Kilsch unter dem gleichen Dache. Jeder von uns hatte ein eigenes Schlafzimmer, getrennt durch einen dazwischenliegenden kleinen Salon, der als gemeinsames Wohnzimmer diente.
Am Morgen: Frühstück im Garten. Ein zahmes Reh, das frei herumlief, schnupperte nach Brot, eine kleine Katze kletterte auf meinen Schoß, und eine schöne Jagdhündin, von vier drolligen Jungen umspielt, lag blinzelnd an der blendenden Frühlingssonne. Lina besorgte den Haushalt, der gut eingerichtet war, und verstand es ausgezeichnet, den Tisch zu bestellen.

Das freundliche Förster-Ehepaar besorgte die grobe Arbeit und alle Einkäufe in der Stadt. Der Komfort im Forsthause war vor meiner Ankunft von Franzl eingeführt worden, und das Fehlende sollte ich als Hausfrau nachschaffen.
Franz Kilsch junior erhielt von seinem Vater eine monatliche Apanage, die er mir für den Haushalt zur Verfügung stellte. Er behielt keinen Sou für sich zurück, sondern war von diesem Augenblick an materiell von mir abhängig. Falls ich mit dem Gelde das Auslangen finden könnte, wollten wir nicht mehr an Trennung denken; wenn aber nicht, würde das Idyll nur diesen Sommer lang dauern. Denn der alte Graf wollte sich durchaus nicht dazu verstehen, die Apanage seines Sohnes zu erhöhen.
Ich hatte keine Ahnung von wirtschaftlicher Berechnung und war nicht geneigt, mein Leben durch so kleinliche Dinge zu beschränken. Ich machte mir nichts aus Geld, war durchaus nicht sparsam und gab so lange aus, bis ich nichts mehr hatte. Dann hielt ich Franzl die Weisheit entgegen, daß es unpraktisch sei, Passionen zu haben, wenn man nicht auch die Mittel hat, sie zu verwirklichen.
Mein herrschender Wille hatte Macht über diesen Mann. Ich nahm seinen Körper und seine Seele wie einen mir gehörigen Gegenstand und machte sie mir erotisch dienstbar und unterworfen. Franzl wurde ganz Objekt meiner sexuellen Wünsche, er war aus Naturveranlagung der masochische Partner, der zu mir gehörte, der nur darauf wartete, genommen zu werden von der selbstherrlichen Frau, der er sich willenlos unterwarf ... Er wurde ein Bestandteil meines Selbst und gehorchte blind.
Er kniete als Kind vor der angebetenen Mutter, die durch körperliche Züchtigung alles »Männliche« in ihm vernichtete. Er küßte die Hände seiner strengen Gebieterin, deren Willen er mit hündischer Ergebenheit erfüllte. Er war dazu da, mir die geschlechtlichen Genüsse zu verschaffen, die ich verlangte. Ich zwang ihn zu wochenlanger Ohnmacht, hatte Mittel und beobachtete Vorrichtungen, um ihm selbst jedes körperliche Genie-

ßen gegen meinen Willen unmöglich zu machen. Warum sollte er denn genießen, wo er nur dazu da war, meine erotischen Wünsche und Launen zu erfüllen? Es bestand die Gefahr, daß durch wiederholten geschlechtlichen Genuß *das* in ihm erweckt würde, was ich bisher unterdrückte, das »Männliche«, das ihn verführen könnte, mich auch als begehrenswerte Frau zu betrachten. Dann wäre ich ja nicht die *Herrscherin*, sondern seine Geliebte gewesen!!! Und das lag nicht in meiner Natur. Mein Liebesgeschöpf *durfte* ganz einfach bei dem Gedanken an mich keine wollüstigen Vorstellungen haben, die mehr seine eigenen Triebe als meine Wonnen zum Ziele hatte und die nichts von jenem ganz und gar unpersönlichen, geschlechtslosen »Zurverfügungstehen« an sich hatten, das ihm allein zukam . . .
Und ich erzog ihn so, wie ich ihn haben wollte. Und wenn er »schwach« wurde, dann nahm ich die Peitsche. Er lebte in meiner engsten Umgebung, und ich ließ ihm eine strenge weiblich-kindische Erziehung angedeihen. Bewußt und planmäßig erzog ich ihn zu einem solchen Wesen, das als mein Liebesgeschöpf nur durch mich existierte. Ich legte ihm eine Bandage an, wodurch sein Körper auch äußerlich dem weiblichen ähnlich wurde. Seine männlichen Attribute waren ganz verborgen. Die Anlage der Bandage war sehr schwierig, es dauerte jedesmal fast zwei Stunden, bis sie festsaß. Ich fesselte sein Glied so, daß er nicht eigenmächtig daran hantieren konnte. Er durfte die Binde auch in der Nacht nicht ablegen – nur zum Baden, sonst mußte er sie immer tragen. Und er tat dies in dem beseligenden Gefühl, mir dadurch nähergekommen zu sein.
So nahm ich ihn in meine Hände, in meinen Schoß, und formte ihn nach meinem Wohlgefallen zum Kind-Weib in strenger, zielbewußter Zucht. Er war ganz mit mir verwachsen, nur mehr ein Teil von mir, nur mehr eine Funktion meines Willens. In meinem Dienste trug er weibliche Kleidung. In solcher Kleidung fühlte er sich bei mir am wohlsten. Ich fuhr in die Stadt und kaufte für ihn offene Mädchenflügelhosen. Die trug er mit

mädchenhafter Scham und versetzte mich in sinnliche Erregung. Ich beschäftigte ihn mit weiblichen Handarbeiten. Seine Arbeiten wurden von mir streng kontrolliert, alle Fehler mit planmäßiger Grausamkeit bestraft. Er mußte sich auf die Strafbank bequemen, ich schlug ihm sein Mädchenkleid auf den Rücken zurück, zog den Spalt der offenen Flügelhosen weit auseinander und züchtigte ihn mit der Rute. Meine geschlechtliche Erregung versetzte mich in einen Rausch. Meine strenge Zucht hatte es bei ihm so weit gebracht, daß alle äußeren Anzeichen seiner Erregung nur sichtbar wurden, wenn ich es wünschte, sonst aber war das weib-kindliche Wesen, das mir zu Füßen saß, ein Bild gebändigter, von meinem Willen bezwungener Ruhe. Die Nacht verbrachte er, wenn ich es nicht anders anordnete, auf dem Teppich zu den Füßen meines Bettes – stets zu meinem Dienst bereit ...

Eines Nachts erfaßte mich eine wahnsinnige Leidenschaft von so furchtbarer Dämonie, welche die letzten Fasern meines Körpers und meiner Seele erfüllte. Ich zitterte in wahnwitziger Aufregung den ganzen folgenden Tag dem Augenblick entgegen ... Welchem Augenblick? Ich wußte es nicht!

Vor dem Schlafengehen bin ich in fieberhaft nervöser sinnlicher Erregung. Ich befehle Franzl, sich nackt auszukleiden und die Strafbank zurechtzustellen. Ich will es, und er gehorcht in wollüstiger Erniedrigung. Heute muß er mir opfern! Seitdem er meine Macht über sich fühlt, ist er rasend vor Gier, es vor mir auf meinen Befehl zu tun. Er vergeht vor Scham, aber seine hündische Brunst in ihm ist stärker ... Ich peitsche ihn, damit er vor mir jede Scham vergesse, bis er geil und schamlos alles tut, was ich von ihm verlange ...

Er liegt vor mir, nackt, mit hart erigiertem Gliede, lang ausgestreckt, die Hände mit einer dünnen Kette auf dem Rücken zusammengefesselt, und ich liege bequem auf meinem Lager ... Seine Zunge spielt leise und zart um die Zehen meiner herabhängenden nackten Füße, die Zungenspitze liebkost die Sohlen

mit sanftem, wollüstigem Kitzeln ... Lange, lange liege ich so da, dann erwacht mein Machtrausch, und ich will stärkere Reizung ... Es bedarf keines Wortes, eine ganz kleine Drehung meines Körpers sagt ihm, was er zu tun hat ... Blitzschnell richtet er sich auf, zart und geschmeidig findet sein Kopf den Weg entlang meiner Schenkel ... Und sein Körper bebt im Rausch der Erniedrigung und Scham ...
Der Duft meines Leibes umfängt ihn und nimmt ihm alle Besinnung ... Dann beginnt seine Zunge flink, gelenkig, zärtlich und behutsam ihren Liebesdienst, zu dem sie von mir erzogen worden ist ... Sein Gesicht preßt sich gegen meinen Schoß, Mund und Nase verschwinden in den Geheimnissen meines Körpers, seine Zunge aber spielt leise und zärtlich an dem Zentrum der Wollust ... Stundenlang! ... Ich wünsche *allmähliche* Steigerung bis zur höchsten Ekstase, und seine kundige Zunge irrt in den dunklen, geheimnisvollen Falten und Schlupfwinkeln meiner Weiblichkeit, geschickt und hingebend liebkost sie die in der Furche der Hinterbacken tief eingebettete, weiche Öffnung, die unter seinen Küssen wollüstig zuckt ...
Allmählich bewegt sich mein Körper stärker, die wollüstige Erregung wächst, der berauschende Duft entflammt auch das keusche Liebesgeschöpf und versetzt es in Raserei ... Seine gelehrige, flinke Zunge kennt meine Wünsche und geht, ohne einen Wink abzuwarten, dahin, wo mir der stärkste Genuß erblüht ... Durch das feuchte Tal zwischen meinen behaarten Lippen zu jenem Brennpunkt der Geschlechtlichkeit ... Sie arbeitet schnell und gewandt und in wollüstigem Triumphe, in rasendem Machtrausch löst sich meine erotische Spannung auf, über dem Gesicht meines Geschöpfes, das vor mir kniet, hilflos, wehrlos, unfähig, sich selbst zu helfen, in wollüstiger Ekstase, mit inbrünstiger Erniedrigung den *heißen Tau meiner Wollust schlürfend ...*
Selige Ruhepause. Erwachen aus Ewigkeitsträumen. Ermattet

lehne ich mich zurück, aber Franzl bleibt unbeweglich vor mir knien, die äußeren Anzeichen seiner geschlechtlichen Erregung vergeblich zu verbergen suchend ... Plötzlich richte ich mich auf und trete vor ihn hin. Er weiß, was nun kommen wird: Es ist das, wovor er am Anfang erschreckte, und es hat manche Züchtigung gekostet, bis er auch hierzu abgerichtet war!!!
Ich löse ihm jetzt die auf dem Rücken gefesselten Hände und deute mit einer leisen Handbewegung auf die bereitgestellte Strafbank. – Er gehorcht in unendlich demütiger Hingebung und legt sich darauf ... Auf dem Rücken liegend, fessle ich seinen ganzen Körper mit starken Lederriemen an die Bank fest ... Ich schnalle auch seine Arme und Beine mit Lederfesseln an die Längsseiten der Bank ... Nun ist er wehrlos meiner Gewalt ausgeliefert ...
Sein hochaufgerichtetes, steifes Glied ragt schamlos aus dem gefesselten Körper empor ... Mit vibrierenden Nerven rauche ich eine Zigarette und ergötze mich an der Ohnmacht meines männlichen Kind-Weibes ... Bis ich vor ihm stehend, meine duftige Hülle teile und mich mit gespreizten Beinen langsam auf sein Gesicht niederlasse ... Nur einen Augenblick sieht Franzl meine weißen Schenkel, bei deren Anblick er zittert vor Erregung ... Dann wird es dunkel vor seinen Augen ... Mein glühender Schoß bedeckt sein Gesicht – sein Mund ist weit, ganz weit geöffnet – er atmet schwer, denn meine Schamlippen sind fest auf ihn gepreßt ... Sein ganzer Körper ist gespannt, seine Muskeln drohen zu zerreißen in der ungeheuren Erregung, in der Wollust der Erniedrigung, in der seine durstige Zunge ihren Dienst verrichtet ... Stundenlang ...
Ich aber sitze rittlings schwer auf seinem Gesicht und blicke auf ihn herab, – ich lächle nicht einmal zu ihm nieder, – ich bin ganz die Göttin, die das sich in ihrem Dienste krümmende und mühende Geschöpf kaum noch sieht, dessen Anbetung ihr gleichgültig ist, das sie höchstens noch als ihren nützlichen Gebrauchsgegenstand, als *Mittel für ihre Zwecke* verwendet ...

Alle glühenden Teile meines Geschlechts, die vor Erregung feucht geworden sind, reizt und leckt seine liebkosende Zunge in langer und sorgfältiger Arbeit, jedes Härchen küßt und streichelt sie, noch einmal durchwandert sie alle Gefilde der Lust in scheuer, inbrünstiger Hingebung ... Aber diesmal lasse ich mich von seiner wollüstigen Zunge nicht ganz zufriedenstellen ... Ich will noch mehr Demütigung von ihm und – das Opfer! ... Ich sehe die Aufgeregtheit seines nackten Gliedes, seine wilde Schamlosigkeit, brünstig aufragend an dem gefesselten Körper ...

Spontan erhebe ich mich von seinem Gesicht, trete etwas tiefer vor die Bank und stelle mich mit geöffnetem Schoß rittlings über sein hoch emporragendes, steinhartes Glied ... Ich fasse es mit meiner Hand, lasse mich langsam darauf nieder, stoße es zwischen meine liebesdurstigen Schamlippen, und senke es tief – ganz tief durch mein Niedergleiten in meinen Leib ... Ich habe es mir einverleibt bis an die Wurzel ... Es füllt mein Inneres ganz aus ... Es ist das Verbindungsglied zwischen dem wehrlos gemachten und dem selbstherrlichen Körper ... Einige Sekunden halte ich es in meiner engen Vagina fest ... Dann reibe ich es zitternd durch sanfte Körperbewegung ... Mein Kind-Weib stöhnt vor Wollust und vergeht vor Scham und Geilheit ... Immer rasender reibe ich sein großes Glied an den feuchten Wänden meiner Vagina ... Mein brünstiges Geschöpf stammelt das Bekenntnis seiner Erniedrigung, seiner hündischen Geilheit ... Und kann sich nicht bewegen, nicht helfen in seiner Not ... Ich halte sein schamloses Glied in meinem Schoß gefangen und verbiete im grausamen Ton, seinen Samen zu verspritzen, ehe ich es will ... Es muß mir dienstbar sein, wie ich es wünsche ...

Mein ganzer Körper über seinem Gliede rast auf und nieder, und in wollüstiger Ekstase reibt sich Klitoris an Penis ... Und mein Wille entreißt ihm das Opfer!

Sein wehrlos gefesselter Leib unter mir windet sich in Verzükkungen ... Wonnehymnen entringen sich seiner Brust ... Da endlich lodern helle Flammen aus mir, und ich schreie ... Jetzt ... und in einem rasenden, wahnsinnigen Aufschrei der Wollust bricht er unter mir zusammen, – sein heißes, weißes Herzblut in meinen Körper vergießend ... Wie im Krampf hält meine Vagina das zuckende Glied umspannt und saugt es leer ...

Welche Erlösung für uns beide, nach wochenlanger, entsetzlicher Spannung! Diese Auslösung kam, ungeheuer, wahnsinnig, keine Wollust mehr, nein, – ein unerhörter physischer Schmerz, eine todbringende Notwendigkeit, wogegen aller Widerstand, alles Wehren sinnlos gewesen wäre! ... Dann erwachte ich aus dem Rausch, löste die Riemen von Franzls Körper und schickte den Taumelnden schlafen ... Ich selbst saß zwei Stunden lang in meinem Zimmer, allein in stummer Nacht, blickte zu den Sternen empor, unfähig zu denken ... *Meine Sehnsucht hatte sich in dieser Nacht erfüllt ...*

Dionysia

In der Handarbeitsstunde mußte Dionysia zur Verschärfung der Strafe vor der ganzen Klasse mit entblößtem, rotgepeitschten Gesäß, das Gesicht zur Wand gekehrt, in einer Ecke knien. Das Kleid wurde ihr hochgehoben und an den Schultern mit Stecknadeln befestigt; die beiden offenen Hosenflüsel wurden ihr wie ein Vorhang auseinandergezogen, und damit sich diese nicht wieder über dem Gesäß schließen konnten, mußte das Mädchen beiderseits die Ränder der Hosenflügel weit geöffnet auseinander halten. Schluchzend und mit zitternden Händen erfüllte Dionysia dieses Gebot. Darauf wurde das kurze Hemdchen im Hosenschlitz nach oben gezogen und ebenfalls am Rücken der Trägerin festgenadelt. Die geistliche Handar-

beitslehrerin bereitete mit sichtbarem Wohlgefallen der unverbesserlichen Schülerin diese beschämende Lage und trat dann mit zufriedener Miene beiseite.
Oh – welch unvergeßlicher, wahnsinnig erregender Anblick! Die ganze Klasse starrte fasziniert auf den aus der blendendweißen Umrahmung des weit geöffneten, klaffenden Hosenschlitzes glühendrot wie eine vollerblühte Pfingstrose leuchtenden Mädchenpopo, dessen wohlgerundete Backen, durch eine tiefe, geheimnisvolle Furche geteilt, vor Scham leise erbebten. Die süße Dionysia weinte und schluchzte herzzerbrechend in sich hinein, hielt das Köpfchen tief gesenkt, das Gesicht im gefalteten Arm vergraben, und durch ihren ganzen jungen Körper ging eine Erschütterung ...
Eine wilde geschlechtliche Erregung spannte meine Nerven zum Zerreißen. Ich fühlte meine Schamlippen anschwellen, und die Klitoris dazwischen wurde hart wie ein Knopf von Stahl. Meine trunkenen Augen hafteten an dem faszinierenden Mädchengesäß vor mir und konnten das Strickmuster in meinen Händen nicht mehr sehen. Ich ließ die Handarbeit sinken und lauschte auf die Melodie in meinem Innern.
Wie geistesabwesend durchstach ich mit der Stricknadel mein Kleid im Schoß, führte sie behutsam zum Brennpunkt meiner Wollust und bewegte sie dort immer rasender hin und her, – auf und nieder, – und mein Körper bewegte sich wollüstig tanzend mit ihr – auf und nieder, – ich konnte ein Stöhnen kaum unterdrücken, bis zuletzt ein krampfartiges Zucken durch meine Glieder ging und der Orgasmus mir das Bewußtsein raubte ...
Die Handarbeitslehrerin bemerkte meine verdrehten Augen und meinen sonderbaren, ekstatischen Gesichtsausdruck. Sie tadelte mich in strengem Ton und stellte mir nach der Stunde eine Rutenstrafe in Aussicht. Allmählich erwachte ich aus dem Sinnentaumel und fand in die Wirklichkeit zurück. Dionysia wurde in die Bank geschickt und saß nun, mit trotzigem

Mündchen über das Strickmuster gebeugt, wie eine beleidigte Schönheit da. Oh, nach solchen Züchtigungen empfand sie ein besonders inniges Bedürfnis, von mir »getröstet« zu werden. Und wie gerne hätte ich dies getan in überschwenglicher Zärtlichkeit! Die strenge Überwachung der Zöglinge tagsüber verhinderte jede Möglichkeit hiezu. Abends jedoch, im Schlafsaal, wenn das Licht verlöscht war und alles schon schlief, schlich ich lautlos an das Bett der geliebten Freundin und legte mich an ihre Seite ...

Ich fühlte mit Wonne, wie Dionysias Körper bei der leisesten Berührung meiner Hände zitterte, wie ihr Herz pochte und ihr Blut raste, und wie ich selbst von einer wilden Erregung befallen wurde, in Gedanken an ihren gepeitschten, nackten Hinterteil, der noch immer die schmerzenden Spuren der schamvollen Züchtigung sichtbar und fühlbar an sich trug. Mit tastendem Zugriff faßte ich die festen, runden Hügel, liebkoste und streichelte sie, spielte »Popo-Wackeln«, was Dionysia so sehr liebte, und küßte sie dabei leidenschaftlich auf den wollüstigen Mund ... Und heimlich wie ich gekommen, verließ ich das Bett meiner Geliebten.

Edith Cadivec

geboren 1879 in San Martino di Pinquente in Italien, seit 1911 verwitwet. Wurde ab dem elften Lebensjahr in einem Grazer Kloster erzogen. Biografisches über sie ist der Berichterstattung über ihren Prozeß 1924 und den wahrscheinlich auch von ihr geschriebenen Memoiren entnommen. Edith Cadivec, auch Edith Kadinetz, oder Cadé, wurde der Schändung, Unzucht, Verbrechen wider die Natur (= Homosexualität) angeklagt, die gesamte Wiener Presse berichtete unter Schlagzeilen wie »Die Kinderpeitscher«, »Die Sprachlehrerin und ihre Ziehkinder«, »Die Lektionen der Baronin von Cadwe: Die Sprachlehrerin als Sadistin« etc. Mitangeklagt waren viele bekannte Persönlichkeiten aus der Wiener Gesellschaft – ein Universitätsdozent, ein Industrieller, ein Burgschauspieler, eine andere Sprachlehrerin –, wobei bei den meisten Angeklagten das Gericht mildernd urteilte, daß sie der Cadivec als Masochisten untertan waren. »Die Klienten der Sadistin waren sehr zahlreich ... ist aus dem Tagebuch ihres Hauses zu ersehen ... Eintrittsgelder zwischen 300 000 und 400 000 Kronen«. Die Zeitungen berichteten über diesen Prozeß weitaus ausführlicher als über den Hitler-Ludendorf-Prozeß, der zur gleichen Zeit stattfand. Edith Cadivec wurde zunächst zu sechs Jahren, in der Berufung zu fünf Jahren Gefängnis verurteilt. 1927, wie aus den Meldekarteien hervorgeht, ändert sie anläßlich ihrer Entlassung ihren Namen in Ida Edith Christally und behält ihren ursprünglichen Namen als Schriftstellernamen. 1935 gibt es noch einen Meldezettel: Ida Edith Christally, Schriftstellerin, wohnhaft in Wien 20, Dresdnerstr. 46, 3. Stock, Tür 26. Ihre Bücher erschienen unter den Titeln »Bekenntnisse und Erlebnisse« und »Eros, der Sinn meines Lebens« als sogenannte Privatdrucke »nur für Wissenschaftler« in Wien, wurden vom Hamburger Gala-Verlag nachgedruckt und erschienen redigiert auch als Taschenbuch bei Heyne, München. Die Textausschnitte sind dem Original »Privatdruck« entnommen.

Laure

Erotischer Text (Fragment)

Sie trafen sich eines Abends zufällig an einer Straßenecke, alle beide drehten sich um, um den anderen »wenigstens von hinten« zu sehen und fanden sich Auge in Auge wieder.
Ein kurzer ausgetauschter Blick: der Mann befahl, daß sie zu ihm kommen möge, sie flehte, herbeizueilen.
Als sie da war, sagte er, ohne daß er sich bewegt hätte, zu ihr: »Ich erkenne dich wieder, Mädchen, Schwester, Mutter und wollüstige Hündin; mach diese Geste, die du kennst, bevor ich auf sie warte.« Doch sie ohrfeigte ihn und entfloh.
Dann verfolgte sie ein Gelächter, das sich wie eine Schelle an ihren Hals klammerte und sie . . . an der Leine zurückführte.
Er hatte sich nicht bewegt, doch sein Geschlecht glänzte jetzt in der Nacht und er erhielt es aufrecht und bewegte es von rechts nach links, von links nach rechts, anfangs lässig. Sie näherte sich: dann ohrfeigte er sie mit seiner freien Hand, indem er sie auf das Pflaster der Chaussee rollen ließ. Als sie sich hochrappelte, spuckte er ihr ins Gesicht, indem er ihr befahl, zu bleiben, wo sie war. »Das steht dir so gut, diese Einfassung aus Schlamm und Pferdemist, mach weiter, wälz dich schön.« Er war über ihr, ganz gerade, sehr groß, sein Geschlecht glänzte in einem Lichtstrahl, jetzt begehrte sie ihn, sie wollte es und er sagte zu ihr, mit einer tiefen und tobsüchtigen Stimme: »Hündin, dreimal Hündin, du wagst es zu wollen«; er schritt über sie hinweg und schrieb ihr vor, sich auch noch zwischen seinen gespreizten Beinen herumzuwälzen, die wohlweislich dieses Zusammenrollen auf ein Gullyloch hinlenkten, das ganz mit Unrat überfüllt war. Sie, die Arme längs des Körpers, wälzte sich auf sich selbst herum: Bauch, Seite und Rücken und dann in der anderen Richtung, dem Delirium und der Vision dieses be-

wegten und triumphierenden Geschlechtes ausgesetzt, das den Rhythmus befahl. Schließlich stützte sie sich mit einem Glukkern von Rinnsteinwasser auf das Trottoir. Die Haare voller Exkremente, die Augen toll, der Mund besudelt, der Mund an den Mundwinkeln ganz gelb, aber noch immer begierig und zwei Hände, die sich erhoben, weiß, durchscheinend auf das Geschlecht hinsteuerten. Sie war ganz Bitte, ganz Opfer. Er spuckte in diesen halbgeöffneten Mund und biß in die Finger, die so zart waren, daß er aus ihnen nichts als einen Mundvoll weicher Knorpel machte. Und als er sich rückwärts entfernte, damit sie das ungeheuer große Geschlecht nicht aus den Augen verlieren möge, kroch sie vor ihm auf ihren Strümpfen und Knien. Er stieg einige Stufen hinauf und überwand – stets rückwärts – eine ungeheure romanische Tür, worauf sie sich ihrerseits wie eine lahmende Hündin einließ. Er drang in ein finsteres, gangförmiges Gebäude vor, sie schleppte ihren von blutigen Wunden und Unrat klaffenden Körper auf einen purpurfarbenen Teppich. Noch einige Stufen in die tiefste Dunkelheit hinaufsteigend, befahl er ihr, vor einem niedrigen Gitter niederzuknien, das sie trennte. Auf den Handgelenken ein weißes Stück Stoff anordnend, legte er seinen Schwanz darauf.
Als sie kommuniziert und den Samen hinuntergeschluckt hatte, schreckten die Finger (mit »Angelus« lackierten Fingernägeln) zurück und der verwundete Körper kam wieder zu voller Gesundheit.
Die große Orgel pries aus sich heraus dieses Wunder und der Mann und die Frau, und Verax und Laure begannen sehr unbekümmert in die Weihwasserkessel zu scheißen und in das Ziborium zu pissen, dann wuschen sie sich den Hintern mit dem Abendmahlstuch, das mit Weihwasser angefeuchtet war, bevor sie zu ihren Angelegenheiten zurückkehrten, zu ihrem Leben, von dem jede Stunde eine Freude und ein Widerwillen war.
Sie stieg am folgenden Tag auf den Altar, um allen Gläubigen ihren Arsch zu zeigen und der Priester spreizte bei der Wand-

lung die Schenkel, zwischen welchen die Hostie eindrang, dann leckte er diesen göttlichen Arsch, bis der Chorknabe, der vor ihm niederkniete, unter starkem Schwenken des Weihrauchfasses dazu gelangte, den Schwanz aus den Spitzen und Goldsachen zu befreien und den Heiligen Samen hinunterzuschlucken, der ihm ins Gesicht spritzte. Unterdessen machte Laure, den Arsch mit einem heiligen Zäpfchen versorgt, mit wilden Schreien und Krämpfen ihren Bauch und ihre Lebensgeister frei, daß der Hochaltar bis in seine Grundfesten erschüttert wurde und unter ihr zusammenbrach.
Und man sieht schließlich, wie der Christus aus Silber in der Scheiße wankt.

Laure (= Colette Peignot)

geboren 1903 in Paris, in großbürgerlichem streng katholischem Elternhaus. Der Vater fällt 1914, der Bruder meldet sich 1917 freiwillig, sie lebt mit der Mutter und zwei Schwestern. 1914 hat sie einen ersten Tuberkuloseanfall. 1925 lernt sie bei ihrem Bruder Schriftsteller wie Aragon und Filmer wie Luis Buñuel kennen. Sie verliebt sich in Jean Bernier, 1927 macht sie einen Selbstmordversuch. 1928 lebt sie ein Jahr bei einem Arzt und Schriftsteller in Berlin und geht 1930 für ein Jahr nach Rußland, Moskau und Leningrad, ist dort Geliebte des Dichters Boris Pilnjak. 1931 geht sie nach Paris zurück. 1934 beginnt ihre Liebesgeschichte mit Georges Bataille. Sie veröffentlicht unter dem Pseudonym C. Araxe in Zeitschriften, beteiligt sich am »circle communiste democratique« und 1936 dann an der »Geheimgesellschaft«, zusammen mit Bataille, Klossowski, Leiris und anderen berühmten Schriftstellern. Sie reist nach Spanien und Italien und 1937 zusammen mit Bataille nach Sizilien, besteigt den Ätna. 1938 stirbt sie an Tuberkulose. Bataille und Leiris geben 1939 und 1943 jeweils einen Teil ihrer Texte als Privatdrucke heraus. 1971 erscheint in Paris die erste Gesamtausgabe ihrer Werke. 1980 erscheint unter dem Titel »Laure, Schriften« eine erweiterte Gesamtausgabe auf deutsch bei Matthes und Seitz, München, der dieser Text entnommen ist.

Catherine Godwin

Am Tisch

Der Forelle war ein Auge herausgequollen. Sachte glitt es in zerrinnender Butter auf dem warmen Teller dahin.
Die dekolletierte Dame sah auf den weitgeöffneten Mund des Fisches. Ihr schien, als schrie er ohne Unterlaß – schrie tonlos – schmerzerstarrt in die eleganten Säle des Restaurants hinein.
Der bleiche Kellner servierte Salzkartoffeln. Sie nahm keine. Ihr Partner aber nahm drei. Er tunkte die Kartoffeln in Butter, stieß mit der Gabel ein Stück aus der Forelle, trank einige Schluck Sekt, und seine Lippen gaben ein befriedigtes Geräusch von sich.
Es war kein Schmatzen, nur ein diskreter Klang des Behagens.
Die junge Dame dachte: Ob er wohl die Augen der Forelle auch mitessen wird? Sie dachte immerfort daran, während er kauend von seiner Liebe sprach.
Im Spiegel betrachtete sie seinen breiten Rücken: eine Falte des geröteten Halses fiel auf den Kragen.
Dieser Mann ist also meine Zukunft – sagte sie sich gleichsam erklärend. Sie hatte bereits die Entwürfe des Architekten für das Speisezimmer geprüft, das Herren- und Rauchzimmer übernahm er aus seinem Junggesellenheim, und ob ihr Boudoir in Ebenholz mit grün oder in Mahagoni mit lila gehalten werden sollte, war noch unentschieden.
Das Fischauge ruhte jetzt still in geronnener Butter und schaute traurig auf. Sie fühlte Kontakt mit dieser Misère.
Ich bin nervös – dachte die Braut und nickte zu den Worten ihres Verlobten. Der bleiche Kellner trug die Teller fort. Sonderbar – grübelte sie –, diese Forelle war mir nahe, und dieser Mann ist mir ganz fern.
Sie spielte mit ihrem goldenen Lorgnon und schaute flüchtig

nach den Leuten. Die Leute saßen an den Tischen genau so wie sie. Teils waren sie verheiratet, teils nicht. Teils sprachen sie vom Lieben, teils war es schon gewesen.
Später würde sie auch so sitzen, er etwas korpulenter, sie etwas stärker gepudert – dann war es schon gewesen.
Viele Jahre saß man so am Tische – gemeinsam – ein ganzes Leben – sie erschrak. Wo waren ihre Tage geblieben seit damals, als friedlich die Hängelampe über dem Familientisch ihrer Kindheit strahlte? Was hatte sie erlebt? Sie grübelte angestrengt und gequält.
Sie hatte irgendwo am Tische gesessen – hier und da und dort – mit Fremden – die ihr manchmal näherrückten und wieder Fremde wurden – dazwischen die ziellose, heimatlose Irrfahrt an Wünschen, Ehrgeizen, Trieben und Träumen, bis man sich wieder sterbensmüde an einem Tische verankerte.
Und dann wurde man ganz still. Die Wirklichkeit schob sich vor den Traum wie eine Wand. Man war müde von der Irrfahrt, fühlte Heimat, fühlte Ziel – lehnte sich ermattet an eine repräsentable Brust, und die andern sagten: Welch ein Glück!
Nun wurde ihr Tisch legal – es war ein eichener, geschnitzter Auszugtisch und bekam verschlungene Monogramme in Servietten und Porzellan. Sie zerbröckelte den Rest ihres Brötchens, hörte ihr Gegenüber eindringlich flüstern: »Mein Gott, Mathilda, wenn es nur schon soweit wäre!«
Kleine Schweißperlen standen auf seiner Stirn. Still verharrten sie dort, ohne herabzurollen, zeugten von der Haltung eines Mannes, der sich zu beherrschen weiß. Sie lächelte und aß Filet. Er sagte, er möge es lieber nach englischer Art, und für eine gute Köchin zahle er jeden Preis. Dann sprach er von der seligen Wilhelmine, die zwanzig Jahre in seinem Elternhause wirtschaftete – die verstand so ein Filetchen aus dem Effeff! – Nicht in Neuyork – nicht in Paris – nicht in Pest hatte er je wieder so ein Filetchen gegessen!
Da standen französischer und englischer Senf, Salz und Pfef-

fer, Zahnstocher, Gläser, eine Blumenvase mit gelben Chrysanthemen, und dahinter saß ihre Heimat. Ihre Heimat kaute, hatte Glanz im Blick und Perlen im gestärkten Vorhemd.
Ihre Heimat hob zwei Finger und winkte lässig dem Kellner.
Da sah sie den bleichen Kellner mit Bewußtsein. Er lehnte schmal und überfein gegen eine Anrichte und schaute teilnahmslos wie in eine Leere.
Nun kam er näher – ein Prinz – müde – entthront – nahm selbstverständlich die Teller, ohne Hast, als sei es seine Bestimmung.
Sie sah seine schmalen Finger die Krümel ihres Brötchens mit der Serviette zusammenkehren.
Er schritt davon – ohne Sonderlichkeit, ein Tablett tragend.
Ihre Heimat trank ihr vertraulich zu. Sie nickte erfroren.
Entsetzen! Wie er leiden mußte – dienen! – In diese Hand glitt ein Trinkgeld, der Nacken des verarmten Fürsten beugte sich sklavisch dem reichen Emporkömmling. Ihr eigener Schmerz versank, da sie den Aristokraten also entwürdigt, heimatlos mit der Serviette hantieren sah.
Da kam er wieder, trug Hamburger Küken, präsentierte sie stumm, gleichsam erläuternd, und der Emporkömmling nickte gönnerhaft wie ein Feldherr, der die Parade abnimmt.
Sie sah in das starre Gesicht, aber er sah nicht auf sie. Er sah aufmerksam auf die Küken. Er beobachtete nur sein Service. Er war ein guter Kellner.
Das kleine Hühnchen lag auf dem Teller, reckte hilflos die Beine in gebräunter Sauce, hatte keinen Kopf und keine Füße. Es roch fein.
Sollte sie nicht aufstehen, zu dem toten Königssohn gehen, ihn auf die Stirn küssen, ihm sagen: Bruder, auch ich! – und du und das kleine Hühnchen – wir, die Entwurzelten, die Deplacierten, die ewig Heimatlosen – verzeiht mir mein seidenes Kleid – verzeiht mir die flimmernden Ringe – verzeiht mir, daß ich euch verriet – verzeiht! –

Der bleiche Kellner beugte sich, legte Salat auf den Teller dicht neben ihr.
Und da geschah es: sie griff nach der Hand, die das Salatbesteck hielt, griff zitternd danach, als wäre hier ein Halt und könne sie sich durch diese Hand an ihre verirrte, heimatlose, zerstörte Vergangenheit rückerinnernd klammern und vor ihrer gesättigten friedlichen Zukunft erretten.
Einen Moment schien ihr das Gewirr von Musik, Stimmen und Tellerklappern als Chaos in ihrem eigenen Hirn zu erklingen, dann sanken die goldenen Lüster von der Decke herab, die sich mit blendenden Lichtern drehten . . .

Zehn Minuten später fragte ein älterer Herr am Nebentische: »Nun, ist die Dame wieder zu sich gekommen?« »Gewiß, jawohl«, sagte der bleiche Kellner, sich höflich verneigend, »die Herrschaften sind bereits nach Hause gefahren.«
»Sie war wohl recht geschnürt?« fragte abermals der ältere Herr.
»Gewiß, jawohl«, entgegnete zerstreut der bleiche Kellner, denn er rechnete gerade seine Trinkgelder nach.
Im Office stand noch unberührt das Hamburger Küken auf dem Teller. Es war zwar schon ein bißchen kalt, aber der bleiche Kellner aß es trotzdem mit Appetit.
Dann ging er zurück in den Saal, lehnte schmal und überfein gegen eine Anrichte und schaute teilnahmslos wie in eine Leere. Er dachte an das Fräulein von der Konfektion namens Marie: er träumte davon, daß er Oberkellner sei, und daß er sie heiraten würde, wenn er Barkeeper wäre.

Über *Catherine Godwin* sind mir leider keine biographischen Daten bekannt. Der Text wurde in der in den zwanziger Jahren erschienenen Zeitschrift »Der Reigen« abgedruckt.

Ilse Gurlitt

Drei goldene Ringe

Drei goldene Ringe schmücken den kleinen Finger einer gepflegten Männerhand, drei Ringe aus gehämmertem Dukatengold mit eingelegtem Brillant, Rubin, Smaragd. Diese drei Reifen kosen den kleinen Finger mit dem zugespitzten Nagel und seinen fast zerbrechlichen Gelenken. –

Eines Nachmittags am Teetisch inmitten lachend schöner Frauen, eleganter Gents, protziger Plutokratie streift leise, ganz leise der juwelengeschmückte Finger die Hand der extravaganten Frau, dieser so weltkundigen und doch so weltfremden. – Drei goldene Ringe berühren kaum merklich. – Zufall? – Absicht gar? Mit lässig weicher Bewegung nimmt die Frauenhand die ihr gebotene Zigarette. Und herrlich leuchtet die Farbenglut der Edelsteine am kleinen Finger. Die Blicke der Frau suchen das bunte Farbenspiel zu halten, suchen den kostbaren Edelschliff der Form jener beseelten Männerhand zu küssen. – Langsam verwandeln sich ihre feingeschnittenen Züge in dürstende – fast kranke – übersinnliche . . .

Geige und Cello weinen – schluchzen – Den pikanten Kopf ein wenig zurückgeworfen, die schweren Augenlider gesenkt, den zuckenden Mund leicht geöffnet, die Nasenflügel leicht vibrierend, sitzt sie da, weit ihrer Umgebung entrückt. Und der Mann am Teetisch ihr gegenüber genießt mit dekadenten Nerven, hyperkultivierten Sinnen die marmorne Blässe der ekstatischen Frau, trinkt ihr krankes Sehnen nach dem Manne, nach heißer Sünde, – atmet das betäubende Fluidum dieser Treibhausblume tief in sich ein: schwerer hebt die weiße Brust sich, hastiger wird ihr Atem – Der beringte Finger sucht zärtlich die Oberfläche der kleinen Frauenhand zu streicheln. – Ein Zittern geht durch den feinen Körper. – –

»Zigarren – Zi-garetten?« – Tassen- und Tellergeklapper am Nebentisch. – Rauhe Wirklichkeit ruft die kleine Frau ins Leben zurück – weinendes Lächeln umspielt ihren Mund. Zwei Männeraugen studieren gierig. Ein kleiner Finger schmeichelt. Drei Ringe blitzen. Eine melodische Männerstimme klingt an ihr Ohr. »Wie selten schön Sie soeben verstanden haben, mir das Tiefste zu sagen, was Ihre Lippen sonst verschwiegen hätten. Welch wunderbare Frau Sie sind!« Ein Männerkörper neigt sich tiefer. Sie aber lacht – lacht ihn aus. Gleich Gertenschmissen fühlt er ihre hochmutsvollen Worte. – »Ihnen das Tiefste sagen? Mais mon Dieu! Ich hatte nur für kurze Augenblicke meinen Geist verleiblicht! Und dies galt lediglich meiner Kunst, nicht Ihnen, Herr Doktor!« – Lächelndes Weh im Antlitz des Mannes. – Frivol die Züge der Frau. –

Ein kleiner Finger zieht nervös, verlegen groteske Figuren und Kreise auf dem blütenweißen Damastgedeck. Eine Frauenhand spielt gelangweilt mit dem Einglas-Lorgnon. Zwei spöttelnde Frauenaugen senken sich voll Interesse auf ein Stück Schichttorte auf dem Nebentisch. – Drei goldene Ringe funkeln glühender, – drei goldene Ringe umklammern fester, heißer den kleinen Finger – drei goldene Ringe mit kostbaren Edelsteinen ...

Feiner Regen schluchzt durch einsame dunkle Straßen. Leise raunt es in den grünen Blättern. – Noch leiser schluchzt, – noch leiser raunt ein purpurrotes Frauenherz: »Wie lieb ich dich, du schöne Hand, – wie kranke ich nach deinem Streicheln. – Wie lieb ich euch, ihr goldenen drei Ringelein an jenem kleinen Finger! –« Und Regen und Blätter – und Frauenherz schluchzen schmerzerfüllt den Choral der Liebe –

Drei goldene Ringe aber träumen in dieser Nacht nicht in enger Umarmung des kleinen Fingers. Kalt, frierend, einsam verloren liegen sie in einer Silberschale auf der Platte des Nachttisches und weinen das Leid gequälter Liebe, beweinen die bisweilen so grenzenlose Torheit des Menschen und bewitzeln

den Popanz – Menschheit. – Dann hüllen sie sich fester in ihre Sehnsucht nach dem kleinen Finger.
Tief in der Nacht aber liegt die kleine Frau wie eine Purpurrose im Bettchen von Spitzen aus Valenciennes, – halb zerzaust die kleinen Löckchen – träumt sie den seligen Traum von der weißen Aristokratenhand, von den goldenen drei Ringen, die leise über ihren fiebernden Körper gleiten, – und sie dehnt ihr Frauentum in den Fluten wollüstiger Seligkeit.

Über *Ilse Gurlitt* sind mir leider keine biographischen Daten bekannt. Der Text wurde in der in den zwanziger Jahren erscheinenden Zeitschrift »Der Reigen« abgedruckt.

Unica Zürn

Ein netter Nachmittag

Im Wagen roch es nach Benzin und nach dem Parfüm von Frau H. Sie war an der Fasanenstraße ausgestiegen, um zum Friseur zu gehen.

»Ich hole dich in zwei Stunden ab«, hatte Herr H. gesagt. »Wir wollen uns heute mal einen netten Nachmittag machen.«

Herr H. fuhr langsam weiter, den Kurfürstendamm hinauf. Man hat sich nichts Rechtes mehr zu sagen, dachte er. Aber man zieht es so hin. Man trinkt etwas zusammen. Dann wird es besser. Dann kommt manchmal eine ganz nette Stimmung zustande. Plötzlich ist es nicht mehr so schwierig. Man sieht wieder, wie hübsch sie ist. Viel hübscher, als die meisten anderen. Dann kommt es zuweilen vor, daß sie für mich wieder diese fremde Frau wird, der man vor fünf Jahren mit dem schönsten Aufruhr im Herzen begegnete. Wahrscheinlich wäre es am besten gewesen, man hätte nicht geheiratet. Die Gespräche, die man jetzt so miteinander führt, über das Geschäft, über den Haushalt, über die Verwandtschaft – worüber reden eigentlich verheiratete Leute? Das Geheimnis der Liebe ist das Sichfremdbleiben. So verrückt das auch klingen mag. Trinkt man die zweite Flasche, dann kommen die freundlichen Träume. Komisch, wie man sich dann verändert! Das Zimmer wird anders, das Licht darin und sie und ich! Die ganze Welt wird anders! Man wird müde – drei Flaschen sind schon zuviel. Dann schläft man unweigerlich ein. Verschläft die schönste Stimmung.

Herr H. steigt aus und ging in ein Geschäft. Er kaufte zwei Flaschen Rotwein. Wir haben noch ein par nette Konserven zu Haus, fiel ihm ein. Ich werde was Chinesisches kochen, nein, lieber was Französisches. Während ich koche, wird sie den

Tisch decken. So ein bißchen mit Schnurrfaxereien darauf, damit's etwas festlich aussieht. Ich werde das Radio anstellen, laut! Am besten AFN. Die bringen meistens Jazz. Sie wird zwischendurch mal zu mir in die Küche kommen und sagen: »Hier sieht's ja lieblich aus!« Zwischendurch trinken wir dann schon einmal einen Gin. Wenn bloß guter Jazz ist. Musik hilft. Musik hilft dabei ganz verdammt gut! Wenn es bloß nicht zu regnen anfängt. Die Wohnung ist grauenhaft melancholisch, bei Regen. Sonne durch die Fenster herein, und Gin und Jazz, das kann den Nachmittag retten.

Sie wird sich hübschmachen. Hab' ich Muskat im Haus? Ich werde, während das Schaschlik gar wird, oder das Pilaff – ich könnte ruhig wieder mal Pilaff auf Reis machen – mal ins Zimmer schauen, was sie da treibt. Dann werden wir schnell noch einen Gin trinken. Solche Nachmittage müssen sich ebenso ganz organisch entwickeln. Ich werde lieber noch ein Pfund Reis und eine Zehe Knoblauch kaufen. Herr H. hielt am Lehniner Platz und kaufte Rosen. »Geben Sie bitte noch eine Orchidee dazu.«

Beim Schlafengehen wird sie die Orchidee auf dem Nachttisch finden. »Oh, Liebster, du bist wahrhaftig der reinste Bräutigam!« (Das sagte sie schon mal, bei einer Orchidee.)

Er wartete an der Kreuzung. Die vielen fremden, bunten Damen strömten über die Straße. Wieviele Damen es gab! Und jede ging woanders hin. Wohin gehen Frauen eigentlich um diese Zeit? Herr H. versuchte den Vorübereilenden etwas zu suggerieren: Wenn ihr etwa zu eurem ersten Rendevouz geht, dann macht nicht den Fehler und erzählt einander gleich alles. Sonst habt ihr für später nichts mehr.

Plötzlich verspürte er Lust, in den Grunewald zu fahren. Wie roch eigentlich der Wald um diese Jahreszeit, wie sah jetzt der See aus? Man könnte sich dort am Wasser ein Stündchen ins Gras legen.

Er fuhr schneller. An der Grunewaldkirche wendete er und fuhr zurück. Es war ihm etwas eingefallen. Er fuhr ins Büro.

Seine Sekretärin saß am Schreibtisch und machte die Post fertig. »Den Brief an Goldberg hätte ich beinahe vergessen«, sagte Herr H. und begann zu diktieren. Das Telefon klingelte. Ein Besucher kam. Es war, wie es immer war, um diese Zeit im Büro.

Frau H. saß beim Friseur unter der Haube. Der Gute, dachte sie gerührt, vielleicht hätte ich ihn lieber nicht bitten sollen, mit mir bummeln zu gehen. Er hängt so an seinen Geschäften. Später bekomme ich zu hören, daß er meinetwegen etwas versäumt hat.
Sie blickte durch den Spiegel auf die Uhr. Unter der Uhr saß ein Herr und sah sie an. Wie gut, dachte Frau H., daß ich nicht auf Abenteuer angewiesen bin. Am besten ist es eben doch, wenn man verheiratet ist. Man weiß, wo man hingehört. Aber es ist hübsch, wenn man noch so angeschaut wird, auf diese besondere Art, so wie er mich ansah, ehe wir heirateten.
Und aus der ruhigen Sicherheit ihres Lebens gab Frau H. den Blick des Herrn durch den Spiegel in gleicher Weise zurück.
Herr H. hatte eine lange Ferntelefonade durchzustehen. Die Sache sah günstig aus. Es war kurz vor Geschäftsschluß.

Frau H. stand auf und setzte sich den Hut auf ihre hübsche Frisur. Der Herr erhob sich und verließ hinter ihr den Laden. Sie sah sich nach dem Auto um. Langsam wurde ihr klar, daß Herr H. die Zeit verpaßt hatte. Ihre Sicherheit, ihre Freude stürzte plötzlich zusammen. Ihr kamen die Tränen. Sie senkte den Kopf und ging langsam zum Kurfürstendamm.
Der Herr hatte sie fasziniert beobachtet. Er folgte ihr.

Herr H. packte seine Aktentasche und fuhr zum Friseur. Es war ihm peinlich, als er sah, daß er sich verspätet hatte. Aber er konnte sich auch nicht entschließen, nach Hause zu fahren. Zu genau wußte er, was sie sagen würde.

Frau H. saß in einem Etagenrestaurant an der Seite des fremden Herrn und lauschte seinem leisen, wohlklingenden Monolog über die Einsamkeit. Sie gab sich alle Mühe, jetzt nicht an Herrn H. zu denken. »Es gibt Begegnungen«, sagte der fremde Herr gerade, »die uns von Anbeginn vorbestimmt sind.«
Herr H. stieg vor dem Hause eines Freundes aus. Er kam mitten in eine Party hinein. Seinen Rotwein tranken die Gäste, seine Rosen bekam die Hausfrau, und seine Orchidee heftete er kurz nach Mitternacht an das Dekolleté einer fremden Dame. »Seltsam«, sagte die Dame, »daß wir uns getroffen haben.« Herr H. war ein wenig betrunken. Er starrte in ihre Augen, die noch diese schöne Fremdheit hatten wie alle Augen bei der ersten Begegnung. Er gab sich große Mühe, Frau H. zu vergessen. Hier wie dort legten sich, fast um die gleiche Minute zärtliche Finger um Herrn und Frau H.'s Hände. Aber sie fanden beide nicht den rechten Mut, sich zu verlieben.

Kurz nacheinander kehrten Herr und Frau H. in ihre Wohnung zurück. Jeder witterte beim anderen ein Geheimnis. Sie kosteten beide den Genuß des Schweigens aus. Aber sie bekamen Angst umeinander . . .
Der nette Nachmittag, den sie nun mitten in der Nacht begingen, zählte zu den schönsten Nachmittagen ihres Lebens.

Schwärmerei

Mosquite, der schöne Schauspieler, ist krank. Man kann es an allen Anschlagsäulen lesen: »Den Hamlet spielt statt M. Herr X.«
Ein zwölfjähriges Mädchen hat das auch gelesen. Es geht nachdenklich zu einem Obstwagen, zählt sein Taschengeld und kauft ein Pfund Pfirsiche. Dann macht sie sich auf den Weg zu Mosquite.

In einem märchenhaften Baldachinbett liegt Herr Mosquite, in einen Bademantel gewickelt und schwitzt. Sein Kopf, der aus einem gewaltigen Halsumschlag herausschaut, ist noch unvergleichlich viel schöner als auf den Bildern sämtlicher Illustrierten.

»Wer bist denn du?« kommt es krächzend unter dem Baldachin hervor.

Ihre Augen flattern aufgeregt in die seinen hinein. Er zwinkert gerührt. Sie legt ihm die Tüte mit den Pfirsichen auf die Bettdecke, Mosquite packt aus, teilt, und sie essen.

Als sie fertig sind, wickelt sie alle Kerne sorgfältig in die Tüte, macht ein Päckchen daraus und steckt es in ihre Kleidertasche.

»Wozu?« krächzt Mosquite.

»Zum Andenken«, sagt sie.

Mosquite dämmert im Fieber, eine Weile bleibt es still.

»Könnten Sie mir vielleicht – bitte sehr – ein ganz kleines Bildchen . . .«

Er zieht sein Jackett von der Stuhllehne, kramt in seiner Brieftasche, nimmt eine Schere und schneidet aus einem Foto seinen Kopf heraus. Der ist halb so groß wie eine Briefmarke. Sie steckt ihn zu den Pfirischkernen.

»Könnte ich vielleicht noch – bitte sehr – ein . . ., Haar von Ihnen haben?« fragt sie, als die Sache mit dem Bild vorbei ist.

Mosquite lacht wie ein Rabe, muß husten, flucht und mischt sich eine Medizin mit Wasser.

»Stör' ich Sie auch nicht?« fragt sie besorgt.

»Überhaupt nicht«, krächzt Mosquite, hält ergeben seinen Kopf hin. Sie sucht und zupft und packt es zur Tüte.

Mosquite ist im Einschlafen.

»Könnte ich wohl noch . . .«, sagt sie, nachdem das mit dem Haar vorbei ist, »vielleicht eventuell noch Ihnen schnell einen Kuß geben?«

»Hast du noch nicht genug«, stöhnt Mosquite, er hält seine Wange hin. Die trifft ein flüchtiger Kinderkuß.

»Und die andern in der Klasse haben bloß ihre Unterschrift«, jubelt sie und rennt hinaus.
Zu Haus sucht sie ein sicheres Versteck für Mosquites winziges Papierköpfchen. Da ihr nichts sicher genug ist, ißt sie es einfach auf. Das Haar siegelt sie ein und hängt sich den kleinen Klumpen Siegellack mit einer Schnur um den Hals. Ich werde es bis zu meinem Tode tragen, versichert sie sich. Die Pfirsichkerne pflanzt sie in den Garten. Und wenn ich achtzig Jahre alt bin, denkt sie, werde ich unter den Pfirsichbäumen sitzen und an Mosquite denken.

Unica Zürn
geboren 1916 in Berlin. Mit zehn Jahren weiß sie nach ihren eigenen Worten »alles«, durch obszöne Annäherungen ihres Bruders, eine Begegnung mit einem Exhibitionisten und die unanständigen Bücher aus ihres Vaters Bücherregal. Ihr Vater ist Rittmeister bei der Armee, ihre Mutter wohlhabende Großbürgersfrau. Sie heiratet 1942, hat zwei Kinder und läßt sich nach sieben Jahren scheiden. Sie schreibt Kurzgeschichten für Zeitungen und Hörfunkmärchen. Sie lernt Hans Bellmer kennen und geht mit ihm nach Paris. 1954 werden ihre Anagrammtexte und Zeichnungen veröffentlicht, 1953 und 1957 stellt sie in einer großen Pariser Galerie aus. 1958 hat sie nach einer mißglückten Abtreibung und Chinintabletten eine Fehlgeburt, 1960 lebt sie für kurze Zeit von Bellmer getrennt und kommt das erste Mal in eine psychiatrische Klinik, worüber sie später schreibt. Sie hat weiterhin Ausstellungen, nimmt u. a. an der großen Surrealisten-Ausstellung 1959 in Paris teil, kommt öfter in Kliniken, zuletzt 1970. Kurz nach ihrer Entlassung stürzt sie sich bei einem Besuch bei Bellmer, von dem sie inzwischen getrennt lebt, aus dem Fenster und ist tot. Seit 1988 erscheint sukzessive eine Gesamtausgabe ihrer Werke im Verlag Brinkmann und Bohse, Berlin, bisher erschienen Band 1, 2, und 5. Die Texte sind Band 2 entnommen. »Schwärmerei« erschien zuerst in »Telegraf«, 21. 10. 51, »Ein netter Nachmittag« in »Die neue Zeitung«, 8. 8. 52.

Dorothea Zeemann

Mina

Ich hatte es gern, wenn sie meine Arschbacken spreizte und mir in den Hintern sah. Sie nahm es mir übel, daß ich nicht dasselbe bei ihr tat. Ohne Hosen stellten wir uns in den Tümpel voll Ungeziefer und Gesumm, mit Algen überzogen und voll von Schlingpflanzen und glitschigem Getier und Fliegen. Wir genossen Höllenangst und Grusel. Genußvoll und leidend steckten wir uns die Finger in die Ärsche. Nachts marterten uns die Gelsenstiche. Wie waren wir auf diese subtilen Genüsse gekommen?
Ich erzählte Mina, was ich loswerden mußte. Ich zog sie dabei an den Zöpfen, biß sie in den Unterarm und nannte sie eine blöde Kuh. Sie pflegte sich zu bedanken: Auf den Busen hau mich! Du hast ja keinen, sagte ich. Sie hockte sich dann aufs Kinderbett: Da lag ihr kleiner Bruder, den sie auf den Zipfel küßte. Ich schämte mich und hätte gerne gewußt warum. Es war mir peinlich, als das kleine Ding sich härtete.

In die Nachbarschaft zog die reiche Familie eines k.u.k. Offiziers, mit einem lungenkranken Zwölfjährigen. Pauli hieß er, und ich spielte mit ihm Domino. Er legte mit der linken Hand die Steine, und mit der rechten grabbelte er zwischen meinen Beinen. Die grünseidene Tischdecke verbarg dieses Vergnügen. Ein einseitiges. Seine Hose blieb verschlossen und meine Neugierde ungestillt. Er sagte, eigentlich sei es verboten, und so erzählte ich alles dem Katecheten in der Beichte. Der wollte sehr genau wissen, was der Knabe machte, und wo. Darauf nahm er mich in die Sakristei und zeigte mir, was er selbst in der Hose hatte. Ich war darüber sehr erschrocken und berichtete der Mutter, daß er krank sein müsse und ein großes blaurotes Geschwür mit sich herumtrage. Die Mutter machte ein Geschrei in der sozialdemokratischen Parteizentrale. So war das damals: Ich kam in eine andere Schule. Bei aller Neugierde hatte ich Angst, diese Ereignisse, die mich in lüsterner Spannung hielten, geklärt zu wissen. Ich wollte Geheimnisse im Leben, und es freute mich, daß ich von nun an geheim zu Pauli gehen mußte. Je angenehmer mir diese kosende Knabenhand wurde, desto besser fand ich, daß auch die Mutter nichts mehr davon erfuhr.

Ich hob mein Hemd vor Mina und war böse, wenn sie das ihre hob. Ich wollte gesehen werden, aber nicht sehen, und ich schlug Mina, wenn sie mir zwischen die Beine griff. Sie wollte mich unbedingt zwischen ihre Beine sehen lassen. Das waren die Dinge, die der Katechet in der Beichte wissen wollte, und ich sagte ihm, was er wissen wollte, und erfuhr, daß dort ein Kitzler war. Das war ein Wort, das mir unanständig vorkam und mich empörte. Es klang ordinär. Entsage dem bösen Geist, verlangte der Katechet und machte mich noch neugieriger auf den Teufel. Auch der Teufel, sagte die Mutter, ist ein Machtinstrument. Laß dir nicht drohen!

Überflüssig, Mina zu fragen, was sie dazu meinte, aber das Wort Instrument brachte uns dazu, auf Stecken zu reiten. Wie die Hexen, sagte Mina, und so lernte ich auch dieses Wort kennen.

Wie ein Engel sieht sie aus, sagten die Nachbarn, wenn ich mit Mutter über die sonnigen Stiegen zwischen den blitzenden Messingstangen ins Vorhaus ging: Wie ein Engel mit ihren rosigen Bäckchen, wie modelliert, wic das Kind am Arm der Madonna. Engel gibt es nicht, sagte die Mutter. Ob nun die Mutter recht hatte oder der Katechet, ich schrieb sauber und bedächtig alle Sünden auf meinen Beichtzettel, den ich im Dämmern des Stuhls langsam und bedächtig mit Verfasserstolz herunterlas. Im Dunkel zu knien und einer Autorität zu lauschen, ein Skapulier zu küssen, absolve te! Was für ein Vorgang! Was daran konnte Lüge sein, doch wahrlich nicht, daß es mich schwindlig machte! Mir drehte sich alles, ich wurde aufgefangen und in der Sakristei gebettet. Das war schön und wahr. Und auch, daß Mutter mit den Flügeln schlug, gehörte dazu.

Mir wurde allmählich die Haut zu eng. Wir beobachteten die Rundung unserer Brüste, und ich wunderte mich sehr, als ich Minas spitze Zunge an meiner Warze spürte. Ich schloß die Augen und sagte: Küß mich. Sie aber biß lieber und zog an meinen Haaren. Das tat ich dann auch. Ältere Mädchen verbrachten schon das zweite oder dritte Jahr in unserer Schulklasse. Sie konnten ihren großen Zeh in den Mund nehmen, die Dickeren nahmen den Zeh der Freundin in den Mund. Sie lutschten an ihren Zehen, aber das war kein gutes Spiel für mich. Die Schulklasse, die Turnstunde, Bänke und Katheder waren Höllen, die Kirche mit Altar, Weihrauch und Musik der Himmel und alles Szene und Theater. Und ich dachte, so ist es! Theater war wirklich und Szene überall: auch wenn Mutter an häßlichen Frauen schöne Kleider feststeckte. Himmel, Hölle, häßlich und schön! Was man bezeichnen kann, gibt es, und die Leute stellen sich darauf ein, die Armen! Mir gefällt alles, sagte ich zu Mina, aber mit ihr war nicht zu reden. Das irritierte mich.

Sie war ungeheuer stolz und aufgeblasen, als sie die erste Monatsblutung bekam, und ich fühlte mich benachteiligt und sehr unruhig. Von der Bauchdecke nach innen ging eine neue Nervosität. Ich wetzte auf dem Sessel an Mutters Schreibtisch, rieb mich an der gepolsterten Ecke und versuchte, auf der Lehne zu reiten. Da fiel mir der Radsattel ein, und ich radelte heimlich in die Hauptallee. Ich radelte mit rotem Kopf, bis ich mitsamt dem Rad auf dem Reitweg lag und über das schmierige dunkle Blut staunte, das mich bis zu den Knien beschmutzte. Ich blieb liegen, solange niemand kam, in einem glücklichen Außer-mir-

Sein. Es beseelte mich, als ich mir die Bescherung näher besah und im feuchten Gras ausruhte: Ich war erwachsen, eine Frau, eine Menschheitsmutter, blutbesudelt, gebärmächtig! Aber das hatte noch Zeit. Zunächst radelte ich zurück auf meinen geschwollenen Schamlippen und fand es wunderbar.

Dorothea Zeemann

1909 in Wien geboren, begegnete als Fünfzehnjährige ihrem ersten Mann, dem Bildhauer Robert Holzinger, er starb 1949. Sie verkehrte in Wiener Künstler- und Literatenkreisen und veröffentlichte noch vor dem Zweiten Weltkrieg ihr erstes Buch: Ottilie – ein Leben um Goethe. Nach 1945 lebte sie von Rezensionen, Theaterkritiken und Kurzgeschichten. Ihr erster Roman entstand während einer (von den Medien gerne zitierten) Liebesbeziehung zu Heimito von Doderer. Von 1970 bis 1972 war sie Generalsekretärin des österreichischen PEN. Sie schrieb viele Romane, u. a. die autobiografischen und am besten verkauften »Einübung in Katastrophen – Leben von 1913–1945« und »Jungfrau und Reptil-Leben von 1943 bis 1972« (1982) und »Das heimliche Fest« (1986). Zuletzt erschien ihre »erotische Autobiografie«, »Eine Liebhaberin«, bei Eichborn, Frankfurt 1989; dieser Ausgabe ist der vorliegende Text entnommen.

Betty Binkow

Sommergewitter

Trugen schwere Sommergewitter, abendliche Völlerei, übermäßiger Weingenuß oder nur zunehmendes Alter Schuld daran, daß Hochwürden FRANZISKUS ausnehmend schlecht geschlafen und dabei grauenhaft unkeusch geträumt.
Ihm war gewesen, als schwebe er bereits bei den Seelen im Himmel, saß – bar jeglicher Bekleidung – auf einem silberglänzenden Zeppelin, unter welchem sich eine rote Gondel befand. Diese wurde von zwei dienstbeflissenen Engeln gewienert, wobei sie sich schmutzige Witze erzählten.
FRANZISKUS schämte sich mächtig, zumal seine fliegende Zigarre soeben den Sessel der HEILIGEN MAGDALENA, Schutzpatronin seiner Kirche, ansteuerte.
Welch Schreck, auch die Schwester der HEILIGEN MARIA befand sich in Evas Kostüm, lachte lüstern, nahm dabei die Gesichtszüge seiner irdischen Haushälterin an. Im gleichen Moment wuchs dieses Silberding an seinem Körper fest. Unaussprechliche Körperöffnungen der Heiligen blähten sich auf, wurden zum Tunnel, in welchen Hochwürden eingesogen, Höllenqualen erlitt.
Er rief den HEILIGEN NEPOMUK um Hilfe. Dieser hatte die Pflicht, einzuschreiten. Letzten Endes besaß der einen Seitenaltar, auf welchen regelmäßig frische Blumen und Kerzen gestellt wurden.
Anstelle des Gerufenen erschien jenes Weibsbild, welches ihm vor langen Jahren der Teufel in den Beichtstuhl gesetzt hatte. Die offizielle Sünde des Ortes, keck, voller fleischlicher Gelüste, mit festem Leistungstarif, sozial gestaffelt. Jugendliche zur Einweisung zahlten zwanzig, gestandene Männer hundert Mark, Damen der höheren Gesellschaft die Hälfte vom Normaltarif.

Haarklein hatte sie von ihrem Treiben mit hohen Würdenträgern und Bauernburschen berichtet. Sie forderte ihn auf, die ihr zugemessene Strafe richtig zu taxieren, und, falls Hochwürden dieses nicht könne, Proben aufs Exempel zu statuieren. Nichts sei Gott mehr zuwider, dozierte das sündige Weib, als daß ein Blinder über Farben diskutiere. Alle Vorgänger im Amt hätten daher ihr kostenfreies Angebot angenommen, zumal es dem geistlichen Stande an einschlägiger Erfahrung fehle.
Beim jetzigen Ritt auf dem glänzenden Torpedo schien die Vergangenheit ihn eingeholt zu haben. Schweiß trat auf seine Stirne. Vergeblich die langjährigen Bemühungen eines älteren Amtsbruders, Bilder des Satans aus seinem Gedächtnis zu löschen.
Plötzlich war die Unkeuschheit verschwunden. Ein Engel mit grünen Flügeln fragte höflich, ob er den Schwitzenden abledern dürfe. Ohne abzuwarten machte sich das himmlische Wesen an die Arbeit. FRANZISKUS erschrak, erkannte jenen Lederfetzen wieder, den er auf Wunsch der Haushälterin letzte Woche im Warenhaus der Stadt erstanden. Zweite Wahl, Sonderangebot, als Luxusqualität an die Frau weitergegeben und überteuert vom Wirtschaftsgeld subtrahiert.
Auch der Engel war beim Abledern ins Schwitzen geraten. Er legte die grünen Flügel, Slip und BH ab, setzte sich rittlings mit Gesicht zum Manne auf den Zeppelin, forderte ihn auf, die dikken prallen Brüste zu küssen.
»Pornografisches Verhalten ist im Himmel strengstens untersagt!« rügte Hochwürden, wurde vom Engel belehrt, daß, wer hier herumkutschiere, sich in der Hölle befände.
»Hast Du jemals in Kirchen Engel mit nackten Brüsten und auch sonst ganz ohne gesehen? Oder? Na also!«
Tatsächlich, alle Individuen, auch er, trugen Teufelsschwänze, deren Endquasten in Form und Farbe je nach höllischem Rang und Stand verschieden aussahen.
Auch jene drei unverwüstlichen Betschwestern aus der ersten Kirchenreihe gehörten zur hölllischen Hierarchie. Sie umtanz-

ten und kitzelten ihn mit rosaroten Quasten, lachten hysterisch auf, erklärten, sie hätten bislang nur nichtssagende Verfehlungen gebeichtet.
Dann erhielt FRANZISKUS einen Schubs, kippte aus der Balance, fiel aus teuflischen Wolken ins Nichts. Glücklicherweise wandelte sich seine Zigarre zum Fallschirm, milderte den Aufprall. Absolute Stille, starkes Frösteln. Er lag in Schweiß gebadet vor seinem irdischen Bett mit einer Beule am Schädel, der Nachttopf in tausend Scherben. Wieder glücklich daheim! –
Nur mit größter Anstrengung konnte er die Morgenmesse über die Zeit bringen. Die Gedanken kreisten um den Traum, wollten nicht weichen.
Anschließend Trauung. Erneut narrte der Satan, diesmal in Gestalt der jungen Braut.
Kastanienbraunes welliges Haar, schwarze Augen, sinnliche Lippen, scharf geschnittene dinarische Nase, beginnende Korpulenz. Alles in allem jener Frauentyp, den er als Pennäler verehrt und nach der Messe hinter der Kirche unter dem Holunderbusch verführt hatte. Insgesamt zehnmal. Kurze Zeit später war seine verehrungswürdige Marianne schwanger und für immer aus dem Ort verschwunden. Ausgerechnet heute erblickte er das Mädchen wieder, jung wie einst, siebzehn Jahre, in guter Hoffnung. War sie die eigene Tochter? Eltern verstorben, bei Großmutter aufgewachsen. Die alte Dame ließ sich krankheitshalber entschuldigen, könnte die weite Reise nicht unternehmen. War es eine Marotte des Alters, Marianne ausgerechnet in jenem entfernten Ort einsegnen zu lassen? Herr Pfarrer könne es bestimmt verstehen, auch er sei dereinst jung gewesen, werde nun nicht so heftig ins Gericht gehen! Die junge Frau fand nichts an ihrem Zustand, lachte, meinte, Ähnliches sei auch in guter alter Zeit passiert. Er wurde rot.
Das wie üblich zu deftige Mahl mundete nicht. Der Teller wurde halbgefüllt zurückgeschoben. Die beleidigte Haushälterin maulte.

Vierzehn Uhr. Aussegnung eines honorigen Bürgers. Über diesen, seinen Schulkameraden BERTHOLD durfte er nichts Schlechtes berichten, mußte so tun, als sei »Berti« lebenslang untadlig gewesen. Blanker Hohn! Ein Kübel voller Verwünschungen wäre angebrachter!
Hochwürden FRANZISKUS, damals schlicht Franzel Hinterhofer, scheiterte an schulischen Zensuren, während BERTHOLD nur glatte Einser heimbrachte, um später als Landgerichtsdirektor zu fungieren. Zudem war die Familie des zukünftigen Juristen reich begütert.
Daß Franzel letzten Endes mit Hilfe von Fürsprechern zum Priesterseminar doch noch Zutritt erhielt, verdankte er seinen acht unversorgten Schwestern ohne Aussteuer, sowie der Mutter, die für das Seminar die Wäsche wusch, falls sie nicht einer Fehlgeburt wegen das Bett hüten mußte. Einer Kriegsverletzung wegen verdiente sein Vater kein Geld, konnte, wie er behauptete, nur mit allergrößten Mühen seinen ehelichen heiligen Verpflichtungen nachkommen.
Jener Rechtsverdreher von Schulkamerad, immer in pekuniär guten Verhältnissen, könnte im Himmel über ihn, den Franzel, Schauergeschichten erzählen. Nicht auszudenken, wenn die Himmlischen diesem Lügenmaul Glauben schenken, so wie damals der Klassenlehrer. Die ungerecht empfangenen Hiebe schmerzen heute noch, zumal nach dem Fall aus dem Bett.

Predigt beendet. Bläser intonierten einen Choral. Blitze, Donner, Platzregen! Die Trauergemeinde stob von dannen, traf sich drüben im ROTEN PFERD zum Leichenschmaus wieder.
Es fiel nicht auf, daß Hochwürden fehlte. Dieser hatte sich in das Friedhofskirchlein geflüchtet, auf einer der Bänke niedergelassen, gebetet.
»Eigentlich gehöre ich ins Fegefeuer mitsamt der drei Betschwestern, die mir im Traum erschienen sind!« murmelte er. –

Seine Sünden drückten, er fühlte sich durch und durch schmutzig der unlauteren Gedanken wegen.
Dann war es passiert!
Greller Blitz, Krachen, Einschlag ins Gebälk. Der losgelöste Stein traf Hochwürden am Schädel. Er blickte hoch, die Augen blieben am hölzernen Christus haften. Ihm schien, als ob dieser ihn anlächle. Die Dornenkrone bewegte sich.
»Warum so kleingläubig, mein Sohn?« dröhnte es ihm in den Ohren. »Lebenslang hast Du Dich bemüht. Das genügt für einen Menschen. Auch ich verlor in Golgatha zum Vater das Vertrauen, wurde dennoch gnädig aufgenommen, durfte die Menschheit, so auch Dich Franzel, erlösen! Komm zu mir, sei gläubig, gib die Hand!«
Hochwürden bemerkte, wie sich das Kruzifix aus der Verankerung löste, Christus zu ihm herabkam, die durchnagelte Hand entgegenstreckte.
Glücksschauer durchrieselten seinen Körper. Er fühlte sich emporgehoben. Licht umgab Franzel, die Konturen der Kapelle lösten sich auf. Er strebte dem Elysium entgegen. An Ort und Stelle würde er die Lügen des Landgerichtsdirektors richtigstellen können.

Das Gewitter war weitergezogen, Nacht hereingebrochen, der Geistliche zum Abendvesper nicht erschienen. Die Haushälterin sorgte sich, fahndete nach ihrem Arbeitgeber, suchte zum Schluß auch in der Friedhofskapelle.
Hier lag, von einem Mauerstück tödlich getroffen, aber selig lächelnd, der Gesuchte. Vor ihm der hölzerne Christus, der in Vertretung eines Amtsbruders den Verschiedenen mit letzter Tröstung versehen hatte.
Wer heute den kleinen Friedhof besucht, wird zwei Schulkameraden treulich nebeneinander finden. Diesmal hatten die Konkurrenten fast gleichzeitig das Ziel des Lebens erreicht.
Was den hölzernen Christus betrifft, schaut er wie gehabt von

der Wand herunter, tröstet Angehörige, die ihr Liebstes verabschieden müssen, gibt Vertrauen auf himmlische Hilfe.
Der Amtsnachfolger vergißt niemals, für das Heil seines Vorgängers zu beten und dem Kruzifix einen Dankesblick zuzuwerfen. Infolge unerforschlicher Fügung war früher als erhofft die Planstelle vacant – und Sodom auf seine Weise geholfen worden.–

Betty Binkow

1923 als Waage, erster Aszendent Zwilling, im Jahr des Schweins in Berlin geboren, Abitur, Medizinstudium, tätig gewesen in Kliniken, Arztpraxen. Vor etwa 40 Jahren, obwohl sie's eigentlich nie wollte, Heirat, was sie nie bereute. Seit 1970 Nur-Hausfrau. Aktiv tätig im Frauenkreis der internationalen Begegnungsstätte Scheersberg. Lese-Theater und Katzenfan. Kurzgeschichten. Keine Kinder und keinen Führerschein. Veröffentlichungen u. a. in »Gaukes Jahrbuch«, 1989 und »Mein heiml. Auge V«, 1990. Wohnort z. Z. Steinbergkirchen, Ostsee.

Aldona Gustas

Dann

Vorhin und noch jetzt
über Bauchdecken gleiten
unter Beinbrücken
in eine Schaukel aus Muskeln

dann in die Arme einer Dusche laufen
duschen ist wie lieben
lieben ist wie schlafen im Beischlaf

dann ein Kleid überstreifen
das Geschlecht vergessen
aber die Schuhe bleiben
schwarz und lack

Parfüm

du benutzt Männerparfüm
ich Frauenparfüm
wir duschen gemeinsam
ich gieße dein Lachen
mir über Schulter und Schenkel
mal denken
ich liebe dich auch sexuell
du ein Barbar
unglaublich wie gut du riechst

Im Zungenland

Mund an Mund im Zungenland speichelschwer
über Hals über Nacken lendenwärts
wo Genitalien sich säugen und befriedigen
atme ich in einer Schaukel aus deinem Fleisch

Kleid

ich empfinde dich
wie ein Kleid aus Haut
mit trinkbaren Poren
geeignet für mich
um von Umarmung zu Umarmung
ins Land der Frauenorgasmen hinüberzugleiten
wohin kein Mann je gelangte

Aldona Gustas

geboren 1932 in Karcevisciv/Litauen, lebt als Lyrikerin und Malerin in Berlin. Sie ist Initiatorin der Gruppe »Berliner Malerpoeten«. Buchveröffentlichungen u. a.: Worterotik (1971), Luftkäfige. Eine litauische Kindheit (1980), Sogar den Himmel teilten wir (1981). Herausgeberin von »Erotische Gedichte von Frauen«, und ». . . von Männern«, 1987. Veröffentlichung einiger der Gedichte in »Mein heimliches Auge. Das Jahrbuch der Erotik III«, die anderen sind Originalbeiträge.

Gigi Martin

Ihr Hunger war anderer Art

Stella:

Ich hab' geheiratet, um nicht ins Heim zurückzukommen, und dabei bin ich nur in 'ner anderen Art Gefängnis gelandet. Ich will endlich wirklich frei sein. Tag und Nacht grüble ich darüber nach, wie ich es anstellen kann, den Alten loszuwerden.
Ist der 'n verstörter Typ! Sein Hotel hat er verkauft, damit er mehr Zeit für mich hat. Ich seh' das anders. Der will bloß nicht arbeiten, damit er mich besser bewachen kann. So 'n kaputten Typ hab' ich noch nie erlebt, ehrlich. Der faselt dauernd davon, daß er mir all die Liebe geben will, die ich im Heim vermißt hab'. Seine Liebe kotzt mich an. Wenn er bloß meine Hand anfaßt, bin ich so schnell abgehauen wie 'n Schluck Wasser in der Kurve. Ich kann's überhaupt nicht leiden, wenn mich jemand anfaßt.
Unsere Heimleiterin, nicht, die alte schwule Sau, die hat's mal versucht. Ich hab' der 'ne Granate verpaßt, an die sie heute noch denkt. Eine Woche hat sie mich dafür ins Iso gesteckt. Na ja, im Iso war ich sowieso mehr als draußen. Hat mir gar nichts ausgemacht. Da war ich wenigstens mal für mich allein. Ist alles idiotisches Gequatsche, wenn die Leute sagen, daß einem was fehlt, wenn man kein richtiges Zuhause gehabt hat. Daß man später drunter leidet und 'ne Macke kriegt oder so. Alles Scheiß. Ich fühl' mich ganz okay.
Hat mich nie interessiert, wer meine Eltern waren und was aus ihnen geworden ist. Mein Vormund erzählte mir mal, daß mein Vater 'n Ausländer wär und meine Mutter hätte drei Selbstmordversuche gemacht. Sicher ist sie schon lange abgekratzt. Und die Heimleiterin sagte mal, daß ich noch drei Geschwister hab'. Sie fragte mich sogar, ob ich sie nicht kennenlernen möchte. Ich meinte, nee, da scheiß ich drauf.

Als ich ins Heim kam, war ich drei. Als ich siebzehn war, hab' ich die Flitze gemacht, zusammen mit zwei anderen. Wir schliefen in verfallenen Scheunen, und wenn wir Kohldampf hatten, dann klauten wir uns was. War uns so ein Unterschlupf zu heiß geworden, dann sind wir weitergetrampt. Aber die beiden andern waren zu blöd und haben sich schnappen lassen. Da bin ich allein weitergezogen.
So hab' ich auch den reichen Macker kennengelernt. Bei dem bin ich dann erst mal untergekrochen. Als ich achtzehn war, da haben wir geheiratet. Jetzt konnten mich all die Arschlöcher mal. Aus war's mit Jugendbehörde und Vormund.
Inzwischen hab' ich reichlich dufte Klamotten. Und essen kann ich alles, auf was ich gerade Bock hab'. Ich krieg' von meinem Mann überhaupt alles, was ich will. Bloß an die Kohle, an die komm' ich nicht ran. Na ja . . . Und meine Freiheit, die hab' ich auch immer noch nicht. Ans Abhauen hab' ich schon öfters gedacht, aber das bringt nichts. Der Typ würde mich überall suchen lassen. Mir muß was anderes einfallen, verdammt.
Meine Hochzeit, die war auch so'n Ei. Erst mal kam ich schon besoffen zum Standesamt. Ich fand das ganze Theater so maßlos komisch, daß ich vor lauter Lachen kaum ja sagen konnte. Und in der Nacht dann, als mich der alte Trottel anmachen wollte, da hab' ich zu ihm gesagt, daß er mich gefälligst in Ruhe lassen soll. Er könnte seinen Pimmel ja in 'ne Flasche stecken.
Ehrlich, gefickt hab' ich den nur vor der Ehe. Seitdem wir verheiratet sind, hab' ich den noch nie wieder rangelassen. Aber der ist noch nicht mal sauer auf mich. Dabei hab' ich gedacht, daß ich ihn auf die Weise loswerden kann. Na ja, ich werd' mir eben was anderes ausdenken. Irgendwann wird mir sicher was einfallen. Irgendwann . . .

Louis:

Stellas helles Haar ist die zärtliche Arabeske ihres unschuldigen Kindergesichtes. Du, meine weiße Negerin . . . Wenn sie sich unbeobachtet fühlt, lutscht sie am Daumen. Noch immer gleicht sie einer Jerichorose. Aber der Tag wird kommen, an dem sie sich vom Tau meiner Reife benetzt, endgültig entfaltet. Stella, meine Sternschnuppe . . . Alle Sprachen der Welt würden nicht ausreichen, immer und immer wieder deinen Namen zu rufen. Dein sonnengebräunter Körper ist voll Zartheit. Da deine Seele nicht weiß, wie verletzbar sie ist, wird der goldene Faden meiner Erfahrung sie einspinnen, bis der Zeitpunkt gekommen ist.
In der Zwischenzeit werden wir Reisen machen. Die Welt soll zu deinen Füßen liegen.
Stella liegt im Gras, in das Spiel mit ihren Puppen vertieft. Vier von ihnen sitzen in einer Reihe, ausgerichtet wie Soldaten, während eine einzelne weit abseits auf dem Bauch im Rasen liegt. Um diese isolierte Puppe kümmert sich Stella nicht, während sie den anderen einen Vortrag zu halten scheint. Einen Augenblick später bricht sie das Spiel jäh ab.
Sie springt auf und läuft hinüber zu den Apfelbäumen. Stella hängt sich an einen der Äste, ihre Beine umklammern den Stamm, der lange Rock aus aprikosenfarbener Seide fällt zurück über ihre nackten Schenkel. Sie klettert am Baum hoch, schwingt sich schließlich auf einen Ast und pflückt einen Apfel ab. Ihre weißen Zähne bohren sich in das Fruchtfleisch. Glitzernde Safttropfen schimmern in der Sonne auf ihren Lippen. Eine weiche Zunge gleitet über sie hinweg, schlürft den Saft in den Mund hinein.
Stellas achatfarbene Augen lächeln mich über den Apfel hinweg an, während sie von neuem hineinbeißt und ich das krachende Geräusch tief in mir, in meinem Fleisch, zu fühlen glaube. Als nur noch das Kerngehäuse übrig ist, springt sie wie-

der vom Baum und gräbt an seinem Fuß ein Loch, in das sie den Rest des Apfels versenkt. Sie wühlt in der Erde mit einer derart verbissenen Intensität, als wollte sie ihre Vergangenheit begraben.

Mit einer abrupten Bewegung springt sie wieder auf, läuft zum Haus und wirft sich in die Hängematte auf der Terrasse. Sie schließt die Augen. Ihr nackter Fuß auf dem Mosaikboden bewegt die Hängematte gleichmäßig hin und her.

Schließlich schwingt sie aus, kommt langsam zum Stillstand. Stella scheint eingeschlafen zu sein. Aber einen Augenblick später höre ich ihre wächserne Stimme, die den jungen Hund ruft, den ich ihr vor ein paar Monaten geschenkt habe, und den sie Diable genannt hat. Die schwarze Dogge rennt vom anderen Ende des Gartens zur Terrasse.

Stella springt aus der Hängematte. Gemeinsam toben sie über den Rasen. Stella ergreift ein Stück Holz, der Hund schnappt danach. Jeder zerrt den Stock in eine andere Richtung. Sie messen ihre Kräfte. Die Dogge, deren hochgezogene Lefzen riesige Zähne bloßlegen, knurrt spielerisch. Der Hund gewinnt, er jagt mit dem Stück Holz über den Rasen. Stella verliert das Gleichgewicht und fällt hin.

Diable sieht zu ihr herüber und läßt den Stock liegen. Er rennt hin zu ihr und wirft sich ebenfalls ins Gras. Sie rollen übereinander den Hang hinunter. Das dunkle Fell der Dogge und Stellas gebräunter Körper scheinen in der Bewegung miteinander zu verschmelzen. Schließlich trudeln sie, immer noch ineinander verschlungen, vor meine Füße. Der hechelnde Atem des Hundes befeuchtet ihr erhitztes Gesicht. Der Geruch von Stellas Körper, der sich mit dem Schweiß des Hundes vermischt hat, dringt zu mir herauf. Ich bücke mich, um über ihr Haar zu streichen.

Abrupt springt sie auf, gleichzeitig mit ihr der Hund. Sie rennen nebeneinander durch den Garten auf die Terrasse zu. Dann verschwinden sie im Haus. Ich sehe hinüber zu Stellas

Zimmer. Einen Augenblick später erscheint sie am Fenster, die Arme um den Hals der Dogge geschlungen. Mit einer Geste rauher Zärtlichkeit beißt sie ihm ins Ohr. Dann verdeckt die Jalousie jede weitere Sicht ins Zimmer.

Vereinigung:

Die Petanquekugeln klicken wie jeden Nachmittag auf dem Platz vor den Bistros in Saint Paul de Vence. Auch einige Frauen spielen mit. Die jungen Männer schwitzen. Ihre hellen Hemden sind unter den Achseln und am Rücken von der Feuchtigkeit verfärbt. Die Alten reiben die Kugeln an einem weichen Lappen ab, mit dem sie sich anschließend über die geröteten Gesichter wischen. Kinder hocken auf der niedrigen Steinmauer rings um den Platz und sehen dem Spiel fachmännisch zu. Die Gäste auf den Terrassen der Bistros bilden Parteien. Hunde strolchen zwischen den Tischen und den Spielern herum.
Ein Autobus voller Touristen kommt an. Die meisten der Aussteigenden drängen erst einmal in die Bistros. Der übrige Teil verschwindet durch den schmalen Torbogen, hinter dem enge Gassen hinauf in den alten Teil des Ortes führen. Hunde liegen schlafend auf dem heißen Kopfsteinpflaster der Wege und erwarten, daß die Touristen um sie herumgehen. Katzen lauern in sicheren Verstecken, auf dicht mit Glycinien bewachsenen Mauern. Die Namen der winkligen Gassen sind auf blumenverzierte Holztafeln gemalt oder auf verschnörkelte Metallschilder. Eine schwarzgekleidete dicke Frau mit mehlbestäubten Armen steht in der offenen Ladentür. Aus der Backstube duftet es nach Vanillecremes und frischem Brot.
Ein alter Mann sitzt auf den brüchigen Steinstufen, die zu seinem Atelier führen, und schnitzt an einer Holzschüssel. In dem geöffneten Fenster des Geschäftes nebenan ist ein Korbflechter dabei, einen Stuhl zu reparieren. Kinder mit sonntäglichen

Kleidern und Hosen planschen in einem alten Brunnen. Rings um diesen Teil des Ortes befindet sich eine hohe Steinmauer, die an einigen Stellen verfallen ist und den Blick auf einen Friedhof freigibt, auf Wiesen und grasende Kühe. Auf der gegenüberliegenden Seite dieser Steinmauer befinden sich wiederum Mauern, die verwilderte Gärten verbergen und alte Villen.
Hinter einem dieser eisenbeschlagenen, pechfarbenen Tore erklingt entferntes Mädchenlachen. Nur ein Fenster des Hauses ist geöffnet. Es ist das von Stellas Schlafzimmer. Sie rekelt sich nackt auf ihrem Bett. Die Dogge liegt im kühlen Schatten der Büsche unter dem Fenster.
»Daddy!«
Als Stellas Mann ihre quängelige Stimme hört, schiebt er die Kontoauszüge, mit deren Durchsicht er gerade beschäftigt war, beiseite, steht von seinem Schreibtisch auf und geht in ihr Zimmer.
»Ja, mein Stern.«
»Daddy, ich langweil' mich.«
»Warum spielst du nicht mit Diable?«
»Weil der irgendwo pennt.«
»Hast du Lust zum Pokern?«
»Nö . . .«
»Willst du vielleicht ausgehen? Wir können runter nach Nice fahren oder nach Cannes.«
»Dazu ist es viel zu heiß.«
»Was möchtest du denn dann tun?«
»Mh . . .«
Stella rekelt sich unruhig auf dem Bett. Kleine Schweißperlen tropfen von ihrer Stirn und der Oberlippe aufs Kopfkissen. Ihre Zunge, wie die eines Geckos, leckt am Daumennagel. Sie hebt ihr linkes Bein hoch. Die Zehen kreisen, malen Herzen in die Luft. Zwischen dem dichten Fächer der blonden Wimpern irrlichtern ihre Augen in seinen Blick. Ihre rechte Hand ruht

wie zufällig auf dem weichen Haartuff zwischen ihren Beinen. Er steht verlegen vor dem Bett, mit herabhängenden Armen, ein verwirrtes Lächeln auf den Lippen.

»Daddy . . .«

»Eh . . . ja, Stella?«

»Warum legst du dich nicht zu mir?«

»Willst – Kind . . . Willst du das wirklich?«

Sie lächelt ihn ermutigend an. Er hastet zum Fenster, um es zu schließen.

»Nicht, Daddy, laß es. Mir ist so heiß.«

Sie zieht ihn zu sich aufs Bett. Immer noch ungläubig streichelt er ihren Körper. Sie schließt stöhnend die Augen. Er küßt sie vorsichtig auf den Mund. Leise stöhnend windet sie sich neben ihm. Er vergißt das Denken. Seine Lippen tasten über ihren Körper. Sie verweilen kurz bei den fast kindlichen Brüsten und versenken sich am Ende in die zarten blonden Haare zwischen den knabenhaften Schenkeln. Stellas Stöhnen wird stärker.

»Daddy, komm! Komm zu mir!« flüstert sie schließlich mit heiser erregter Stimme.

Nun überläßt auch er sich seiner Erregung und wirft sich auf sie. Immer noch stöhnend beginnt sie, sich unter ihm zu winden. Ungeduldig, unbeholfen zerren seine Hände an dem Bund der Badehose und streifen sie ab. Mit einem erlösten Aufseufzen will er in sie eindringen.

In diesem Moment beginnt sie gellend zu schreien. Gleichzeitig stemmt sie sich gegen ihn, ihre Beine schlagen um sich und gurgelnd schreiend versucht sie, unter ihm wegzukriechen.

Er liegt in der Bewegung erstarrt auf ihr, eine Hand unter ihrem Po und die andere um sein Glied gespannt, den Mund verständnislos zu einer Frage geöffnet, als ein schwarzer Schatten im geöffneten Fenster erscheint und mit einem drohenden Knurren auf ihn zufliegt.

Polizeibericht:

Am 10. 8. 1982 um 14.30 Uhr wurde dem Polizeirevier 3 über Telefon mitgeteilt: Eine Leiche befindet sich in der 2 rue Fleury. Bei unserem Eintreffen am Tatort um 14.40 Uhr lag im Schlafzimmer der Frau Artois ihr Ehemann Louis blutüberströmt auf dem Bett. Der von der Ehefrau Stella Artois erschossene Hund lag auf dem Teppich neben dem Bett.
Die Ehefrau hielt in der rechten Hand eine Pistole vom Fabrikat Walther 7.65 mm. Die Pistole wurde der Ehefrau abgenommen, entladen und gesichert. Im Magazin befanden sich 5 Schuß, im Lauf 1 Schuß. Die Pistole wurde widerstandslos herausgegeben.
Frau Stella Artois machte einen verstörten Eindruck und gab an, daß sie geschlafen und ihr verstorbener Ehemann Louis sie habe wecken wollen. Dabei sei er von dem gemeinsamen Hund angefallen und an der Halsschlagader verletzt worden. Die Verletzung war tödlich.
Hierauf habe die Ehefrau einer Schrankschublade die oben erwähnte Pistole entnommen und den Hund, eine schwarze Dogge mit Namen Diable, erschossen.
Bis zum Eintreffen des Kriminalbereitschaftsdienstes um 15 Uhr wurden die vorhandenen Spuren gesichert und Beweismaterial sichergestellt. Die weitere Bearbeitung wurde von der Mordkommission übernommen. Der tödlich verunglückte Ehemann wird auf Weisung der Polizei dem Institut für gerichtliche Medizin und Kriminalistik zugeführt. Die Feuerwehr wurde über Funk benachrichtigt. Der Hund wurde als Beweismittel sichergestellt. Die Ehefrau Artois ist von der Polizei vorläufig festgenommen. Die Villa »Mon Repos« in der rue Fleury 2 wurde auf Weisung der Kriminalpolizei versiegelt.

Saint Paul de Vence:

Die Petanquekugeln klicken wie jeden Nachmittag auf dem Platz vor den Bistros in Saint Paul de Vence. Auch einige Frauen spielen mit.
Stella Artois ist eine von ihnen.

GIGI MARTIN

geboren 1935, hugenottischer Abstammung, lebt als Fotografin, Schauspielerin und Journalistin lange in Frankreich, dann auf einem Bauernhof in Niedersachsen, jetzt in Hamburg. Ihre letzten Buchveröffentlichungen: Die Herrin, ikoo-Verlag, Berlin 1988, Rendezvous, Heyne-Verlag, München 1990. Ihr Text erschien in einem vergriffenen Olympia-Press-Taschenbuch, 1983.

Ann Quinn

Passagen

Wochenmitte,
4 Uhr nachmittags

I Ich bin gerade von einer wilden Party zurückgekommen, verrückt in dem Sinn, daß ich mich so berauscht fühlte und das noch tue, ohne überhaupt so viel getrunken zu haben. Daß sie vor mir hinging, war zugegebenermaßen meine Idee, und sie weiß jetzt noch nicht, daß ich später zu der Party ging. Ich wußte, daß sie da war, glaubte tatsächlich fest, daß ich sie bei verschiedener Gelegenheit in anderen Räumen und auf dem Balkon gesehen hatte. Ich dachte, ich hörte jemand, sah ein gegen die Scheibe flachgedrücktes Gesicht, als ich über die zwei Frauen, die mir zur Seite lagen, hinübersah.

Jetzt, wo ich dies schreibe, wundere ich mich, daß sie nicht wirklich ins Zimmer gekommen ist, vielleicht um mit uns mitzumachen. In dem Zimmer war zu der Zeit so viel Bewegung. Das Singen, Tanzen, der Rhythmus der Peitsche, die ich hielt, und ihre Bewegungen, der erregende Ton.

Ich hatte mich entschlossen, bei der Party ganz für mich zu bleiben, aber dann überfiel mich der Gedanke, die Frau aus dem Café mitzunehmen, als etwas, das sich als aufregend herausstellen könnte. Sie sagte, daß sie kommen würde, wenn ihr Vater uns begleiten könnte. Er war ein alter Mann, der sehr wenig sprach, ich hielt ihn zuerst für stumm. Gelegentlich sprach er, aber in einem Dialekt, den ich nicht verstand. Ich scherte mich nicht viel darum, was die anderen auf der Party sich denken würden, wenn dieses seltsame Trio aufkreuzte, glücklicherweise waren alle zu betrunken, um unsere Ankunft auch nur zu bemerken, zu sehen, was weiter geschah.

Der alte Mann hatte ein Paket Tarockkarten bei sich, seine Tochter sagte, er könne mir mein Schicksal weissagen, sie würde übersetzen. Ich schlug einen anderen Zeitpunkt, einen anderen Ort dafür vor. Wir verließen ihn auf dem Boden, auf einem Perserteppich sitzend und die Karten für Gott weiß wen austeilen. Die Frau – sogar jetzt kenne ich ihren Namen nicht – er ist bedeutungslos – verschwand. Ich überlegte, ob sie wohl zurückkommen würde. Ich ging durch viele Räume, an vielen Leuten vorbei, einige saßen ruhig da, andere lagen auf dem Boden, dem Rasen, aßen, tranken, lachten, tanzten, schliefen miteinander. Die Frau tauchte mit einem jungen Mädchen auf. Wir kletterten die Wendeltreppe ganz oben ins Haus hinauf und fanden ein großes, leeres Zimmer. Die Frau öffnete eine Pillendose mit vielen kleinen Fächern, manche mit aromatischen Kräutern gefüllt, manche mit runden und länglichen farbigen Pillen. Sie gab mir eine. Ich fragte sie, was das sei, was das bewirke. Sie lächelte, nickte, sie streckte ihre Arme wie große Flügel nach mir, über mich aus. Ich nahm die Pille.

Die Bacchen feierten Orgien zu Ehren eines wahnsinnigen Dionysos, sie feiern göttlichen Wahnsinn durch das Essen von rohem Fleisch. Die letzte Vollendung ihrer Riten ist die Verteilung von Fleisch geschlachteter Opfer, sie krönen sie mit Schlangen und schreien den Namen ›Eva‹ heraus.

Die Frauen lagen auf dem Bett und streichelten einander. Ich fühlte mich amüsiert und dann mehr und mehr erregt. Sie tanzten um mich herum. Das Mädchen war nackt unter einem durchsichtigen Kleid, und die Frau schnitt, mit nackten Brüsten, eine Melone auf, hielt Trauben in der Hand, schlürfte sie, und rieb sich an mich, unter mich. Sie band das Mädchen auf einem Schaukelstuhl fest und gab mir die Peitsche in die Hand. Zuerst kam ich mir ganz albern vor, wußte nicht genau, was ich tun sollte, was man von mir erwartete. In diesem Augenblick muß die Pille angefangen haben zu wirken.

Das Sakrament der dionysischen Mysterien: ein Ball, ein Spiegel, ein Tannenzapfen.

Ich ging mit der Peitsche, mit ihrem Körper um, als ob es die natürlichsten Dinge in der Welt wären, etwas, das ich schon immer getan hatte. Vielleicht ist im Rückblick der erregendste Teil des Ganzen nicht so sehr, daß ich das Mädchen auspeitschte, sondern daß sie so hingegeben, unterwürfig und offensichtlich mehr und mehr erregt war, aufgerührt unter den Streichen, die ich ihr gab. Am Anfang waren diese Streiche sanft. Ich sah mich in einem Spiegel, den die Frau neben uns in der Hand hielt. Bald legte sie den Spiegel hin und kniete, nahm mich in den Mund, während ich fortfuhr, das Mädchen zu peitschen, meine Finger in ihr drin, während sie rückwärts, vorwärts schaukelte, ihr Kopf über der Stuhllehne, ihr langes Haar schwang nach unten, schwang später über mich, über meine Füße, an denen sie saugte.

Ich schien im Inneren von Formen und Schatten zu sein – überlegend, wann sie Wirklichkeit würden: ohne zu wissen, wer das Medium für wen sei. Medium für ihre Medien. Ob ich selbst das Gefühl war in einer Welt aus Formen.

Sie legte mir Armbänder um die Arme und Fesseln und tanzte zu einer Indianermusik, die vom Garten heraufkam. Ich öffnete die Türen zum Balkon, und da war es, daß ich glaubte, jemanden vorbeirennen zu sehen. Ich rief, aber die Frauen zogen mich zurück, auf das Bett. Eine lag auf mir, die andere auf ihr. Sie schienen mehr mit den Ritualen, den Vorbereitungen dieser Szene beschäftigt zu sein, als tatsächlich zu wünschen, daß ich in sie eindrang. Ich genoß das, genoß das Vorgefühl solange, bis es nicht mehr wichtig schien, ob ich eindrang oder nicht, in die eine oder die andere oder in beide. Ich hielt ihren Wahnsinn aufrecht und wurde von diesem Wahnsinn gleichermaßen aufrechterhalten, was ich zu einer anderen Zeit, in einem anderen Leben gekannt hatte. Das Zimmer, die Möbel, die Gegenstände vertraut. Die Friese rundherum, es schien, als kämen die darauf dargestellten Figuren zu Leben und leisteten uns Gesellschaft.

Ich schlief ein und erwachte, über dem Bett hängend. das Zimmer, das Haus still, leer. Die Frauen waren gegangen, es gab kein Anzeichen dafür, daß sie je dagewesen waren, außer dem starken Kräutergeruch, Weihrauch. Ich überlegte dann, ob ich die ganze Szene geträumt hätte, bis ich die Peitsche über dem Schaukelstuhl schwingen sah, der noch schaukelte, wenn auch nur noch leicht, als ich mich aufsetzte, geblendet, und die übrigen Dinge sah. Die Teller mit halbgegessenen Früchten, Früchte auf dem Boden zerquetscht. Und das Strohkreuz, das sie bei ihren Zärtlichkeiten untereinander und mit mir benutzt hatten. Das Kreuz war das einzige, was ich mitnahm, es liegt jetzt auf dem Schreibtisch vor mir.

Ich kann die Nachtinsekten hören, den Wind in den Zypressen, und nicht sehr weit weg das Meer. Jetzt ihre Schritte auf dem Korridor.

Sie kommt herein. Was wird sie sagen – es ist ohne Belang, hat keine Bedeutung mehr. Herrgott, bin ich erschöpft. Das ist alles, was sie sagt, als sie zu ihrem Bett geht. Bald werden wir unsere Koffer packen, wieder abreisen, weiter fahren. Zu einem anderen Ort fahren. Einer anderen Stadt, wo vielleicht . . .

3. Oktober

Traum

II Ein Zimmer öffnete sich zum Balkon, eine andere Tür führte in einen zweiten Raum. Das einzige Licht kam aus dem ersten, der zu einem dritten fensterlosen Raum führte. Drei Frauen schliefen in einem Bogen auf einer Matratze. Zwei Frauen hatten große Warzen, die ihre Körper bedeckten. Die dritte war ein Mädchen, dessen Gesicht sehr schön war. Ich bewegte mich, hockte mich hin, tastete mich in dem Raum auf das Mädchen zu. Ich überlegte, wie ich die beiden monströsen

Wächterinnen loswerden könnte. Sie erwachten, doch das Mädchen schien weiterzuschlafen. Sie standen auf und kamen auf mich zu. Ich bewegte mich an der Wand entlang und konnte die Tür nicht finden. Die Frauen bekamen meine Arme zu fassen, sie führten mich sanft zu dem Mädchen hinüber. Ich fühlte die Warzen auf ihren Händen, es waren kleine tote Kröten. Ich fiel auf das Mädchen und drang in sie ein, lag in ihr, wurde noch einmal groß in ihr. Sie war absolut bewegungslos, und doch konnte ich mehrmals ihren Orgasmus spüren, die Hitze, den Erguß. Überwältigt durch das Gefühl, daß sie vor mir und mit mir kam. Schließlich stand ich auf, und die zwei Frauen erschienen. Jetzt bemerkte ich, daß das Mädchen von der Hüfte ab gelähmt war, jetzt als die Frauen sie durch den Raum hindurch in den zweiten und hinaus auf den Balkon stützten, wo sie sich umdrehte und mir zulächelte.

Ann Quinn

geboren 1936 in England, Romanschriftstellerin, erhielt mehrere Literaturpreise.
(Texte aus: Passagen, März-Verlag, Frankfurt 1970)

Joan Nestle

Für meine Papafrau

Du hast einen Job, der deinen Rücken felsenhart und stark macht: du arbeitest mit Männern in einem höhlenartigen Lagerhaus. Du belädst Lastwagen, während andere schlafen. Manchmal, wenn du zu mir kommst, während ich arbeite, fällst du mit dem Bauch aufs Bett und schläfst ein, das Laken um deine Taille geschlungen, das flammende Einhorn auf deiner rechten Schulter fängt die Nachmittagssonne. Ich stehe einfach da und gucke dich an, dein schlafendes Gesicht, deine freundlichen Hände; mein Verlangen nach dir wächst, nach meiner Papafrau, die Schlagzeug spielt und all die Worte zu Lady in Red kennt, die mich Sassafras Mama nennt, auch wenn ich manchmal zu weit von der Erde weg bin, die sich von meinem Alter oder meiner Krankheit nicht abschrecken läßt. Meine Papafrau weiß mich in die Arme zu nehmen und hinzulegen, weiß meine Schenkel zu spreizen und dann meine Lippen, weiß die Nässe zu fangen und zu nutzen und dann so in mich einzudringen, daß frauliche Wellen uns beide schütteln. Meine Papafrau fürchtet sich weder vor meinem Stöhnen noch vor meinen Nägeln, sondern nimmt mich und nimmt mich, bis sie weit jenseits des Eintritts in den Kern der Tränen gelangt und dann, wenn ich zu ihrer Stärke und vollen Fraulichkeit komme, küßt sie mein Vermächtnis an Schmerz weg und Möse und Herz und Kopf sind geheilt.

Meine Papafrau will kein Mann sein, aber wer bewegt sich schon an »unfraulichen« Plätzen und wer macht schon »unfrauliche« Arbeit. In der tiefen New Jersey-Nacht manövriert sie den Gabelstapler, um die Tausende Kilos Aluminium in die hungrigen Lastwagen zu laden, die dort auf sie warten. Gekleidet in das schläfrige, abgetragene Lagerhaus-Blau, den Firmennamen in Weiß quer über die Tasche gestickt, erträgt sie den bitteren Humor ihrer Kollegen, die Männer sind. Sie lachen über Juden, über Frauen, und wenn die schwarzen Arbeiter nicht da sind, über Schwarze. All die Verbitterung ihrer Leben, all die zerbrochenen Träume prallen von den Wänden des Lagerhauses. Meine Frau knirscht mit den Zähnen, wenn die Vergewaltigungswitze kommen: »Erzählt nicht so'n Schwachsinn, wenn ich hier bin.«

Wenn sie zu mir nach Hause kommt, muß ich die Stellen liebkosen, die bei dem Versuch, ihre Arbeit in einer Männerwelt zu tun, durchgescheuert sind. Sie mag ihre Arbeit, sie mag die Herausforderung der Maschinen und die Stille der Nacht und mag das Ausspielen der Körperkraft. Wenn wir auf Frauenfeste gehen, beobachte ich amüsiert, wie die Frauen sie anstarren, wenn sie auf die traditionelle Frage »Was machst du?« ihre nicht traditionelle Antwort gibt »Ich belade Lastwagen in einem Lagerhaus«. Wenn die ganzen Lehrerinnen und Sozialarbeiterinnen ihre Kommentare hinter ihrem Rücken loslassen, dann möchte ich sie anschreien, wo ist eure Neugierde auf das Leben von Frauen, wo ist euer Interesse an durchbrochenen Grenzen?

Meine Frau ist dreizehn Jahre jünger als ich, aber sie ist weise in ihrer Art, Frauen zu lieben. Brüste und Arsch machen sie heiß, so wundervoll heiß, daß es ein gehörtes und ausgesprochenes Verlangen ist. Ich mache sie heiß und ich mag das. Ich mag ihren Schweiß und ihre Tätowierungen, ich mag ihre Ritterlichkeit und ihre Verachtung für die Jungs; ich bin ihr Mutter und Ehefrau und Nutte und gemeinsam lernen wir, Kameradinnen zu sein.

Sie mag es, wenn ich im Bett einen schwarzen Unterrock anhabe, wenn ich baumelnde Ohrringe trage, schwarze Strümpfe und Stöckelschuhe, wenn wir spielen. Sie mag mein Parfüm und Lippenstift und Nagellack. Ich genieße diese Hiebe von Farbe, den gefälligen Platz in meinem Nacken, wo sie ihren

Kopf birgt, wenn sie auf mich kommt. Manchmal sitze ich auf ihr, meine Möse offen auf ihrem runden Bauch, meine Brüste über ihr hängend, die Nippel ihre Lippen streifend. Ich verbiete ihr, mich zu berühren und bewege mich weiter auf ihr, lasse meine Nässe ihren Bauch einschmieren. Sie beginnt zu stöhnen und biegt ihren Körper hoch, zerrt an den Beschränkungen. »Bitte Baby, bitte«, bettelt meine Papafrau. »Bitte, laß mich dich ficken.« Dann plötzlich, wenn sie genug hat, lächelt sie, öffnet ihre Augen, sagt, du hast genug gespielt, und wirft mich mit ihrer ganzen Kraft von meinem Thron.

Manchmal liegt sie im Bett und hat unter der Decke ihren Schwanz an. Ich kann seine Umrisse unter dem pinken Überzug erkennen. Ich stehe nur da in meinem Unterrock und beobachte sie, ihre heftiger werdenden Augen. Dann sitze ich neben ihr, auf der Bettkante und sage ihr, was für einen wundervollen Schwanz sie hat, während ich meine Hand über ihren Bauch schicke, bis ich ihre lila Festigkeit erreiche und dann, wenn ich an ihrem Nippel sauge, streichele ich sie langsam und ziehe an ihrem Schwanz, so daß sie es durch das Lederdreieck fühlen kann, das den Schwanz an seinem Platz hält. »Laß mich dich lutschen«, sage ich, mein Gesicht nah an ihrem, meine Brüste ergießen sich über ihre. »Laß mich deinen Schwanz in den Mund nehmen und dir zeigen, was ich kann.« Sie nickt schwach, fast als wäre ihr Kopf zu schwer, ihn zu bewegen.

Mein Liebling, dieses Spiel ist real. Ich nehme mir Zeit, dich zu lutschen, deinen Mut in meinen Mund zu nehmen, beides Möse, dein Fleisch und dein Schwanz, deinen Traum, tief in meinen Mund und ich tue es. Ich schlage die Decke zurück und beuge mich vorsichtig über sie, so daß sie meine roten Lippen sehen kann und meine rotlackierten Finger, die ihren Schwanz massieren. Ich nehme ihre Hand und lasse ihn damit umfassen, so daß sie meine Lippen fühlen kann, wenn ich mich auf ihr bewege. Ich gebe ihr das Beste, zu dem ich fähig bin, lecke den lila Schwanz über die ganze Länge und berühre vorsichtig die Spitze, kreise mit meiner Zunge und nehme sie dann voll in meinen Mund, in meinen Hals. Sie stöhnt, bewegt sich, versucht zu gucken, versucht, zu gucken und kann es nicht, weil das Bild sie überwältigt. Wenn ich alles getan habe, was ich konnte, biege ich den nassen Schwanz auf ihren Bauch und sitze auf ihr, so daß ich den Schwanz gegen meine Möse fühlen kann. Ich schaukel auf ihr, bis sie bereit ist und dann langt sie hinunter und läßt den Schwanz in mich gleiten. Ihre Augen sind jetzt offen, wunderbar klar und scharf und sie schlingt ihre Arme um meine Taille, so daß ich fest an sie gepreßt bin. Dann, langsam zunächst beginnt sie ihre Hüften aufwärts zu bewegen in kurzen, harten Stößen. Ich werde von ihren starken Armen auf meiner Lust gehalten; ich kann nichts tun als mich bewegen, nehmen, fühlen. Wenn sie weiß, daß ich dabei bin, bewegt sie sich schneller und schneller, ihr Atem kommt in kurzem, hartem Keuchen, aber dennoch höre ich die Worte »O Baby, du bist so gut zu ficken.« Ich vergesse alles, spüre nur ihre Bewegungen. Ich falle über sie, mein Kopf auf dem Kissen hinter ihrem Kopf. Ich höre Geräusche, Stöhnen, geschriene Worte, weiß meine Fäuste hämmern auf das Bett, aber ich bin mir nicht bewußt, Worte zu formen oder die Arme zu heben. Ich reite und reite härter und schneller, umkreist von ihren Armen, von ihrem Geschenk. ›Gib mir alles, laß alles raus‹, ich weiß, sie sagt es. Ich höre eine Stimme antworten ›du du du du‹ und ich hämmere auf das Bett, ihre Arme, alles, was erreichbar ist. Wie kannst du es wagen, dies zu tun, mich hinter meine alltägliche Stimme, meinen alltäglichen Körper, meine alltäglichen Ängste zu führen. Ich singe, wir tanzen. Wir haben den Durchbruch geschafft.

Dann ist es vorbei, wir kehren zurück und sanft hebt sie mich von ihrem Bauch. Ich gleite an ihrem Körper runter, ruhe mich aus und befreie sie dann von dem Leder. Wir schlafen. Ja, meine Papafrau weiß, wie sie mich bewegen kann, aber sie weiß auch viele andere Dinge. Sie weiß, sie kann nicht beschämt werden; sie weiß, daß ihr Körper komplizierte Botschaften trägt. Sie weiß, daß sie vorsichtig sein muß mit ihrem Bedürfnis zu beschützen und sie weiß, daß es gefährlich ist, wenn sie ihrer Liebe erlaubt, ihr Leben zu werden. Sie ist alt und jung, meine Papafrau, stark und empfindlich, großzügig und sparsam. Sie spielt bei Frauenfestivals und hängt Einhörner an ihre Wände. Schätzt diese Frauen unter uns. Laßt reaktionären Feminismus sie nicht vertreiben. Laßt naive Lesben sie nicht ausgrenzen. Sie sind selten und müssen bewahrt werden. Meine Papafrau, mein staubiger Spatz, ich weiß, wie besonders du bist. In den 50ern und früher wurdest du verstanden; nun muß ich erklären, damit nicht auf deinen Geheimnissen rumgetrampelt wird in unserem Kampf gegen Machtmißbrauch, daß deine Kraft, sowohl zu lieben als auch zu brauchen, nicht falsch gedeutet wird als Betrug an deinem Frausein.

Joan Nestle

geboren 1940 in Manhattan. Ihr Vater starb vor ihrer Geburt, ihre Mutter, eine Jüdin aus der Arbeiterklasse, arbeitete als Buchhalterin in der Bekleidungsindustrie und hatte viele wechselnde Liebhaber. Joan Nestle studierte und war »von Anfang an« lesbisch. 1958, als ihre Mutter sie mit einer Frau im Bett entdeckte, schmiß sie sie aus ihrer Wohnung. Ihr älterer Bruder hatte sich schon früher freiwillig zum Militär gemeldet. Die beiden Frauen, Mutter und Tochter, kamen sich später wieder näher, und Joan Nestle schrieb zauberhafte Texte über ihre Mutter, beispielsweise »My mother liked to fuck«. Joan Nestle engagiert sich seit den sechziger Jahren aktiv politisch und in der Frauenbewegung, sie ist Schriftstellerin und Dozentin und nimmt eine sehr kritische Haltung gegenüber der amerikanischen Antipornobewegung ein, die von einer anderen lesbischen Jüdin initiiert wurde, von Andrea Dworkin.

Angela Carter

Das Schneekind

Mittwinter – unbesiegbar, unbefleckt. Der Graf und die Gräfin reiten aus, er auf einer grauen Stute und sie auf einer schwarzen, sie in schimmernde Blaufuchsfelle gehüllt. Und sie trug hohe, blanke schwarze Stiefel mit scharlachroten Absätzen und Sporen. Frischer Schnee fiel auf den Schnee, der schon lag. Als er aufhörte, war die ganze Welt weiß. »Ich wünschte, ich hätte eine Tochter so weiß wie Schnee«, sagt der Graf. Sie reiten weiter. Sie kommen an ein Loch im Schnee, das Loch ist voll Blut. Er sagt: »Ich wünschte, ich hätte eine Tochter so rot wie Blut.« So reiten sie weiter; da sitzt ein Rabe auf einem kahlen Ast. »Ich wünschte, ich hätte eine Tochter so schwarz wie dieses Vogels Feder.«

Kaum hatte er sie beschrieben, stand sie schon da, dicht neben dem Weg, weiße Haut, rote Lippen, schwarzes Haar und splitternackt; sie war das Kind seiner Wünsche, und die Gräfin haßte sie. Der Graf hob sie hoch und setzte sie vor sich auf den Sattel, die Gräfin aber hatte nur einen Gedanken: Wie kann ich sie loswerden?

Die Gräfin ließ ihren Handschuh in den Schnee fallen und befahl dem Mädchen, abzuspringen und ihn zu suchen; sie hatte im Sinn, davonzugaloppieren und das Mädchen zurückzulassen, aber der Graf sagte: »Ich werde dir neue Handschuhe kaufen.« Alsbald glitt der Pelz von den Schultern der Gräfin und schlang sich um das nackte Mädchen. Da warf die Gräfin ihre diamantene Brosche durch das Eis eines zugefrorenen Teiches: »Tauch hinein und hol sie mir«, befahl sie; sie dachte, das Mädchen würde ertrinken. Der Graf aber sagte: »Ist sie ein Fisch, daß sie in solcher Kälte schwimmen kann?« Da sprangen die Stiefel der Gräfin von den Beinen und auf die des Mädchens. Jetzt war die Gräfin splitternackt und das Mädchen gestiefelt und bepelzt; da verspürte der Graf Mitleid mit seinem Weibe. Sie ritten an einem Rosenstrauch vorbei, der über und über in Blüten stand. »Pflück mir eine ab«, befahl die Gräfin dem Mädchen. »Das kann ich dir nicht verweigern«, sagte der Graf.

So bricht das Mädchen eine Rose, sticht sich den Finger am Dorn, blutet, schreit, fällt.

Schluchzend sprang der Graf vom Pferd, löste seine Reithosen und rammte sein Glied in das tote Kind. Die Gräfin zügelte ihre stampfende Stute und sah ihm aus der Nähe zu; er war schnell fertig.

Da begann das Mädchen zu schmelzen. Bald war nichts mehr von ihr übrig als eine Feder, die ein Vogel fallen gelassen haben könnte, ein Blutstropfen wie von etwas, das der Fuchs gerissen hatte im Schnee, und die Rose, die sie vom Strauch gepflückt hatte. Jetzt hatte die Gräfin wieder alle ihre Kleider an. Sie streichelte mit ihrer schmalen Hand das Fell. Der Graf hob die Rose auf, verneigte sich und reichte sie seiner Frau; sie berührte sie und ließ sie gleich fallen. »Sie sticht!« sagte sie.

Angela Carter

geboren 1940 in England, studierte an der Bristol University, lebte zwei Jahre in Japan und war dann bis 1978 Dozentin für kreatives Schreiben an der Sheffield University. Seitdem ist sie freie Schriftstellerin und veröffentlichte viele Romane, Gedichte und Kurzgeschichten und ein vieldiskutiertes Buch über das Frauenbild bei de Sade: »Sexualität ist Macht«. (Text aus: Blaubarts Zimmer. Märchen für Erwachsene, Rowohlt-Verlag Hamburg 1982, auch als Taschenbuch 1985).

Ulrike Bock

Die festliche (selbst) Befleckung

»wenn draussen die Eulen zu fliegen beginnen« zünde ich die Lichter an in meinem Freudenhaus – aus meinem toten Körper verdunstet die Vergänglichkeit. Zurück bleibt das Geile. Die Gefrässigkeit. Der Speisesack für meine Reise füllt sich mit schleimig klebriger Brunst »fegt mir die Spiegel« in meiner Fotze beginnt die Lust zu prahlen; in einem entsetzlichen Liebesverlangen zwischen den kleinen Schamlippen entrinnen die Gespenster und Masken.
Plündern. Raub. Beute. mit der Zunge auf der Haut entlangfahren bis die Spalten und Ritzen Wasser lassen. anatomisch zerlege ich meine Lust; schneiden; mähen »kunstgerechte Öffnung« die Aufstülpung und rundlichen Reste sind warm und gallertartig. ein Gesicht schwelgt – schreit krächzt gackert – ein wenig lacht es. An der Fotze beginnt ein undeutlicher Auswuchs üppig zu wuchern. eine läufige Frau blickt aus dem Spiegel. strahlt; leuchtet; das bin ich – mit der ich nichts zu tun habe – denn ein fremder Körper bleibt der unübertreffliche Mittelpunkt. ich umklammere alle Absonderungszellen und Hohlgebilde – reibe und springe mit den Fingerkuppen hin und her, schleife, bis die verletzte Haut dröhnt. gierig fresse ich den Auswurf. Ausdünstungen. Tränen. ausatmen, träufeln. tropfen. trinken. tunken. ausweiden. an den Fingern saugen bis die kleinste Flüssigkeitsmenge an meinem Gaumen verdampft. In meinem Freudenhaus für Obdachlose fügt die Nymphomanie mein Leben festlich zusammen »wenn draußen die Eulen zu fliegen beginnen«: eine Beichte: bis ich wieder in Kälte und Stummheit untertauche –
verschwommen und unwirklich von geistiger Flachheit. in der Leiche wohnt ein Fisch.

Ulrike Bock

geboren 1941 in Rößlingen. In Worpswede Lehre als Fotografin. Lebt als Künstlerin und Schriftstellerin in Berlin. Viele Ausstellungen und Veröffentlichungen, u. a.: Das Mädchen und der Knopf (mit a. Waldschmidt), Merlin Verlag Gifkendorf 1969, Ich und ich in einer Landschaft, Kunstverein Celle 1975, 6 × 6 Landschaften. Zeichnungen, Lichtbilder, Texte, Wendelin Niedlich, Stuttgart 1981, Die denkende Schrift, Text mit fotografischen Bildern der Autorin, eines davon handcoloriert, konkursbuch-Verlag, Tübingen 1985, 1 + 1 = 2, Kunstverein Göttingen und Merlin Verlag Gifkendorf 1987. In Vorbereitung: Nacht: Eine Frau an eine Frau. (Tübingen, konkursbuch-Verlag)
(Text aus: Mein heimliches Auge, Tübingen 1982)

Cornelia Arnhold

Spermastory

Die neuen Schuhe drücken, trotz dünner Strümpfe. Ein Gefühl, als liefe sie in Schraubstöcken. Zu dumm, keine Ersatzschuhe dabei zu haben. Vielleicht sollte ich sie doch noch umtauschen, denkt Mechthild M., der glatte graue Linoleumboden kann eigentlich noch keine Spuren auf den Sohlen hinterlassen haben. Sie zieht den linken Fuß aus dem Schuh und massiert die steifen Zehen, während sie in der Kartei blättert. Andererseits hat sie lange nach passenden weißen Schuhen gesucht, die weder hohe dünne Absätze haben, noch ganz flach sind. Diese haben einen halbhohen Blockabsatz und sehen wie Gesundheitsschuhe aus. Eigentlich hätten sie bequem sein sollten.
Die Klingel. Sie drückt auf den Öffner, gleichzeitig klappt die Tür vom Behandlungszimmer.
»Der Nächste, bitte.«
Herr I., ein schwerer Mann, schnauft beim Aufstehen. Seit Jahren Patient bei Dr. Z. Mechthild M. drückt ihm das Gefäß in die Hand.
Er nickt, weiß Bescheid.
Mechthild M. wartet, bis er wieder aus der Kabine kommt.
Er braucht jedes Mal länger und die Ausbeute wird immer spärlicher. Kaum daß der Boden des Gefäßes bedeckt ist. Er stützt sich schwer auf ihren Schreibtisch, während er stöhnend den letzten Knopf schließt.
Sein Standvermögen nimmt ab, stellt sie sachlich fest, in jeder Hinsicht.
Daß ihre Phantasie Grenzen hätte, war ihr schon in der Schule bestätigt worden. Du denkst wie ein Junge, hatte die Kunstlehrerin kopfschüttelnd festgestellt. Das war ihr in den Naturwissenschaften zugute gekommen.

»Wiedersehn.«
Ohne hochzusehen kippt sie sein spärliches Sperma in ein Reagenzglas, beschriftet es mit Namen und Datum und stellt es zu den anderen in den Kühlschrank.
»Der Nächste.«
Sie streckt den Kopf in das Wartezimmer, lächelt flüchtig in die Runde und zählt die Wartenden ab. Noch mindestens fünf Patienten bis zur Mittagspause.
Die Alte vom Doktor, langjährige Patienten nennen sie so. Sie weiß das. Es ist ihr egal. Mögen sie denken. Manche halten sie sogar für verwachsen. Wegen ihrer krummen Haltung unter dem weißen Kittel. Dabei sind es nur die großen schweren Brüste, die sie vor den Blicken verbirgt. Als diese vor über 30 Jahren zu wachsen begannen und gar nicht mehr damit aufzuhören schienen, hatten sich die Schultern schützend über ihnen zusammengebogen und waren mit den Jahren zu knöchernen Schutzschildern geworden.
Feucht und fett hingen sie da plötzlich an einem Körper, der eigentlich Sportlehrerin hatte werden wollen. Aus der Traum. Also weite Pullover, also verborgene Schulterblätter, Reagenzgläser und weiße Kittel.
Alles in allem war sie darunter recht glücklich geworden. Hin und wieder waren sie, die Brüste, gelegentlich zum Einsatz gekommen, waren mal in diese mal in jene Hände gewandert. Aber das hatte ihnen kein Wohlwollen bei ihrer Besitzerin eingetragen. Lästig, dachte sie nur immer wieder, mein Gott, wie lästig und bestäubte sie morgens und abends mit Talkumpuder, daß sie aussahen wie mehlbestäubte Teigkrapfen, bevor sie ins Öl geworfen werden. Auf diese Weise schwitzen sie nicht und rieben sich nicht so schnell wund.
»Der Nächste.«
Dabei ist sein Vorgänger noch nicht fertig.
»Sind Sie soweit?« Sie klopfte leicht mit der Hand an den Stoff der Kabine. Ein Grunzen antwortet. Also immer noch nicht.

Wie lange die heute wieder brauchen. Ob auch das am Wetter liegt? Der Himmel über der Milchglasscheibe ist grauweiß.
Und noch mindestens drei Wartende draußen. Manchen kommt's ja fix. Typ Schnellstarter an der Ampel. Solche kommen stolz und hochrot nach knapp 2 Minuten wieder raus und präsentieren sich samt Samen wie eine fehlerlose Vokabelarbeit.
Musterschüler, denkt sie, diese Loberwartungsgesichter.
Obwohl sie ihr die Arbeit erleichtern, sind gerade die ihr nicht geheuer. Was erwarten die bloß von ihr? Daß sie ihnen eine Eins aufs Glas schreibt? Denen begegnet sie besonders sachlich.
Wenn der sich nur beeilen würde. Aber weil radikales Antreiben oft genug das gegenteilige Resultat gebracht hatte, klappert sie nur auffordernd mit den Geräten und seufzt vor sich hin.
Bald 12 Uhr. Seit beinahe 15 Minuten sitzt Herr N. nun schon ein und immer noch nichts. Sie fürchtet um ihre Mittagspause. Um den Trödler daran zu erinnern, daß sie auch ein Mensch ist mit Magen und Durst und eine Pause nötig hat, öffnet sie die Tür zum Behandlungszimmer und fragt laut:
»Soll ich Ihnen was vom Metzger mitbringen, Herr Doktor?«
Der murrt ablehnend. Seine Frau hat ihm was mitgegeben. Mechthild sieht seine Brillengläser, in denen sich der Chrom der Instrumente spiegelt. Weiß, chrom, grau, das sind die Farben hier. Manchmal denkt sie, daß sie ihren Chef ohne Kittel auf der Straße nicht erkennen würde. Außer dem Dr. vor seinem Namen ist nichts Besonderes an ihm. Jedenfalls ist ihr in 20 Jahren nichts aufgefallen. Also nichts. Sie schließt wieder die Tür.
Endlich. Herr N. stellt ihr das Glas hin, zieht die Hose hoch und stöhnt resigniert.
Daß die immer noch was zu fummeln haben müssen. Noch nie hat sie einen Mann erlebt, der fertig angezogen mit den Hän-

den oberhalb der Gürtellinie heraus gekommen wäre. Interessehalber hat sie sich einmal in einem Restaurant mit Blickrichtung auf die Herrentoilette plaziert. Genau das Gleiche. In 3 Stunden hat sie keinen Mann beobachtet, der nicht noch was zu legen, zu ziehen, zu heben, schwenken oder festzuzurren gehabt hätte. Ein umständliches Geschlecht.
Gleich halb eins und immer noch zwei Wartende.
Ach du lieber Gott. Nun ist auch noch das Glas von Patient H. umgefallen. Gott sei dank ist er noch nicht weg, gerade zieht er seinen Mantel an, steckt mit einem Arm schon im Ärmel.
Sie ruft ihn noch mal herein.
»Eine Zusatzuntersuchung ... ich vergaß ...«
Er sieht sie beunruhigt an.
»Nein, nein, nichts Ernstes«, sie lacht ein künstliches Lachen, das wie ein Husten klingt, muß ihn beruhigen, mit irgendeiner harmlosen Erklärung, sonst würde das nix werden mit dem, nicht in einer halben Stunde.
Seufzend, aber guten Willens, betritt er noch mal die Kabine.
Sie hört ihn schwer atmen.
Auch nicht mehr der Jüngste, denkt sie.
Endlich alle weg! Fenster auf, Mantel an.
»Ich gehe«, ruft sie hinüber und stellt ihm das Telefon durch.
Nein, nochmals danke, er brauche nichts.

Milchige Stadtluft, zäh und klebrig. Trotzdem saugt sie sie tief ein und streckt sich, als sei sie seit Stunden nur gebückt gelaufen. Die Schuhe! Zu spät. Das Kopfsteinpflaster der Fußgängerzone hat bereits Kratzer hinterlassen. Ihre Füße würden sich eben gewöhnen müssen. Mit der Zeit würde sich das Leder schon weiten. Fast scheint es, als ginge sie schon viel besser.

Die Pizzeria »da Silvio« ist voll, wie jeden Mittag. Aber für eine Person findet sich immer ein Platz. Sie bestellt Canelloni mit Salat, dazu Apfelwein. Unter dem Tisch zieht sie die Schuhe aus und reibt die Füße gegeneinander.

Mechthild M. führt ein normales erfolgreiches Leben. Sie verdient gut und ist abgesichert. Für ihre kleine viereckige Wohnung leistet sie sich einmal pro Woche eine Putzfrau. Es geht ihr gut. Wenn ihr etwas begegnet, das ihr gefällt, kauft sie es: eine moderne Zeichnung, einen teuren Pullover, Lederhandschuhe. Sie wüßte keine Wünsche anzugeben, die über ihre Verhältnisse hinausragen. Nach einem eigenen Haus hat sie sich nie gesehnt. Ihren letzten Urlaub hat sie auf den Seychellen verbracht. Die Dias müßten gerahmt werden.
Gelegentlich taucht ein Mann in ihrem Leben auf und wieder unter, ohne mehr als ihr Bett aufzuwühlen. Sie erregt bei Männern kein größeres Aufsehen als diese bei ihr. Sie ist es zufrieden. Sie trinkt noch einen Capuccino, zahlt dann und geht.
Im Wartezimmer sitzen schon wieder die ersten Patienten. Eine Frau braucht ein neues Rezept. Mechthild M. läßt sie herein, während sie den Mantel auszieht, in ihren Kittel schlüpft und das Fenster schließt. Ein kurzer Blick auf die Garagendächer gegenüber, die mit gelben und roten Blättern übersät sind, die von der Kastanie dahinter fallen.
Noch ein schneller Atemzug, das riecht so, nach was riecht das? Der Geruch birgt eine Erinnerung und ist schon verflogen, sobald sie das Fenster geschlossen hat.
»Der Nächste.«
Routine. Jede Bewegung, jeder Satz, unzählige Male wiederholt, und sie genießt die Wiederholung. Wie eine zuverlässig funktionierende Maschine, sagt sie sich. Nichts kann da schief gehen, höchstens, daß mal ein Glas zerbricht, was ganz selten vorkommt, nur wenn sie wirklich im Druck ist.
»Der Nächste –«
Der lange blonde Junge ist neu.

»Sie sind zum ersten Mal hier?«
Er nickt.
Sie notiert Name, Alter, Anschrift.
»Haben Sie einen Krankenschein dabei?«
Untersuchung auf Zeugungsfähigkeit wegen einer Penisverwachsung. Sie drückt ihm die Glasschüssel in die Hand und weist mit dem Kopf auf die Kabine. Ein besorgter Ausdruck tritt in seine Augen, aber brav zieht er den Vorhang hinter sich zu.
Mechthild M. zieht derweil eine neue Karteikarte hervor, schiebt sie in die Maschine und tippt Name, Anschrift, Datum sauber ein. Ivan! Was Eltern sich heutzutage bei der Namensgebung so denken. Dieses Bürschchen, dürr und blond und durchsichtig und dann Ivan! Was fällt einem zu Ivan ein? Natürlich der Schreckliche. Irgendein russischer Zar, der geköpft, erschossen, gehenkt und wer weiß was noch alles verbrochen hat.
Telefon.
»Praxis Dr ... Ja. Nein. Heute nur bis 17 Uhr.«
Sie hängt auf. Ein Summen. Der Chef.
»Ich komme.«
Als sie zurückkommt, ist von dem Jungen immer noch nichts zu sehen.
»Fertig?« fragt sie im Vorübergehen zu der Kabinenwand.
Statt einer Antwort steht er plötzlich tip top zugeknöpft neben ihr und stellt das leere Glas vor sie hin.
Der Erste, der nirgends mehr zupft und stopft, registriert sie flüchtig.
»Ich kann nicht.«
»Wie? Sie können nicht?« In Ihrem Alter, hätte sie fast hinzugefügt.
»Ich kann nicht«, wiederholt er.
»Dann probieren Sie eben«, sie legt mütterliche Zuversicht in ihre Stimme und schiebt ihm das Glas wieder hin.

Aber er schüttelt nur heftig mit dem Kopf und schiebt es zurück.
»Probieren Sie, lassen Sie sich ruhig Zeit.«
Sie kommt sich vor wie eine Lehrerin, die ihrem in Panik geratenen Primus doch noch die richtige Antwort zu entlocken sucht. Er schüttelt den Kopf, zieht die Hand aus der Nähe des Glases und stopft sie in die Tasche.
»Nein!«
Nun ihrerseits ratlos starrt sie ihn an.
»Wie, was nein?«
»Ich bin doch keine Maschine« faucht er sie an, »eine Maschine zur schnellstmöglichen Produktion einer ausreichenden Menge . . .« er stockt, ». . . äh . . . Samen.«
»Aber . . . schließlich wollen Sie mal Kinder . . . wir müssen . . .«
Sie ist gänzlich aus dem Konzept gebracht.
Schweigend betrachtet er sie und dreht an dem dünnen Zopf hinter seinem linken Ohr.
Sie wird böse.
»Himmelherrgott noch mal«, platzt sie heraus, »stellen Sie sich doch nicht so an! In Ihrem Alter! Das muß doch . . .« sie stockt. »Ach nee!« Jetzt wird sein Blick giftig. »Wie stellen Sie sich das vor? Einmal rauf und einmal runter, fertig ist der kleine Gunther, was? Da haben Sie sich aber geschnitten Mylady. Wie soll man hier in Stimmung kommen?« Er sieht sich um. »Weiß, grau, weiß. Das reinste Leichenschauhaus.« Er mustert sie von oben bis unten. »Sie könnten sich auch mal was Schärferes umhängen.«
»Wir sind hier schließlich kein Puff.«
»Wär aber hilfreich«, jetzt grinst er.
»Und dieses Ding« er weist voller Abscheu auf die hin und her geschobene Glasschüssel. »So was stand bei meinem Opa auf'em Nachtschrank, als er am Abkratzen war, zum Reinstrullern.«

Sie holt tief Luft, zählt bis 10 und sagt dann halbwegs gefaßt: »Also was nun? Wollen Sie ein anderes Mal wiederkommen? Wir haben schließlich noch andere Patienten, die warten.«
Er zuckt unschlüssig die Schultern.
»Nächsten Dienstag?« Da er nichts erwidert, macht sie eine Eintragung. »Und vergessen Sie Ihren Krankenschein nicht.«
Schon in der Tür, dreht er sich noch mal um.
»Und vergessen Sie die Strapse nicht, Mylady.«
Der kommt sowieso nicht wieder, denkt sie und atmet erleichtert durch, als die Tür hinter ihm ins Schloß fällt.
In ihren Ohren dröhnt noch der Tag, der draußen verdämmert. Sie drückt die Tür hinter sich ins Schloß, verschließt sie doppelt, Schuhe von den Füßen, dann Licht, wenig Licht. Die Wandleuchte im Flur hat nur 25 Watt. Sie geht auf Strümpfen durchs Zimmer, schaltet den Fernseher ein, ohne Ton, drückt den Knopf, der das Aquarium beleuchtet. Im Gehen knöpft sie den Rock auf, zieht den Pullover über den Kopf; im Bad läßt sie alles fallen, hakt den BH auf und hängt ihn aufatmend an den Haken. Dort mag er warten bis zum Morgen. Nackt schlüpft sie in einen dunkelroten Satinkimono und streckt die gequälten Zehen in weiche rosa Plüschpantoffeln. Die schwarzen Lederpolster fauchen sanft wie schlaftrunkene Katzen, als sie sich hineinfallen läßt.
Immer noch knirscht und dröhnt es in ihren Ohren und wenn sie die Augen schließt, tanzen rote Pünktchen.
Sie schwingt die Beine auf die Sofalehne. Auf dem Bildschirm richten stumme Soldaten stumme Gewehre aufeinander und die Schleierschwänze fächeln mit glotzäugigem Lächeln durch den Unterwasserwald.
Zöge sie den bodenlangen Vorhang vor dem Fenster zur Seite, läge tief unter ihr die lichtgepunktete Stadt.
Aus einem Kristallflakon gießt sie Orangenöl in ihre Handflächen, reibt sie gegeneinander, fährt über Gesicht und Nacken, schiebt den Kimono auseinander und knetet ihre schweren

Brüste, die rote Striemen haben, wo der BH sie zusammengepreßt hat.
Ihre Finger krallen sich ins Fleisch, heben und drücken und streichen wieder Leben hinein. Sie spuckt auf den Zeigefinger, betupft die Spitzen der Warzen und beobachtet, wie die dunkle Haut sich zusammenzieht wie Echsenhaut und die Haare sich sträuben wie die Barthaare der Welse, die im Grundkies nach Futter suchen.
Ein Kitzeln wirft ihren Körper herum, der Hand entgegen, die den weichen Bauch umkreist und zwischen die Schenkel zielt, die sich wie von selbst öffnen und dann scharf über ihr zusammenklappen. Sie wälzt sich auf den Bauch, drischt den Arsch auf den Hügel auf die Hand, drauf und weg und drauf und hin und her. Halt. Sie stoppt. Nicht zu schnell.
Sie legt sich auf den Rücken, die Schenkel weit, ganz weit und entspannt, so daß nichts vorschnell passieren kann, nicht daß sie sich selbst davongaloppiert. Langsam tasten ihre Finger durch die feuchten mahagonifarbenen Locken, langsam, sachte, nicht die Tigerin reizen, die raunzt und knurrt im dunklen Gebüsch.
Während die einen Finger tanzen, trommeln, tupfen, daß die Warzen hervorwachsen wie Schneckenhörner, steckt sie den anderen tief ins schwarze Loch und reibt mit dem Daumennagel über die heiße feuchte Tigerzunge.
Schnarchtöne kommen aus ihrem Mund. Ihre Hüften schlagen aus. Noch einmal scharrt der Daumen über das rotglühende Fleisch, dann stürzt sie der Tigerin ins Maul.

Später steht sie auf, stäubt duftenden Puder zwischen Schenkel und Brüste, wäscht sich die Hände, richtet Käsebrote, Trauben, Tomaten, Radieschen, dazu Weißwein und Wasser und dreht den Ton am Fernseher laut.
Gerade läuft »Wetten daß . . .«.

Mittagspause. Es gießt. Mechthild M. fährt mit der Rolltreppe zu den Läden in der B-Ebene hinunter. Schuhe, Tee, Ledertaschen, Vitamin-Getränke-Bar. Sie kauft 100 gr. Orangentee und betrachtet die Cowboystiefel. Kein Paar unter 200 DM. Alle scheinen über einen Leisten gezogen, zu spitz, zu hoher Absatz, aber in vielen Farben und Mustern zu haben. Ivan trug Cowboystiefel mit schiefgelaufenen Absätzen. Sie glaubt eigentlich nicht, daß er noch einmal kommt.
In der Geschenk-Boutique stehen Gläser in Reih und Glied im Fenster. Spinner. Glaubt der in ein Sektglas einfacher und schneller zu onanieren? Jetzt hat sie tatsächlich Sexglas gedacht. Sie betrachtet die schlanken hohen Kelche mit grüngetöntem Fuß. Es gibt bauchige Gläser und solche, die schillern wie Ölschlieren auf einer Wasseroberfläche. Aber ihre Öffnung ist zu schmal. Sie geht in den Laden und an den Regalen entlang.
Eine knallrote Busentasse. Sie schüttelt sich, frauenfeindlich und primitiv. Einen Cognacschwenker? Nein, er würde sich nur noch mehr unter Leistungsdruck gesetzt fühlen. Männer! Sie zuckt die Schultern. Empfindlich wie Mimosen, wenn's um ihr Persönlichstes geht.
Da entdeckt sie es. Tief aquamarinblau mit einem milchweißen Stil. Nach oben, zum Rand hin, wird das blau hell und durchscheinend. Weit öffnet sich der Kelch, wie eine Schale auf einem Bein, auch gedacht für Eis oder Dessertcremes.
Sie kauft es und läßt es doppelt verpacken.
Als sie den nächsten Patienten hereinruft, sitzt Ivan im Wartezimmer und tut lässig. Über ihm hängt ein Druck an der Wand, irgendwas Klassisches, sie hat nie darauf geachtet.
Blaß sieht er aus. Sein Zöpfchen hängt ihm fertig und verloren über die Schulter. Dieselben schiefgetretenen Cowboystiefel, dieselben engen Jeans oder auch andere, wie soll sie das wissen, überhaupt, was geht es sie an? Ein Kunde, ein Patient, ein Kranker wie alle, die sie täglich herein- und herausbittet.

»Der Nächste.«
Großspurig kommt er hereingelatscht und doch werden seine Schritte kürzer, je näher er kommt, mindestens 2 m vor ihrem Tisch pariert er durch.
»Na, Sie sind ja doch noch mal gekommen.«
Viel zu schnippisch. Sofort könnte sie sich ohrfeigen. Dabei will sie nur die Hitze, den Schweiß unter den Achseln leugnen, tun als ob, genau wie er. Was ist sie? Eine erwachsene, eine erfahrene Frau. Was kann sie schon aus der Routine werfen? Der jedenfalls nicht, dieses Jüngelchen, dieses borstige.
Wie eingerammt steht er. Tut keinen Mucks, sagt kein Wort.
»Wie fühlen Sie sich heute?«
Was Einfühlsameres fällt ihr nicht ein. Hoffentlich feuchtet ihr Kittel nicht durch. Der Chef und auch sie selbst und die ganze weiße Umgebung fordern Fleckenlosigkeit von ihr, Fehlerlosigkeit, Kühle, Funktion. Keinen Schweiß, keine Aufregung.
»Gut.«
Seine Hände stecken vorsorglich in den Taschen, auch wenn die Hose dafür eigentlich zu eng ist.
»Wollen wir es noch einmal probieren?«
Wir! Was hat sie heute nur auf der Zunge, daß ihr die Worte davonlaufen, als hätten sie keine Vorsängerin.
Denn das muß er alleine leisten, da kann, da will sie ihm gar nicht dabei helfen.
Wieder steht er da wie ein braver, ein ganz unsicherer Schüler. Heuchler. Sie will nicht wieder darauf reinfallen.
Wie er die Schultern hängen läßt und sie ansieht, so gottergeben, ach Scheiße was ein Quatsch, cool nennen die das, nicht ergeben, wahrscheinlich fühlen sie sich sogar überlegen, wenn sie sehen, wie die Großen, die Erwachsenen, die Autoritäten anfangen zu zittern, zu zögern, zu schwitzen und zu faseln, wenn sie einfach nur dastehen, ein aufnehmendes Gesicht machen (»ich höre«) und nichts sagen, einfach dastehen, abwarten wie eine Leinwand, mal sehn, welcher Film heute bei euch ge-

zeigt wird, Leute. »Ich höre und warte«, genauso steht er da. Hol ihn der ... ja wer denn? Wer holt ihn denn heutzutage? Der Teufel doch längst nicht mehr. Drogen vielleicht, Arbeitslosigkeit, weiß der Teufel. Als sie einen Schritt auf ihn zumacht, sieht sie den feuchten Flaum auf seiner Oberlippe und daß er nicht ganz so cool ist, wie er tut, beruhigt sie und turnt sie an.

»Ich hab was für Sie.«

Sie greift in das Fach, in dem ihre Handtasche liegt und drückt ihm das Päckchen in die Hand.

Geschenke soll man auswickeln, aber es ist ja kein Geschenk, es ist rein dienstlich, zweckmäßig, zur Beschleunigung des Arbeitsablaufes und der Funktionsfähigkeit des Patienten, dient mittels Reibung einem reibungslosen Ablauf ...

Sie schüttelt die Gedanken fort.

»Nun stehen Sie doch nicht so rum! Machen Sie schon!«

Sie nimmt ihm das Paket aus der Hand und reißt das Papier auf. Giftblau wie der Gral funkelt das Glas, sie drückt es in seine Hand.

»Vielleicht turnt Sie das an.«

Mit energisch geschwungenem Kinn schubst sie ihn in Richtung Kabine.

»Na los schon!«

Er ist platt, das wirft ihn um. Von dieser unförmigen Person in ihrer straffen weißen Uniform hätte er das nicht erwartet. Er pfeift durch die Zahnlücken. Mannomann, da versteh einer die Weiber. Sein Blick wandert von ihr zum Glas und von dort zu ihr, vornehmlich zum Ende des oberen Drittels, dort wo sich dieser Kittel so ununiformiert wölbt. Diese Buckel. Er würde gern ... und plötzlich riecht er sie auch. Nicht zu fassen, die hat einen eigenen Geruch, hier, mitten in Sagrotan, Chemie, Chloroform und was sonst noch. Dabei hat er seit der Sexta Sexualkundeunterricht gehabt, aber von sowas haben die Pauker nie erzählt. Mannomann. Kopfwackelnd und

pfeifend verschwindet er in der Kabine. Mannomann oweiomann.
»Wie heißen Sie eigentlich, Schwester?« fragt er hinter dem Vorhang vor. Er muß mehrmals fragen, bis sie antwortet.
»Mechthild.«
»Warum haben Sie das nicht gleich gesagt?«
»Was soll das schon ausmachen, mein Name?« fragt sie von draußen zurück.
»O einiges. Das macht es viel persönlicher.«
Es dauert tatsächlich nicht lang, keine fünf Minuten.
»Fertig«, ruft er aus der Kabine.
Sie weiß nicht, ob sie enttäuscht ist oder erleichtert.
Aber nichts rührt sich. Er kommt nicht raus.
»Mechthild!« Sie antwortet nicht. »Kommen Sie, holen Sie sich Ihr Rohmaterial.« Seine Stimme klingt gepreßt, als spräche er in eine Trompete.
Telefon.
Ihre Hände sind schweißnaß.
»Praxis Dr. . . ., ja, heute bis 18 Uhr.« Sie hängt auf.
»Nun kommen Sie schon raus.«
»Holen.«
»Reden Sie keinen Quatsch.«
Sie klopft.
Schweigen.
»Ivan.«
Nichts.
Sie öffnet den Vorhang. Darauf hat er gewartet. Er steht ihr genau gegenüber. Wie fest er ihr plötzlich in die Augen sieht. Die Jeans hängt offen auf den schmalen, bleichen Hüften. Marzipanfarben und stocksteif hält er ihn in der Hand, in der anderen das blaue Glas. Leer.
»Machen Sie den Kittel auf!«
Sie steht einfach still, wie die Zeit.
»Die Knöpfe . . . machen Sie schon . . . ich will sie sehen.«

»Aber ...« will sie einwenden, bis sie merkt, daß der Film schon läuft und daß sie schon mitspielt, ohne, oder vielleicht obwohl sie es gewußt hat.
Sie öffnet also die Knöpfe ihres gestärkten Kittels, einen nach dem anderen. Er läßt kein Auge von ihren Fingern, während seine Hand sich bewegt wie aufgezogen.
»Weiter!« Er keucht.
Sie entläßt ihre Brüste aus ihrem Taggefängnis und da ist er am Ziel, an seinem oder an ihrem, wie man's nimmt.
Taumelnd verläßt sie die Kabine. Als er herauskommt, ist sie zu und weiß wie eh und je.
Er schiebt ihr das gefüllte Glas zu, läßt es aber nicht los. Sie sieht noch hoch, sieht ihm nicht ins Gesicht, nickt nur mit dem Kinn in Richtung Behandlungszimmer.
»Sie sollten jetzt zum Doktor rein.«
Er grinst.
»Klar.« Er geht zum Waschbecken.
Sie schaut hoch. Da nimmt er das Glas und kippt es über den Abfluß. »Aber erst brauch ich 'nen neuen Termin.«
Sie sieht ihn einen Moment schweigend an, bevor sie antwortet.
»Also dann Dienstag?«

Cornelia Arnhold

geboren 1943. Schreibt Lyrik, Prosa, Liedertexte. Begann mit Pferdegeschichten in der Reiterrevue. Später Artikel in verschiedenen Zeitungen, u. a. DIE ZEIT. Mitherausgeberin des Frankfurter Frauenblattes. Mitwirkend bei den LiteratHuren, einer literarischen Bühnenshow. Lebt als freie Autorin in Frankfurt. (Text aus: Frauen und Pornografie, Tübingen 1988)

Lynne Tillmann

Tagebuch einer Masochistin

Weißt du noch, wie du in San Francisco auf mich gepißt hast. Du hast unten an der Treppe gewartet; es war dunkel. Ich kam die Stufen herunter, und da hocktest du, gingst auf mich los, schlugst mich, und versuchtest, ihn in mich hineinzustekken. C. war oben. Du pißtest mich an, ich drehte mich um und versuchte, die Pisse aufzusaugen. C. hatte befürchtet, du könntest ihre Arbeit ruinieren. Keine Angst, sagte ich und verteidigte dich, das würde er nie tun.

In Phönix sagtest du, ich sei Kissinger, weil ich eine Zeile in H.'s Erzählung nicht erklären konnte. »Ich war acht, als ich meine erste Affäre hatte.« Du erzähltest mir, als Fünfjähriger hast du versucht, deine Hand auf die Möse deiner Tante zu legen. Ich hab dich deswegen nicht Tricky Dick genannt. Hältst mich in Phönix die ganze Nacht lang wach in einem Motelzimmer, nennst mich Nixon, die ganze Nacht lang, Fernseher an, deine Augen Löcher in deinem Kopf. Ich führte Telefongespräche, meine unsichtbaren Drähte nach Normalität.

Zurück zum Anfang – aber man kann Anfänge und Mittelteile und Enden nicht miteinander vergleichen – in Amsterdam legtest du deinen Schwanz in meine Hand und sagtest, mein Schwanz gehört dir. Du warst schon seit drei Jahren mein Freund. Du hattest mich die ganze Strecke nach New York im Arm, und als wir das erste Mal fickten, warst du besorgt, meine Schwester könnte uns hören. Ich fand das seltsam, war aber schon so weggetreten und dachte, wenn dir das was ausmacht, dann bist du einfach empfindsamer.

In Buffalo bekamst du die Grippe. Deine Hände wurden rot, du weintest und wolltest nach Holland zurück. Ich pflegte

dich; morgens sagtest du mir, mein Atem stinke – ich aß immer weniger.
Ich träume, zwei Männer beobachten uns, wie wir im Bett liegen. Ich gehe zu ihnen hin (sie sind sehr groß, ich bin barfuß) und verlange, daß sie damit aufhören. Ich erzähl dir meinen Traum, und du sagst, daß sie im Zimmer waren und du sie auch gesehen hast.
In Pittsburgh warnst du mich vor S., ich träume von deiner Frau und wie isoliert ich in Amsterdam wieder sein werde. Ich laß das Badewasser einlaufen in dem Traum, und es läuft über. Ich schwimme in der Überflutung, um die Wasserhähne abzudrehen, und meine Mutter schimpft mich aus, weil ich mit »einem verheirateten Mann« Liebe mache.
Wir machen keine Liebe. Das hast du in West Lafayette, Indiana, beschlossen. Da sind wir also an der Purdue Universität, zeigen diesen Sportlümmeln Filme, und im Purdue Gästehaus sagst du mir, daß du mit mir nicht mehr Liebe machen willst, weil es unsere Beziehung verdirbt. Wir zeigen die Filme, gehen chinesisch essen, und du kannst nicht verstehen, warum ich aufgebracht bin.
Ich schlafe allein, aber du kommst jede Nacht zu mir ins Bett, und gehst dann wieder. Morgens winkst du mich zu dir hin und küßt mich. Das Telefon klingelt. Du sagst, ich bin froh, weil wir gerade wieder im Begriff waren, in irgendwas reinzuschliddern. Ich will gehen; du kannst die Reise alleine machen, sage ich. Du sagst, dann würdest du mir die Schuld geben, und jeder andere auch. Am nächsten Tag verhältst du dich ok., der Tag darauf ist wieder mörderisch.
Wir kommen nach Minneapolis. Ein Hyatt Hotel. Ich schreibe in mein Tagebuch, daß ich meinem Verlangen nach deiner Zunge in meiner Möse nicht widerstehen kann. Als ich mich im Hotel ausziehe und dabei an dich und an Sex denke, blicke ich zufällig aus dem Fenster und bemerke einen Mann auf dem Gehweg, der sich einen wichst und mich beobachtet.

Wir wechseln das Hotel. Du sagst, du würdest dich die ganze Zeit krampfhaft von mir fernhalten. Du willst nicht kommen, weißt nicht, was du mit dem Gefühl anfangen sollst. Du möchtest, daß ich komme – du startest mich, du stoppst mich. Du pißt im Schlaf auf den Boden. Ich erzähl es dir morgens und sage, es ärgert mich nicht. Deine Frau würde das ärgern, sagst du.
Du weckst mich mitten in der Nacht, stehst am Fußende meines Bettes und sagst, ich hab das Gefühl, mich selbst zu verzehren.
Du frißt mich und beißt mich so kräftig, daß sich meine Haut rot und blau färbt. Du beißt mich in die Möse und ich bitte dich, aufzuhören. Du sagst, es tut dir mehr weh als mir. Einige Tage nach einer unserer Sitzungen schau ich mir meine Schultern an und denke, deine Spuren halten wirklich lang.
Dann die Busfahrt nach Omaha mit Schwarzen aus Chicago. Einer bezeichnet sich als professionellen Ficker und legt seine Hand auf meinen Oberschenkel. In Omaha steigen wir um und kriegen einen Bus ganz für uns allein. Ich bin bereit, dich auf der Toilette zu ficken, im Greyhound wie die Windhunde. Du sagst, deine Frau wäre schockiert. Wir lassen es.
Wir kommen nach Cheyenne. Ich kaufe mir Männercowboystiefel. Wir spielen Poolbillard, und irgendein Mann verspricht mir einen Silberdollar. Eine Hure erklärt mir, daß es zwei Damentoiletten gibt, eine anständige und eine obszöne. Sie fragt, auf welche möchtest du gehen? Wir lachen beide, wir sitzen zusammen in der Scheiße.
Du sagst, du kannst meinen Körper nicht ab, aber daß du drauf stehst, mit mir Liebe zu machen, weil ich geschickter und aufregender bin als deine Frau. Ich träume von einem verkrüppelten Mann, der versucht, mich zu sich in den 9. Stock zu locken, und ich will im 4. aussteigen. Irgendwie bin ich gezwungen, ihm hinterherzuschweben.
In Boulder treffen wir den Filmemacher B.. Du sagst ihm, er

hat Angst vorm Sterben. B. sagt, er hat seine Frau vor die Wahl gestellt, entweder Kunst zu machen oder ihn zu heiraten. B. küßt mich auf die Stirn. Es fühlt sich an wie das Siegel der Anerkennung und der Kuß des Todes. Ich träume, vier Babys sind in einem Plastikkasten als Kunstwerk installiert.

In Boulder kommt es dann soweit, daß wir uns streiten. Unser Gastgeber haßt mich, weil er denkt, ich quäle dich; bis er es am letzten Abend miterlebt. Er entschuldigt sich bei mir, und ich verteidige dich. Ich verstehe dich, sage ich unserem Gastgeber.

Unterwegs nach San Francisco. 15 Stunden nach Salt Lake City, wo wir uns als Mann und Frau eintragen. Wieder sagst du mir, ich soll keine Ansprüche oder Bedürfnisse haben. Wir wohnen im Palace Motel.

Weiter nach Reno. Ich lese, »und dennoch haben alle Reisen ihre geheimen Zielpunkte, von denen der Reisende nichts weiß.« Du schreibst einen Brief an deine Frau. Ich frage dich, warum du dir jetzt so viel klarer bist über die Situation mit deiner Frau. Du sagst, weil du jetzt mit mir zusammen bist. Du sagst, daß du von mir keine Anregungen bekommst.

San Francisco. C.'s Haus. Ich träume von Prostituierten, und in dem Traum sagst du, es ist besser eine Prostituierte zu sein und nicht verheiratet. C. und ich sind nicht verheiratet. Du haßt C. und versuchst mich gegen sie aufzuwiegeln. Du behauptest, sie sei in mich verliebt und könne mich nicht lieben. C. versucht sich mit dir abzufinden. Du drehst durch; sie schreit dich an, aber du bist zu weit abgedreht und ich habe Angst, alles bricht zusammen. Wir sehen uns W.'s Film an und du sagst zu ihm, die eine Seite der Leinwand sei heller als die andere. Es ist total verrückt, sowas zu behaupten, und ich bezweifle, daß du Recht hast. Das ist die Nacht, in der du mich angepißt hast. Am nächsten Morgen sagst du mir, du hättest genau gewußt, was du tust. C. versucht mir zu helfen und sagt, daß du verrückt wirst. Ich kann es mir nicht eingestehen. Sie bringt uns zum Bus und wir fahren nach Portland.

Wir machen Liebe in Portland. Im chinesischen Restaurant sprichst du über deine Frau und deine Kinder. Für ein Radioprogramm werden wir über Film interviewt. Du sagst mir, du seist C.'s Opfer. Am nächsten Morgen erzähle ich dir, wie mein Vater mich verletzt hat, und du sagst, daß du mich niemals verraten wirst.
Es gibt nur für einen von uns Geld für die Show in New York, für den Hin- und Rückflug, und außerdem hast du tödliche Angst vorm Fliegen. Am morgen meiner Abreise erwache ich in deinen Armen und wir beginnen Liebe zu machen. Dein Schwanz war steif an meinem Arsch. Du kommst in mich rein, von hinten, von vorne, dann ziehst du ihn raus. Laß uns lieber Tee trinken, sagst du. Ich weine, und du wirfst mir vor, ich versuche dir Schuldgefühle einzujagen.
Ich mache die Show wie ein Weltmeister. Zwei Tage in NYC allein. Ich habe 15 Pfund abgenommen und kann weder schlafen noch aufhören zu reden. Ich zeige G. und S. die 8-mm-Filme von unserer Reise. Die Hotels, das Badewasser, du schlafend im Bett, Blicke aus Fenstern auf Straßen, eine amerikanische Flagge, endlose Meilen Amerika aus dem Busfenster, C., Wüste, Gebirge, Badezimmer, Lampen, Schnee, ein Zimmer nach dem anderen.
Deine Frau ruft mich aus Holland an. Ich fliege nach Vancouver; du holst mich ab und schaust mich nicht an. Ich bitte dich, zu deiner Frau zurückzukehren. Ich versuche dich zu ignorieren. Wieder streiten wir uns vor unserem Gastgeber. Unser Gastgeber bittet uns aufzuhören. Wir hören auf, und du fragst mich, was ich trinken möchte. Überrasch mich, sage ich und lachle. Du sagst, du glaubst nicht, daß du das kannst.
Es gibt eine Party. Alle scheinen so normal. Ich verkriech mich, und als ich tanze, sehe ich, daß du mich beobachtest. Du sagst, nur deine Frau kann gut tanzen. Du sagst, ich soll meinen Partner verführen. Du beobachtest alles. Wir verlassen die Party, und in einem französischen Restaurant vertragen wir uns wie-

der, kehren zur Party zurück und schlafen mittendrin ein. Dein Schwanz ist wieder steif an meinem Rücken, und ich bewege mich nicht. Ich fühle nichts. Du fragst mich, ob ich mich wohlfühle, und ich lüge, Ja – und du? Du sagst, das geht dich nichts an.

Gewöhnlich sind Holländer geschickt im Umgang mit Geschäften. Du legst meine Hand auf deinen Schwanz und bedankst dich für das Gesburtstagsgeschenk von mir, einen Fisch, einen Jadefisch. Es ist Ende März. Wir sind Touristen in Vancouver und setzen uns fest. Sado-Masochismus ist fehl am Platz in dieser jungen staubigen Stadt, die erst 75 Jahre alt ist. Betrunkene Indianer fallen durch Bartüren und uns vor die Füße, als wir nachts spazieren gehen. Unsere Gastgeberin ist schwanger.

Ich schreibe an J., der eigentlich mit uns auf dieser Reise sein sollte – »jeden Tag fliegt ein Traum aus dem Fenster.« Du liest die Karte und fragst mich dreimal danach. Ich weigere mich, es zu erklären. Ich weiß, daß du dich rächen wirst, sobald ich schwächer bin.

Wieder im Bus, diesmal nach Los Angeles, wo ich nie hinwollte. Du beginnst den Tag mit der Frage: Warum bist du so hysterisch? Du hast Angst, daß ich überschnappe, weil ich jetzt öfter Hände und Gesten gebrauche. Ich bitte dich, mich in Ruhe zu lassen. Du imitierst meine Bewegungen.

Medford, Oregon, der nächste Streit. Diesmal behauptest du, ich bedränge dich, indem ich in mein Tagebuch schreibe. Die Briefe, die ich dir früher mal geschrieben habe, zerfleddern während des Abendessens in deiner Tasche, und du bestehst darauf, daß ich mit dem Schreiben aufhöre. Ich sammle Notizen über unsere Filmshows. Du sagst, du brauchst keine Notizen und daß du dich so erinnern wirst. Nach dem Abendessen kotze ich, einen enormen Krabbensalat; die Portionen in Amerika sind so groß. Eine freundliche Kellnerin mit einem Band im Haar hatte uns während unseres Streits Drinks serviert.

Bevor wir in den Bus nach L. A. steigen, sagst du, laß uns Freunde sein. Du legst deinen Arm um mich, und ich denke an Amsterdam, bevor alles losging, und kann es nicht fassen, daß Ficken solche bösen Folgen ausbrüten kann.
Bei unserer Zwischenstation in San Francisco erwartet mich C. Ich verteidige dich noch immer. C. ist immer noch meine Freundin. F. ist auch mitgekommen, um Aufwiedersehen zu sagen. Als ich diesmal in den Bus nach L. A. steige, fühle ich, als ob ich mich freiwillig einem Konzentrationslager ausliefere. Die erste Nacht in L. A. im Hotel Cecil, einem Todeslager für die Armen, die auf einem Streifen um die Reichen herum leben. Wir bekommen ein Zimmer mit Bad und ohne Stöpsel. Ein Zimmer, dessen Türrahmen rundherum mit Ziffern in schwarzer Tinte markiert ist. Zigarettenlöcher im Teppich, der Fernseher ist an die Decke gekettet. Hier versuchst du mich wieder zu ficken und kannst nicht. Es tut dir weh. Du sagst, wir passen nicht zusammen. Ich weiß nicht, ob du meinst körperlich oder nicht, und du willst es mir nicht sagen. Wir schlafen beim Fernsehen ein: eine Hochzeit live, ein Bibel-Drama mit Raymond Burr, und ein Polizist, der von den jüngsten Verbrechen berichtet.
Am nächsten Tag werden wir abgeholt und mit raus zu den Hügeln genommen, zu E.'s Haus, zu Kunst, zu Eidechsen im Garten. Ich fühl mich privilegiert, geradewegs aus dem Todeslager heraus, und ich gewöhne mich schnell ein. Der Gouverneur wohnt ein paar Häuser weiter, und zwei Geheimdienstmänner sind ständig dort. Wir schlafen in E.'s Haus zusammen; ich versuche immer alleine zu schlafen, aber du folgst mir immer wieder. Sonntag nacht ist dein Schwanz ganz blutig. Du weigerst dich, einen Arzt aufzusuchen. Ich rufe B. und S. in Amsterdam an und sehe Blut an der Telefonzellenwand. Ein unbeschnittener Schwanz hat manchmal dieses Problem, das in unserem Gebetsbuch keinen Namen hat. Ich habe niemanden, von dem ich Auskunft kriegen könnte, und ich traue mich nicht

W., einen Holländer in L. A., zu bitten mir zu erklären, warum dein Schwanz blutig ist. Ich schmecke Blut in meinem Mund. Weitere Diskussionen mit Filmemachern über Film. Ostküste gegen Westküste. Wir spielen Schach, du überredest mich dazu. Ich schreibe lange Briefe, die ich nicht abschicken kann; du schickst deine an deine Frau. Ich frage mich, was E. denkt; wir sind die ganze Nacht auf. Ich versuche dich daran zu hindern, mich in die Möse zu beißen. Wir wollen jetzt beide keine Orgasmen mehr; und selbst mit einem blutigen Schwanz versuchst du noch, mich zu ficken. Du sagst mir wieder und wieder, wie sehr du mich liebst. Du sagst, daß du mich haßt, weil es mir an Leidenschaft mangelt. Du sagst, daß mein Schmerz dich mehr verletzt.

Schließlich verlassen wir L. A. in Richtung Texas, um dort bei meiner anderen Schwester zu wohnen, die ich jahrelang nicht gesehen habe. An dem Morgen in Phönix, nachdem du mich Nixon und Kissinger genannt hattest, kann ich mir beinahe vorstellen, dich zu verlassen. Statt dessen versuche ich, dich zu dem Versprechen zu zwingen, dich gut zu benehmen. Unser Motel liegt am Van Buren Drive. Ich nehme eine Valium und schlafe auf dem Fußboden. Du legst deine Hand auf meine Möse, und ich stoße sie weg. Du sagst, daß du mich liebst, daß ich eine Faschistin bin und daß du mich haßt.

Wir kommen nach El Paso; auf halbem Weg zum Stadtteil meiner Schwester nehmen wir das Hotel McCoy. Ich schlafe ein, aber du weckst mich immer wieder auf. Am nächsten Tag, als wir an Fort Stockton vorbeikommen, lese ich an einer Tankstelle das Plakat: Dean and the Fat Boys – Dance tonight. Ich schreibe es auf, um mich später darüber zu freuen.

Meine Schwester und ihr Freund holen uns von der Busstation ab. Sie kommen von einer Party und sind guter Laune. Wir trinken ein Bier mit ihnen und werden zu ihr nach Hause gebracht.

Wieder in einer Familie, meine Nichte und mein Neffe, meine

Schwester, eine Katze und ein Hund. Ich schlafe im Zimmer meiner Nichte. Du bekommst das Gästezimmer mit dem Fernseher, so daß du die ganze Nacht rauchen und trinken kannst. In der dritten Nacht trinkst du eine ganze Flasche Wodka und sagst zu meiner Schwester, daß du dir nichts aus mir machst. Du sagst ihr, sie ist dein Typ. Meine Schwester geht raus. Deine Frau und ihre Schwester hatten dieselben Liebhaber, zur selben Zeit. Ich rede noch eine Zeitlang mit dir, dann gebe ich auf. Ich wecke meine Schwester und weine. Sie meint, ich sei verrückt und du seist betrunken und bösartig.

Ich schlafwandle durch den nächsten Tag. Du fragst mich, ob ich über gestern nacht reden möchte und ich sage nein. Ich meine es ernst. Ich habe keine andere Wahl. Ich habe nichts zu sagen. Später am Abend sprichst du mit mir über deine Frau und die Film-Coop. Ich hör dir zu und sag auch etwas, dann geh ich im Zimmer meiner Nichte schlafen. Ich geh dir aus dem Weg.

Der Hund wird von einem Auto überfahren. Ich sehe, wie er unter die Räder kommt. Es ist ein Unglück, an dem die ganze Familie Anteil nehmen kann. Das Tier überlebt.

Ich möchte aus dem Haus meiner Schwester nicht weg. Wieder im Bus mit dir; ich weiß, daß ich keine Chance habe. 56 Stunden nach NYC. Wir sind fast pleite. Nur noch einmal Motel. Wir übernachten in Atlanta. Pizza in der U-Bahn. Ich stoß dich zweimal weg, als du betrunken in mein Bett kommst. Beim dritten Mal laß ich dich in mich rein. Das letzte Mal.

Wir kommen nach NYC und wohnen bei N. Ich schlafe auf dem Fußboden neben der Tür. Du kriegst die Couch. Wir essen bei meiner Schwester zu Abend, hier begann unsere Reise, und du fängst an mit uns über Joan Littles Plädoyer zu streiten. Du redest zwei Tage lang darüber. N. kann unseren Anblick kaum ertragen. Eines Morgens rufe ich KLM an und reserviere einen Flug für dich am selben Abend. Du bist damit einverstanden, und wir kaufen Geschenke für die Familie. Ich rufe deine

Frau an und teilc ihr mit, daß du kommst. N. bringt uns zum Flughafen, und als du außer Sicht bist, fangen wir an zu lachen. Lauter und lauter. Ich kann nicht weinen. Jetzt wo du aus meinem Leben weg bist, ist da plötzlich ein irres Loch, so groß wie die La Brea Höhlen, die wir zusammen gesehen haben. Ich fühle mich wie eines jener Tiere, die dort versteinert sind.

Tage verstreichen, und ich fliege nach Florida um meine Eltern zu besuchen. Dort erwartet mich eine Nachricht von dir, die besagt, daß du sicher angekommen bist. Ich hole mir einen schlimmen Sonnenbrand und meine Eltern kaufen mir neue Kleider. Ich fliege mit dem Cousin meiner Mutter nach NY zurück, der behauptet, meine Mutter sei immer viel zu verliebt in meinen Vater gewesen. Ich muß nach Holland zurück, und ich habe eine Höllenangst. Ich stell mir vor, daß du dich bei mir entschuldigst, und alles wieder seinen normalen Verlauf nimmt. Ich suche einen Therapeuten auf, der sagt, ich brauche dir ja nicht mitzuteilen, wann ich komme.

Ich lande in Amsterdam und J. holt mich ab. Als wir uns das erste Mal treffen, ist T. dabei. Du bist grausam, und T. ist schockiert. Er sagt, er hätte nie geglaubt, daß du mich so behandeln könntest. Du rufst mich an und nennst mich Schnuggi, und sagst, du verstehst überhaupt nicht was los ist.

Das letzte Mal, daß mein Blick auf dich fällt, erledigen wir gemeinsam ein paar Filmgeschäfte. Ich versuche sauber aus der Angelegenheit rauszukommen. Du fährst mich zu S. und B. und sagst mir, du liebst mich und ich würde nichts verstehen. Ich seh dich an und klingel an der Tür meiner Freunde und gehe hinein.

Ein Jahr später, ich bin in NYC, und du schreibst mir, daß du dich bei einem Autounfall beinahe umgebracht hast und jetzt noch schöner bist. Ich glaube dir nicht.

Lynne Tillmann

Schriftstellerin und Filmemacherin in New York. Deutsche Übersetzungen ihrer Bücher im Verlag Stroemfeld/Roter Stern Frankfurt. Bisher: Tagebuch einer Masochistin (Erzählungen, 1986), dem dieser Text entnommen ist, und: Verwunschene Häuser (Roman, 1988)

Cuntessa de Mons Veneris

Bei der Friseuse

Ich bin sechs. Ich stehe am Eingang zum Schlafzimmer meiner Großmutter. Meine Mutter sitzt in dem riesigen Bett meiner Großmutter und säugt meinen Bruder. Seine Augen sind geschlossen, und er saugt und saugt. Eine winzige Hand klammert sich in ihre Brust. Die Farbe der Haut meiner Mutter ist ein warmes Braun. Sie schaukelt meinen Bruder sanft. Plötzlich fühle ich eine Welle intensiver Eifersucht. Ich will mich in ihren Schoß einrollen und ihre harten dunkelbraunen Nippel in den Mund nehmen und ihre Milch trinken. Ich schleiche auf den Zehenspitzen zu einer Ecke des Bettes und steige hinein. Sie lächelt mir zu und liebkost meinen Kopf. Ich berühre ihre Brust. Sie sagt mir, ich solle still sitzen. Ich frage, ob ich an ihrer Brust lutschen könne. Sie sagt, nein. Heftig. Dann sanft, daß ich zu alt sei für solche Sachen. Ich will weinen, aber lutsche statt dessen am Daumen und schmolle.

Ich sitze im Warteraum meiner Friseuse und blättere durch ein Haarmodemagazin für Schwarze. Keine der Frauen hat natürliches Haar. Alle Frauen in den Anzeigen wurden so europäisch wie möglich aufgemacht und fotografiert. Ich fingere an meinen Gegenständen des Schreckens herum. Um mich herum sind reihenweise Haarconditioner, Öle, Lockenverstärker und Shampoos. Kunstköpfe aus Styropor, die wie makabre Totenmasken aussehen, sind mit den verschiedenfarbigsten Perücken bedeckt, von Pechschwarz bis Platinblond. Ich betaste meine Locken, die sich sofort trocken und kraftlos anfühlen. Ich hoffe, die Friseuse beginnt nicht, mich zu belehren. Der stechende, unerfreuliche, kranke Geruch von Haar, was geradegemacht wird, dringt vom Salon hierher. Die Empfangsdame

lächelt mir zu mit ihren vollen purpurfarbenen Lippen. Ihre gekräuselte Dauerwelle glitzert im Licht. Sie sagt mir, daß ich hochgehen soll zu Sylvia, um mein Haar waschen zu lassen.
Der Raum ist leer, außer den vier weißen Waschbecken in einer Reihe. Vier aufgerissene Münder, fertig um irgend jemandes Nacken in ihren kleinen Rundungen aufzunehmen. Neben jedem Waschbecken sind Gruppen identischer Flaschen. Vor jedem der intensiv glänzenden Becken steht ein Stuhl mit weiß gepolsterten Sitzen und Armlehnen aus Chrom. Die weißen Wände reflektieren das fluoreszierende Licht hart. Sie verletzen meine Augen.
Eine Tür am Ende des Raums öffnet sich, und Sylvia kommt auf mich zu, mit dicken roten Handtüchern über ihren Armen. Sie stopft sie um meinen Nacken.
Sie sind so warm wie ihr Atem in meinem Gesicht.
Ich sitze in einem der Stühle und versenke meinen Nacken in eines der Waschbecken. Sylvia wählt ein Band aus und legt es in den Kassettenrecorder. Und beugt sich dann über mich, um die Hähne aufzudrehen. Ihre reifen Mangobrüste streifen leicht über meine Wangen. Ich schließe die Augen und höre auf die Musik. Sie befeuchtet mein Haar, fügt das Shampoo hinzu, ihre Finger bewegen sich über meine Kopfhaut.
Sanft, langsam, in Kreisen.
Sanft, langsam, in Kreisen.
Sie massiert meinen Kopf . . .
Ihre Nippel berühren meine Lippen.
Mein Herz schlägt im Takt der Musik.
Bums Bums Mein Herz.
Die Musik.
Als sie mein Haar ausspült, macht es kleine quietschende Geräusche, wenn sie das Wasser herauswringt. Ich lecke einen Nippel durch ihre Bluse. Ich knabbere einen Nippel. Sie quetscht das Wasser aus meinen Locken. Ihr Nippel wird steif. Ich öffne ihre Bluse, einen Knopf. Ich hebe ihre Brüste zu mei-

nem Mund und versenke meine Zähne in ihr volles festes Fleisch, in ihre Nippel.
Härter und härter.
Sie schmeckt herb.
Sie drückt ihren Körper.
Auf meinen, stärker und stärker.
Ich beiße in ihre Nippel. Sie schreit auf. Aus Schmerz?
Ich bin nicht sicher. Der Klang meines Herzens klingt in meinem Ohr, ich kann die Musik nicht mehr hören. Ist sie zu Ende? Das Wasser läuft noch und zischt auf mein Haar. Plötzlich werde ich mir ihres Parfüms bewußt – waldig und moosig. Sie beendet das Spülen meines Haares und ringelt meine Lokken. Sie läßt ihr Gesicht auf meinen Hals sinken und liebkost ihn mit ihren Lippen. Ich kann die Musik wieder hören. Ihr Körper ist noch immer auf meinen gegossen.
Ich wollte ihre Nippel kräftig kneifen dafür, daß sie mich so erschreckt hatte. Anstelle dessen drücke ich sie hinunter zwischen meine Beine auf ihre Knie. Sie reibt ihre nackten Brüste an meinen Schenkeln, auf und ab. Dann nimmt sie meine Finger und umkreist jeden einzelnen mit ihrer heißen nassen Zunge.
Liebevoll. Sie nimmt das seidene Halstuch von ihrem Nacken und reibt mit ihm über mein Gesicht. Es ist kalt und glatt. Sie reibt es in ihre weichen hängenden Brüste und legt es zwischen ihre Beine und gibt es mir.
»Steh auf und beug dich über das Becken.«
Ich feßle ihre Handgelenke an die Hähne und ziehe ihr vorsichtig das Hemd aus und die Hose hinunter.
»Spreize deine Beine weiter.«
Ihre feuchte süße süße Hitze steigt zwischen ihren Schenkeln auf.
Mein Daumen streicht über ihr Chrysanthemen-Arschloch. Die Blumenblätter öffnen sich, als sie entspannt und mich hineinläßt. Sylvia stöhnt und singt und schwankt nach der Musik.

Sie stöhnt und taumelt.
»Fick mich.«
Zur Musik.
»Fick mich«, flüstert sie.
»Fick mich.«
Ich schlage ihre runden Hinterbacken. Sie beben in langsamer Bewegung und kräuseln sich beim Geräusch eines jeden Schlags.
Ich reibe sie kräftig. Die Säfte aus ihrer Pussy rieseln ihre vollen prallen Schenkel herab.
Durch ihre seidigen Schamhaare sehe ich ihre langen dunkelroten Lippen, fleischig und geschwollen. Meine Finger gleiten über diesen so nassen Kuß zu ihrer langen und harten Clit. Sie schaudert und drückt sich in meine Hand. Sylvia, Sylvia. Ich rutsche mit zwei Fingern in ihren Schlitz.
Ich tauche in ihre Möse.
Ihre gefalteten Wände umarmen mich.
Ich tauche wieder auf.
Dann tauche ich zurück in ihre Säfte.
»Bitte, mach es stärker«, bettelt sie.
»Fick mich.«
Härter.
Erst zwei Finger, dann drei, dann vier. Jetzt meine ganze Hand.
Sie will sie alle. Wir wiegen uns langsam. Langsam schiebt sich meine Faust in sie. Dann schneller und schneller. Sie dreht ihre Hüften um meine Hand. Härter und härter. Wir schaukeln, bocken, ficken miteinander.
Ja.
Ficken,
JAA.
Tanzen.
JAAA.
Bocken.

FICK MICH, DU BASTARD. FICK MICH, DU BASTARD.
Sie stößt einen lauten Seufzer aus und stürzt gegen das Becken. Ihr Körper sieht weich und heiß und verletzbar aus neben der harten weißen Keramik. Schweiß läuft von ihrem Nacken herunter. Es ist so seltsam und still, dann beginnt sie zu lachen. Ich befreie ihre Handgelenke und sehe mich selbst ebenfalls lachen. Ich streichle sie sanft an den Stellen, an denen das Halstuch eine Spur hinterlassen hat.

Sie steht auf, und wir halten einander, die Hüften mahlen zur Musik.

»Ich mache jetzt den conditioner herein, dann können Sie unter den Trockner.« Ich öffne meine Augen. Durch eine Lücke in ihrer Bluse zwischen den Knöpfen sehe ich kleine Schweißperlen auf ihren Brüsten. Ich kann etwas Strammes in meiner Möse fühlen, ich weiß, ich bin naß. Sie lächelt mir zu, nimmt die Handtücher weg, und ich spüre ihren warmen Atem in meinem Gesicht.

Cuntessa de Mons Veneris
stammt von den Ashanti ab und kam über Westindien (die Inseln Mittelamerikas) nach England, wo sie lebt. Dieser Text ist die deutsche Erstveröffentlichung und erschien in: serious pleasure. lesbian erotic stories and poetry, Sheba feminist publishers, London 1989

Fiona Cooper

Eine vollkommen Unbekannte

Jay landete mitten in einer aufgedonnerten Champagner-Geburtstagsparty und besänftigte ihre Seele mit einem Wasserfall von Sticheleien.
Dann zogen all diese schwierigen schlaksigen Frauen auf die Straße und ließen sie mit Tim und Wainwright zurück, und mit einer vollkommen Fremden, die Sally hieß.
Sie funkelte und sah wundervoll aus, während sie Geschichten ersann, die genauso abscheulich wie lustig waren. Madeline Kahn und Lily Thompson in jeder Geste. Und wenn sie zuhörte, sah sie aus wie sie selbst: ein schönes, süßes Selbst.
Sie tauschten Filmgeschichten aus. Jay zündete Sallys Zigarette an.
»Inzwischen flirte ich mit dir, irgendwie«, sagte sie und fühlte sich leicht. Sally lächelte, in der Weise: *klar, natürlich flirtest du mit mir.*
Nicht allzu überrascht, aber geschmeichelt.
»Sie ist nett«, sagte Jay zu Tim an der Bar.
»Und wie geht's *dir*«, sagte er.
»Du sahst vorhin neurotisch aus. Du solltest mehr lächeln. Sally ist fabelhaft. Du siehst blühend aus.«
Und so erblühte sie, strahlte und schickte diesen strahlenden Glanz zu Sally. Sie begann, sich gut zu fühlen. Verdammt noch mal. Sie fühlte sich gut.
Sie überzeugten Sally zu bleiben und Sherry zu trinken, und sich dabei auf einen außerordentlichen Neu-England-Besuch vorzubereiten. Schließlich ging Sally.
»Zur Hölle damit«, sagte Jay. »Ich werde sie anrufen. Ich will sie sehen. Tim, du sagtest doch, sie lebt in deiner Nähe. Ich bringe dich nach Hause.«

»O.k. – ich sollte Wainwright finden, er hat sich verpißt – wir müssen auf jeden Fall eine tote Taube vor ihrer Eingangstür auflesen . . .«

Tote Taube. Jay kicherte und erinnerte sich an Sallys Horror-Film-Schock, als sie sie fand.

Wainwright tauchte auf, bleich über Tims Schulter drapiert und voll mit den Entschuldigungen, die Leute machen, wenn sie sehr sehr betrunken sind. Wainwright hörte nicht auf zu sagen, »laß uns hier, es ist o.k.«

»Nein, ich bringe euch genau vor die Tür«, sagte Jay. »Du hast doch Sallys Adresse, he, Tim?«

Tim grinste wie ein Kobold.

Die Jungs schoben die Taube weg und sagten gute Nacht und Sally sagte zu Jay, »Komm rein«.

Sie setzten sich und plauderten eine Weile. Beide hatten Schwierigkeiten, beide waren ein wenig angeschlagen, beide brauchten ein wenig Liebe.

Sally war ruhiger, jetzt, wo sie nur Jay als Zuhörerin hatte, machte sich süß über sich selbst lustig, mit zögerndem Lächeln und unbeschwertem dreckigen Lachen. Jay entspannte und fand ihren Cowboy-Sinn für Humor wieder – der solange unbenutzt war in den ernsten Jahren mit Elisabeth und der Spannung und dem Schmerz mit Lucy.

So sagte Jay dann: »Ich möchte mit dir schlafen.«

Sally lächelte und nickte in der Art von *klar, daß du das willst*, und sagte, »gut, laß uns ins Bett gehen.«

(Ist Leben immer so erfrischend einfach? Ja.)

»Wirklich«, sagte Jay.

»Wirklich«, sagte Sally, und schnippte lächelnd die Asche von ihrer Zigarette.

Verdammt, dachte Jay, es gefällt ihr tatsächlich.

Und sie küßten sich, nur um sich zu versichern, daß das die beste Idee war, die sie den ganzen Abend über gehabt hatten. Sally hatte einen allerliebsten Mund – Jay hatte sie den ganzen

Abend beobachtet, beim Reden und Rauchen, Witzeln und Trinken. Zauberhafte Lippen, zauberhaftes Lächeln zauberhafte Augen – so wie das Meer prächtig ist, wenn es sich in goldenem Sand bricht. Ihre Haut war golden.
Und wahrscheinlich ist sie's noch, dachte Jay, im Herzen des Landes in Erinnerungen schwelgend. Liebliche Sally, jede Menge Lebensart und ein Millionendollarlächeln.
Ich schreibe dir einen Brief, und das steht da drin.
O Gott, dachte Jay und schloß ihre Augen für eine Rhapsodie aus purer Lust.
Deine Zunge war naß und warm auf meinen Lippen, mein Mund, unsre Lippen klebten und wühlten tief in unsren hungrigen, lechzenden, gefräßigen, bedürftigen Mündern. Du erforschtest meine Wange mit Deiner Zunge, mein Mund bewegte sich auf deinem geschmeidigen Hals, die Zunge strich hinter dein Ohr, dein Ohrläppchen zwischen meinen Lippen. Athletische Zungen am Herausarbeiten. Ein Händedruck . . .
»So, laß uns ins Bett gehen«, sagtest du.
Ich pinkelte, du pinkeltest. Du bürstetest Deine Zähne, wie ich hörte und einen Moment später schmeckte. Ich war gerührt. Du gossest den Rest deines Brandys in zwei Gläser und drehtest eine Zigarette.
»Reste«, sagtest Du lachend, in der Weise: ich kann das nicht glauben, honey.
Nicht dein Stil, one-night-stands. Meiner auch nicht.
Du hieltest mich fest, noch fester, und ich hielt dich. Du bist ungefähr so groß wie ich, ein gutes Maß für eine Frau wie mich, die dich hält. Ich zog dich aus – mit meinen bloßen Händen. Oh, wie ich diesen Moment liebe, aus den Kleidern geschält, und unsre Brüste berühren sich, unsre Nabel berühren sich, deine Schenkel pressen sich gegen meine, gegen deine. Ich fühlte die Hitze und den Knochen und die sanfte federnde Narbe goldenen Haares, registrierte deine heiße Berührung . . . Plötzlich kenne ich meinen Zwilling von innen.

Yeah, dachte Jay, Zwillinge. Sie verbinden Städte: Ich bin heute durch ein Dutzend gekommen, Mogadon-on-the-Ooze gepaart mit Les Neiges d'Antan ... und ich bin der weit entfernte Weiler der »Erregenden Quellen«, hoch auf einem tannenbewaldeten Hügel, und du, Sally, oh, Sally, du bist die Belle Inconnue.

So taumelten wir da, meine Fingerspitzen kräuselten den gebleichten goldenen Pelz so heiß auf meinen Schenkel, die Kante deines Bettes verschwor sich mit meinen Knien, um mich auf meine Füße herunterzuschlagen; deine Hand bewegte sich meinen Körper entlang, wie zur Überprüfung, weißt du? Aufreizend. Du schwangst dich auf dein Bett, und wir knieten wie zwei orientalische Ringer voreinander, wie berauscht jenseits ihres Verstandes waren, torkelnd und hypnotisiert und was dann?

Jay feixte und goß sich mehr Wein ein. Die Sonne versengte den Dunst, und bald wird sie ausgehen, um im Wind zu laufen und ihren Kopf durchzupusten. Was dann?

Dein Schenkel zwischen meinem zwischen deinem, und ich lernte deiner Schulter sanft-aufregenden Puls kennen; deine Arme um mich und meine um dich, und wir schauten aufeinander und lachten. Langsam und sacht und wiiirrrklich albern, Sally. Wie – entzückt.

Du wußtest, ich wußte, daß du wußtest und so weiter und so weiter. Sally, du hast liebliche Wimpern und deine Hände sind hinreißend. Du streichelst meinen Nacken, wickeltest deine seidigen Beine um mich und ...

»Ich wünschte, du wärst hier, genau jetzt«, sagte Jay laut, »mehr Wein!«

Der Vulkan in meinem Mittelpunkt brach aus, ein Lavafluß aus reinem Begehren floß durch den sagenhaften ausgebreiteten Gebirgsschlupfwinkel von »Erregenden Quellen«! Oh, yeah! Meine Hand machte eine Schlittenfahrt über deine Schenkel, und ein Finger nach dem anderen ging walzertanzend in den dampfenden Florida-Sumpf, wo seltene und magische Blumen wachsen, und dein süßes Gesicht zitterte wie ein gebrochenes Spiegelbild, und du keuchtest, und ich keuchte, und dein Körper zerplatzte in eine Blüte. Oh, Sally, meine Hand war zu weit weg, ich wand mein Gesicht zu der Kornseide auf deinen Schenkeln, als du da lagst, unberührtes Territorium für mich, denn alle neuen Geliebten sind Jungfrauen.

Meine Zunge und Lippen bewegten sich nach vorn, suchten sich die süßen, und zarten Fleischfalten ...

Scheiße, dachte Jay. Vulva. Klingt wie ein untergehender Taucher. Worte, verfluchte Worte.

Deine Schenkel sind warmer Regen auf meinen Ohren. Ich werde eine Kreatur aus Wasser, meine Knochen sind flüssig. Meine Lippen und Zunge arbeiten sich um das heiße anschmiegsame umhüllende Fleisch, ein pures Rauschen von der versteckten wachen Knospe der Ekstase.

Clitoris. Klingt wie ein edles literarisches Magazin.

Mein Finger schlüpft so leicht in dich, dein Körper streckt sich und ich höre dich seufzen, oder bin ich es? Ein anderer Finger, und du seufzst mehr und packst mein Haar an den Wurzeln, ein weiterer Finger, und du bist robbenlieblich, zerrst und schlängelst dich. Sally, du bist sagenhaft. Ich möchte meine ganze Hand in dir haben, danach hineinrollen, von dir verschlungen, und einen Flamenco in dir tanzen.

Vagina: Putzt Um die Kurve. Bekloppt. Ich bin total übergeschnappt, dachte Jay, während sie ihre Augen öffnete und frischen weißen Wein hinunterschüttete.

In dir springen die Muskeln wie Stahl heraus und zerren an meinen Knöcheln, während die blinden Finger sich immer tiefer zum nächsten Tor des goldenen Landes bewegen.

Sie nennen ihn Cervix, den Gebärmuttermund. Klingt wie eine Waschmaschine – von der Sorte, die sie in bestimmten Werbespots in die hohle Hand eines muskelstarren Geistes mit Superman-Kuß-Locken setzen.

Das ist der intimste Mund; eine See-Anemone griff unvermutet zu, und so erregend; fließende Greifarme springen zu meinen Fingerspitzen, Sally, du bist wundervoll, wie du tiefe Atemzüge einziehst, die durch deinen Körper zittern, durch meinen. Die Sohlen deiner Füße sind auf meinem Rücken und kneten die biegsamen Knochen meiner Wirbelsäule wie eine warme Welle. Ich möchte dich befriedigen. Lüge Nummer zwei: Ich möchte dich um den Verstand bringen. Lüge Nummer eins war: ich möchte mit dir schlafen – ich will deine Kleider herunterreißen und mit dir Liebe machen. Liebe machen. Schrecklich zimperlich, dieses Begehren so zu nennen.

Meine Zunge schlürft an dir, Haar füllt meinen Mund, meine Hand räumt es weg, und meine Zunge macht Pirouetten auf dir. Du packst meine Hand, und dein andrer Arm schleuderte über deinen Kopf. In deinem Innern ist meine Hand gefangen, als würde ihr eine Ebbe den Sand unter den Füßen wegziehen. Meine Hand ist eins mit dir geworden, und mein Gesicht schmilzt in deine Möse. Trinkt dich, saugt dich, schmeckt dich, plätschert in dein Blut und deine Knochen.

Dein Körper versteift, und vibriert wie ein Erdbeben, du stöhnst als würdest du gleich gebären. Ich wollte, daß du kommst, und das ist nicht immer leicht mit uns, die wir uns kaum kennen und so weiter. Aber, Sally, du wirst kommen, wenn ich hier die ganze Nacht bleibe, weil ich nämlich zwischen deinen Schenkeln verwurzelt bin und in deiner Möse wachse, ich bin Teil von dir und stöhne wie du stöhnst, atme dieses Fließen aus Wonne wie Ozon ...

Du machst ein Geräusch, als würdest du einen Korken mit den Zähnen aus der Flasche reißen. Vom Grund meiner Wirbelsäule kommt eine heiße Spritze voll freudiger Erregung, und mein Mund verschlingt die geöffnete pulsierende Knospe aus Fleisch und Knochen. Es ist so gut. Ich möchte dich schlucken, dich mit meinen Lippen umklammern, und meine Zunge um das winzige ausweichende Zentrum treiben, und meine Hand macht Feuer-

räder in dir, und dann kommst du. Zuckungen zerren an mir, und dein fabelhafter Bauch peitscht wie das Mark eines Vulkans, und ich krabble auf den Gipfel deines Körpers, deine Schenkel halten mich fest, und die flüssigen Quellen der Wonne trommeln auf mir von Kopf bis Fuß. Du kuschelst dich an mich, du könntest weinen, weine doch, wenn du möchtest, Sally. Dein Kopf ist auf meiner Schulter, und ich küsse dich mit der ganzen Zärtlichkeit, die ich fühle – du bist so wunderschön. Nähere dich jetzt, sei ganz nah.

Und dann lachst du und lächelst mit deinem superschönen Mund. Du schaust mir in die Augen und sagst:

»Das war ein schöner Fick. Und ein schönes Lutschen.«

Das war's, zu schön.

Du wirfst deinen Kopf zurück auf meinen Arm und lachst mit Vergnügen.

»Und nun laß uns was trinken. Und diese schreckliche Zigarette teilen, die ich gedreht habe. Ich mach uns eine Tasse Tee, und dann ...«, sagtest du und schautest schlimm, »werden wir in deine Möse gehen.«

Verdammt, dachte Jay, und glühte vor Vergnügen. Ficken. Lutschen. Möse. Ich mag, was dein Mund mit diesen Worten macht.

Ich zünde eine Zigarette an. Pinkle.

Du bist nackt in deiner Küche im Dunkel. Ich halte dich fest und lasse meine Hand um deine schönen Brüste gleiten, um deinen göttlichen Arsch, und dann rutschen meine Hände durch dein durchnäßtes Haar, du bist so naß und offen. Meine Hand taucht in dich wie eine Robbe durch die Wellen, du klammerst und fällst gegen mich, ich kann kaum stehenbleiben.

Später, auf deinem Bett, sagtest du bedächtig und glücklich, »ich liebe es, gefickt zu werden.«

Wir liegen in einer Ecke, in der ich wahllose Küsse auf deinen aufrichtig überraschten Körper verteilen kann und jedesmal wenn ich's tue, hörst du auf mit dem, was du gerade sagst und

nimmst einen tiefen Atemzug und schauderst. Ich liebe dein Fleisch. Bin zu deiner Brust getrieben worden, nehme deinen Nippel in meinen Mund und sauge. Sauge und ficke.
»Härter«, sagst du, und ich schlucke deine Brust, sie fühlt sich an wie ein Granatapfel, wie leicht ist es, in dich zu schlüpfen. Und wie sehr ich es liebe, und du es liebst.
Ich liebe, wie dein Körper an mir entlang Rock 'n' Roll tanzt, deine zauberhaften Hände, wie sie meine Möse öffnen für deinen Mund, damit du dich festklammern kannst, deine Zunge bricht meinen Widerstand in eine flüssige Masse aus Gefühl. Baby, Baby, ich schlucke deine Finger und spüre, wie die kleinen Wellen mein Rückgrat hinauflaufen. Es ist schwer mit einer Fremden zu kommen, angespannt und es dauert so lang, zur Hölle damit, du fickst mich ausdauernd und sorgfältig. Ich komme, Blackout für eine Sekunde, zwei Sekunden, wer weiß. So hochgespannt. – Du hast's nicht gemerkt und erhebst dich und sagst,
»was möchtest du? Sag's mir . . .« so sanft.
»Komm her zu mir und halte mich«, sage ich, und du hältst mich, und ich halte dich in einem festgeballten »Meins-alles-Meins«-Gefühl unsres Fleisches. »Als du sagtest, komm und halt mich, warst du nur höflich?«
Es ist gut zu kichern. Könnte ich höflich zu dir sein. Die Hölle könnte ich. Nein, sage ich, nein.
Und, dachte Jay, während sie Gummistiefel anzog, Stunden und Meilen entfernt von der Stadt, und obwohl ich gehen mußte und nicht wollte, weiß ich, daß wir's vielleicht wieder und wieder tun tun tun tun . . . und wir werden uns mehr Zeit nehmen. Du küßtest mich zum Abschied, Sally, in einem langen seidigen Morgenrock, so süß, ich wollte nirgendwo mehr hingehen, niemals. Wollte neben dir aufwachen und es wieder tun tun tun tun.
Wir werden, wenn wir wollen.

Jay träumte davon, ihren Mund mit Brandy und Champagner zu füllen und in Sally heißen Mund zu tröpfeln. Sie verließ den Caravan und schritt in die lachenden Zähne eines Moorwindes. Hoch oben auf einem Felsturm kehrte sie um, hatte plötzlich Tränen in den Augen und strich über die wilde Landschaft hinweg und liebte alles, was sie sah.

Fiona Cooper

lebt und arbeitet in London, träumt von den Hängenden Gärten, veröffentlichte Short Stories in »Cosmopolitan«, »Womans Day« und »Passion Fruit«. Bisher zwei Romane: Rotary Spokes, Brilliance Books, 1988, und Heartbreak on the High Sierra, Virago 1989. Dieser Text ist die deutsche Erstveröffentlichung und erschien in serious pleasure, a.a.O.

Elizabeth Cook

Liebesbriefe

Ich war 30 letzten Januar und alt genug, mich daran zu erfreuen, daß mein Liebhaber an mich als »junge Frau« denkt. Mein Liebhaber ist 50, aber er sieht viel jünger aus – vielleicht deswegen, weil er ein ganz klein wenig fett ist – nicht dickbäuchig, sondern – wie soll ich sagen – geschmeidig. Und das bewahrt seine Haut davor, dieses kreppapierhafte Aussehen zu bekommen, was so manche Haut hat. Ich dagegen bin ziemlich dünn. Und dachte gewöhnlich, daß ich mit Kleidern besser aussähe als ohne – ich kann fast alles tragen –, aber mein Liebhaber stimmte dem nicht zu. Ich bin zwar nicht sonderlich schön, aber ich habe erstaunlich rotes Haar. Es ist sehr lang und voll und springt von meinem Kopf wie feurige Gedanken. Die Frau meines Liebhabers ist 38, aber sie sieht nicht so aus. Sie ist wirklich schön. Sie sieht aus wie eine Schwedin, aber sie ist es nicht. Sie wirkt wie eine Statue und, ohne auch nur ein bißchen dick zu sein, ist alles an ihr kurvig. Sie ist wie Sahne, und ihr Haar ist eisblond. Sie ist eine berühmte Kochbuchschreiberin, und ich sehe sie oft im Fernsehen, wie sie Sachen probiert oder darüber redet, was sie wo gegessen hat und wie es war.

Überflüssig zu sagen, daß sie eine wundervolle Köchin ist. Ansonsten kenne ich sie nicht, aber sie kommt manchmal in die Bibliothek, in der ich arbeite. Die Bücher, die sie ausleiht, haben normalerweise etwas mit Forschungen zu tun, die sie wohl macht, über das Essen in der Vergangenheit. Mein Liebhhaber sagt, daß er dauernd irgendwas essen muß, das sie nach Rezepten aus dem 14. Jahrhundert ausprobiert. Aber er würde ja wohl kaum so luxuriös aussehen, wenn die Rezepte schlecht wären.

Ich koche in der Tat sehr schlecht. Mein Vater sagte gewöhnlich, daß mich niemand jemals heiraten würde deswegen. Und zu meiner Freude darf ich sagen: Er hatte recht. Aber mein Liebhaber mag es, wenn ich mich feinmache und er mich zum Essen ausführt. Mit seiner Frau daheim ist das wohl die einzige Chance für ihn, auswärts zu essen. Und außerdem gibt er gerne Geld aus für mich. Er schenkt mir oft Unterwäsche. Er sagt, daß er es mag, mir in einem Restaurant gegenüberzusitzen und zu wissen, was ich untendrunter anhabe: zum Beispiel seidene Hemdhosen und Strumpfbänder aus Spitze. Männer sind sehr konservativ, wenn's um Unterwäsche geht.

Vor einigen Monaten führte mein Liebhaber mich in ein neues indonesisches Lokal ungefähr 30 Meilen entfernt von hier (wir gehen in dieser Stadt nie aus, weil wir nicht wollen, daß uns irgend jemand sieht). Das Essen war sehr gut – all die Sorten kleiner Bissen, zauberhaft präsentiert und kein bißchen verkocht, und sie machten absolut keinen vollen Magen. Das war deswegen wichtig, weil wir vorhatten, in meine Wohnung zurückzukehren und uns zu lieben – und nichts verdirbt das Liebemachen mehr als mit Essen vollgestopft zu sein.

Wir haben uns auf diese Nacht gefreut, weil seine Frau in einem Flugzeug nach Singapur sitzen würde und keine Chance hätte, ihn anzurufen und sich zu versichern, ob er auch wirklich, wie er gesagt hätte, zu Hause sei.

So würde er also die ganze Nacht mit mir verbringen. Und, obwohl wir selbstverständlich nicht so viel schlafen würden wie ein normales Paar, würden wir aber wie ein solches gemeinsam frühstücken (d. h. Nescafé trinken), bevor wir beide zur Arbeit gingen.

Wir achteten sehr darauf, nicht zu viel zu trinken und das Richtige zu essen. Erst als wir zu Hause waren und ich meinen Liebhaber bat, mich zu baden, zauberte er eine Flasche Champagner hervor. Die war genau richtig. Er seifte mich überall ein, sorgfältig und neutral, und verweilte nirgendwo, außer dabei, meine Brustwarzen zu massieren, als sie sich frech durch den Schaum schoben. Und als ich aus dem Bad stieg, trocknete er mich in einem riesigen Handtuch, als wäre er meine Mutter. Er wollte danach ebenfalls ins Bad, aber er war immer so sauber, daß ich ihn keinesfalls noch sauberer haben wollte. Ich wollte was zu schmecken haben, wenn ich mit ihm anfing. Nachdem er mich getrocknet hatte, fand er etwas Öl, und ich lag auf meinem Bäuchlein auf dem Handtuch im Bett, und er strich sehr langsam und sehr überlegt mit seinen Händen über meinen Körper und knetete das Öl hinein. Er begann mit meinen Schultern, und bewegte sich dann über meine Wirbelsäule und hinunter zu meinen Hüften und Hinterbacken und dann anstatt mit seiner Hand hineinzuschlüfen, immer weiter hinunter auf meinen Beinen, jedes einzeln, bis er schließlich selbst die Sohlen meiner Füße massiert hatte.

Unterdessen war ich mehr als bereit, ihn in einem Zug aufzuessen, aber er hatte immer noch alle seine Sachen an und schaute sehr ruhig und reflektiert. So daß ich jetzt dran war, an ihm zu arbeiten. Ich tat natürlich so, als sei ich überhaupt nicht in Eile. Und benahm mich eher wie ein Kammerdiener als wie eine Liebhaberin, als ich seine Kleider abnahm und sie ordentlich über die Lehne meines Stuhls legte. Ich machte nicht einmal langsamer, als ich den Reißverschluß an seinem Hosenlatz aufzog. Ich ließ ihn aus seinen Hosen steigen und legte die dann auch zusammen. Und dann zog ich seine Socken über seine Fersen und legte sie in die Schuhe und stellte die Schuhe zu einem Paar zusammen.

Und dann streckte ich die Hand aus, ihn ins Bett einzuladen. Er legte sich hin, und ich begann mein Festmahl unten an seiner linken Ferse. Und dann machte ich mich auf den Weg herum um seine Waden und hinauf, zunächst tippte ich ihn gerade mal an mit meiner Zunge, aber dann, als ich weiter hinauf kam, leckte ich stärker und feuchter, so daß ich, in der Innenseite seiner Schenkel angekommen, tatsächlich fühlte, wie die

Haare auf seinen Beinen an der Körnung meiner Zunge zerrten. Aber ich bewegte mich nicht weiter zu der Falte am oberen Ende zwischen seine Schenkeln, sondern wanderte direkt wieder herunter zu den Zehen seines rechten Fußes und bewegte mich dann langsam, sehr langsam dieses Bein hinauf. Ich war sorgfältig wie eine Katze. Ich wollte kein bißchen von der Sahne verpassen.

Erst als ich beinahe das Ende seines rechten Schenkels erreicht hatte, fand ich ihre Botschaft für mich. Aber ich hätte sie auch kaum übersehen können, weil sie hervorstach wie eine Rose in voller Blüte. Es war wirklich ein wundervolles Mal, was sie da gemacht hatte. Ich hätte auch kaum weniger erwartet von solchen Expertenzähnen. Und es war sehr gut plaziert – wie eine stilvolle Tätowierung – ungefähr ein Zoll unter der Stelle, an der seine Eier die Schenkel streifen würden, wenn er stünde.

Ich hielt einen Moment inne, meine Zunge blieb untätig einige Zentimeter entfernt von der Rose. Mein Liebhaber seufzte ein wenig – nicht aus Vergnügen, sondern eher als Wink weiterzumachen. Das tat ich auch. Diesmal ging ich hinein in die Furche und leckte das drahtige Haar auf seinen Eiern und spürte ihr Gewicht, als sie gegen meine Zunge baumelten und leckte dann die Falte zwischen seinen Eiern und Schenkeln und fragte mich, ob ich jetzt mit der Schwanzwurzel beginnen sollte. Aber die ganze Zeit dachte ich über ihre Botschaft nach und was ich damit tun sollte. Sollte ich sie einfach ignorieren? Ich würde sie sicher nicht ignorieren, falls es das war, was sie gedacht haben sollte. Oder sollte ich in gleicher Weise antworten. Meine Zunge spielte immer noch mit dem Kranz von Haaren am Ausgangspunkt seines Schwanzes, als ich mich entschloß. Ich bewegte mich einige Zoll hinauf, dorthin wo sein Bauch begann, sanft und haarlos. Ich fand einen Flecken, den ich mochte, und wühlte zunächst meine Nase hinein, und nahm ihn dann zwischen meine Lippen und hielt ihn fest wie mit einer Klammer und begann zu saugen. Doch plötzlich dachte ich: NEIN. Er wird es sehen. Ich stoppte sofort. Es war noch nicht allzuviel an Markierung, was ich bis dahin gemacht hatte. Ich rubbelte seinen Bauch ein wenig, daß sich das Blut verteilen würde. Und gab dem Fleck einen flüchtigen Kuß und bewegte mich wieder nach unten.

Nicht zu ihrer Seite. (Sie hatte rechts genommen). Mein Mund bewegte sich wie ein Metalldetektor über ihn hinweg und steuerte auf einen Fleck zu, der sich richtig anfühlte. Es war fast in der Falte, da, wo es anfängt, schweißnaß zu werden und nach Brie zu riechen, und dieses Mal benutzte ich meine Zähne. Ich fühlte, wie sich seine Eier vor Aufregung zusammenzogen, und diese Aufregung übertrug sich ziemlich schnell auf mich. Ich warf nur einen flüchtigen Blick auf die Rose, die ich gemacht hatte, als ich meinen Mund wegnahm. Aber ich konnte mich noch daran erfreuen, daß sie strahlender war als ihre.

Und um ehrlich zu sein, ich dachte nicht weiter daran. Jedenfalls nicht bis etwa drei Wochen später, als ich mich, in der Hoffnung, mich nicht zu wiederholen, dabei fand, in derselben Gegend der Anatomie meines Liebhabers herumzubummeln. Und sie hatte es wieder getan. Nicht einmal, sondern viele viele Male. Einige der Zeichen hatten geblüht und waren verblaßt, geboren, um ungesehen zu erröten. Aber drei neue Male ragten stolz und leuchtend hervor. Meins war natürlich bis dahin verschwunden, aber ich war sicher, das sie es gesehen hatte. Warum sonst war sie so eifrig, jedes verblassende Mal durch ein neues und frisches zu ersetzen, daß nicht übersehen werden konnte. Ihr mußte geantwortet werden. Eher Qualität als Quantität, dachte ich – und war sicher, daß sie zugestimmt hätte, da ja ihre Quantität nur zur Sicherung der Sichtbarkeit diente. Ich entschloß mich, es mit dem besten ihrer neuen Zeichen aufzunehmen. Ein wenig unterhalb meines letzten, aber immer noch hoch oben in der Innenseite seines linken Schenkels. Mein Mal war genau gegenüber von ihrem. Wie ein Lippenstiftkuß, den sich seine Schenkel gaben, wo sie einander be-

rührten. Er stöhnte und drückte meinen Kopf tiefer hinunter, als ich es tat. Er hatte eine gute Zeit in diesen Tagen.
Wir schafften es, uns ziemlich oft in dieser Zeit zu sehen. Sie arbeitete an einer neuen Serie und machte eine Menge Kurzreisen nach Italien und Spanien. (Sie hat eine Unmenge Energie – sie kann aus einem Flugzeug und einfach so weitermachen). Und ich denke, daß er möglicherweise vermutet, daß sie an die verschiedensten Männer gerät, wenn sie unterwegs ist. Aber ich weiß es besser. Sie hat mir von ihrer Beständigkeit erzählt und ich ihr von meiner. Wir wurden zunehmend genauer und erfinderischer in unsren Markierungen. Ziemlich witzig, wirklich: Als ich seine Hinterbacken auseinanderwuchtete, um eine Markierung zu plazieren, nach der sie hätte suchen müssen, sah ich, daß sie dort zuerst war. Meine Antwort drückte einfach nur aus: getroffen!
Aber manchmal führte ich. In einem Versuch, die genitale Fixierung aufzubrechen, in die wir geraten waren, saugte ich auf der Sohle seines rechten Fußes einen wunderbaren Bogen von Cupido heraus. Und – sicher genug – fünf Tage später – war es Kuß um Kuß: ein Mal, um auf seiner linken Sohle mitzuhalten. Wir hatten den Grund getauscht. Es gab wieder Freiheit für alles.
Die inneren Seiten der Schenkel meines Liebhabers waren mit Bissen gesprenkelt. Er erinnerte mich an einen alten Stuhl, den die Maler gefunden hatten, um darauf zu stehen, als sie die Bücherei ausschmückten. Zigaretten wurden überall auf ihm ausgedrückt und machten Striemen in den Anstrich; und die Männer machten solange weiter damit, ihre Glimmstengel zu zerquetschen, bis er total getüpfelt war. Ich begann, die armen Schenkel zu bemitleiden, und ließ sie in Ruhe.
Nebenher bemerkt, es gibt auch andere Dinge als Beißen. Lekken und Berühren zum Beispiel. Die Leute machen zuviel Wirbel um die Genitalien, glaube ich. Sie begrenzen ihre Möglichkeiten, wenn sie annehmen, daß Schwänze die einzigen Sachen

sind, die irgendwo hingetan werden können und Mösen die einzigen Orte, wo etwas hingetan werden kann. Aber in der Weise, wie ich daran gehe, kann jede Pore von jeder Haut ein Schwanz oder eine Möse sein – hängt von der Stimmung ab. Hast du deine Haut noch nie gespürt, wenn sie erregt ist und sucht, sich herausdrückt und spannt, um in jedes Loch und jede Ritze zu gelangen, die die Haut deiner Liebhaberin, deines Liebhabers anbietet? Und dann zu andren Zeiten wird jede Pore deiner Haut weich und sanft und öffnet sich sehnsüchtig – voll Verlangen, ausgefüllt zu werden. Haut kann das Spiel von Mann und Frau, von ficken und gefickt werden, viel gewandter spielen als es Genitalien können. Und das war eins der Dinge, die ich an meinem Liebhaber so mochte. Er wußte Bescheid über die Haut. Berühren war für ihn kein flüchtiges Geschäft, was er nun mal durchmachen mußte, weil Frauen das mochten – à la: mach sie geil, und dann kann die echte Show losgehen. Bei uns konnte jeder Teil der Haut zum sexuellen Zentrum werden, gekrümmt und verschlungen oder schlüpfrig wie Seide.

Aber das veränderte sich, nachdem diese Korrespondenz der Bisse begonnen hatte. Wenn meine Zungenspitze mit den Haaren oberhalb seines Bauches spielte und dabei diese bebende Energie spürte, die danach zitterte, mir zu begegnen, bewegte er seine hohle Hand auf meinen Kopf zu und drückte mich herunter, damit ich an seinem Schwanz und seinen Eiern schnüffelte. Und er drückte immer weiter, und zwang mein Gesicht näher und näher, bis ich mich fügte und gerade noch ein Mal mit Lippen und Zähnen machte. Und dann stöhnte er, und ich konnte mir vorstellen, wie sich sein Schwanz in eine Spannung wölbte und dann bereit war, in mich zu kommen. Ich nahm an, daß es bei seiner Frau dasselbe war.

Nach einer Weile gab ich meine Bisse nur noch mürrisch und als Gefälligkeit und keinesfalls mehr für sie. Ich wollte nur, daß er aufhört, meinen Kopf herunterzudrücken und biß ihn, obwohl ich es kaum wagte, da die Haut dort unten so verletzt und zart war. Aber er liebte es. Er wollte nichts anderes, als daß ich mich in seine grünen und blauen Partien hineinbiß, und dann rammte er seinen Schwanz in mich und fickte.

Auch andere Dinge begannen sich zu verändern. Da war etwas Unaufhaltsames und Gequältes in ihm, was in mir das Gefühl hinterließ, daß es dazu absolut nichts zu sagen gäbe. Früher hatten wir verrückte Phantasie-Gespräche. Wir suchten uns für einen Abend bestimmte Charaktere aus und sahen zu, wie weit wir damit kamen. Auch anderen Leuten gegenüber blieben wir in unsren Rollen und machten ernste Gesichter. Aber ich hörte auf damit, als er darüber mit einem Gesicht zu lächeln begann, als würde er das nur so eben ertragen. Bei allem, was wir taten – wir machten immer noch unsre gemeinsamen Spaziergänge und Ausfahrten und gingen zum Essen aus – begann ich das Gefühl zu haben, daß er im Kopf nur mit den Fingern trommelte, bis es endlich so weit war, daß wir nach Hause und ins Bett konnten. Es ist nicht leicht zu erklären, warum das so unerfreulich war.

Es gab diese alte geteilte Aufregung nicht mehr, mit der wir Vergnügen an allem fanden, was wir zusammen machten – und selbst als wir uns danach verzehrten, einander mehr zu berühren, lag eine Feinheit im Warten. Nein, irgendwas war jetzt anders. Unangenehm. Ich fühlte mich wie eine Zutat. Wie etwas, das man ertragen muß, womit man sich gerade so abfindet, weil das, was er haben wollte – und was nicht ich war – nun mal nicht ohne mich zu haben war.

Was erklärt, warum ich ihn mehr als einen Monat nicht gesehen habe.

Er war ausdauernd – ja sogar bedrängend – in seinen Versuchen, mich zu treffen, aber er hat bisher nicht den richtigen Ton gefunden.

Eine Andeutung der alten Leichtigkeit, und ich wäre zurück wie ein Blitz.

Ich vermisse das, aber er scheint es verloren zu haben.
Aber ich habe kürzlich mehr von ihr gesehen. Sie hatte die Bibliothek ziemlich oft benutzt, und ich mußte ihr bei einigen Fernleihen helfen. Sie sieht ein wenig verzerrt aus. Vielleicht wird sie vom Tempo ihres Lebens eingeholt, aber ich wollte das nicht wahrnehmen. Und ihre sahnige Haut strahlt nicht mehr in der alten Weise. Anderntags sprach sie gerade mit mir, als die Zeit für meine Teepause kam. So fragte ich sie, ob sie mir nicht Gesellschaft leisten wolle. Wir gingen zu den altmodischen Teestuben unten an der Straße und saßen inmitten der alten Damen und deren Hüte. Ich war so erfreut darüber, daß sie bei mir war, daß ich eine große Platte mit gemischten Kuchen bestellte. Es bestürzte mich, sie schmäler werden zu sehen, und ich wollte sie beobachten, wie sie so richtig reinhaute.

Elizabeth Cook

lebt in London und unterrichtet als Teilzeitarbeit in Gefängnissen. Schrieb ein Buch über die Renaissancedichtung, übersetzte Senecas Drama »Thyestes« ins Englische und gibt eine Sammlung der Gedichte von John Keats heraus. Ihr Text ist die deutsche Erstveröffentlichung und erschien in: Sex & The City, hrsg. Marsha Brown, Serpents Tail, London 1989.

Susanna von Moellendorff

Vor den Spiegeln

Verliebt macht Susanna einige Schritte auf und ab vor dem Spiegel, in sich, in dieses Stück verliebt, streicht sie sich die Taille entlang, die grünen Perlen unter ihrem durch den Kragen so betonten langen Hals klappern leise, als sie sich zu Anna schwingt und ihr die Arme um die Schultern legt und ihr einen kräftigen Kuß gibt auf die Backe. Ich habe es einmal eingetaucht, doch mir ist es zu eng, und du, dir ist's auf die Haut gedacht.

Früher, als ich mit meiner Freundin zusammenlebte, veranstalteten wir und eine ganze Clique von Frauen regelmäßig einen Kleidertauschabend, jede brachte die Kleider mit, die sie vielleicht ein Jahr oder länger nicht getragen hatte, und dann begann das Fest, wir wühlten, die Kleider flogen nur so herum, eine Unterwäsche schöner als die andere, da und dort mußte eine Öse geschlossen werden und ein großer Busen etwas angehoben und hineingepreßt, du hast sie mal gesehen, meine Freundin damals, sie war kugelig, an allen Ecken kugelig, und ein verschmitztes Lächeln spielte ihr immer um den frechen Mund, ihr standen die ganz altmodischen Kleider, ab und an hing ein Saum herunter, auch das stand ihr sehr. Große Mengen Wein verschwanden, und noch tagelang standen die ungespülten Gläser in der Küche herum, und die beiden Katzen waren böse ob der vielen Frauen, die höchstens auf sie traten in ihrem Kleiderrausch. Dazwischen die Stille der Begutachtung, der Beratung.

Das Kostüm stammt von einer Frau, die inzwischen zwei Kinder hat. Es sieht wunderbar aus an dir. – Aber du, wenigstens hast du keine Kinder. – Wir hatten ein Kindermädchen, wir hatten immer Kindermädchen, meine Mutter erging sich in den

Träumen polnischen Großfürstentums, die längst verloren waren im biederen Schwaben, und dieses eine Kindermädchen erklärte mir mal, wieviel schöner es sei, mit den fremden Kindern umzugehen. Sie hieß Vera, sie stand immer mit uns, wir waren drei Mädchen, vor dem Spiegel und zeigte uns, wie wir uns begehrlich herrichteten, als mein Busen gerade sproß und die meiner Schwestern noch nicht sichtbar waren. Wir durften ihre Kleider anziehen, und sie steckte mir Papier in den BH, daß ich aussah wie sie. Die danach war spröder, doch sie hielt immer die Tür für uns offen, wenn wir länger wegblieben, als wir durften. Annas Hand paßt gerade um Susannas Bauch. Und was sie uns alles erzählten, sagt sie, und faßt Susannas Bauch. Er paßt genau in dieses Kleid, das meines ist. Ich schenk's dir. – Nein, nein. – Du nimmst es mit. – Susanna freut sich doch, tausend Dank, und ich schulde dir ein Kleid.
Komm, wir müssen gehen, Robert und Akiko warten sicher schon, und mein Hunger ist auch wieder da, selbst in Samt. Sie legen sich die Arme um die Taillen und lächeln sich im Spiegel zu. Eigentlich, sagt Susanna, habe ich gar keinen Hunger. Ist's der Portwein oder was, der Tequila sicher nicht. – Ich trinke immer Tee, sehr kurz aufgebrühten schwarzen Tee, dann ist der Hunger sofort wieder da, doch ob das nach Alkohol wirkt, weiß ich nicht. Susanna schaut in den Spiegel, und Anna schaut sie an, im Spiegel, wenn ich gegessen habe und noch eine Verabredung zum Essen danach, die ich noch genießen möchte, und zum Genuß gehört ein wenig Hunger, dann wirkt das si cher. Eine Tasse, und dieses leichte Ziehen ist da. – Ich mache dir einen schwarzen Tee, fünf Minuten, das schaffen wir noch, vielleicht nutzt es auch nach Alkohol. – Dabei bin ich keinen Hauch betrunken. Susanna setzt sich aufs Bett, Anna setzt das Wasser auf. Sie kommt zurück, zu warten bis der Kessel pfeift. Plötzlich hat sie Susanna im Arm und eine Hand zwischen den Knien, unter dem Rock, der sich ein kleines Stück nur nach oben verschiebt, zwischen den Schenkeln, auf der bebenden

Scham. Eine Sekunde nur fühlt sie das Zittern, und sie drückt ganz fest, da pfeift der Kessel, und der Dreiminutentee ist bereit, den sie gesittet und schweigsam trinken.
Ganz fest hält sie die Haare einer Frau, den Po mit der anderen Hand, die Frau kann sich nicht rühren und ihrem Kuß nicht ausweichen, ihre Zunge versenkt sie und steckt ihre Finger um den Po herum, zwischen die Beine, soweit sie durch die Hose kommt in die sich öffnenden Ritzen, die andere stöhnt. Das milchige Tuch schwankt im langsamen Rhythmus, sie ist ganz allein auf dem Tisch. Zwei starke Frauen halten sie fest, die eine drückt ihren Kopf immer tiefer, an dunklem harten Stoff reibt sie entlang bis in die Mitte des Körpers, doch da, da öffnet sich die Hose, und die eine Frau scheint ein Mann zu sein, und sie muß ihn in den Mund nehmen, sie will es, es fühlt sich an wie Plastik, nein wie Leder, die andere Frau reißt ihre Pobacken auseinander, sie, nur sie ist nackt, und schiebt ihren Arm dazwischen, einen starken Arm, der Arm ist aus Holz, aus Ebenholz. Susanna träumt vor sich hin.

Susanna von Moellendorff

geboren 1952 in Berlin, lebt z. Z. wieder dort. Beschäftigt sich vorwiegend damit, Briefe zu schreiben, und arbeitet als Lehrerin. Diverse Veröff. in Anthologien und Zeitschriften. Die Episode ist entnommen ihrer Novelle: Erinnerung an eine gewisse Nacht, mit Bildern von Petra Gall, Martina Kügler, Doris Schöttler-Boll, Tübingen 1987.

Krista Beinstein

Ich bin alles

Mein Schwanz neben meiner Möse läßt Empfindungen in mir wach werden, die ich nie für möglich gehalten habe.
Ich gehe die dunklen Straßen entlang, die Reklamelichter reflektieren auf meiner schwarzen, engen Lederhose mit nietenbeschlagenem Vorderteil. Mein Gang locker aus den Hüften, trotz der schweren Stiefel – meine kleinen Brüste unter dem weichen Lederhemd.
Meine Sehnsucht nach »einer« sexuellen Auflösung oder einfach nach einem kleinen Spiel widerspiegelt sich in meinen Händen, Augen, Mund – vor allem die Wölbung in meiner Hose verrät mein wirkliches Vorhaben.
Wir leben in einem fortschrittlichen Zeitalter, und daher wissen die Frauen ganz genau, was sich unter der Hose einer Frau verbergen kann. – Die Blicke der Frauen gleiten interessiert auf das kunstvoll gestaltete Nietenornament auf meinem Hosenschlitz und entdecken natürlich den sich abzeichnenden Dildo im Leder; die Vermutung, daß es ein Dildo sein könnte, wird durch meine Brüste bestätigt, die außerdem verraten, daß es sich bei mir um eine unersättlich-wollüstige Frau handelt, eine Frau, die ihre Möse und ihren Schwanz in der Hand hat und ganz genau weiß, was sie damit anzufangen hat.
Meine Möse ist feucht, mein Schwanz hart, mein kleiner, praller Arsch, bestimmt ein Gusto-Stück für die Schwulen, findet kaum Platz unter dem zähen Leder, von dem ich fürchte, daß es die Spannung nicht mehr aushält. Meine Körpersprache läßt von weitem schwer erkennen, ob ich nun ein femininer Schwuler oder eine maskuline Frau bin, was soll's, ich bin alles.

Ich gehe in eine Bar, es ist Sonntag abend, Wochenendstim-

mung ist vorbei, die erotischen Disco-Mädels mit Netzstrümpfen und Leder-Miniröcken oder gestylten Hosen liegen vermutlich schon im Bett.
Die schönsten Erlebnisse hatte ich noch nie an Wochenenden.
Schwarze Musik kommt aus den Lautsprechern, die Bar ist eine Mischung aus Puff – Punk – New Wave, genau wie die Frauen, die sich hier aufhalten, also eine Mischung, die ich liebe.
Unter den Blicken der Frauen spannt sich mein Leder wieder, die Stimmung der schwarzen Soulsängerin durchdringt meinen Körper. Eine Frau steht an der Tür, sie fixiert mich mit ihren stechend grünen Augen, ihr Blick ist auffordernd und frech. Sie ist jung – ein Punk-New-Wave-Mädel, mit kunstvoll zerrissenem schwarzen Kleid, Pfennig-Hackenschuhen, schwarzen Strümpfen, ausgefallenem Schmuck – Dinge, die mich an Frauen immer erotisieren.
Nun, jetzt steht sie da, lässig an der Tür, natürlich könnte ich gleich zu ihr gehen und sie ansprechen und abwarten, was sich daraus entwickelt. Aber das will ich heute gerade nicht, ich will mir etwas ausdenken, mir überlegen – ich erwarte mir viel von dieser Nacht, von dieser Frau, und ich weiß, dafür brauche ich Zeit, viel Zeit.
Also bestelle ich mir noch einen Drink, die Frau hinter der Theke merkt genau, was zwischen mir und der anderen läuft und schenkt mir ein gewinnendes Lächeln. Sie ist Mitte Dreißig, ihre schwarzen Augen funkeln herrisch – meine Sehnsucht nach einer Domina erwacht.
Ich will sie Shirly nennen, und sie hat längst gemerkt, was ich unter der Hose trage, und sie will es natürlich genauer wissen und befiehlt mich mit ihren Blicken in den hinteren Raum. Eine Freundin übernimmt in der Zwischenzeit die Theke.
Der Raum ist sehr dunkel, blaurotes Licht läßt mich gerade Ketten und aggressive schwarze Pantherköpfe an den Wänden erkennen. Nun steht sie vor mir, ihre schwarze Haut ist jetzt

mit einem engen schwarzen Gummianzug bedeckt – bis auf ihr Dreieck, sie läßt ihre Fotzen-Lippen prallen – sie sind riesig ... Ihre Augen sind starr und blitzen im Dunklen wie einer der Pantherköpfe, ich habe Angst und denke an das »harmlose« Punk-Mädel, das ich vielleicht mit meiner Potenz noch erschrecken könnte.
Ein Peitschenschlag holt mich wieder in jene Realität zurück, die sich sonst nur in meinen Träumen abspielt.
Sie legt mich in Ketten und öffnet meine Hose, mein Schwanz springt ängstlich hervor, ihre Peitschenhiebe spüre ich erstmals auf meinem Schwanz. Ich höre ihre tiefe Stimme: »Ich weiß, daß du mit deinem Schwanz gut ficken kannst, sogar sehr gut, aber ich verlange mehr von dir, mehr von deiner Fotze, deinen Händen, deinem Mund. Also fangen wir damit an und zeige mir, wie gut du an meinen Lippen saugen kannst!«
Sie läßt mich vor ihren gespreizten Beinen knien, so viel Fleisch von einer Frau hatte ich noch nie im Mund. Ich sauge brav und sorgfältig an ihren Lippen und spüre, wie sie anschwellen und hart werden, ihr Saft läuft mir über das Gesicht, langsam traue ich mich die Augen zu öffnen und sehe ihre prallen, großen Brüste, in ihren Händen immer noch die drohende Peitsche – ich möchte es ihr gut machen ...
Mein Schwanz, der immer noch aus meiner Hose schaut, wird zu einem Würmchen, er ist so uninteressant geworden, er wird mir lästig, ich will ihn jetzt nicht mehr haben, ich ziehe ihn aus der Hose und werfe ihn achtlos in die Ecke.
Meine Fotze prall und feucht. Ich knie gefesselt, und sie dringt fest in mich ein, ich weiß nicht, ob sie mit drei Fingern oder mit der ganzen Faust in mir ist – ich spüre nur die nahe Auflösung, ich höre meine Schreie nicht mehr.
Irgendwann wache ich neben Shirly auf, die zärtlich meinen zitternden Körper streichelt. Leise sagt sie zu mir: »Nimm deinen Schwanz und komm langsam in meine Fotze!« Ich lege ihn auf meine Klitoris, schließe die Beine und schiebe ihn langsam

und innig in Shirlys Fotze, sie ist offen und weich, mein Stoß sanft – bis wir kommen.
Shirly erzählt mir von dem New-Wave-Mädel – sie heißt Donna, wie aufregend Donna klingt – und sie weiß ganz genau, was sich im hinteren Raum abgespielt hat. Ich traue mich gar nicht mehr, an das Mädel zu denken, aber Shirly meint, es wäre okay, im Gegenteil, ich solle den Schwanz nicht waschen, denn Donna möchte ihn bestimmt reinlecken.
Unsicher betrete ich nun die Bar, mit einem vorsichtigen Blick versuche ich, Donna zu erspähen. Sie steht immer noch wie vor Stunden, ihr Blick hat sich nicht geändert, ich habe sogar das Gefühl, jetzt sind wir uns nähergekommen.
Ich setze mich an die Theke und bestelle einen Drink, nun kommt Donna auf mich zu, unsere Blicke treffen sich, ihr Mund zeigt volle Lippen, ihre Zunge scheint mir etwas unruhig, wild stehen ihre selbstgefärbten grau-weißen Haare, die Augen ein wenig geschminkt, sie ist nicht größer als ich, ihr Körper zart.
Meine Beobachtung irritiert ihr Vorhaben, an meinem Schenkel zu fühlen, nicht, nun spüre ich ihre Hand an meinem Hosenschlitz, zart küsse ich ihre vollen Lippen und ihre Wangen, drücke sie an meinen Körper, sie riecht gut, nach einem geilen Parfum.
Donna gibt mir zu verstehen, daß ich sie heute haben kann und macht ungeduldig an meiner Hose herum, ich habe Angst, sie könnte sie mir vor all den Frauen öffnen und der Schwanz ... Warum Angst? Einen Rauswurf würden wir sicher nicht riskieren, und die noch anwesenden Frauen hätten bestimmt nichts dagegen. Also lasse ich Donnas Händen freien Lauf, und wie ich es mir gedacht habe, öffnet sie meinen Hosenschlitz, und mein Schwanz springt hervor. Die Spuren von Shirlys Saft sind nicht übersehbar. Donna leckt ihn zart rein, die Frauen im Lokal stehen zu ihrem Voyeurismus und versuchen, keinen Ausdruck in Donnas Gesicht zu versäumen. Ich sitze aufrecht auf

dem Barhocker und möchte mein Verlangen, Donna zu ficken, noch zurückhalten.
Harte Musik stößt aus den Boxen, mein Schwanz wird steifer, die Lippen von Donna sinnlicher und ihr Mund größer, nie hätte ich gedacht, daß mein Riesen-Schwanz in Donnas Mund verschwinden könnte. Es ist schön, ihr dabei zuzuschauen wie sie es macht, und die Stimulierung durch den doppelseitigen Dildo auf meiner Klitoris ist gigantisch, ich könnte sie nicht besser spüren, ihre geschickten Zungenspiele lassen mich ... ich will jetzt ...
Ich lege Donna auf einen Barhocker, mit dem Arsch zu mir, ich feßle ihre Hände an den Hocker, ziehe ihr Kleid über den Arsch und stoße, ohne Vorwarnung, mit meinem Riesen-Schwanz in ihre Fotze, ich stoße und stoße. Donna ist offen, und ihr Saft läuft über ihre Beine, ihre Schreie klingen nach Befreiung. Ich hole ihre kleinen Titten aus dem Kleid, die Brustwarzen sind groß und steif, und ich ficke meine Geilheit in Donnas Körper.
Die Musik gibt uns den Rhythmus, oder wir geben der Musik den Rhythmus.

Krista Beinstein

geboren 1955, gelernte Fotografin, lebt als freischaffende Künstlerin und Aktionistin in Wien und Hamburg. Viele Einzelausstellungen, zuletzt: Im Rausch der Triebe, Galerie Abriß Hamburg 1989 (die Bilder wurden abgerissen und zerstört); Performances, zuletzt: Dinner for one, mit Justine, Evelyn, Nadin, Berlin 1989. Fotobücher: Obszöne Frauen, mit einem Essay von Monika Treut, Wien, Promedia-Verlag 1986, und: Im Rausch der Triebe. Erotische Frauen-Bildgeschichten, Tübingen 1989. Der Text erschien erstmals in der Anthologie Domino mit Domina, Wiener Frauenverlag, Wien 1988.

Karin Rick

Vor der Abfahrt

Sie kommt am Nachmittag zur Bar. Lautstarker Reggae heizt die warme Luft noch mehr auf. Er kommt hinter der Theke hervor, hat sich für die Abreise sogar gewaschen. Sein Gesicht ist glattrasiert heute. Saubere helle Kleider.
»Mmm!« sagt sie. »Frisch rasiert. Darf ich?«
Sie zieht seine Wange zu ihrem Mund.
Er zeigt ihr sein Gepäck.
»I am preparing for the trip«, sagt er in seinem schlechten Englisch. Das hätte sie auch so herausgefunden. Sie lacht boshaft über die schwerfällige Naivität solcher Erklärungen. Weit entfernt ist er, denkt sie. Schon nicht mehr hier, und der Hauch von Interesse gestern nacht, sich sozusagen über sie beugen, sie ansehen, minutenlang, ist verschwunden.
»Ich brauche . . . einmal etwas Kaltes zu trinken«, sagt sie.
»Was denn?«
»Ich weiß nicht. Gib mir ein Bier.«
Er holt eine Flasche und stellt sie mit einem großen gebauchten Glas auf einen der niedrigen Tische vor dem Haus, setzt sich zu ihr. Sie lehnt sich in dem Fauteuil zurück. Das Meer ist dunkelblau und scharf vom Himmel getrennt. Die Sonne begießt eine breite Wasserfläche mit hellem Gold. Ihr Licht kommt schrägt durch die Bäume zu ihr. Das Bier berauscht sie sofort. Sie aalt sich in ihrem Stuhl. Er sagt nichts. Sie lacht ihn an. Soll das bis zu ihrer Abfahrt so weitergehen? Sitzen und schweigen? Sie legt ihre Hand auf seine Schulter und sagt mit einem kleinen Lachen:
»Andreas, gehen wir ficken?«
Er hat sich verhört, glaubt er. Beugt sich höflich zu ihr.
»Was hast du gesagt?«

»Ob du gerne ficken gehen möchtest ...«
Er starrt sie fassungslos an.
»Wann?«
»Jetzt.«
»Aber ...«
Seine Stimme kippt.
»... um sieben muß ich das Taxi nehmen, mit meinem Freund, zum Flughafen ...«
Es ist, als sähe er einen Geist vor sich.
»Na und?« fragt sie.
»Es ist zu spät«, japst er.
»Wir haben 45 Minuten. Da kann man's normalerweise zweimal machen«, schmunzelt sie. Er lacht verlegen auf, dann erhebt er sich und verschwindet im Inneren der Bar. Jetzt erzählt er das sicher seinem Freund. Na gut, er soll sich beeilen. Genau das braucht sie jetzt, findet sie. Etwas abschneiden für sich, von seinem letzten Tag, gegen die Zeit, die unaufhaltsam verrinnt. Einen Aufprall vor dem Ende provozieren, anstatt das langsame Verfließen der letzten Minuten zulassen. Komm schon, Andreas. Du sollst ja nicht an einem Felsen lehnen am Wasser, und mir in die Augen schauen. Es ist ja das, was ihr Männer immer und vor allem wollt. Das sollst du mir machen, auch in den letzten Minuten noch. Und ich werde Muße haben, dich zu betasten, meine Hände in deinem braunen, weichen Fleisch.
Er setzt sich wieder neben sie. Sie schaut ihn an.
»Jetzt bleiben dir nur mehr 30 Minuten«, sagt sie.
Er lacht wieder sein hohes, verlegenes Lachen.
»Aber ich kann nicht«, antwortet er.
Sein Freund kommt vor die Tür. Er dreht sich zu ihm um, sagt halb belustigt, halb verwirrt zu ihm:
»Ich hab noch 30 Minuten. Was kann man in dieser Zeit machen?
Der andere lacht, macht eine Geste, die beiden sollen schon verschwinden.

»Geh, geh schon und sei um sieben zurück.«
Sie steht lachend auf, packt ihn an der Hand. Er entwindet sich, krümmt sich. Was passiert ihm da nur. Er soll jetzt noch, so knapp vor der Abfahrt? Nein!
»Nein, nein. Ich will nicht.«
»Kommt schon«, sagt sie, und der Freund schubst ihn von der Terrasse hinunter auf den sandigen Weg. Sie sind jetzt auf der Straße, im Laufschritt. Er lacht immer wieder heiser auf.
»O nein. Das ist doch nicht möglich, was machst du nur, was machst du nur?« stößt er immer wieder hervor.
Sie biegt weiter weg vom Meer, um ja niemand Bekanntem zu begegnen, der sie jetzt noch aufhalten könnte. Sie jagen auf einem kleinen Weg zu dem Haus, wo sie ein Zimmer hat. Sie geht durch den Vorgarten zur Treppe.
»Hier ist es«, kommentiert sie.
Schamhaar. Sie küßt ihn auf den Mund, den Hals leckt sie ihm ab, die Ohren. Beginnt, mit der Hand seinen Schwanz zu streicheln. Die Eier. Nicht zu lange erfolglos weitermachen. Sie nimmt das schlaffe Stückchen Haut in ihren Mund, hält die Luft an, bis der Geruch ihres Speichels seinen überwiegt, saugt, leckt, schleckt, bis da etwas zu wachsen beginnt, schüchtern, die Eichel als kleiner Knödel spürbar wird. Schaut ihn immer wieder an dabei, in seine fassungslosen großen Augen, auf den Mund, der, stumpf, leicht offen ist. Trifft auf seinen Blick. Der ist am Hinüberkippen. Den will er kontrollieren, wenn ihre Augen zu ihm wandern und ihn verschlingen, wie die Katze die Maus. Sie schaut in dieses Gesicht mit dem dümmlich verstörten Ausdruck, und ihre Augen werden hart, während ihre Fingerkuppe weiterstreichelt. Dann nimmt sie das erigierte Schwänzchen zwischen ihre Schamlippen, drückt es in sich hinein. Er stöhnt auf. Sie weicht wieder weg. Sie stößt hastig am Anfang, damit es ihr nur ja gleich kommt, dann läßt sie nach, spürt ihren Höhepunkt bald wie Wellen an ihr lecken, läßt sein Fleisch genüßlich an ihren Händen vorbeigleiten.

Er möchte auch, ist immer noch zu aufgeregt, rackert, strengt sich furchtbar an. Dann wird er schlaff, hört auf, sich zu bewegen, liegt nach Atem ringend da. Ihre Hände, die, noch immer im Rhythmus der vollbrachten Anstrengung, unablässig über seinen Körper fahren, kommen auf seinem Herzen zu liegen. Das klopft jagend an seine Brust. Andreas, Andreas, es wird dir gleich herausspringen. Was machen wir dann?
Ihre Körper sind vom Schweiß seidenglatt, glitschen aneinander. Ein Kribbeln breitet sich über ihre ganze Haut aus. Sie lachen jetzt beide zufrieden auf. Ihr Mund streift langsam über seinen Hals. Dann stehen sie auf, benommen, taumeln im Zimmer herum. Der Spiegel wirft ihr Bild zurück. Sie hat rote Wangen, große Lippen, die Augen glänzen, die Haare liegen in feuchten Locken übereinander. Das Zimmer ist dicht geworden, die Hitze von draußen scheint nur bis an die Fenster zu kommen, schlägt in gedämpftem Honiglicht durch die Vorhänge. Die Weite von draußen, vereinzelte, ruhige Bewegung ist hier gebündelt worden. Die Luft ist dick von ihrem Atem, dem Schweiß und dem kalten Rauch seiner Zigaretten, von der Bewegung ihrer Körper in der schweren, dämmrigen Wärme des Raums. Sie merken nichts davon, nur den starken Atem der Anstrengung, der im Nachhall von ihren gelösten Körpern kommt, den Raum kompakt macht, feucht, aus ihren Poren dunstet.
Sie greift schnell zur Uhr. Viertel vor Sieben. Wir müssen laufen.
»Hat es dir gefallen?« fragt sie leutselig.
»O ja. Sehr gut.«
»Erfrischend, nicht?« nickt sie.
Dann sind sie wieder in den Gassen. Er lacht wieder auf, von Zeit zu Zeit, ungläubig. Es sei so toll gewesen, sie müsse nächstes Jahr wieder kommen, dann könne man das öfters machen. Sie nimmt das mit Genugtuung zur Kenntnis. In der Bar beginnt das große Abschiednehmen. Das interessiert sie alles jetzt

nicht mehr. Sie holt sich ein zweites Bier und setzt sich ganz vorne auf die Terrasse, ans Meer, wo die Sonne sich anschickt, das Schauspiel ihres Unterganges anzugehen.

Die Reifeprüfung

Ich habe Alice Dorfer für heute nachmittag zu mir eingeladen. Warum, weiß ich selber nicht. Als ich sie das letzte Mal sah, wollte sie mich verführen. Sie hatte mich nach einem gemeinsamen Abendessen noch »auf einen Drink« in ihre Wohnung gebeten. Ich ging arglos mit. Ich hatte nie angenommen, daß sie sich für Frauen interessiert. Wir kennen einander schon recht lange. Ihr Mann war an diesem Abend auf Reisen. Daß wir den Drink im Schlafzimmer einnehmen sollten, »damit die Kinder nicht aufwachen«, machte mich allerdings stutzig. Ich setzte mich vorsichtig auf den Bettrand, die Beine eng beisammen, die Hände über die Knie gekreuzt, und trank in schnellen Schlukken meinen Wein. Ich wollte meiner Ahnung lieber keinen Glauben schenken. Was sollte sie von mir wollen, die schüchterne, zarte Ehefrau, die oft so leise spricht, daß man sie kaum versteht. Doch nicht nur die Stimme hat ihr berühmter Mann auf dem Gewissen und so hatte ich manchmal den Verdacht, daß sie mich nur traf, um sich meine Freiheit kurzfristig zu eigen zu machen. Damit konnte sie sich fortschrittlich wähnen, ohne etwas zu verändern.

Während ich mich unbehaglich umsah, in diesem schmalen Schlauch von Schlafzimmer, das trotz seiner Winzigkeit protzig modern, mit Messing, Rauchglas, braunem Samt eingerichtet war, machte Alice Dorfer es sich bequem auf dem Bett. Sie zog die Beine an, lehnte ihren Kopf mit ihren duftigen Locken an die Wand, fuhr mit dem Finger über den Rand ihres Glases und blickte mich sehnsuchtsvoll an. Ich wählte ein unverfängliches Thema nach dem anderen aus und war froh, als mein Glas

leer war. »Ich gehe jetzt«, sagte ich dann bestimmt und dachte, mit etwas Glück könnte der Augenblick seine Unverfänglichkeit behalten. Doch sie hatte im Nu die Arme um mich geschlungen. »Noch nicht, bitte noch nicht.« Wie unangenehm, wie peinlich bei dieser braven Frau Doktor Dorfer, wie aufregend gleichzeitig, denn ihre Hände waren leise streichelnd überall und ließen mich nicht aus. Ihre Brüste konnte ich zu deutlich und weich unter ihrem Wollkostüm spüren. Ich wehrte mich mit Mühe und immer weniger überzeugt, je mehr Minuten in dieser Umarmung verstrichen. Dann befreite ich mich doch und ging. Ich nahm es ihr übel, mich überrumpeln zu wollen. Ich hatte nie an Sexualität gedacht mit ihr. Das Schlafzimmer des Herrn Professors war mir überdies höchst unsympathisch. In seiner Abwesenheit am nächsten Morgen den Kindern vorgeführt zu werden – nein.
Im nachhinein war ich jedoch höchst erregt. Das hielt lange an. Eine starke, brutale Gier auf einen so sanften, weiblichen Körper, wie den ihren. Ich telefonierte erst nach Wochen wieder mit ihr und wußte immer noch nicht, ob ich etwas von ihr wollte. »Ich habe mir in Paris neue Kleider gekauft«, sagte ich aus Verlegenheit. »Die mußt du mir unbedingt vorführen«, antwortete sie schnell. »Ich komme einfach zu dir und schaue sie mir an.« Ich willigte halbherzig ein. Der Gedanke, mit ihr nach diesem letzten Abend in einem Café zu sitzen, war mir noch unliebsamer, als der, sie bei mir in der Wohnung zu haben. Hier könnte ich ihr wenigstens ein paar Texte von mir zeigen, zur Ablenkung.
Ich verbrachte den ganzen Tag damit, die Wohnung besuchsfertig zu machen, kaufte ein. Kaffee, Krapfen, Erdbeertörtchen für die Frau Doktor. Ich duschte mich, wählte ein schwarzes Kostüm mit schwerem breitschultrigem Sakko aus, schminkte mich. Ich beobachtete mich mißtrauisch. Wozu mache ich mich und meine Wohnung für eine Alice Dorfer schön, die mich ansonsten nur ärgert, weil sie mein Mitleid erregen

will, mit ihrem dominanten Mann, mit ihrem gebrochenen Blick und den verschreckten Gesten, vor allem, wenn er in der Nähe ist. Trotzdem zögerte ich, die Tagesdecke auf das Bett zu legen, da sie gegebenenfalls doch nur wieder wegzuräumen wäre. Ich war verdrossen, daß ich wegen dieser Einladung zum Café soviel Aufhebens machte. Den ganzen Tag hatte ich nichts anderes getan, als mich, wie die Kurtisanen früher, auf eine mögliche erotische Begegnung vorzubereiten. Ich cremte sogar meine Waden ein, die im Winter immer besonders rauh sind. Alice macht in ihrem Badezimmer vielleicht jetzt genau dasselbe, dachte ich mit einem mulmigen Gefühl.

Kaum war ich fertig, läutete es. Sie stand vor mir, in einem weichen Pelzmantel und noch weicheren blonden Haaren, die in großen Locken auf den Kragen fielen. Ich weiß, wieviel Arbeit hinter einer solchen Frisur steckt. Sie duftete nach Parfum und hatte rosa Röschen in weißem Blütenkranz mitgebracht. So typisch, dachte ich. So typisch. »Wie schön du angezogen bist«, meinte sie. »Nur für dich ... Ich habe auch für dich aufgeräumt«, fügte ich überflüssigerweise hinzu. Ich suchte eine Kristallvase für die Blumen. Keine andere durfte es sein. Die fügte sich perfekt zu dem heute sauberen Glastisch.

Alice war wie immer schlicht elegant gekleidet, mit engem halblangem Rock, dunklem Pulli, schmalem Gürtel. Sie wirkte schlank, fein und vornehm. Ihre Beine in schwarzen Strümpfen und Stöckelschuhen aus Krokodilleder. Sosehr vollkommenes Klischee von einer Frau, daß es mir merkwürdig heiß durch den Körper lief.

Ich weiß nicht wohin mit ihr, zeige ihr den neuen Computer, tippe ein paar Programme ein, Textfetzen von meinen Arbeiten laufen über den Bildschirm. Sie findet es schwierig, die Augen an diese Schrift zu gewöhnen. Gut, dann brauchen wir uns mit den Computertexten auch nicht aufhalten. Ich habe Angst, den Faden zu verlieren. »Willst du etwas trinken?« – »Nur, wenn du etwas willst«, sagt sie. Was? Sie will nicht einmal etwas trinken? Was geschieht dann mit den Krapfen, die ich gekauft habe und mit den vielen Stunden, die noch vor uns sind? »Ich möchte jetzt einen Tee«, betone ich, drücke ihr einen Artikel von mir in die Hand und setze das Teewasser auf. Es macht mich unsicher, daß alles so klappt, wie ich es mir vorgestellt habe. Es gibt heute tatsächlich frisch gewaschene Tassen, alle vom selben Geschirr, auf dem Milchtopf klebt diesmal keine Haut. Zitronen und Zucker sind zur Genüge vorhanden. Ich stelle alles auf dem Glastisch ab und betrachte befriedigt das Stilleben der grünen Teller mit dem schwarzlackierten Tablett und den rosa Röschen.

Wir bemühen uns um Konversation. Ich habe ihr nichts zu sagen. Wir lachen über meinen Artikel, richten ein paar Leute aus. Es könnte angenehm und idyllisch sein, wenn sie nicht so steif wäre. Ich spüre ihre Angst, den schönen Rock voller Krümel zu machen, glaube zu wissen, daß sie das Erdbeertörtchen gewählt hat, weil auf den Krapfen zuviel Zucker ist und man nie wissen kann, ob beim nächsten Biß die Marmelade heraustropft. Sekundenlang entsteht ein entsetzliches Schweigen zwischen uns. Wie wird dieser Nachmittag weitergehen? Jetzt ist sie schon eine Stunde hier, wir haben alle Artikel von mir und über mich gelesen, gerade regt sie sich über eine Wissenschaftlerin auf, die gegen Kinder ist. Deren gescheiterte Ehe kennt sie, sie weiß, warum die keine Kinder will, die hätte auch an die große Liebe geglaubt und sei jetzt frustriert. »Aber Alice, damit muß doch jeder rechnen, daß alles einmal zu Ende geht.« – Na vielleicht bin ich zu pessimistisch«, piepst sie.

Wieder eine Pause. Ich schaue verstohlen auf die Uhr, da sagt sie plötzlich, daß ihr kalt ist. »Kalt? Aber die Heizkörper sind doch alle an.« Ich stehe auf und gehe durch die Wohnung. Auch der Thermostat ist auf seiner höchsten Stufe. »Du sitzt ja neben dem Fenster, komm zur Heizung, du Arme, wo ist dir denn kalt?« Ich kauere mich zu ihr hin und umarme sie. Ich bin verrückt, ich will doch gar nichts von ihr, es wäre nicht not-

wendig gewesen, sie zu berühren. Da hocke ich nun und streichle sie und vergrabe meinen Kopf in ihrem Haar und bin in einem schwebenden Zustand der Aufregung, der mir die Kehle zuschnürt. Es gibt kein Zurück mehr. Schon gleiten ihre Hände über meinen Rücken. Ich küsse sie wie zum Abschluß auf die Wange und auf den Mund, da wird sie langsamer mit ihren Lippen. O nein, so nicht, das war mir schon das letzte Mal zuwider, daß diese dünnen Lippen auf meinem Mund langsamer werden und sich öffnen. Und schon gar nicht will ich die Zunge. Die schiebt sie aber schon in meinen Mund, und als ich das spüre, werde ich auf einmal scharf auf sie und wild. Ich will sie haben, ihre Schenkel unter dem Rock, diese geilen Schenkel, über die die Strümpfe wie eine Haut gespannt sind, sie machen mich rasend, ich mag ihr zwischen die Beine fahren, die gehören mir, wie schön du bist, murmle ich, deine schönen blonden Haare. Ich streife mit den Fingern durch ihre Locken, wie Wolken fallen sie herab, weiche, kühle, warme Wolken.
»Die Nachbarn schauen alle zu«, sage ich, weil ich Angst habe, daß es weitergehen wird und ich mit ihrem Körper nichts anzufangen weiß. Mit ihr im Bett, was soll da nur sein? »Die Nachbarn?« wiederholt sie. »Machen die dann Photos?« Sie lacht. »Das ist schon möglich.« – »Dann schließ doch die Vorhänge.« – »Wir können auch ins andere Zimmer gehen«, schlage ich vor – gegen meinen Willen, und trotzdem schlägt mir das Herz bis zum Hals. Ich ziehe sie zu mir hoch, was wegen ihrer Stökkel nicht ohne Straucheln abgeht. Ich gehe kühl ins Schlafzimmer voraus, schließe die Vorhänge, das ist geschäftsmäßig fast. Ich bin nicht aufgeregt, doch sobald ich auf sie zugehe, mich zu ihr aufs Bett setze und sie umarme, werde ich schier verrückt, wahnsinnig. Wahnsinnig geil auf sie. Da ist es wieder, das Bild von der richtigen Frau, die Strümpfe und Stöckel trägt, so wie ich. Ich streichle meine eigene Erscheinung, durchbreche das Mysterium der Strümpfe bei einer anderen, nehme es für mich in Anspruch. Ihre Beine fahre ich entlang,

greife ihr unter ihren Rock, dort, wo es warm und feucht ist, und sie muß es mit sich geschehen lassen, weil sie mir zugesagt hat. Ihre Brüste machen mich an, hier unter ihrem Pullover, so rund. Die nehme ich in meine Hände, und mir läuft das Wasser im Mund zusammen. Ich begeile mich an dem Kontakt mit diesen weichen Kugeln, die immer da sind, bei jeder Umarmung, ganz egal, wo mein Körper sich an ihren anlegt, ich werde weggetragen von dem Verlangen, jetzt auch noch langsam mit der Zunge ihre Beine entlang zu fahren, den Rock hinauf, zwischen sie hineinzukriechen mit dem Gesicht, die Hände unter ihren Pullover, zu den Brüsten hin, sie rausschälen aus dem BH, dieses Ausziehen, diese Mischung aus Unter-die-Kleidung-Fahren und am Körper sein, und noch etwas anderes, Brutaleres nimmt mich mit, die Lust, mich in ihr zu verkrallen, ich will sie zerquetschen, ich möchte an diesem Körper dort ankommen, wo er es nicht ahnt und ihn dazu bringen, sich aufzubäumen unter meinen Fingern, auch im Schmerz, ja Schmerz, ich möchte ihr Schmerz zufügen, sie soll ganz mir gehören und mir ganz unterliegen. Da ich so sicher weiß, daß sie mich haben will, bin ich draufgängerisch und nehme sie in Besitz. Dieser weiche Körper in dem schwarzen Rock mit dem Schlitz vorne bringt mich in diesen Sekunden fast um den Verstand, ich kenne mich selbst nicht mehr, es ist so neu, ich erwarte wahre Abgründe der Gier, jetzt und jetzt müssen die kommen, wenn ich diesen Schenkel hier noch weiter hinauffahre, ihr Geschlecht berühre, durch den Slip hindurch, in Sekunden durchläuft mich das Verlangen wie ein glühender Blitz, betäubt mich, ich komme um in dem Wunsch, ihren Körper zu berühren und zu drücken und ihr gut zu tun damit, am liebsten aber auch, ihr Schmerz zu bereiten, beides ist so nahe.

Da beginnt sie, mich auszuziehen. Das paßt mir nicht, ich will noch länger diese warmen, lebendigen Bewegungen spüren, mich von einer weichen Stelle zur anderen tasten, durch die Kleidung hindurch, diese hochheben, wegschieben, im Kopf die maßlose Gier nach ihren Schenkeln unter dem Rock, noch öfter darunterfahren – wie verboten und obszön! – doch sie zieht mich aus und sich selbst auch, und ich bin nicht geistesgegenwärtig genug, lasse sie machen, anstatt zu sagen, nein, warte, es war so geil jetzt, laß mich doch noch ein bißchen deinen Körper durch die Kleidung abgreifen, so wie das mit mir immer geschieht, so wie ich das an mir mag, wenn Hände mir an den Leib fahren, das Kleid hochstreifen, zu meinem Hintern kommen, diesen durchkneten –

Zu spät. Wir sind nackt. Den Grund meiner Erregung gibt es nicht mehr. In den Abgrund der Ekstase, der sich so vielversprechend geöffnet hat, falle ich nicht. Wie wird es jetzt weitergehen, wo ich ihren weißen Körper ohne Strümpfe, ohne Stökkelschuhe, ohne Spitzen-BH vor mir habe? »Komm unter die Decke, dir ist auch kalt, du hast kalte Füße«, bestimmt sie und hat auch schon meine Kleider zusammengelegt. Sorgfältig, betulich, denke ich verärgert, kann sie sich auch hier nicht gehen lassen? Ich schlucke meine Wut hinunter, weil die jetzt nur schaden könnte, lasse zu, daß sie sich an mich kuschelt, und mich überall zu küssen beginnt. Sie will anfangen, na bitte sehr, sie küßt mir die Brüste und gleitet dann hinunter zu meiner Möse, ich lasse es angeregt geschehen, auf einmal hebt sie den Kopf und schaut sich im Bett um. Was ist jetzt wieder? Sie nimmt ein Kissen und legt es unter meinen Hintern, bevor sie mich zu lecken beginnt. Lächerlich, wie genau sie das durchdenkt, aber ich bin noch zu erregt von den schwarzbestrumpften Beinen vorher, um es sonderbar zu finden. Ihre Zunge ist winzig und präzise genau auf meinem Kitzler. Es geht ganz schnell, es kommt mir, ehe ich denken oder Phantasien haben könnte –

Sie weicht mit dem Mund weg, fragt mich, ob es das war. Ja, das war es. »Ich kenn dich ja noch nicht, du mußt es mir sagen.« – Es ist gut so, sehr gut«, sagte ich. Sie soll weitermachen, ich könnte noch einmal und noch einmal. Doch wage ich es nicht, weitere Wünsche anzumelden. Sie soll jetzt auch etwas spüren. Ich ziehe sie zu mir hoch. »So ruh dich doch erst einmal aus«, sagt sie mit ihrer immer leicht erstickten Stimme. »Jetzt erhol dich erst.«

Mir schön tun und übertreiben in der Unterwürfigkeit. Auch das ist echt Alice Dorfer. Mütterlich bis zum Exzeß. Und ich habe es genossen, in Gegenwart dieser Mutter schreien zu können, mich als Kind im Orgasmus zu winden. Wenigstens das ist eine Genugtuung. Ich lege mich auf sie drauf. »Du, ich habe von dir geträumt«, flüstere ich ihr zu, »nach dem letzten Frauenfest habe ich geträumt, daß ich mit dir in einem öffentlichen Bad bin und dir den Finger in die (Fut, möchte ich sagen) Möse stecke, das hat mich so geil gemacht.« Sie reagiert betreten, eingeschüchtert, anzutörnen scheint es sie nicht. Ich insistiere nicht, lecke ihren Hals und dann ihre Brüste. Da stöhnt sie auf, als meine Zunge bei den Warzen ist, da tobt sie, als ich an ihnen lecke und lutsche und hinunterfahre zur Falte unter der Brust, von der aus deren Rundung sich wegwölbt. So scharf ist das, ich nehme mir die Wärzchen noch einmal vor, die steif sind und mir ausgeliefert in ihrer Erregbarkeit, klemme sie zwischen meine Finger. Dann rutsche ich zu ihrem Geschlecht hinunter. Wie wird das sein? Meine Zunge langt bei den Schamhaaren an, sie hat die Beine gespreizt und aufgestellt, soll ich auch ein Kissen ...? Nein, so scheint es gut zu sein, kaum kommt meine Zunge an ihr an, windet sie sich. Ihre Haare riechen stark nach Schweiß, ihre Lippen sind geschlossen, den Kitzler seh ich nicht. Ich ziehe sie leicht auseinander, schlage mit der Zunge kurz hinein, sie stöhnt, ich fahre hinauf, dort wo sie zusammenstoßen, tippe an, nehme dieses Stückchen Fleisch zwischen die Lippen, unsicher, ob sie dabei etwas spürt. Sie reagiert, ich sauge, lecke, und plötzlich keucht sie los, hebt brüsk die Beine über meinen Kopf, schiebt sich weg von mir und tobt ihren Höhepunkt allein aus.

Ich schaue ihr neugierig dabei zu, lege ihr die Hand auf die

Scham und die andere an den Hintern, lasse sie sich beruhigen, drücke mit dem Ballen, damit sie es angenehm hat. Ich bin noch immer in Fahrt, könnte weiter an ihren Brüsten lutschen, meine Hände wollen immer wieder zu ihnen hin, die Finger spreizen sie, die Warze lugt zwischen ihnen hervor, bereit, von mir in den Mund genommen zu werden. »Genug«, keucht sie. »Bitte genug.« Ich bin ungehalten, ich mag sie reizen, mag ausnützen, daß sie hier so empfindlich ist, ich bin boshaft, möchte sie durch meine Berührungen ständig in Erregung halten. Lasse es nur aus Taktgefühl.

Wir liegen da. Ich habe Lust, mich zu ihr zu kuscheln, doch sie spricht nicht darauf an. Sie ist nicht zärtlich, reagiert nicht auf mein Streicheln und auch nicht auf meine Küsse. Warum braucht sie das nicht? Läßt sie das bei ihrer Familie, bei den Kindern? »Schmusekatze«, sagt sie. Das klingt abfällig, als wären ihr meine Berührungen lästig. Ich lasse ab von ihr und hocke mich vor sie hin, versuche meinem Lächeln etwas Übermütiges zu geben. »Wie schmal du bist!« meint sie. »Mit welchen Frauen warst du denn zusammen?« frage ich. »Soll ich sie dir jetzt alle aufzählen? Alter, Beruf, Hautfarbe oder was willst du wissen?« – »Weil du gesagt hast, ich sei schmal.« – »Eine war aus Gibraltar, die war die Dunkelste, und schlank war sie auch nicht gerade.« Ich kann mir nicht vorstellen, daß sie je mit Frauen im Bett war, und daß ich hier mit ihr liege, ist das Unwirklichste der Welt für mich. Ich schlinge ihre Locken um meine Finger, als Zitat meiner eigenen Texte, in denen das oft vorkommt. Nahe fühle ich mich ihr immer noch nicht, nur der Groll über den immer leidenden Gesichtsausdruck, die leicht geduckte Haltung, ist etwas gewichen, hat einer Neigung zur Nachsicht Platz gemacht. Wie ist sie gebaut? Ihr Rücken ist großporig, greift sich an wie Grieß, wenn ich darüberstreiche. Ich muß der Versuchung widerstehen, an ihrer Haut zu kratzen anzufangen, um die Mitesser mit den Nägeln herauszuholen. Ihre Pobacken gehen von der Spalte aufwärts flach auseinander. Auch nicht schön. Dafür sind die Brüste appetitlich, und schmale Hüften hat sie, auch wenn sie breiter gebaut ist, als ihre dunklen Röcke suggerieren. Weiße Haut. Die mochte ich schon nicht, als wir gemeinsam schwimmen gingen. Und der Haaransatz beschäftigt mich. Es ist das erste Mal, denke ich schwärmerisch, daß mich bei einem Menschen der Haaransatz fasziniert. An diesen Haaren ist alles so perfekt und weich und schön. Sie sind flauschig, gehen füllig vom Kopf weg, kein einziges ist geknickt, gebogen, verdreht. Keine plötzlichen Veränderungen der Farbe, auch nicht der Wellen. Es ist soviel Lebendiges an diesem Haaransatz. Noch als sie schon längst weg ist, sehe ich ihre Haare, bauschig, silberblond an der Kopfhaut vor mir.

Wir stehen auf, kleiden uns an, und ich bin schon wieder voller Gier, als sie sich die Strümpfe überzieht. Ich möchte schmutzig sein mit ihr, ihr geile Sachen sagen. Kaum hat sie den Rock an, fahre ich zu ihren Schenkeln. »So scharf ist das«, flüstere ich nahe an ihrem Ohr, »wenn eine Frau einen Rock mit einem solchen Schlitz anhat, darf sie sich nicht wundern . . .« Die Worte bleiben mir im Mund stecken, denn es hat auf sie keine Wirkung. Sie scheint unangenehm berührt und schaut verlegen an mir vorbei in den Spiegel, vor dem sie sich jetzt frisiert und die Kleidung zurechtschiebt, damit der Ehemann nichts merkt. Alle Spuren verwischt sie jetzt kokett, um die häusliche Idylle nicht zu stören. Ich hasse sie.

Ich stehe hinter ihr, halte sie umarmt und schaue zu, wie sie neues Make-up auflegt. Dann wird der Mantel gesucht und angezogen. So leicht ist es also, sie zum Gehen zu bringen. Man braucht nur mit ihr zu schlafen, der Liebesakt braucht nur vorbei zu sein, dann ist der Aufbruch selbstverständlich.

»Du Arme, du bist jetzt ganz allein«, sagt sie, schon an der Tür. Ich bin doch froh, denke ich verwundert, der ganze Tag ist ja für die drei Stunden draufgegangen. »Es ist nicht so schlimm«, antworte ich und weiß, sie glaubt mir nicht. Dann fällt die Tür ins Schloß. Ich gehe selbstzufrieden durch meine Räume, die jetzt wieder mir gehören. Ich weiß weder, was ich von diesem Nachmittag halten soll, noch, ob sie mir sympathisch ist oder nicht. Nur, daß es gut war, auf sie zuzugehen. Ich bin so stark jetzt, ich könnte Bäume ausreißen, oder ins Frauencafé, die erste Frau ansprechen, die mir über den Weg läuft, um es ihr zu besorgen.

Karin Rick

geboren 1955 in Wien. Studium Germanistik, Philosophie und Kunstgeschichte. Dolmetscher- und Übersetzerausbildung in Wien. 1980–85 Lehrauftrag für moderne Literatur an der Universität Nancy. Lebt als freie Autorin in Wien. Veröffentlichungen zur historischen Frauenforschung und weiblichen Ästhetik. Literarische Veröffentlichungen in diversen Anthologien und Zeitschriften, u. a. Domino mit Domina, a.a.O., und Mein heimliches Auge, Das Jahrbuch der Erotik III, a.a.O. Herausgeberin von Konkursbuch 20, »Das Sexuelle, die Frauen und die Kunst«. Arbeitet z. Z. an dem Projekt: »Rezeption französischer feministischer Philosophie in Deutschland« und an dem Romanprojekt »Bewegung des Begehrens«. Die Erzählungen sind Erstveröffentlichungen.

Natascha Rossmann

Eine Nacht im Chipi-Chipi

In einer Zeit, in der mir klar zu sein schien, daß ich mich ausnahmslos für Frauen interessierte, begegnete mir ein Mann. Ich flirtete gerade intensiv mit einer stämmigen kurzhaarigen Blonden, stieg aus dem Wasser, ließ mir die Haare in der Sonne trocknen und lächelte ihr zu.

»Spielst du Schach?«, fragte er. Zuerst fragte er die Freundin, in deren Haus ich wohnte. Die sagte »nein, aber sie dort in der Sonne spielt sehr gut.« Sie hatten schon seit einigen Tagen gelästert. »Der sieht aus wie dein alter Liebhhaber. Paß auf.« Und ich hatte ihn schon seit einigen Tagen wahrgenommen. Verwendete allerdings keine Gedanken darauf. Darauf, daß er sich so steif bewegte. Darauf, daß er Handgelenke hatte so schmal wie eine Frau. An den Handgelenken ist angeblich zu erkennen, ob eine Frau einmal ein Mann war. Nur hatte ich einmal im Sand gelegen und mir ausgemalt, wie es wäre, wenn seine Hand auf meinem Arm läge. Dieser Gedanke wurde sofort von der kräftigen blonden Lady weggewischt, die sich neben mich setzte und mir von ihrem Haus erzählte. Sie hatte wunderbare runde Schultern und starke Hände. Ich stellte mir vor, ihre Schultern zu küssen.

»Ja, ich spiele Schach.« Meine Haare trockneten weiter in der Sonne. Seine Hände bewegten die Figuren. Ich band die Haare nicht hoch. Sie machten gelbe Locken um meine Brust in einem feuchten lila Hemdchen.

Am rechten Handgelenk hatte er eines dieser niedlichen Überbeine. Er mußte sich einmal den Arm gebrochen haben. Ich kam nicht mehr von diesen Handgelenken weg. Ich rauchte mit ihm. Ich rauche selten. Er gab mir Feuer. Und nahm dabei meine Hand in seine. Des Windes wegen selbstverständlich.

Lange Finger, goldbraun. Er hatte sie natürlich inszeniert, diese Berührung meiner Hand. Ich verlor. Doch er mußte sich anstrengen.
Danach organisierte ich ein Geburtstagsfest. Ich machte Unmengen von Kartoffelsalat und lud alle Freundinnen und Freunde ein, die ich dort kannte. Die erste, eine Dunkle, Glutäugige, schenkte mir einen breiten Ledergürtel mit Metall, selbstgemacht. Die zweite, die Blonde, schenkte mir Ohrringe, die wie schwarze Margariten waren. Er schenkte mir eine halbe Muschel. Vom Meer zerbrochen und glattgeschliffen. Der Innenteil einer Schnecke hätte das Gebilde auch sein können. Etwas Lachsfarbenes, Längliches steckte im Rest einer schnekkenförmigen Drehung. Es war eine unanständige Muschel. Diese Lachsfarbe liebe ich.
Wir tanzten die ganze Nacht. Er konnte nicht tanzen. Ich tanzte vorwiegend mit meiner dunklen Freundin. Sie war groß und konnte fest zupacken. Rock 'n' Roll. Walzer. Dabei schob sie mir die Beine an die Scham.
Ich saß fast auf ihrem Bein. Ich glaube, nur mit ihr kann ich so tanzen. Dann tanzte ich allein. Sie saß mit ihrem wie immer blassen Gesicht am Rand. Dann tanzte sie mit allen anderen.
Er bewegte sich neben mir. Und berührte mich nicht. Dennoch glaubte ich, seine Hüftknochen gespürt zu haben.
Er war schmal gebaut am ganzen Körper. Groß. Und bewegte sich immer ein wenig künstlich. Die dunkle Freundin vermutete Alkoholikerbeine als Grund für seinen Maschinengang. Es waren künstliche Hüftknochen. Und Schrauben in der Ferse.
Ich träumte, wie ich seine Handgelenke umfaßte und mich an seinen steifen Beinen rieb.
In der Kneipe spielten wir wieder Schach. »Ich bin verliebt in dich«, sagt er, nachdem er das erste Mal verloren hatte.
Wir hatten einander inzwischen ein wenig von uns erzählt. Ich wußte von dem Unfall und daß er also Frührentner sei und immer hier leben könne. Wenn er lächelte, vibrierten seine Lip-

pen. Ein Mundwinkel ging deutlich nach oben, der andere deutlich nach unten.
Ich stand an der Theke zwischen ihm und dem Schwarzen. Sie hatten geraucht. Ich nicht. Der Neger schaute mich mit schweren dunklen Augen an, die ab und zu den Blick keusch niederschlugen. Er schaute mich unentwegt an. Die Blonde war abgereist. Die Dunkle saß ebenfalls in der Kneipe und schaute böse. Das verstand ich. Aber ich konnte nicht anders. Sie wollte ins Haus fahren. »Ich bleibe«, sagte ich. Er lachte.
Wir spielten wieder Schach. Inzwischen hatte ich schon mehrere Male gewonnen. Die Nacht ging vorbei. Dann wollte ich nach Hause fahren. Ich setzte mich in meinen alten Kadett. Er dazu. Er hatte eine Stimme, die kratzte. Und sie machte mir Gänsehaut. Dabei erzählte er nur von seinen diversen Jobs als Fotograf. Polizeifotograf, Krankenhausfotograf, dann bei der »Zeit«. Er kam aus Amsterdam. Plötzlich weinte er. Seine Stimme hatte diesen Ton, der mich immer wieder »The Final Cut« hören läßt, den Anfang, wo die männliche Stimme einsetzt. Ich glaube, er hatte das erste Mal die Hände zwischen meinen Schenkeln, die Finger in meiner Hose und bewunderte meinen schwarzen Slip. Die Katze aus Spitze. Ich trug sie wohl mit Absicht.
Wir hatten Stunden da gesessen. Einmal flog ein Stein aufs Auto. Wir waren nicht leise. Es war sehr dunkel. Ich fuhr zum Haus zurück. Der Mond kam über die Berge. Meine Freundin war wütend. »Ich dachte, dir sei etwas pasiert. Wenn du betrunken Auto fährst. Außerdem sind wir schließlich zusammen hier.« Die Bergspitzen leuchteten. Meine Möse sehnte sich nach seinen Fingern. »Es ist die Wärme«, dachte ich, »vergiß ihn.«
Ich versuchte einige Tage im Haus zu bleiben, machte lange Spaziergänge mit der Freundin, las diverse Kriminalromane und dachte unentwegt an ihn.
Die Freundin liebte ihr Haus sehr, so daß sie oft den ganzen

Tag da war. Am frühen Abend ging sie schwimmen. Ich war am liebsten unten am Meer. So daß ich bald wieder jeden Nachmittag ans Meer ging. Dort saß er vor der Bar. Ich sah ihn also jeden Nachmittag. Ich spielte ununterbrochen Schach. Zwischendurch schwamm ich. Einmal trug ich ihm einen schweren Koffer von einem Zimmer ins andere. Er konnte nicht schwer heben. Wir standen auf dem Dach des Hauses und blickten auf die Hotelruine. »Ich werde fotografieren, wenn sie gesprengt wird«, sagte er. Mir war unerträglich heiß. »Ich weiß nicht, ob es gut ist, so oft in Deiner Nähe zu sein«, sagte ich. »Das mußt du wissen. Ich lasse mich nur mit Frauen ein, die frei sind.«

Ich versprach der Freundin, diesmal etwa um eins zu Hause zu sein. Er saß in einer Runde von Leuten. Als er mich sah, spendierte er eine Flasche Sekt. Sein braunes glänzendes Haar fiel in besonders schönen Locken heute. Alle freuten sich über den Sekt. »Ich habe morgen Geburtstag.« – »Stimmt das.« – Er lachte. »Ich habe etwas gewonnen.« Wir plauderten. Seine Hände näherten sich meinen. Wir saßen nebeneinander an dem runden Tisch. Er drückte mir hinter meinem Rücken etwas in die Hand. Es war flach und kühl. Seine Hände waren weich. Er nahm es wieder. Wir tranken eine zweite, eine dritte Flasche Sekt. »Ich habe versprochen, diesmal um eins etwa zu Hause zu sein«, flüsterte ich, »komm, wir machen einen Spaziergang.«

Wir entschuldigten uns bei der sekttrinkenden Runde. Ich flüsterte einer Frau, die ich kannte, noch zu: »Du weißt schon, das Laster . . .«

Ich hatte den irrsinnigen Glauben, irgend etwas geheimhalten zu können.

Die Nacht vor der Nacht in meinem alten Auto hatte ich ganz bewußt mit der Freundin geschlafen. Wir kannten uns sehr lange und gut. Es war schön. Meine Finger in ihrer Möse, meine Lippen um ihre Brust. Aber ich hatte das Gefühl einer

sexuellen Entschuldigung. Ich sagte mir, es geht nur um eine Nacht.
Alle gingen hinten an die Mauer, die rauchen wollten. Es war zwar nicht verboten, aber verpönt. Auch ich war nachmittags schon einige Male mit ihm da gewesen. Wir hatten jedesmal die Zeit vergessen. So viel erzählten wir uns. Oder schauten nur ins Meer. Und die Freundin war jedesmal böse, wenn ich sie später als verabredet für ihr frühabendliches Schwimmen abholte. Ihr Haus, mein Auto. Vorher war das keine Differenz.
Wir gingen Hand in Hand entlang ins Dunkle zu der Hotelruine. Einmal beugte er sich zu mir, um mich zu küssen. Sofort fielen meine schwarzen Margariten vom Ohr. Wir setzten uns auf die Mauer. Ich lehnte mich an den heißen Stein. Ein schwarzer heißer Stein in einer dunklen Nacht. Ich hatte das unwiderstehliche Bedürfnis, ihn zu küssen. Es war schon fast eins. Ich küßte ihn. Er roch nach einem Parfüm. »Marbert Man«, sagte er. Unsre Brillen legten wir auf die Mauer. Er hatte ein sehr sanftes Gesicht. Kein Haar, keine Stoppeln. Ich küßte dieses Gesicht überall. Es kam ein warmer Sturm. Wir hielten uns fest umarmt. Er berührte meinen Po. Meine Hose war schon außen naß. Es war nicht die Gischt. Ich legte meine Hand auf seine Jeans. Ich spürte seinen Schwanz.
»Ich gehe langsam«, sagte er. »Ich kann nicht mit einer Frau schlafen, die die Nacht nicht mit mir verbringt.«
Ich brauchte lange, bis ich meine Brille wiederfand. Wir gingen zurück.
Am nächsten Nachmittag fragte er mich: »Was habe ich dir gestern nacht in die Hand gedrückt?« Ich überlegte. Etwas zum Rauchen. Flach und in Stanniolpapier eingepackt. Er rauchte verdammt viel. Er lachte.
Da wußte ich es. Außen viereckig, innen rund und durchsichtig. Wir umarmten uns. »Hast du die unartige Muschel noch, die ich dir zum Geburtstag geschenkt habe?« Statt unanständig sagte er immer unartig. Ich korrigierte ihn nicht. Ich habe sie

noch. Am Abend spazierten wir wieder ans Ende der Mauer. Diesmal war die Luft wie Watte, kein Wind. So weich. Von oben, vom Haus aus sah es gefährlich aus. The fog. Von der Mauer so sanft. Das Wasser so sanft. Er steht zwischen meinen Beinen und hält mich fest. Ich sitze auf der Mauer. »Wir sollten eine Schiffsreise machen.« Ich spüre seine Hände um meinen Brustkorb die ganze Nacht.
Alle an der Bar amüsierten sich schon. Ich immer am frühen Abend mit der Freundin beim Essen. Und am späten Abend mit ihm beim Spaziergang.
Wieder lehne ich am warmen Stein. Wieder küsse ich ihn. Diesmal öffne ich seine Hose. »Warum hast du immer so enge Hosen an?« Er lacht. »Du stellst unartige Fragen. Warum hast du immer so schöne Unterhöschen an.« Er bewegt sich in meine Richtung. Ich sehe seinen Schwanz das erste Mal. Seine Brille fällt hinunter. Tief, in den schwarzen Sand.
Wir gehen zurück, holen eine Taschenlampe. Er war ein Pechvogel, dauernd wurde ihm etwas geklaut, verlegte oder verlor er etwas. Aber die Leute mochten ihn. In den Kneipen hatten ihn die Männer hinter den Tresen besonders gern und gaben ihm oft einen aus. Und die Jungs von der Straße halfen ihm, sein Mofa zu reparieren. Wir fanden die Brille unversehrt wieder. Die Jungs halfen uns beim Suchen. Diesmal kam ich wieder so spät ins Haus, daß die Freundin tobte. »Zieh doch aus.« Das wollte ich nicht. Ich blieb wieder einige Tage im Haus, spielte mit ihr Schach und verlor dauernd. Und dachte immerzu daran, wie seine spitzen lila Brustwarzen aus dem blauen ärmellosen Netzhemd ragten. An seine sanfte Haut. An die langen Arme. An die Tätowierung auf dem rechten Oberarm.
Ich liebte meine Freundin. Ich wollte ihre Freundschaft nicht verlieren. Ich hasse Entweder-oder Situationen. Aber ich war scharf auf ihn. Meine schwarzen Höschen waren ununterbrochen naß. Ich dachte zuviel an seine Finger.

Als ich das erste Mal wieder nachmittags an den Strand ging, sagte er: »Ich will nicht mehr. Ich habe dir gesagt, ich lasse mich nur mit Frauen ein, die frei sind. Und du bist nicht frei. Du lügst.«

Ich weinte. Was wollte ich eigentlich. Ich wußte es nicht. Ich konnte nicht mehr aufhören zu weinen.

Da nimmt er mich in die Arme, ich lehne an der Mauer, und streichelt mich.

Ich schrie, nein, nein, nein. Ich konnte es nicht verhindern.

In den nächsten Tagen redete ich viel mit der Freundin. Wir waren zärtlich. Ich liebte sie. Ich war wahnsinnig. Sie brauchte Eindeutigkeit. Einmal in unsrer gemeinsamen Zeit hatte sie eine Affäre, da wollte sie sich sofort trennen.

Nicht, weil sie mich nicht mehr liebte, so sagte sie, sondern weil sie es moralisch nicht ertrüge. Ich war nicht für Eindeutigkeiten. Sie hatte meist ein unberührbares ernstes Gesicht. Eine unsichtbare Mauer der Unnahbarkeit. Auch wenn sie – und sie konnte sehr unterhaltend sein – erzählte, blieb ihr Gesicht fern. Einmal saßen wir zu dritt nebeneinander. Er, in der Mitte ich, und sie. Da schaute sie ihn an. Mit feuchten schwarzen Augen. Es ging mir unter die Haut. Es schmerzte so. In dieser Sekunde zeigte sie ihr Inneres. Trauer und Verletztheit einer zarten Seele.

Ich war wahnsinnig nach ihm.

Ich saß mit ihm hinter der Hotelruine oberhalb einer winzigen Bucht. Wir starrten stundenlang ins Meer, das eine kleine Höhle rhythmisch füllte und leerte. Seine Hand lag auf meinem Arm. Ich spürte sie in meinem Herz. »Ich lade dich ein«, sagte ich. »Komm eine Woche mit mir nach Deutschland.« Ich hatte kein Geld, er hatte auch keines, aber das war mir egal.

»Ich fahre zurück«, sagte ich zu der Freundin. Ich wollte sie nicht verlassen. Ich wollte mich retten vor dieser räumlichen Unmöglichkeit, davor, daß meine Begierde, ungestillt, nicht zu heilenden Ärger verursachte.

Ich wollte keine langjährige Liebe opfern für die blinde Lust auf einen Mann.
Ich verbrachte die letzten zwei Tage nur mit ihr.
Ich plante, mit dem Schiff zu fahren. Den größten Umweg, der möglich war, um zum Flughafen zu kommen. Die geträumte Schiffsreise. Ich hatte keinen Flug mehr nach Hamburg bekommen, dafür einen Billigflug nach Amsterdam. »Da hätte ich dich auf jeden Fall hin entführt«, sagte er.
Ich verabschiedete mich von ihr in Freundschaft. Sie wollte zwei Wochen später zurückkommen. Sie gab ihm die Hand: »Paß auf sie auf.«
Wir fuhren mit dem Taxi zum Hafen. Auf dem Schiff war ich unendlich traurig. Ich starrte auf die Küste der Insel. Ich wußte, sie war heute dort an dieser Küste zum Essen eingeladen. Wir waren zusammen in dem Lokal am Meer gewesen, bevor mich diese idiotische Lust gepackt hatte. In einem riesigen Hinterzimmer probte der Inselchor. Zwei Freunde hatten uns dorthin geführt. Und wir waren absolut hingerissen von Männerstimmen, die ohne Mikrophon die Luft in dem riesigen Raum erbeben ließen. Ein monotoner Gesang, der in uns drang. Bis wir innerlich bebten wie die Luft. Zwei große Männer, die sich ansangen. Mit nassen Augen und glänzend schwarzem Haar, das einen Schimmer Blond verbarg.
Wir waren in diesem Moment so glücklich miteinander. Einer der beiden Freunde war betrunken und warf den Männern ein Kußhändchen nach dem anderen zu und sang mit, laut und falsch, daß sie schon nach oben schauten und es uns peinlich war.
Aber man konnte fast nicht anders, als dem Beben durch Singen und Küssen Ausdruck zu verschaffen. Das Lokal hieß Chipi-Chipi.
Ich erzählte ihm davon. Auch von meiner Trauer. Er legte den Arm um mich.
Der Wind wehte uns ins Gesicht. Er sagte: »Im Chipi-Chipi

habe ich die ersten Wochen auf der Insel verbracht. Sie haben eine Pension. Dort wohnen spanische Geschäftsleute und Nutten und Langzeittouristen. Es ist preiswert und schön. Ich möchte einmal eine Nacht mit dir dort verbringen.« Sein Gesicht war schön. Hübsch hätte es keiner nennen können, es war voller Furchen und Verletzungen, die von beinahe 50 Jahren ihre Geschichten erzählten. Mir wurde in meiner Trauer ganz warm. Er blickte mich mit seltsam brennenden Augen an und sagte wieder:
»Wir verbringen einmal eine Nacht im Chipi-Chipi.«
Dann zeigte er mir seinen rechten Zeigefinger. Die Reste einer Wunde waren zu sehen. »Das war eine Brandblase. Ich habe sie mir geholt, als ich dir bei unsrem ersten Schachspiel Feuer gegeben habe.« Wie lange mußte er meine Hand berührt haben.
Wir gingen an die Bar. Drei Holländerinnen starrten uns an. Er hatte auf der Insel mit einer von ihnen geflirtet. Irgendwie fahren Frauen auf ihn ab, dachte ich, und du bist eine davon, eine dumme kleine Gans. Da küßt er mich auf das nackte Bein. Und lacht. Die Holländerinnen starren uns nicht mehr an.
Er lacht. »Sie wissen, daß sie verloren haben.«
Es wurde dunkel. Wir standen noch immer an der Bar. Der Kapitän steht nach einer Weile neben uns. Er fragt den Kapitän aus über technische Einzelheiten des Schiffs. Der ist begeistert über soviel technisches Interesse und lädt uns zu weiteren Gins ein. Ich esse eine Menge Erdnüsse. Mir wird übel. Ich verschwinde nach draußen. Da kotzen die Leute gegen den Wind. Ich verschwinde weiter in unsre Kabine. Es stinkt nach schweißigen Socken. Ich lege mich hin. Er kommt nach. »Ich kann dir nicht helfen.« Die erste Nacht. Ich stehe wieder auf. Der Kapitän hatte uns in der Zwischenzeit zur Besichtigung der Brücke eingeladen. Die Inseln im Dunkeln auf dem Radarschirm. Meine Lebensgeister kehren zurück. Der Kapitän stellte sich sehr nahe neben mich.
Wir gehen wieder in die Kabine. Und legen uns zusammen in

das schmale Bett. Er behält sein enges Unterhöschen an. »Das behalte ich immer nachts an«, sagt er. Zum Abschied von der Insel hat er mir ein Parfüm geschenkt. Givenchy III. Wir sprühten uns und die Kabine damit ein. Und lachen. Hören nicht mehr auf zu lachen. Am Morgen verpassen wir die Ankunft, weil wir vor Lachen irgendwann eingeschlafen sind. Wir steigen erst aus, nachdem das Schiff schon eine Stunde im Hafen lag.
Er kennt niemanden mehr in seiner Geburtsstadt. Als das Flugzeug spät in der Nacht dort ankommt, können wir niemanden besuchen. Wir verbringen die Nacht in Kneipen in der übelsten Gegend der Stadt. Ich werde einmal fast ohnmächtig vor Rauchen und Übermüdung und Alkohol. Ich sehe mein Auto vor mir, das mit ihr auf der Insel blieb, wie es kurz vor unsrem Taxi herfuhr und dann in einer Kurve verschwand. Verloren stehen wir am nächsten Morgen in der Nähe des Bahnhofs. Ich beginne, Amsterdam zu hassen, aber mehr noch das Rauchen, und beschließe, sofort und endgültig damit aufzuhören. Wir lassen uns von einem milchgesichtigen Touristenabschlepper in ein christlich-amerikanisches Hotel abschleppen. Wir bekommen das Zimmer neben dem Eßraum. Wir frühstücken kalte Spiegeleier auf schwammartigen Toast. Zusammen mit einigen fetten amerikanischen Rucksacktouristinnen. Und schlafen sofort ein, um dann inmitten schriller christlicher Gesänge aufzuwachen. Im Eßraum klappert dazu das Mittagsgeschirr. Wir stehen auf, ziehen durch die Stadt. Besuchen seine alten Stammkneipen. Er zeigt mir sein Geburtshaus. Ein roter Ziegelbau mit schwarzem Schieferdach. Es ist dem Haus, in dem ich 10 Jahre alt geworden war, sehr ähnlich. Ich fühle mich ihm sehr nah. Es regnet stark, warmer Regen. Zwischendurch Sonne, und es dampft. Ich mag Amsterdam. Einmal wurde ich wieder von der Trauer gepackt. Wir waren erst in einem Lokal, in dem Männer seines Alters am Tresen standen, er kannte einige und plauderte gelassen, und dann gehen wir in eine winzige verräucherte Kneipe, Zwanzigjährige, er kauft dort Stoff zum Rauchen, mir bleibt der Atem

weg. Ich fühle mich wie zwanzig und sehr unsicher. Er sagt, »hier fühle ich mich zu Hause.« Ich erschrecke. Dumpfe Gesichter im Rauch, die vorspiegeln, Gangster zu sein. Ich möchte keinesfalls noch einmal zwanzig sein.

Am Abend essen wir indonesisch und ziehen weiter durch die Straßen. Durch eine Scheibe lächelt uns ein philippisches Mädchen an. Wir gehen hinein und hören die philippische Band. Die Männer und Mädchen sind kaum zu unterscheiden. Sie bewegen sich geil. Ich fühle mich sehr weich und durchlässig. In der Pause bitten sie uns an den Tisch. Sie freuen sich offensichtlich, daß wir mitgegangen sind in ihrem Tanz. Wir lassen ein Polaroid von uns machen, auf dem er seinen Arm um mich legt und mein Pullover ganz durchsichtig scheint und wir sehr glückliche Gesichter machen.

Spät in der Nacht schauen wir im redlight-district in einem miesen und leeren Gruppensexschuppen ein paar miese Videos an.

Er ist ernst. Wir reden viel über Sex. Zurück im Hotel stürzen wir uns aufeinander. Das erste Mal. Wir sind beide so scharf, daß ich kaum seine Hose geöffnet habe und er die Finger an meinen Oberschenkeln, daß ich gerade seinen Schwanz packe, als er stöhnt und ich auch. Dann lacht er, holt ein Handtuch.

Wir versprühen eine Unmenge Givenchy auf mein Schamhaar. Er zaubert einen Gummi hervor, bittet mich, ihn aufzuziehen. Ich schaffe es nicht. Er zieht ihn auf, wir müssen so lachen, daß ich ihn wieder abziehe und er einen neuen auf.

Ich sitze auf ihm und halte seine Augen fest. Es geht sehr schnell.

Am Morgen donnert der bleiche Amerikaner an die Tür. »Do you want to stay here.« Ich stehe auf. Der Getränkeautomat vor der Tür schluckt nur Geld und gibt nichts heraus. Er schläft wieder. Sehr still. Ich rieche an ihm. Er riecht nach nichts, samtig. Ich halte es nicht aus und fasse um seine Hüfte.

Jeden Morgen donnert der Amerikaner an die Tür. Wir hinterlassen die gefüllten Pariser, als wir nach drei Tagen gehen.

Wir fahren aufs Land und machen eine Nacht bei Freunden von

ihm durch – er hat sie auf der Insel kennengelernt. Am frühen Morgen spazieren wir durch eine Heidewiese. Er schaut mich an. Das Gras ist dunkelrot. Sandboden. Es ist feucht. In der Ferne ein strohgedecktes Haus hinter einer Blutbuche. Die ersten Spaziergänger. Ich könnte schreien. Er berührt nur meine Schulter. Später liegen wir nackt im Gras.

Die Sonne kommt für uns heraus. Es dampft. Meine Brustwarzen sind riesig. Seine Lippen vibrieren, als er seine Hand aus meiner Möse zieht. Die Adern machen lila Blumen auf seiner Hand. Ich halte seinen Schwanz in der Hand, ich halte seine schmalen Handgelenke fest, ich schaue ihn streng an, ich lasse seine Augen nicht frei, niemals, er versucht zu entkommen, seine Augen aus meinen zu ziehen, ich lasse es nicht zu, ich flüstere böse heisere Worte, ich sitze über ihm, ich liege neben ihm, wenn er verzweifelt zuletzt meinem Blick auszuweichen versucht, seine Lider zittern, aber er schließt sie nicht, dann kommt es ihm, er hält es niemals lange aus, er liegt zwischen meinen Brüsten, ich habe ihn immer in der Hand, manchmal in beiden. Wenn ich ihn ansehe, in diesem Moment, in dem seine Augen wegdrängen und seine Lider zu zittern beginnen, da kann ich meine Möse kaum mehr zusammenhalten und tropfe auf ihn.

Wir tun es viele Male am Tag. Dann zieht er sein Höschen an für die Nacht. Er behauptet, seine Hoden hielten sich dann besser. Ich betrachte meine Finger. Da ich viel mit ihnen arbeite, habe ich häufig kleine Wunden. Wenn er es hätte, denke ich, hätte ich es längst. Der Zauber mit den Gummis diente vorwiegend dazu, das zu verhindern, wozu wir beide offensichtlich wenig Lust hatten.

Wir leihen uns ein Auto, wir fahren in meine Stadt.

Er sitzt neben mir. Sein Profil ist klassisch. Langer Hals, kein Doppelkinn, scharfe Nase. Frontal ist sein Gesicht eher häßlich, aber es verfolgt mich im Traum. Da hat er die Hände zwischen meinen Beinen. Ich fahre. Wir halten an einer Parkbucht.

Er sitzt auf einer Bank, ich stehe vor ihm auf dem Boden. Und habe seinen Schwanz wieder in der Hand. Als er auf meinen Bauch spritzt, zieht er seine Hand aus meiner Möse. »Ich sehe ja aus wie ein Metzger«, sagt er, und ich lache. Auf dem Boden ist ein großer roter Fleck.

In meiner Stadt spielen wir wieder Schach. Ich zeige ihm meine kleinen Dinge. »Du willst mich nur ablenken«, sagt er, als ich ihm die metallene Möse hinlege. Er zieht ein scharfes Foto aus einer meiner Schubladen. Ich gewinne. Er zieht rosa und grüne Gummis aus der Tasche. Ich hole die Schnecken aus der Schwäbischen Alb. Seine unartige Muschel liegt schon neben den Schnecken.

Ich lege immer wieder Pink Floyd auf, The Final Cut, und er legt die weiblichen Stimmen auf. Donna Summer, Marianne Faithful, Amanda Lear. Neueres gibts nicht in meinem Haushalt.

Wir liegen wieder im Bett, auf dem Teppich, auf dem Sessel. Ich ziehe mich niemals ganz aus. Er immer. Da er meist unter mir ist, spüre ich wenig von seinen steifen Beinen, ich denke aber daran, wenn ich seine Hüftknochen küsse. Ich habe ein schwarzes Lackhöschen an, einen hochhackigen Schuh, ein Lederkorselett, einen Gürtel, eine Kette oder zumindest mein lila Shirt. Ich liebe meinen Körper mehr, wenn er nicht ganz nackt ist. Am Morgen ziehe ich ein knallrotes Plastikhöschen mit schwarzen Knöpfen unter die engen Jeans. Ich zeige es ihm als Versprechen für die nächste Nacht, bevor ich den Reißverschluß zuzwänge. Wir halten es nur bis zum Mittag aus. Ich schiebe ihm zwei Finger in den Arsch. Er ist weich. »Du bist unartig«, sagt er und verreibt seinen Samen auf meiner Brust. Zur Strafe nimmt er nicht die Finger, sondern eine Kerze, eine Banane. Am nächsten Tag rieche ich anders als sonst. Er hatte die Banane geschält. Ich drückte ihm meine Möse auf die Nase und nehme seinen Schwanz in die Hand und bewege meine Hand nicht. Er kommt sofort. Als Nachtisch muß er den Rest der Banane essen, den ich für ihn herausgefischt hatte.

Ich zeige ihm die Kneipen meiner Stadt. Wir besuchen das Salambo. Er küßt mich auf der Straße und faßt in meine Hose. Eine meiner schwarzen Margariten fällt in einen Gulli.
Er schläft viel. Um mich nicht bei der Arbeit zu stören. Das Schachspielen hört nicht auf. Wir reden über erotische Bilder. Ihm gefallen andere Frauen als mir. Ich denke an das Gesicht meiner Freundin. Wenn ich mich in eine Frau verliebe, in ein Gesicht einer Frau, dann möchte ich ihr Geschlecht sehen. Ich möchte es packen. Möchte die Lippen zusammendrücken. Ich lege meine Nase an ihren Hals und schiebe zwei Finger in sie, eine Sekunde nur, dann halte ich ihr Geschlecht wieder ganz in meiner Hand. Es paßt genau hinein. Aus ihrem schwarzlila Achselhaar tropft der Schweiß, und sie riecht nach Zitronenbonbon. Ich erzähle ihm, daß ich oft an die Frauen denke. Er sagt, es mache ihm nichts aus.
Einmal im Dunkeln bewege ich mich zärtlich über ihn. Meine Brustwarzen, lang wie nie, streifen seine klare kühle Haut. Da nimmt er mich in den Arm, dreht mich auf den Rücken, hat eigenartigerweise schon das Gummi an und vögelt mich.
Ich fühle ein Brausen auf mich zukommen, es raste in mein Hirn und wollte nicht mehr aufhören.
Wir liegen die ganze Nacht aufeinander. Meine Arme werden nicht müde. Erst in der Morgendämmerung fallen wir auseinander. Ich blicke auf unsre beiden Körper von oben nach unten. Er ist ein wenig größer als ich, doch sonst haben wir den gleichen Körperbau. Die Hüftknochen stehen an der gleichen Stelle in die Luft, die Beine haben die gleiche Form, die Brustkörbe, die Haut. Ich weine. Er umklammert mein Handgelenk. Ich beginne den Geruch seines Samens zu lieben. Er riecht nach nichts anderem.
Wenn ich meine Hände auf ihn zu bewege, verspritzt er seinen »Geil« – so nennt er die klare Flüssigkeit, die zuerst kommt. Er sagt, »ich spüre die Umklammerung deiner kräftigen Hände immer«. Als er es sagt, sehe ich, wie seine Hose feucht wird.

Wenn er mich ansieht, bekommen seine Jeans immer häufiger einen nassen Fleck. Manchmal stellt er sich mitten auf der Straße hinter mich und berührt meinen Po mit seinen engen Jeans. Ich spüre ihn genau und fühle, wenn er kommt.
Auch ich spüre seine Finger in mir immer. Ich schaue immer böser in seine Augen. Er reist ab. Er kommt wieder. Er hat aufgehört mit Rauchen. Für mich. Im Auto, als ich ihn vom Flughafen abhole, steckt er seine Finger in meine Möse und stößt von innen gegen meinen Bauch. Ich spritze bis zum Lenkrad. »Das habe ich noch nie erlebt«, sagt er.
Wir gehen in ein Lokal, in dem eine Frau arbeitet, die ich begehre. Ich wollte sie ihm wohl zeigen. Ohne etwas zu verraten natürlich. Sie schaut mich vieldeutig an und lächelt ironisch. Als ich in ihre schwarzen Augen blicke, weiß ich, es ist etwas zwischen ihr und mir. Ihr Handgelenk ist bandagiert. Ich frage sie, warum. Sie habe zuviel Cello gespielt. Er wird nervös und drängt weg.
Er wird mißtrauisch und beginnt, alles zu hinterfragen.
Am liebsten würde er gleich zu mir ziehen. Das lehne ich ab. Ich lebe mit Entschiedenheit alleine. Außerdem besucht mich meine Freundin von der Insel regelmäßig. Er reist ein zweites Mal ab. Ich hielt es kaum aus vor Lust.
Ich habe ihn so geliebt. Diese Handgelenke. Ich sitze hinter ihm im Auto. Ich bin wieder auf der Insel. Ich fahre seitdem immer zu anderen Zeiten als die Freundin. So haben wir unsre Freundschaft erhalten. Meine Mutter, meine Geschwister haben mich besucht. Ich sage zu meiner Mutter: »Schau diese Handgelenke. Ich bin wahnsinnig verliebt in diesen Mann mit diesen Handgelenken.« Sie versteht es gut. Wir machen eine Inseltour mit der ganzen family. Er und ich hatten inzwischen die schönsten Stellen entdeckt.
Die Luft war durchtränkt von Türkis. Der Himmel, die Kiefern, die kleine Kirche. Der Ort ist heilig, ich spüre es. Wir sehen in ein tiefes Meer von Wald. »Deine Haut muß gepflegt

werden«, sagt er, »ich weiß einen, der das kann.« Wir schmieren uns unter der Kirche in Türkis mit Unmengen Nivea ein. Und glitschen aneinander, ineinander.
Er liegt auf der Schnauze seines blauen VW.
Ich sitze im VW, er steht mir gegenüber, lehnt an einem alten Wasserkanal. Bohrt riesige schwarze Pupillen in meine. Nimmt seinen Schwanz aus der Hose. Sein Samen trifft mich.
Seine Hände am Steuer. Seine schmalen Handgelenke. Meine Mutter neben mir hinten im Auto. Ich küsse ihn auf den Hals. Eine braune Locke streift meine Lippe. Er sagt, »ich würde gerne im Chipi-Chipi übernachten. Die Rückfahrt ist weit.« Meine family will zurück. Wir lassen ihnen das Auto. Wir essen Salat und Hühnerbeine inmitten der Papageien. Meine zweite Margarite fällt auf den Steinboden, ihre porzellanenen Blütenblätter zerspringen in lauter schwarze Scherben. »Sie können aber nur eine Nacht bleiben«, sagt der Wirt, »dann wird geschlossen für eine Renovierung.« Wir bekommen das schönste Zimmer.
Außer uns ist keiner da.
Es ist unsre letzte Nacht.
Er sagt, »ich halte das nicht aus. Ich werde wahnsinnig, so oft ohne dich. Ich kann nicht schlafen, wenn du nicht da bist. Ich überlebe das nicht, wenn das so weitergeht.« Ich hätte ihn quasi adoptieren müssen. Ich konnte es nicht. Wir sehen uns nicht wieder.

Mandelauge

Ich hatte mir vorgenommen, gute Luft zu atmen. Und mir dazu eine sehr kleine Straße ausgesucht. Von Schönau nach Badenweiler. Zeit, wie immer, hatte ich nicht. Nur kurz die fertigen Layouts abgeben. Das übliche Mißtrauen in die Post. Schade. Der Schwarzwald sah noch immer ganz schön aus. Ich

hätte doch mal aussteigen sollen. Ich sog die Luft ein und raste durch die Kurven. Außer mir und dem Wald war da nichts. SWF II. Klassische Musik paßte besser. Sogar eine kleine Umleitung auf einem schmalen Forstweg.
Als ich das erste Mal aus meinem leichten Schwindel der rasenden engen Kurven auftauchte und das erste Mal mit Bewußtsein in den Rückspiegel sah, sah ich den blauschwarzen Mercedes hinter mir. Ich fuhr noch ein wenig schneller, beide Fenster heruntergekurbelt, meine festgesteckten Haare lösten sich langsam im Wind. Ich schaltete rasant vom Dritten in den Zweiten und zurück, bergauf stotterte der alte Opel ein wenig, doch das tat der Geschwindigkeit keinen allzugroßen Abbruch. Das Kennzeichen war eigentümlich, 00, oder konnte ich mal wieder nicht spiegelverkehrt lesen. Einmal war ein kleiner Renault vor uns. Der fuhr bei der nächsten Möglichkeit erschrocken an den Rand, uns vorbeizulassen. Ob ich auch halten sollte, der blauschwarze Mercedes hing in den Kurven fast an meiner rückwärtigen Stoßstange. Nein, ich raste weiter, sog die Luft ein. Er fuhr verdammt nah auf, schaltete im gleichen Rhythmus. Daß er im Gegensatz zu meinem alten Opel sicher 250 fahren konnte, fiel ja auf dieser schmalen Waldstraße nicht ins Gewicht, eine Sonnenbrille, blond, mehr sah ich nicht. Es war kurz vor 8, die Sonne stand tief. Mir war schwindelig. Außer uns gab es kein Auto. Ab und an mal ein paar Häuser. Er fuhr langsam in den Dörfern. Um dann gleich wieder hinter mir zu sein. Ich wußte es. Ich legte einen Finger zwischen meine nackten Beine. Er ließ nicht los. Er hätte auch kaum überholen können, denke ich, oder doch.
Ich fühle mich ein wenig bedroht durch diesen verdammten blauschwarzen Mercedes. Ich will es haben. Soll ich in den nächsten Waldweg fahren. Ob er überholt. Der alte Kadett hat eine Pause verdient. Ich bremse, blinke kurz, fahre rechts von der Straße. Er bremst im selben Tempo, stellt sich dicht neben

mich. Ich steige aus. Ich will es. Daß ich die Nässe endlich beenden kann. Daß es mir nicht mehr die Schenkel herunterläuft. Ich trage einen bunten Rock. Sommer. Er steigt aus. Kräftig gebauter Junge. Ich habe nie jüngere Männer geliebt. Ich sage nichts. Ich schaue auf meine Beine. Da nimmt er mich, küßt mich, schiebt jene langen Finger mir die Schenkel herauf, zieht den Slip beiseite. Ich schreie. Ich höre es spritzen in mir. Er öffnet seine Jeans. Ich wußte, wie erregt er war. Jeans eignen sich zu plastischen Bildern. Er holt sein großes Glied hervor, Größe Nr. 2 im Gummishop, denke ich, obwohl ich eigentlich nicht mehr, und schon gar nicht ironisch, denken kann, und dann denke ich auch nicht mehr, sondern liege unter ihm zwischen meinem weißen und seinem blauen Auto. Ich fasse an seinen Schwanz und halte ihn von mir fern, bin sehr ruhig. Er seufzt. Ich führe ihn in mich. Langsam. Und schreie schreie schreie vor Lust. Er stillt mein Schreien mit einer langen Zunge, an der ich zu ersticken glaube. Er fickt mich. Ich spüre seine Muskeln am Po, ich sehe seine Arme, schwarzes Hemd. Er hält mich fest, das Bein, die Schulter. Die Brille fällt ihm nicht herunter. Ich fasse um seinen Kopf, ziehe ihn zu mir, küsse ihn, bis er leise stöhnt. Ich rieche seinen Samen an seinem Hals. Ich spüre, wie er lange zuckt. Ich zucke mit ihm. Wie gerne ich seinen Samen rieche.

Dieser fruchtige Geruch, er ist saftiger als der Wald, und die Kastanienblüten sind nichts dagegen. Ich bewege mich leise, er steht auf. Ich fahre mit dem Finger in meine Möse. Den Duft mir in die Nase zu reiben. Ich stehe auf und nehme ihm die Brille ab. Seine Augen sind mandelförmig, seine Wimpern sind durchsichtig, ein Hauch.

Er hatte die gleichen Augen wie ich, dunkelbraun. Ich erkannte seine Augen. Die Haare mußte er gefärbt haben. Er sagte noch ein paar zärtlich klingende Worte in einer Sprache, die ich nicht verstand. Stieg in sein Auto. Ich ließ ihn vorfahren. Das einzige Problem, was ich hatte, war, daß ich mein Auto wohl ein wenig zu schnell für den alten Motor durch die engen Kurven trieb. Er zog nicht mehr richtig. Am nächsten Tag war mein Auto endgültig kaputt.

Natascha Rossmann

geboren 1956, lebt als Grafikerin in Stuttgart. Der Text ist ein Erstdruck, nur der kürzere zweite Teil erschien bereits in: Mein heimliches Auge. Das Jahrbuch der Erotik IV, Tübingen 1989.

Angela Hoffmann

garten der lüste

reich mir die halsschlagader spring
über die peitsche tanze mit nägeln in
händen und füßen du gefällst mir spring
durch den feuerreifen laß dir dein fell
verbrennen frag nicht lange zögere nicht
leg dich auf meine streckbank alle knochen
will ich dir brechen alle muskeln zerreißen
dir die haut zerfetzen die augen aus
kratzen mit spitzen nägeln lehre ich
dich das fürchten

perfektion

I've a longing for beauty let's
die in the most perfect way a bathtub
filled with snow our hands melting
off in each other's blood as white
as snow as red as blood as black
as ebony our faces are waterlilies
fragile and evil

perfektion

ich habe sehnsucht nach schönheit komm
laß uns schön sterben eine badewanne mit

schnee gefüllt unsere hände tauen im
blut weg deine und meine so weiß wie
schnee so rot wie blut so schwarz wie
ebenholz unsere gesichter sind wasser
lilien zart und böse

hidden promises of tenderness
a bloody knife drowned in
a blugy glass-vase the water
turns red a red swamp sucking and
preparing
your tongue in my sex unwelcome
opening waiting und losing
tied up in nothing but her
very own illusion
heimlich zärtliche versprechungen
ein blutbeflecktes messer in
einer bauchigen glasvase das wasser
wird rot ein roter tümpel saugend und
vorbereitend
deine zunge in meinem geschlecht
unfreiwillige öffnung wartend
und verloren gefesselt in nichts
als ihrer eigenen illusion

Angela Hoffmann

geboren 1957 in Hannover, Studium Germanistik und Philosophie. PR-Tätigkeit in USA, Middle-East, Asien, Geschäftssprache ist englisch, daher entsteht Lyrik oft erst auf Englisch. Veröffentlichungen: Aphrodisiaka, Lyrik und Prosa, Postskriptum Verlag, Hannover 1979, und: Die Haut vom Leib, Gedichte, Narziß und EgoVerlag St. Gallen 1987. Prosa und Lyrik mit selbstinszenierten Fotografien der Autorin erschienen in : Mein heimliches Auge II 1985 und LUI, 1989.

Claudia Pütz

LADY-S

Lady is/s/t nur augen und brunft brunft brunft die zwischen den beinen vorn an den spitzen der roten brüste die auf und nieder beben einmal nur zucken einmal nur brennt die haut schon mitsamt haaren in die augen der lady die den stoff befühlt durch das hemd hindurch harte rote spitzen vor die augen der lady den mund schon zwischen den zähnen der zunge der hand zwischen die beine kam lady über lady rutschte in sie hinein gleichzeitig mit zwei händen nicht lange gefackelt nicht lange langsam nicht nicht nicht jetzt wieder die zunge und mit mit mit dem ganzen der hand der anderen hand soll sie die lady will jeden moment will sie das bein zwischen die schenkel klaffen auseinander will sie ein gesicht mit den augen zuerst will sie auch mit beiden brüsten gibt sie den mund her dann die haare trieft trieft trifft den und die zähne sind weiß wie die blutmilch kommt jeden moment kommt das blut zwischen lady und lady werden die adern und platzen die finger nägel über die rücken schaben die haut in fetzen hängen lady und lady hängen immer nur pressen die kehle zu ton in lady-s mund die arme biegen und strecken strecken lang lang strecken den schwung der hüften den schwung den schwung den schwung nehmen JETZT! lady schnell schnell schnell NEHMEN! jetzt den schwung schwung schnell schnell und NEHMEN!! den schwungschwung schnellschnell NEHMEN!!! schwungschnell nimm DAS! schwungschnell DAS! NEHMEN! NEHMEN! NEHMEN! Schnellschwung --- prrrrrrrrEEEEEEEEESSSSSSSSSssssssss-DAhhhhhhhhhh . . . lady nimm.t.

Claudia Pütz

geboren 1958 in Düren, erste Schreibversuche im Sandkasten, später Nonnenschule mit zweifelhaftem Erfolg, wird fast Lokführerin, arbeitet schließlich acht Jahre in einem Bahnhof, 1982 wechselt sie ins private Leben, Abendabitur, Studium Germanistik, Dadaismus. U. a. Herausgeberin (mit Lisa Wilcke) der Lesbenanthologie »Liebe, Tod und Teufelin«, Goldmann-Verlag München 1988. Buch: Morphinblaue Engel, Galgenberg Verlag Hamburg 1988. Der Text ist eine Erstveröffentlichung.

Yoko Tawada

Zungenraub

In der Ferne hörte ich ein knisterndes Geräusch. Ich wollte die Augen öffnen, konnte aber von innen meine Lider nicht ausfindig machen. Hinter dem Eisengitter der Kapillare versuchte ich, mich an irgendein Gesicht zu erinnern.
Meine Mundhöhle war ausgetrocknet und schorfig. Gaumen und Zunge waren wie verklebt miteinander. Ich konnte nur durch die Nase atmen. Jetzt der Geruch kochender Milch. Es war viel Zucker in der Milch. Der Geruch von angebranntem Zucker. Das Innere meines Mundes wurde nach und nach feuchter; ich konnte die Zunge wieder bewegen.
Etwas Weiches berührte meine Lippen. Eine Seezunge. Sie schlüpfte in meinen Mund hinein und spielte mit meiner Zunge. Erst zärtlich, dann heftiger, zuletzt biß sie hinein und aß sie auf.
Es wurde heller um mich. An meinem Kopfkissen saß eine Frau, die ich nicht kannte. Sie wischte ab und zu mit einem feuchten Handtuch meine Stirn. Die rechte Hälfte ihres Gesichts war eine Brandwunde. Hartgewordene Lava eines Vulkans. Die linke Hälfte sah nachdenklich aus und hatte die Schönheit einer vierzigjährigen Frau. Aber wenn sie blinzelte, glich sie einem Mädchen oder einer Greisin. Sie trug die himmelblaue Uniform des

Hotelpersonals. An der glatten Wand hinter ihr hing ein zerrissener Dienstplan. Ich befand mich also in einem Zimmer des Hotelpersonals. Als ich das kalte Handtuch auf meiner Stirn spürte, stieg eine angenehme Kraft meine Wirbelsäule hoch, wie Quecksilber in einem Thermometer.
»Fühlen Sie sich ein wenig besser? Ich habe Sie im Toilettenraum gefunden. Was haben Sie bloß angestellt?«
Die Frau blickte mir ins Gesicht. Ihre Augen erinnerten mich an blaue Gasflammen.
Nach einer Weile sagte sie;
»Sie versteht mich nicht.«
Sie zog ihre Uniform aus und bereitete sich auf ihren Heimweg vor. Ich wollte nicht allein zurückbleiben und versuchte ihr zu sagen, daß ich mitkäme, aber ich konnte meine Stimmbänder nicht finden.
Als die Frau ihre Schuhe wechselte, sagte sie ganz selbstverständlich:
»Also los! Geh'n wir zu mir. Hier ist's so ungemütlich!«
Wir gingen zum Hinterausgang des Hotels. Vor der Stechuhr suchte sie nach ihrer Karte. Sie zuckte mit den Achseln und gab auf.
Zu dumm, daß sie sie nicht findet, dachte ich, sonst erführe ich doch wenigstens ihren Namen; aber wenn sie gar keine Karte hat und nur so tut, als gehörte sie zum Personal des Hotels . . .
Draußen war es schon dunkel.
Wie viele Stunden mochten wohl vergangen gewesen sein? Die Frau redete weiter, obwohl sie

doch gesagt hatte, daß ich nichts verstünde.
»Es gibt Leute, die es verabscheuen, Toiletten zu putzen. Aber ich finde, das ist das Interessanteste an meiner täglichen Arbeit. Dafür hasse ich es, die Lobby sauberzumachen. Die meisten Gäste haben einen verbogenen After und blasen ihre Exkremente nach rechts und nach links bis an die unmöglichsten Stellen. Das kommt davon, daß sie zu lange in ihren Büros sitzen. Ich weiß, wovon ich rede. Ich habe selbst einmal in einem Büro gearbeitet.«
Als ich das Wort Büro hörte, wurde ich traurig. Ich konnte nicht mehr ins Büro zurückgehen, denn ich war bei der Arbeit verlorengegangen.
»Es stimmt wirklich, daß man einem Menschen von außen nicht ansieht, wer er ist. Stattliche Herren hinterlassen kümmerliche Exkremente; und Damen, die wie äußerst ordentliche Chefsekretärinnen aussehen, schlampen auf der Toilette. Und natürlich sind alle so gehetzt, daß sie vergessen abzuziehen.«
Vor einer auf Rot geschalteten Ampel nahm die Frau meinen Arm.
Auch auf der anderen Seite der Straße warteten Leute, von denen aber keiner nach uns schaute. Ich habe immer das Gefühl, daß mich Blicke treffen, auch wenn die Leute mich nicht offen ansehen. Aber jetzt glaubte ich, zu einem durchsichtigen Menschen geworden zu sein.
Die Wohnung der Frau war nicht weit vom Hotel entfernt. Die Kellerfenster des alten, grauen Gebäudes waren vergittert wie die eines Gefängnisses. Die Frau ging vor mir eine

finstere Treppe hinunter.
»Es gibt keinen Strom. Geben Sie acht,
wo Sie hintreten.«
Die Tür war nicht verschlossen. Von drinnen
kam ein Geruch, der mir vertraut war,
ohne daß ich wußte, woher. Die Frau
zündete mit einem Streichholz eine Kerze an.
Die Umrisse eines Stuhles und eines Tisches
zeichneten sich im Dunkel undeutlich ab.
Draußen war es heller als drinnen,
und hin und wieder konnte man die Schuhe
eines Vorübergehenden sehen.
Die Decke war niedrig.
Im Nebenraum stand ein schmales Bett.
Auf dem Tisch bewegte sich etwas.
Eine schwarze Ratte.
Die hatte genau dasselbe Gesicht wie die,
die ich als Kind gehalten hatte.
Die Frau sagte:
»Sie heißt Bär.«
Meine Ratte hatte »Kuma« geheißen. »Kuma«
bedeutet »Bär«, und der vertraute Geruch im
Zimmer war der Geruch der Ratte gewesen.
Die Frau holte aus einer Schublade Kerzen
und zündete sie an. Mit jeder neuen Kerze
gewann ich einen Schatten hinzu.
Sie häuften sich flackernd zu meinen Füßen an.
Schwere Schatten und leichte Schatten.
Die Frau warf keinen Schatten. Sie legte
ihre Hand auf meine Schulter und fragte:
»Wollen Sie etwas trinken?«
Dann lächelte sie zum ersten Mal und sagte:
»Ach ja. Sie sprechen ja nicht.«
Irgendwann war sie von »Sie verstehen nicht«

zu »Sie sprechen ja nicht« übergegangen. Ich war anscheinend zu einer Stummen geworden. Sie goß Rotwein in ein Glas und gab es mir. Einen so roten Wein hatte ich noch nicht gesehen; ganz blutfarben war er.
Die Frau zog sich aus.
»Trinken Sie ruhig ohne mich. Ich möchte erst einmal eine kalte Dusche nehmen.«
Die Brandwunde zog sich vom Gesicht über ihren ganzen Rücken. Man sagt, daß ein Mensch stirbt, wenn ein Drittel seiner Haut verbrannt ist. Bei ihr war mehr als ein Drittel der Haut verbrannt.
Nur ihre Brüste waren weiß und erinnerten an den Hintern eines Säuglings.
Sie holte einen großen Bottich, stellte sich hinein und goß mit einer Kanne kaltes Wasser über ihre Schultern.
Das Wasser floß über ihre Brüste, verteilte sich vom Bauch aus auf ihre beiden Beine und fand im Bottich wieder zusammen.
Die Wassertropfen, die von ihren Schamhaaren in den Bottich fielen, spielten Xylophon.
Ich zitterte vor Kälte.
Sie schöpfte nochmals Wasser und wiederholte ihre Dusche. Es sah aber mehr wie die Häutung einer Schlange als wie eine Dusche aus. Das Wasser war eine transparente Haut, die von ihrem Körper glitt.
»Wenn ich das nicht tue, kann ich meinen Ekel nicht vergessen. Statt laut zu schreien, friere ich den Schrei ein und streife ihn ab.«
Der Bottich war inzwischen randvoll.
Die Frau warf sich, ohne sich abzutrocknen

und ohne Unterwäsche anzuziehen,
einen Morgenrock über.
Sie holte einen Käse aus dem Kühlschrank
und legte ihn auf den Tisch.
Plötzlich kamen aus allen Ecken des Zimmers
Ratten herbeigelaufen; ich konnte Schatten und
Körper nicht voneinander unterscheiden.
Die Frau schnitt den Käse in Würfel,
die sie Stück für Stück verteilte:
»Ihr seid sicher hungrig.«
Die Ratten nahmen den Käse in ihre rosa
Vorderpfoten und fraßen ihn geräuschlos
nagend auf. Als sie satt waren, wischten sie
sich ihre Mäulchen sauber ab und putzten sich
den Pelz am Rücken.
Die Frau schnitt mir Brot ab.
und reichte es mir schweigend. Es war
trocken wie Kohle. Die Frau selbst aß nichts.
»Ich brauche nichts mehr zu essen.«
Ich sah sie an, um sie zu verstehen.
Die verbrannte Hälfte und die andere Hälfte
und ein weiteres Gesicht aus Knochen
hinter der Haut gaben mir das Gefühl,
drei Menschen gegenüberzustehen.
Mir schwindelte.
»Es ist schon Monate her, daß ich mit
jemandem zusammen gegessen habe.
Ich hasse die Menschen nämlich.«
Sie gab mir noch eine Scheibe Brot.
Ich nahm auch diese und aß sie.
Mir war, als würde ich Asche essen.
Mein Hunger blieb. Das Zimmer war kalt.
Die Frau legte ihre Handflächen auf meine:
»Leben Sie auch alleine? – Wer allein lebt,

ist gar nicht einsam.
Das darf man aber niemandem erzählen.
Sonst bringen sie einen um.
Es ist fast immer gefährlich, jemandem
etwas zu erzählen. Sie sind alle so neidisch.«
In der Ferne übte ein Anfänger Saxophon.
»Ich habe deswegen aufgehört, überhaupt
irgend etwas zu erzählen.
Das ist auch der Grund dafür, daß ich
die Arbeit im Büro aufgegeben habe.
Man darf in einem Büro nämlich nicht schweigen.
Bei der täglichen Arbeit im Hotel jedoch
ist das kein Problem.
Aber aus irgendeinem Grunde springen einem,
wenn man schweigt, nur fürchterliche Dinge
ins Auge. Auch Sie sollten auf Ihre
Augen achtgeben!«
In ihren Augen spiegelte sich die Flamme einer
Kerze. Sie flackerte und schwamm wie ein roter
Tropenfisch aus ihren Augen heraus und
begann an ihrem Ohr zu tanzen. Aber da war
gar keine Flamme, sondern ein Ohrring,
ein roter Tropenfisch.
Wenn der Tropenfisch so schillerte, schien es,
als würde die Haut auf der Stirn der Frau
in Gestalt von Lichtpartikeln auffliegen.
Der Fisch glitt schließlich die Schulter der Frau
herunter und fiel auf den Tisch,
wo er zu rennen anfing.
Mir entfuhr ein lautloser Schrei.
Doch es war nur eine Ratte, die den Ohrring
geschnappt hatte und nun damit weglief.
Ein Kerzenständer, an dem sich der Ohrring
verfing, fiel um. Auch die anderen Kerzen im

Zimmer kippten, eine nach der anderen, um.
Die Frau rührte sich nicht. Das Zimmer wurde immer dunkler. Ich suchte nach einer Kerze. Es war Nacht geworden.
Auch draußen war es still.
Die Stimme der Frau fragte:
»Fürchten Sie sich im Dunkeln?«
Ich hatte mich schon an meine Stummheit gewöhnt; es fiel mir nicht schwer, mich nun auch noch an meine Blindheit zu gewöhnen.
Es war kälter geworden.
Vielleicht weil die Lichter erloschen waren.
»Der Vermieter hat vor einem Monat die Heizung abgestellt. Ich spüre die Kälte schon nicht mehr. Wenn Sie frieren, können Sie sich in mein Bett legen. Da reden wir dann weiter.«
Sie stand auf, ergriff meinen Arm und zog mich ins Schlafzimmer. Es war so dunkel, daß ich nicht einmal die Umrisse der Dinge erkennen konnte. Die Wolldecke, mit der sie mich, als ich im Bett lag, zudeckte, roch modrig.
Die Konturen der Frau zeichneten sich in der Form eines Schlüssellochs vor der Dunkelheit ab. Es roch nach Verbranntem. Ich dachte, ich müsse mich sofort in Sicherheit bringen, aber mein Körper war wieder warm geworden, und meine Müdigkeit hielt mich zurück.
»Es stimmt nicht, daß man nicht mehr zu leiden braucht, wenn man tot ist. Der Mensch sehnt sich, wenn er tot ist, nur um so mehr.«
Die Frau hatte ihre Hand unter der Decke auf meine Brust gelegt.
Mein Körper wurde zu Stein.
»So, schließe die Augen.«

Als ich die Augen schloß, sah ich eine Wüste.
Ich fühlte mich wie gefesselt und konnte mich
nicht bewegen. Die Frau streichelte, wie ein
südlicher Wind, meine Brüste.
»Strecke deine Zunge heraus, laß mich deine
Zunge lecken.«
Das Bett verwandelte sich in einen Schlitten,
der von schwarzen Ratten durch eine Wüste
gezogen wurde. Den Ratten wuchsen Flügel.
Sie wurden zu Fledermäusen.
Von den Fledermäusen gezogen,
flog der Schlitten in den Himmel.
Daß Sterben ein so angenehmes Gefühl ist!
Bei diesem Gedanken überfiel mich Angst.
Ich wollte schreien, aber eine große Hand
hielt mir den Mund zu.
»Du darfst nicht schreien.
Du bist doch stumm.«
Ich konnte nicht atmen und stieß die Frau weg.
Ich war enttäuscht, daß sie so einfach umfiel.
Ich richtete mich auf und sah zu ihr hinunter.
Ich fühlte mich stark wie ein fünfjähriger Junge.
Die Frau sagte:
»Ich will nicht allein sterben.«
Sie drehte sich weg von mir und schluchzte.
Ihre Stimme zog alle Kraft aus meinen Knien,
und meine Augen wurden so heiß, als würde
ein Feuerstab in sie eindringen. Ich stieg aus
dem Bett, kniete mich auf den Boden und strich
ihr über den Rücken, der sich hart und kalt wie
ein Schildkrötenpanzer anfühlte. Unter meiner
Hand wurde er allmählich weicher und wärmer.
Nach einiger Zeit hob sie ihren Kopf und sagte:
»Geh jetzt nach Hause und komme morgen

wieder. Wenn du morgen wiederkommst, gebe ich dir dies zurück.«
Sie zeigte mir, was sie in ihrer Hand hielt. Es war meine Zunge.

Yoko Tawada

geboren 1960 in Tokio, schrieb mit dreizehn ihren ersten Roman, fotokopierte und verteilte ihn. 1980 kam Yoko Tawada zum ersten Mal nach Deutschland, allein, mit der Transsibirischen Eisenbahn, und besuchte alle Orte, die mit Dichtern verknüpft waren. In Japan studierte sie, Liebhaberin großer russischer Romanautoren wie Dostojewski, Slawistik; dann kam sie 1982 nach Hamburg, da sich ihre Pläne, in Moskau zu studieren, zerschlugen, arbeitete zunächst im Grossohaus Wegner und studiert jetzt und will ausschließlich als Schriftstellerin leben. 1989 erhielt sie einen der Hamburger Preise für Literatur. Viele Veröffentlichungen in Zeitschriften, Buchveröffentlichungen: Nur da wo du bist da ist Nichts, japanisch-deutsch, mit rosafarbenen Zwischenblättern und einer transparenten Beilage. Gedichte und Prosa, Tübingen 1987. Das Bad. Ein kurzer Roman, auf Bildern wie ein Hauch gedruckt, Tübingen 1989. In Vorbereitung: Wo Europa anfängt. Der vorliegende Text ist entnommen dem Roman »Das Bad«.

Carolin Schmidt

Toreinfahrt

Hinter der alten Kirche zieht er sie in eine dunkle Toreinfahrt, bleibt stehen, lehnt sich mit dem Rücken an die Mauer. Er sieht sie an, während er langsam seinen Gürtel öffnet, den Knopf seiner Hose, den Reißverschluß. Sie schlägt die Augen nieder, versteht, geht vor ihm auf die Knie, nimmt seinen Schwanz zärtlich in ihrem Mund auf. Der Asphaltboden ist rauh und kalt, sie spürt, wie die nasse Kälte durch ihre dünne hellen Strümpfe dringt, wie einzelne Fäden an dem schuppigen Stein hängenbleiben und das dünne Perlongewebe einreißt. Er bemerkt ihr Zaudern, möchte ihre Gedanken ganz bei sich haben, greift in ihre Haare, drückt ihren Kopf fester auf sein Glied; seine Eichel erstickt ihr aufkeimendes Stöhnen. Sie gibt sich ihm jetzt hin, läßt sich dirigieren von der Hand in ihren Haaren, genießt seine Lust; als sein Schwanz in ihrem Mund zu pulsieren beginnt, ist sie bereit, jeden Tropfen seines Spermas aufzunehmen. Aber plötzlich fühlt sie seinen Griff fester hinten in ihrem Haar, brutal zieht er ihren Kopf zurück, reißt ihren Blusenausschnitt mit einem Ruck auf, sie hört, daß ein paar Knöpfe abspringen; gleich darauf sein heißer Samen auf ihren nackten Brüsten, in ihrem Haar, auf ihrem Blusenkragen. Zitternd steht sie auf, will sich säubern, die Bluse wenigstens notdürftig schließen . . .

Er nimmt ihr das Taschentuch aus der Hand; »nein«, sagt er tadelnd und läßt sie ein paar Schritte zurückgehen, in die Mitte der Einfahrt, und dort stehenbleiben, ohne sich zu bewegen. Sie gehorcht, unsicher, mit weichen Knien. Er zündet sich umständlich eine Zigarette an, betrachtet sie dabei unverwandt, ihr schleimfeuchtes Dekolleté, ihre aufgerissene, klaffende Bluse, ihre zerrissenen Strümpfe. Erst als er die Zigarette fast zu Ende

geraucht hat, geht er langsam hin zu ihr, ordnet ihr zärtlich die zerzausten Haare, küßt sie, gibt ihr einen leichten Schubs zur Straße hin: »Du holst uns jetzt ein Taxi, da vorne an der Ecke ist ein Taxistand; aber du mußt genauso gehen, wie du jetzt aussiehst . . .
Später, im Hotel, werde ich dich dann ficken.
Geh jetzt!«

Pervers?

Wenn sie endlich so vor Ihm liegt
nackt
ihre schwarzen Haare wie einen Kranz um ihren Kopf ausgebreitet
ihre prallen weißen Brüste darbietend
ihre zarten dunklen Brustwarzen fest und aufgerichtet
ihre Schenkel leicht gespreizt, blaugeädert an den Innenseiten
ihre Augen mit den dichten schwarzen Wimpern geschlossen
ihre vollen Lippen ein wenig geöffnet
ihre Arme locker ausgebreitet
ihre Handflächen vertrauensvoll nach oben gedreht
Wenn sie dann bebt vor Verlangen
nach Seinem Finger
Seinem Mund
Seinem Schwanz
Wenn sie zu stöhnen beginnt vor Qual und Lust
Ihre Hüften sich unruhig hin und her bewegen
ihre Finger sich in die Felldecke, auf der sie liegt, krallen
ihre Stimme Ihn ruft
Dann drängt es Ihn jedesmal ihr Gewalt anzutun
sie zu beleidigen als wäre sie eine Nutte
sie zu ohrfeigen

ihr in ihre empfindsamen Brustwarzen zu beißen
ihren weißen unversehrten Leib mit den Striemen einer ledernen Reitpeitsche zu zeichnen
sie zu schänden

Bei diesen Gedanken wird Er immer ganz verzweifelt.
Woher kommen diese dunklen bedrohlichen Kräfte in Seiner Seele?
Er liebt sie doch!
Und dann birgt Er Seinen Kopf in ihren warmen weichen Brüsten und weint lautlos.

Carolin Schmidt

geboren 1961, Studium Romanistik, lebt in Frankfurt als Lehrerin. Div. Veröff. in Anthologien. Die Texte sind Erstveröffentlichungen.

Annette Berr

Mein lieber Schwan

Für die End-Art's

Kennengelernt hatten wir uns in der Kneipe, hier um die Ecke, bei Walter. Ich hatte am Tresen gestanden und Walter bei der Arbeit zugesehen. Das ging bei ihm immer zackzack, da gab's kein Federlesen, rein ins Glas, voll, rauf auf den Tresen – Walter hat eben Tempo.

Einen Tequila! – hatte eine heisere Stimme gerufen, und ich hatte sie angesehen, weil ich Tequila gerne mag und weil die Stimme fremd war. Sie hatte mich auch angesehen, nur kurz, aber lange genug, um zu verstehen, und sie hatte gerufen: Nein, mach zwei. Walter hatte gelacht, hatte mir zugenickt und gesagt, mensch Räuberbraut, das wird wieder böse enden, was? Ich hatte nur mit den Schultern gezuckt, aber nichts erwidert, und hatte an der Zitrone gelutscht, was ich immer ausgiebigst tue, weil ich Rituale gerne mag, und ich hatte auf die Frau geschaut, und wieder auf Walter, und auf die Frau, und ich hatte dann nur gesagt, mach noch zwei.

Walter hatte drei gemacht, wir hatten angestoßen. Auf was? Auf Gott und die Welt. Und ich hatte die Frau angesehen, einfach weil sie so unwahrscheinlich groß und so unwahrscheinlich fett war, daß jeder sie ansehen mußte, und Walter hatte gegrinst, und ich hatte gedacht, wow, ein Riesenweib.

Sie hatte gelacht, mitten rein in mein Gesicht, und Walter hatte noch drei gemacht und gesagt, mensch, ich kenn dich doch, die zwei gehen auf meine Rechnung, und denn zieh mal Leine. Ich hatte gegrinst, mitten rein in sein Grinsen, und dann in ihres, denn es war schon klar, daß etwas passieren mußte heute Nacht, irgend etwas.

Mein Zimmer gefiel ihr auf Anhieb. Ich ging voran, bahnte uns einen Weg, sie folgte mir. Ich habe nur zwei Stühle, und da setzten wir uns dann. Im gelben Licht der Schreibtischlampe wirkte sie leberkrank, wenn sie redete, wackelte ihr Hals. Sie erzählte von Totengräbern und Leichenfledderern, und wie widerlich die sind und wie schwarz ihre Anzüge. Ihre Freundin wäre gestorben, erzählte sie, und deswegen sei sie weggelaufen, weil alle anderen nur stumm waren, und das hätte sie nicht mehr ertragen weil, sie, sie wollte leben, einfach nur leben, weil sie so oder so nicht weinen könnte, das würde irgendwann vielleicht kommen, aber nicht jetzt, und verflucht, OB ICH DAS VERSTÜNDE?

Ich nickte. Ja klar – ich wäre auch weggelaufen. Sie sagte, NA PRIMA, und warf das Streichholz auf den kahlen Boden, NA PRIMA mit dem sie die ganze Zeit an ihren Nägeln gepuhlt hatte, und ich sah das Streichholz an, als gäbe es dafür einen Grund, irgendeinen Grund.

Das ausgefranste kleine Streichholz lag auf dem Boden, ich sah es an. Sie lachte nur. Sie lachte, und da war dann schon die Gänsehaut auf meinem Rücken, und SIE WAR DOCH SO RIESIG, und so unglaublich FETT, und sie lachte nur und sagte, NA PRIMA, dann laß uns mal zu Bett gehen.

Ich starrte weiter auf das Streichholz, aber ich sah sie trotzdem, ich sah es ganz genau, denn in meinen Augenwinkeln war genug Platz, ich sah es, alles, und verdammt, es sah schon toll aus, als wäre es ihr Beruf. Sie machte es langsam, so langsam, da mußte ich meinen Kopf hochheben, mußte sie ansehen, jede Bewegung genau ansehen, mußte einfach hinsehen, und ich dachte ich müßte verrückt werden, weil ich sie SO wollte, weil ich sie so irrsinnig doll wollte, JETZT, SOFORT, weil ich sie so wollte, wie ich noch nie vorher jemanden gewollt hatte, und sie zog sich die ganze Zeit aus, MEIN GOTT, was hatte sie nur alles an. Sogar ihre Perlenkette legte sie ab und verdammt, das glaubt mir keiner, wie verdammt erotisch sie ihre Perlenkette vom Hals nahm, und OJEH, ich hatte wirklich Angst ich müßte

losbrüllen einfach nur, weil sie SO war, und ich starrte sie an, starrte ihren weißen Körper an, und sie sah so schön aus, so unglaublich schön.
Ich saß auf meinem Stuhl, krampfte meine Hände ineinander und starrte sie an. Meine Augen streichelten gierig an ihr hinauf und hinunter, jede Wölbung zerkaute ich in Gedanken, jede Pore eroberte ich, aber bewegen konnte ich keinen Muskel, und meine Hände wußten nichts anzufangen mit Knöpfen oder Reißverschluß, denn eigentlich waren sie doch in ihre Fleischwülste gekrochen, und schließlich half sie mir und, MEIN GOTT, was für ein Geruch.
Und so stand ich dann auf, wimmerte wie ein Kind, wie ein verprügeltes Kind, und taumelte ihr entgegen und, o Herr im Himmel, sooo viel Fleisch, und Fett, und weichweichweich.
Sie seufzte und ich wimmerte, denn ich stand eng bei ihr, meine Arme um sie herum, soweit, wie ich gerade kam, und dieser Geruch, dieser Geruch, wie Pfifferlinge im Grunewald nach dem großen Regen.
Ach, Frau Goliath, das ganze Fleisch, alles für mich, alles meins.
Sie stöhnte, aber es war eigentlich nur diese Situation glaube ich, denn ich war naß vor lauter Gier, dabei hatte sie mich gar nicht berührt.
Ich lief um sie herum, immer im Kreis, aber ganz eng, ganz dicht. Wie die Katze um die Beine des geliebten Menschen wenn er die Futterdose öffnet lief ich um sie, immer im Kreis, rieb mich an ihr, rieb ihren Geruch in meine Haut, leckte und schmeckte und küßte sie überall dort, wo sie in meinen Mund fiel, und so tanzte ich einen absonderlichen Tanz ohne Ende. Plötzlich packte sie mich, griff nach meinem Kopf und hielt ihn ein wenig in die Höhe, so als müßte sie den kleinen fremden Kopf genauer betrachten, und jedenfalls verloren meine Füße den Halt, und so schwebte ich dann für einen Moment, aber dann ging es talwärts, huih, ging es bergab, mitten hinein in die

enge Schlucht zwischen den Fleischwogen preßte sie meinen Kopf, und ich bekam keine Luft, und ich schlug nach ihr, aber sie hielt mich, sie drückte so stark, daß ich meinte sie wollte mich einfädeln, und ich wäre der sture Faden der wollte nicht ins Nadelöhr, und sie war die Nadel, nein, sie war die Näherin, und verflixt, der Faden mußte doch hinein, und die Haare ziepte sie mir, aber schlimmer noch war der Sauerstoffmangel. Und die ganze Zeit bebten ihre Brüste an meinen Ohren, sie zitterten und wackelten, und manchmal klatschten sie auf meine Ohren, daß es nur so dröhnte tief im Gehörgang. Meine Trommelfelle mußten glauben, eine Luftpumpe wäre gekommen und wollte ihnen den Garaus machen, und ich wollte schreien, aber es gab keine Luft, und mir wurde schwindelig, und gerade dachte ich SO, nun wirst du also ersticken – aber dann ließ sie mich los. Ich mußte verrückt geworden sein, mußte inzwischen vollkommen verrückt geworden sein nicht wahr?, denn anstatt fortzulaufen, anstatt zu flüchten stürzte ich auf sie zu, wieder, und griff hinein in ihre Massen, griff in die Düne über den Hüften, wühlte mich in Speckfalten, suchte nach ihrem Nabel, fand ihn und herrjehmineh, dort roch sie ganz dumpf, roch nach Höhlen und Kalkfelsen und Meer und Fledermäusen. Weiter kroch ich, überall hinein in ihre Ritzen und Grotten, hob und wendete die zahllosen Stapelschichten aus Haut und Fett und Fleischhalftern, und so gelangte ich doch wieder ins Nadelöhr, aber diesmal ließ Frau Goliath meinen armen Kopf in Ruh, und oh, sie war wie ein riesiger Haufen Götterspeise, und sie zitterte unter den bohrenden, trappelnden Händen, sie wackelte, und ihre Brüste waren ganz weiß. Da lag ich im Nadelöhr, aber wie ich mich auch drehte waren doch überall nur ihre Brüste, und schau an, sie waren gar nicht weiß, sie waren wie ungeschlagene Sahne, oder wie die Eierschalen der Wyandotten, und überall im hellen Grund waren kleine Bäche und Rinnsale, die flossen blau unter ihrer Haut, die hatten scheinbar kein Ziel, die verknoteten sich und

lösten sich, aber dann trafen sie sich doch, und mündeten alle in einen scharlachroten Ozean, der lag direkt neben meinem Auge. Wie unglaublich! Ich sah auf dieses rote Meer und staunte nur, denn wo bei mir eine kleine braune Rosine thronte erhob sich bei ihr ein mächtiger violetter Fels. Ich staunte das violette Wunder an. Unter meinen Blicken streckte es sich, und wuchs, und hob sich empor, und ich dachte, gleich würde es anfangen zu glühen, und da wollte ich löschen, und so kroch mein Sumpfmund näher heran, und da schob es sich hinein ins kühlende Naß. Ich näßte es, ich erfrischte es, aber es wuchs weiter, unaufhörlich, und ich hielt es geschmeidig, und es reckte sich tiefer hinein in den Morast, und ACH, es füllte meinen Mund bis in die hinterste Falte zwischen meinen Mandeln, so daß ich ein wenig würgte, und meine offenen Augen ertranken im scharlachroten Ozean, denn es gab kein Ufer mehr. Meine Zähne waren zaghafte Kinderhände. Neugierig tasteten siebenundzwanzig harte, elfenbeinweiße Kinderhände über ein violettes Tier und die vielen kleinen blinden Schmeckaugen erschmeckten die vielen vergessenen Küsse, und die Schmeckaugen machten auch eine Spur, sie verewigten sich, machten ein Zeichen für alle die noch folgen würden, und ich trank. Frau Goliath tropfte in meinen Mund, ich schluckte, ich trank sie, ich sog und ich schluckte, mir wurde schwindelig – was war das nur für eine Droge?
Sie packte mich bei den Haaren, riß meinen Kopf zurück, so unerwartet, daß es einen kleinen Schmatzer gab vor meinem Mund, grad als hätte sie ihren Fuß aus einem Schlammloch befreit. Sie sah mich an, hielt mich an den Haaren, aber ich sah nur auf das violette Tier im scharlachroten Dschungel und ich wimmerte begehrlich, wollte zurück. Mein Mund öffnete und schloß sich, machte ein stummes haphap hap haphap, doch Frau Goliath zwang unbarmherzig meinen Kopf ins Genick,
»Was soll denn das nu heißen«, rief ich noch lauter, »was ist denn richtig?«

Statt einer Antwort setzte sie sich und winkte mir ich sollte aufstehen.
»Gut«, sagte sie schließlich, »und jetzt warte einfach ab. Und stell keine Fragen.«
Ich stand zwischen ihren Schenkeln, wartete ab, stellte keine Fragen. Sie näherte ihre Hände meinem Bauch, sie streichelte meine Haut, allerdings ohne sie dabei zu berühren. Ihre Hände behielten einen gleichbleibenden Abstand von etwa einem Zentimeter. Sie streichelte mich überall, streichelte die Luft, und ich dachte: »Siehste wohl, ich geh doch wieder leer aus!«
Ihre Finger lagen jetzt beinah über meinem Geschlecht, und Frau Goliath starrte auf ihre Hände, so daß auch ich hinstarrte, aber da war gar nichts, und sie murmelte die ganze Zeit irgendwelche Worte, und ihre Hände bewegte sie gleichmäßig und sehr behutsam. Wenn ich nicht gewußt hätte, daß da nur Luft wär hätte ich gemeint, sie sähe mehr als ich. Dann schloß ich meine Augen. Ich spürte die Wärme ihrer Fingerspitzen, und diese Nichtberührung war beinah erregender als eine Berührung, und ich spürte ihre Hände ganz genau, und obwohl ich noch immer trotzig war schoß mir das Blut in die Lenden, und dann jedenfalls begann das Ungeheuerliche!
Ihre Hände streichelten die leere Luft vor meinem pochenden Geschlecht. Ich schob mich näher, schob ihr meine Hüften entgegen, legte mich in ihre Hände hinein, legte mich in die prikkelnde Wärme ihrer Hände, aber seltsam, ihre Berührungen waren wie durch einen Nebel, waren irgendwie gedämpft. Ich stöhnte leise. Ihre Berührungen wurden deutlicher, wurden intensiver. Sie drückte, sie rieb an mir, sie koste erst leicht, dann immer härter. Eine komische Furcht kam in meinen Kopf und so öffnete ich meine Augen und ich sah nach unten, und MEIN GOTT! Ich sah es!
Zuerst wollte ich schreien. Dann weglaufen. Dann wollte ich sie schlagen – aber ich tat überhaupt nichts. Ich sah nur fassungslos auf ihre Hände. Was passierte bloß mit mir? Ganz ge-

nau spürte ich ihre Berührungen, spürte ganz genau mein Geschlecht, das lag in ihren Händen – aber, was ich SAH widersprach dem, was ich EMPFAND! Denn ihre Hände rieben noch immer die leere Luft, streichelten die leere Luft, aber ich spürte ganz genau jede ihrer Liebkosungen, aber da war doch gar nichts zu sehen, aber sie, SIE mußte es sehen, denn ihre Finger waren ganz sicher, und da wußte ich, daß Frau Goliath das sah, was ich nicht sehen konnte, und ich zitterte vor Erregung, und über meine Wangen rollten die Tränen.
Ein Teil, ein unbekannter Teil meines Körpers lag in ihren Händen, und jetzt, jetzt konnte ich mir nichts mehr vormachen, denn ich spürte wie es wuchs, wie es sich aufrichtete, wie es pochte und bebte, und selbst wenn ich all das noch nicht verleugnet hätte, dann hätte ich doch nur ihre Hände beobachten brauchen, denn die zeichneten schließlich die Umrisse ganz deutlich, und so stand ich also vor ihr, und ich war fassungslos, denn jetzt war ich plötzlich ein Zwischenwesen, war sowohl Frau wie auch Mann, und es war einfach nicht zu leugnen, denn ich spürte doch jede Berührung, also lebte ich doch in diesem fremden Auswuchs meines Körpers, lebte dort ebenso, wie ich in meinen Brüsten lebte, und überall floß das gleiche Blut.
Ojeh, und jetzt wimmerte ich wieder, aber es war, weil Frau Goliath ihre Hände fortgenommen hatte. Sie lächelte unverschämt zufrieden und legte sich zurück, machte es sich gemütlich auf meiner Daunendecke und bot sich meinen Augen dar, bot sich ganz offen dar, und ich WOLLTE SIE!
Unsicher tastete ich nach dem was ich nicht sehen konnte. Ich fand es, nahm es fest in meine Hände, und ich spürte den Druck meiner Finger, aber ich spürte gleichzeitig unter meinen Händen wie es puckerte und zitterte.
Ich sah auf, suchte ihren Blick und fragte: »War es schon immer da?«
Sie zuckte mit den Schultern. »Keine Ahnung«, erwiderte sie,

»jedenfalls ist es da. Als ich dir geholfen hatte dich auszuziehen sah ich es.«
Dann wird es wohl bleiben, dachte ich, es wird wohl nie wieder absterben – und dieser Gedanke war so unerträglich groß, daß ich ihn sofort wieder vergaß.
»Und jetzt – jetzt fick mich!«
Ich sah sie an, und plötzlich war da ein unbekannter Haß in mir, denn ich war keine Frau mehr wie die anderen, und sie, sie war schuld, und die Grenze war zwischen uns, und ich ahnte, es war unwichtig wie tief ich in sie dringen würde, ich würde sie niemals wirklich berühren können, und für diese Erkenntnis haßte ich sie.
Ganz vorsichtig legte ich die Kuppe meiner unsichtbaren Neuentdeckung zwischen ihre nassen und heißen Lippen, die waren ganz geschwollen von Begierde, und ich bewegte mich behutsam, mußte erst lernen mit mir umzugehen, mußte es lernen, wie ich laufen gelernt hatte und radfahren, und plötzlich war da auch diese Furcht, diese Furcht, was mich wohl erwarten könnte in ihren dunklen Tiefen, und obwohl ich es doch ganz genau wußte was ich finden würde, ging diese Furcht nicht mehr weg, und auch dafür haßte ich Frau Goliath, aber dann bewegte ich mich ein wenig, und sie war so weich und so glatt und so naß, da glitt ich wie von selbst tiefer, und schließlich war da auch noch die ganze Lust der vergangenen Stunden, und da stöhnte ich laut, und Frau Goliath antwortete mir wie ein Echo, und ich glitt tiefer, ich tauchte in flüssige warme Vaseline, ich glitt immer tiefer, ganz langsam, und ich genoß es, wie sie mich Stück um Stück in ihre heiße Umarmung nahm, denn ihre Muskeln waren ganz eng. Irgendwann ging es nicht mehr weiter, ich stieß gegen etwas Festes, und da schob ich mich wieder zurück, verließ den neuen Ort, an dem ich mich schon beinahe zu Hause fühlte, und mit jedem Zentimeter den ich verließ wuchs in mir die Sehnsucht wieder heimzukehren. Kurz bevor ich sie vollständig verlor drängte ich wieder voran,

stieß in ihre Tiefe ohne zu denken, gehorchte nur noch einem Instinkt, hatte mir eigentlich Zeit lassen wollen, aber es gab keine Zeit mehr, und ich bewegte mich schnell, ich fickte sie, und das machte ich wirklich, ich lag auf ihrem schaukelnden Leib und ich fickte sie. Die ganze lange Nacht lang in meinen Lenden, jede einzelne Minute lag dort, und da sah ich schon wieder eine erste Wolke, und meine Lenden gaben ein Konzert, und dann explodierte alles zugleich, ich hörte auf zu existieren, und irgendwann lag ich still auf ihr, und lag in ihr, und tief in ihr zitterte ich wie von Erschöpfung und, als wäre es nicht schon genug für eine einzelne Nacht bäumte sie sich, und da bäumte ich mich mit ihr, und dann zuckte es in ihrem Innern, und sie riß mich in den Strudel zurück, und sie tanzte einen Tango mit mir, tief in ihrem Bauch, und der Bauch war es, der mich irgendwie umarmte, die ganze Zeit. Dann lagen wir still, alle beide. Ich war erschöpft. Ich weinte. Draußen war noch immer eine Nacht.

Annette Berr

geboren 1962 in Berlin-Schöneberg, lebt in Berlin-Kreuzberg. Nach der mittleren Reife Ausbildung zur Erzieherin. Gearbeitet hat sie bei jeder sich bietenden Gelegenheit, jedoch nie in ihrem Beruf. 1980 Haus- und Instandbesetzerin, in dieser Zeit erste Veröffentlichungen. Buch: Nachts sind alle Katzen breit, Galgenberg Verlag, Hamburg, 1987; diesem Buch ist auch der Text entnommen.

Phoebe Müller

Zangengeburt

Stell dir vor, du gehst schon endlos lange am Ufer eines dunklen, raunenden Flußes spazieren. In schwarzem Trenchcoat, mit düsterem Blick und finsteren Gedanken. Die Kaimauer duftet nach Wasserpflanzen, und das Geländer aus rostigen Eisenstangen kerbt unbekannte Zeichen in deine Handfläche. Ein spiegelnder Strom wogt durch die nächtliche Stadt, aus dessen Tiefe dich schaurigschöne Fischaugen anblicken, spöttisch, verlockend, die du geflissentlich übersiehst.
Zu deiner anderen Seite liegt die schweratmende Stadt, deren Häuserfronten, steinern und dickfellig, ihre Macht in den zitternden Himmel klotzen und mit leeren, aber wachsamen Fensteraugen jeden deiner Schritte beobachten.
Diese verknöcherten, dumpfen Wächter, umrahmt und verhüllt von der Wohlanständigkeit ihrer Gardinen. Die Stadt, durch deren ausgetretene Gewohnheitsstraßen du tagelang laufen kannst, ohne einem Menschen zu begegnen. Triffst du doch auf einen, dann sitzt er genau wie du hinter einer beschlagenen Fensterscheibe, und es ist fast unmöglich, ein Wort zu wechseln, geschweige denn sich anzusehen.

Du frierst, schlägst den Mantelkragen hoch und spürst auf deinen Schultern die klebrige Last von Küssen und Umarmungen, die schon von Anfang an nach Enttäuschung rochen, die deinen Hunger nur angestachelt und deinen Kopf in immer größere Verwirrung getaucht haben. Kleine, verrückte Morsezeichen: Es muß doch etwas geben, etwas!
Nächtelang bist du durch die Straßen gerannt, wallenden Mantelzipfeln hinterher, die um Häuserecken verschwanden. Hast dich in schattige Kniekehlen oder lüsterne Schlüsselbeine ver-

liebt, deren Verheißung am Ende fade schmeckte, die deinen Wolfshunger mit zähem, farblosem Gefühl fütterten, und du, wie ein Tier auf allen vieren kriechend, nackte Planeten anheulen mußtest.
Es gab Momente, da schien es, als könnten vier Pupillen mehr miteinander anfangen, als sich anzustarren, doch stets war da diese Kluft, die nur mit Vorsicht, mit zurückhaltenden Gesten und gedrosseltem Gefühl zu überwinden war. Während dieser Riß sich verbreiterte, schrumpften die feuchtroten Lippen zusammen wie Backpflaumen, Eros schminkte sich ab. Die Sehnsucht, die Wut und der sich selbst verschlingende Hunger blähten sich auf zu einem gigantischen Ballon, der die Eingeweide zusammenpreßte.
Augenlose Nächte.

Nun spazierst du wie ein Seiltänzer zwischen Fluß und Häuserfronten, mit eingezogenen Schultern, um auch keiner der beiden Seiten zu nahe zu kommen. Der Mond, wochenlang nur bleiches, gedunsenes Butterhörnchen, steht grell am Himmel und verbrennt dir die Lider.
Ein Unwetter zieht auf in deinen Kopfgebirgen.
Und plötzlich hebt sich aus dem funkelnden Wasser ein Arm in schwarzem Handschuh, krümmt lockend den Zeigefinger und sticht dir mitten ins Gehirn. Heiß fährt es dir in den Kragen deines Mantels, bis runter zu den Zehen. Schon stehst du bis zu den Knöcheln im Wasser, hinter dir zerbröckeln die Mauern, die Stadt fällt wie ein Kartenhaus in sich zusammen. Gut, daß ich schwimmen kann, denkst du noch, dann schlägt das Wasser über deinem erstaunten Kopf zusammen.

Später, in einem kahlen, unwirklichen Raum, stehst du ein wenig hilflos in der Ecke und kannst den Blick nicht von ihm wenden, der geschmeidig grinsend, mit gespannter Haut am Türrahmen lehnt und dich mit Skorpionaugen ansieht.

Blicke wie Riemen schlingen sich glatt um deinen Hals, an manchen Stellen spürst du zarte Risse in der Zellophanhaut, die du dir zugelegt hast, um dich vor Ernüchterung zu schützen.
Ein paar Worte, tiefgründig wie Brunnenschächte, mit wissendem Grinsen in den Augenwinkeln. Die Kluft schließt sich, jedes Versteck, jeder Schutz wird überflüssig, denn es gibt nichts zu verlieren, nichts zu verletzen. Nur noch einen glasklaren Wunsch, der sich schneidend in die Gedanken gräbt und alles verdrängt, was ängstlich oder spitzfindig ist.
Der brüllende Hunger jeder einzelnen Pore.
Die Poesie von knirschendem Leder, schwarzem Stoff auf hellem, pulsierendem Fleisch. Das Geklirr von Ketten im Hinterkopf.
Es ist gut, eine Hand fest und bestimmt im Nacken zu spüren, welche den Intellekt wegdrosselt und eine seltene Art Geborgenheit spendet. Es ist aufregend zu wissen, daß dieselbe Hand, die eben noch andächtig deine Schultern streichelt, im nächsten Augenblick einen zischenden Riemen darauf niedersausen läßt. Spannung, die aus dem Bauch wächst wie eine zitternde Pflanze.
Schlag auf Schlag kommst du dem Wesentlichen näher.
Du bist dein eigener Geburtsschmerz.
Ein altes Gebäude öffnet die Fensterläden, die Zellophanhaut platzt, der Moder der erstickend halben Gefühle löst sich, alles Handeln wird edel, absolut.
Die hemmenden Grenzen tauen auf. Magische Realität übertrumpft die verwegensten Träume.
Wir tanzen einen Ledertango auf schwankendem Grund, die roten Striemen auf unserer Haut flammen vor Glück. Feuersalamander, unverletzt aus dem Brand hervorgegangen. Wahres Wesen liegt frei wie ein Dotter, von allen Lügen, allem Dreck befreit. Schmerz und Trauer fressen sich nicht länger nach innen. Wiedererweckte Wilde. Katharsiseffekt.

Mit Sorgfalt den nächsten Schlag vorbereiten, die Haut nach der schönsten Stelle absuchen, mit Hingabe den Schmerz erwarten, ihn auskosten bis in die letzte Faser des Körpers.
Den wilden Wunsch auf den Lippen, die Fingerspitzen des »Peinigers« zu küssen. Riemen und Fleisch, Klirren und Nässe, Blut und Öl, Öl und Schweiß. Zuckendes, wundes Fleisch von Engeln.
Sich durch das nasse Haar streichen, wenn das Beben vorüber ist, ans Ufer kriechen, die Madonnen stürzen sehen.
Eine Eiterbeule, die endlich platzt, ein rettender Luftröhrenschnitt und eine wilde Persiflage auf dieses Biest Liebe, das sich in Unzulänglichkeit gefällt, das mit Verlogenheit masturbiert, mit halbherzigen Schmerzen quält.
Auch das gibt es, alle, die ihr immer beiseite schaut oder großmütig darüber hinweg, auch das.
Schwarze Prinzen, die sich in zuckende Haut verlieben, die angespannten Sehnen, die hervortretenden Adern. Prinzen, die sich schlagen, fliegen, verwunden, heilen, demütigen, siegen, bis nichts mehr übrig bleibt als zwei ausgelaugte Körper, klarer, gereinigter Geist und das glänzende Augenpaar gegenüber.

Die Schönheit wird wie ein Beben sein, oder sie wird nicht sein.
(Andre Breton, Amour fou)

Phoebe Müller

geboren 1965, lebt in Karlsruhe, schreibt Erzählungen und Romane. Dieser Text ist eine Erstveröffentlichung.

Rabea Graf

Das Mattenspringen

Es war beim großen Mattenspringen. Ich übernahm die Stelle des Sicherheitsinspektors in einem der vielen Büros, die sich im Glaspalast befanden, zusammen auch mit der Schwimmhalle. Dort trainierten jeden Vormittag die Halbstarken. Man wies mich an, nachts die Wanderung der Gestirne zu beobachten, ebenso die der Planeten, die veränderte Stellung von Mars, Venus und Mond zueinander. Auch oblag mir, vorauszuberechnen, ob nicht etwa am folgenden Tag ein Meteorit herabstürzen würde. Von dieser Aufgabe war ich ganz eingenommen, mehr noch, als ich begriff, daß mir allein gegeben war, Vorgänge am Himmel mit bloßem Auge zu verfolgen. Einmal löste sich der Saturn in einzelne rote, blaue und violette Ringe auf, die dann wieder miteinander verschmolzen. Teleskop, Kurvenlineal und Sextanten hatte ich in einer Ecke liegengelassen, starrte zum Himmel, die Bildung neuer Gestirnfiguren beobachtend.

Am Nachmittag fand ich mich, wie alle Angestellten, in der Schwimmhalle ein. Wir paddelten die Bahnen auf und ab, bekamen dann jeder einen hautengen Anzug und ein Paar Skier zugeteilt, um im Freien das Mattenspringen zu üben. Ich glaubte, daß ich mir den sicheren Tod holen würde. Gemeinsam mit einer Sekretärin, die ich ob ihres Selbstvertrauens und ihrer Furchtlosigkeit nie besonders leiden mochte, stieg ich die Schanze hinauf. Oben angelangt, flüsterte sie in mein Ohr: »Gestern war ich krank und konnte beim Springen nicht zusehen. Ich weiß nicht einmal, wo ich mich abstoßen muß.«

Diese ihre kleine Unsicherheit ließ mich plötzlich mutig, seltsam freudig werden. Ich bezog Posten am Startplatz und erinnerte mich all der Skispringen, die ich früher am Fernseher verfolgt hatte, auf dem Teppich zu Füßen der Großeltern sitzend, eine Tasse warme Milch mit Honig in den Händen. Dann drückte ich mich instinktiv ab, raste, fest auf meinen Brettern stehend, die Schanze hinunter und verlor endlich Boden unter den Füßen. Im Gedanken führte ich mir jede Phase des Fluges vor Augen. Alles war vertraut. Ich glitt durch die Luft und nahm genau jene gestreckte Haltung an, wie ich sie bei den Meistern des Springens bereits in frühester Kindheit hatte bewundern können. Jetzt spannte auch mein Körper sich bis in die Zehen.

Sehr weit sprang ich nicht, schwankte aber noch längere Zeit wie im Glückstaumel. Wahrscheinlich hatte ein Engel mich durch die Luft getragen, der Zufall oder meine Vorstellungskraft.

»Keine Meisterleistung«, meinte die junge Sportlehrerin und lächelte so, wie alle meine Sportlehrerinnen immer gelächelt hatten, wenn mir eine Übung nicht gelang, ich gestürzt war oder aus Angst, eine bestimmte Sportart absolvieren zu müssen, erst gar nicht antrat. Dann verzogen sie stets den Mund, ein bißchen gequält, als rängen sie sich eben durch, mir zu verzeihen. Vielleicht war es auch heimlicher Spott oder Neid, was hinter dieser Miene sich verbarg, da ich allein Mut hatte zu versagen. Ich kassierte jedesmal eine Vier oder eine Fünf, seltener eine Drei, was ich besonders haßte.

Jedenfalls, auch das überstand ich und ging weiterhin jede Nacht die Gestirne beobachten, brüllte die Vorbeigehenden und meine Erzieher an, posaunte aus, was ich sah: das für die anderen Unsichtbare. Sie reckten die Hälse, als nähmen auch sie jene Skispringerpose ein, wandten ihre Gesichter gen Himmel, schlossen geblendet die Augen. So verstrichen die Wochen. Eines Nachts stürzte der Mond ab. Ich verlor meine bisherige Anstellung. Von nun an durfte ich lediglich neueingetroffene Gäste empfangen, nachdem alle anderen, von Entsetzen gepackt, geflohen waren. Gleich am nächsten Tag fuhren zwei junge Ausländerinnen, brünett und schwarzhaarig, in einem Wohnwagen vor. Unverzüglich überbrachte ich ihnen das Begrüßungsschreiben der Veranstalter. Wie es schien, mochten die beiden mich. Ich durfte mir ihren Wagen ansehen, warf auch einen Blick in ihre Schlafkabine, ausgestattet mit samtcordbezogenen Liegen und verchromten Lichtleisten. In diesem Moment meinte ich einen wirklichen Hauch dessen zu spüren, was ich damals oft jemanden »das Westliche« nennen hörte.

Seit dem Absturz des Mondes hatte ich im Hotel keine Übernachtungsmöglichkeit mehr. Man kündigte mir unverzüglich den Mietvertrag, da jedermann fürchtete, einen Meteoritenhagel oder sonstige Himmelskörper von durchschlagender Kraft auf das Dach seiner Appartements zu ziehen, bliebe ich weiter bei ihm wohnen. Deshalb schlief ich auf dem Wäscheplatz, von wo ich auch weiterhin die Bewegung der Planeten auf ihren Bahnen beobachten konnte. Eines Abends winkte mich die Brünette mit listigem Lächeln zum Wohnwagen, der am abschüssigen Hang geparkt war, vielleicht, weil sie sich in dem Irrtum befand, ich sei für die Wartung der Schanze und insbesondere für die der ausländischen Wagen zuständig.

Wie sich bald herausstellte, trug sie sich mit keiner Bitte, sondern lud mich ein, in ihrem Wagen zu übernachten. Ich folgte dem Mädchen in die Schlafkabine, wo wir einige bunte Dragees aus ebenso bunten Tüten schluckten, die zauberhafte Träume versprachen. Die Brünette ging fort.

Eben hörte ich die Tür schlagen, als mich die Schwarzhaarige schon zu sich auf die Liege nahm. Sie erkundete meinen Körper. Ich wußte weder ein noch aus, schlug mit fahrigen Bewegungen in die Luft. Ein heißer Strahl Flüssiges traf mich. Silbrig schimmerten die Wände. Riesige Meteoriten schlugen in der Nähe ein, und die Kabine schwankte bedrohlich. In ihrer entferntesten Ecke verschränkte ein Engel die Arme. Wie kam der hierher? Kaum konnte ich den Gedanken fassen, denn

überall war sie, mich beschlafend. Ihre Fingerschlangen krochen in die geheimsten Ecken meines innerlichen Irrgartens, nisteten sich dort ein. Ihr Haar umfing mich, ein schwarzer Strahlenkranz, ein Rad, das mich überrollte, mit sich riß, durch Straßenschluchten und Felsspalten steuernd, die sich mit einem Mal auftaten, Lava speiend. Da plötzlich verstand ich all die älteren Jungen aus der neunten Klasse. Ich, die Fettleibige und Wortlose, stellte mich eines Mittags nach der Sportstunde in die Tür der Knabentoilette, nur mit einem Bademantel bekleidet, und sah ihnen beim heimlichen Schangeln zu. Fünfziger und Groschen rollten vor meine Füße. Ich hob das Geld auf, preßte die Fäuste zwischen die Schenkel. Keine drei Sekunden vergingen, schon fielen sie über mich her, alle. »Da hast du den Lohn!«, keuchten sie und drangen mit zusammengebissenen Zähnen in mich. Jetzt bekam ich, was ich wollte. Kein Schmerz. Es hätte ewig so weitergehen können. Doch bald ließen sie ab von mir. Ich wurde in eine baufällige Anstalt gesteckt. Nur die Turnstunden sind mir in Erinnerung geblieben, die Übungen am Stufenbarren, wenn die umstehenden Mädchen zwischen meine gespreizten Beine starrten, die Ringkämpfe auf der Matte, wenn sie mich umschlangen. Jedesmal verlor ich die Besinnung, war aber glücklicher, vielleicht sogar seliger, als alle anderen zusammen.
Jene Nacht im Wohnwagen hatte ich erstmals das Gefühl, mir seien schlauchähnliche Glieder gewachsen, wobei ich schon viel früher ahnte, daß meine Erzieher mich, während ich schlief, an eine Pumpe anschlössen, die aus mir alle geheimen Kräfte saugte. Selten überkam mich daher eine Wildheit, von der ich obendrein nicht gewußt hätte, wie mit ihr verfahren. Jetzt aber, die schlauchartigen Glieder im Griff, pumpte ich aus mir alles Nachtviolett, alle Zeit und ergoß mich bis zum Morgen, fiel dann aus der Schwerelosigkeit in die Arme der Schwarzhaarigen und wir miteinander in bleiernen Schlaf.
Es wurde hell. Ich ging ins Bad, mich waschen. Mein Körper

schwamm in weißer Flüssigkeit. Wasser gab es nicht. Im Ausguß eines kleinen rostigen Emaillebeckens lagen mehrere Stücke rohen Fleisches. Damit rieb ich mich ab, wobei große durchsichtige Seidentücher mein Haar streiften, nach den Farben der Planeten und fremdländisch duftend.

In der Schlafkabine hatten sich jetzt viele ältere Männer in Skianzügen versammelt. Sobald ich an sie herantrat, wurde mir geraten, mich auf eine Matte zu setzen. Die Männer nahmen die Liegen vollständig auseinander, nachdem sie die Laken in knisternde Plastiktüten geknüllt hatten. »Bestimmt sind sie schon über die Grenze«, sagte der eine. »Ich hab noch nicht mal gefrühstückt«, meinte der andere, und zu mir gewandt: »Zu Ihnen kommen wir später noch.« Er glich aufs Haar jenem Engel, der den Skispringern immer die Beichte abnahm und die Matten der Schanze nach einem nicht zu durchschauenden Plan auf Kante ausrichtete. Ich verlor den Boden unter mir.

Rabea Graf

geboren 1966 in Berlin/Ost. Lebt dort. Schriftstellerin, diverse Veröffentlichungen in einer Berliner »Untergrundzeitschrift«

Bitte beachten Sie
die folgenden Seiten

LINA LOOS
Das Buch ohne Titel
Erlebte Geschichten
Herausgegeben von Adolf Opel
und Herbert Schimek
Ullstein Buch 30222

GEORGE SAND
Leone Leoni
Mit einem Nachwort von
Wilfried Ihrig
Ullstein Buch 30223

ARNOŠT LUSTIG
Die Ungeliebte
Aus dem Tagebuch einer
Siebzehnjährigen
Mit einem Nachwort von
Jiří Gruša
Ullstein Buch 30224

BETTINE VON ARNIM
Lieben, das allein ist
meine Kunst
Mit einem Nachwort von
Andreas Mäckler
Ullstein Buch 30225

GINA KAUS
Die Schwestern Kleh
Roman
Mit einem Nachwort von
Sibylle Mulot-Déri
Ullstein Buch 30226

ANGELIKA MECHTEL
Die Blindgängerin
Mit einem Nachwort von
Horst Ferle
Ullstein Buch 30227

ELIZABETH VON ARNIM
Elizabeth auf Rügen
Mit einem Nachwort von
Kyra Stromberg
Ullstein Buch 30228

Die leichten Damen
der Weltliteratur
Herausgegeben und
mit einem Nachwort versehen
von Manfred S. Fischer
Ullstein Buch 30229

STEPHEN CRANE
Maggie,
das Straßenmädchen
Mit einem Nachwort von
Frank Dietschreit
Ullstein Buch 30231

IRMA BRANDES/
URSULA MAUCH
Ich habe viel gelebt
in diesen wenigen Tagen
Essays
Ullstein Buch 30233

PEA FRÖHLICH
Marie steigt aus dem Fenster
Kurzgeschichten mit Fotos von Jens Heilmeyer
Mit einem Nachwort von Margarethe von Trotta
Ullstein Buch 30237

GABRIELE WOHMANN
Der Flötenton
Roman
Mit einem Nachwort von Norbert Schachtsiek-Freitag
Ullstein Buch 30238

Die schönsten Novellen der Frieda von Bülow über
LOU ANDREAS-SALOMÉ
und andere Frauen
Herausgegeben und mit einem Nachwort von Sabine Streiter
Ullstein Buch 30239

Das Leben und die erstaunlichen Abenteuer der Mary Ann Talbot
Herausgegeben und mit einem Nachwort von Peter Krahé
Ullstein Buch 30244